MW01714174

Éditions Druide
1435, rue Saint-Alexandre, bureau 1040
Montréal (Québec) H3A 2G4

www.editionsdruide.com

RELIEFS

Collection dirigée par
Anne-Marie Villeneuve

DE LA MÊME AUTEURE

Les enfants de Putainville, roman, Druide, 2018.

Ciel de guerre sur nos amours, roman, Druide, 2017.

Les amants maudits de Spirit Lake, roman, Druide, 2016.

Une justice à la dérive, roman, Druide, 2015.

Quand les femmes étaient des ombres, roman, Druide, 2014.

La promesse d'Émile, roman, Éditions JCL, 2012.

Sous le manteau du silence, roman, Éditions JCL, 2011.

LE CRIME DE SŒUR MARIE-HOSANNA

Catalogage avant publication de Bibliothèque et Archives nationales du Québec et Bibliothèque et Archives Canada

Bergeron, Claire, 1946-, auteur
Le crime de sœur Marie-Hosanna : roman / Claire Bergeron.
(Reliefs)

ISBN 978-2-89711-463-3
I. Titre. II. Collection : Reliefs.
PS8603.E682C74 2019 C843'.6 C2018-942349-8
PS9603.E682C74 2019

Direction littéraire : Anne-Marie Villeneuve
Édition : Luc Roberge et Anne-Marie Villeneuve
Assistance à l'édition : Elisanne Crevier
Révision linguistique : Jocelyne Dorion et Marie-Eve Laroche
Assistance à la révision linguistique : Antidote 10
Maquette intérieure : Anne Tremblay
Mise en pages et versions numériques : Studio C1C4
Conception graphique de la couverture : Gianni Caccia
Photographie en page couverture : Isabelle Larose Photography
Photographies de l'auteure : Maxyme G. Delisle
Diffusion : Druide informatique

Les Éditions Druide remercient le Conseil des arts du Canada et la SODEC de leur soutien.

Gouvernement du Québec — Programme de crédit d'impôt pour l'édition de livres — Gestion SODEC.

Ce projet a été rendu possible en partie grâce au gouvernement du Canada.

Canada

ISBN PAPIER : 978-2-89711-463-3
ISBN EPUB : 978-2-89711-464-0
ISBN PDF : 978-2-89711-465-7

Éditions Druide inc.
1435, rue Saint-Alexandre, bureau 1040
Montréal (Québec) H3A 2G4
Téléphone : 514-484-4998

Dépôt légal : 1er trimestre 2019
Bibliothèque et Archives nationales du Québec
Bibliothèque et Archives Canada

Il est interdit de reproduire une partie quelconque de ce livre sans l'autorisation écrite de l'éditeur. Tous droits de traduction, de reproduction et d'adaptation réservés.

© 2019 Éditions Druide inc.
www.editionsdruide.com

Imprimé au Canada

Claire Bergeron

LE CRIME DE SŒUR MARIE-HOSANNA

Roman

Druide

À mes amies,
celles d'hier et d'aujourd'hui,
qui, par leur souvenir ou leur présence,
embellissent ma vie !

Dans toutes les larmes s'attarde un espoir.

Simone de Beauvoir

PROLOGUE

Monastère des Augustines, Québec, 30 novembre 1910

Debout, la tête haute, Ophélie baissa les paupières. Une larme impossible à retenir roula sur sa joue rebondie, dessinant un sillon humide qui brilla tristement dans la lueur du soleil couchant.

— Cet enfant n'a que quinze ans, nota sœur Sainte-Marie-des-Anges en l'observant du coin de l'œil.

— L'horreur de… de ce qu'elle a fait n'a pas d'âge, cracha le juge Aristide Martel, son père. Sans entrer dans les détails sordides, je vous ai raconté notre histoire, que vous devrez garder secrète, bien entendu. Dorénavant, ma fille sera sous votre tutelle.

— L'adolescence est une étape difficile de la vie, les actes commis dans les désordres émotifs de cette période ne sont pas nécessairement garants de l'avenir, plaida la religieuse en faveur de la jeune fille. Bien encadrée, mademoiselle peut se racheter et, un jour, évoluer de nouveau normalement en société.

Le juge Martel se leva de son siège. Le dos courbé, il arpenta le bureau de la supérieure du cloître des Augustines, puis il s'arrêta devant une fenêtre ornée de lourds rideaux de velours bourgogne. Songeur, les yeux plissés, il scruta l'horizon comme s'il cherchait à y discerner une parcelle de sa vie d'autrefois, à jamais gâchée. Puis il se retourna et jeta un regard méprisant vers son enfant, immobile face à l'avenir qu'il s'apprêtait à lui imposer.

— Le geste qu'elle a commis est… est… Je ne trouve pas de mot assez fort pour le qualifier, c'est un acte qui dépasse l'entendement. Elle est la fidèle émule de sa mère, jeta-t-il avec dédain. Par sa faute, notre famille est brisée. Comme je vous l'ai dit, si je rendais publics les détails de sa conduite, notre nom serait à jamais entaché par la honte, un nom que moi et des générations de Martel avons porté honorablement.

La supérieure se taisait, se contentant d'examiner cette jeune fille que son père accablait d'un acte à donner la chair de poule. Pourtant, en apparence, rien ne la différenciait de ses pieuses novices ou des élèves qui fréquentaient le couvent.

Les derniers rayons de soleil de ce funeste jour dansaient dans la chevelure de la malheureuse, accentuant la blondeur des mèches soyeuses qui encadraient un visage mince aux traits délicats. Un léger frémissement des lèvres trahissait l'affliction de l'adolescente qui semblait au bord de l'effondrement.

— J'ai choisi votre communauté parce qu'elle est située loin de notre domicile et qu'elle est cloîtrée, poursuivit le juge Martel en reprenant place dans le fauteuil en face du bureau de la supérieure. Ici, à Québec, à l'abri dans votre couvent, elle ne risque pas d'être reconnue par des gens de notre milieu. Tant qu'elle n'aura pas prononcé ses vœux et pris son identité religieuse, elle devra être inscrite sous le nom de famille de sa mère : Langelier. Marie Ophélie Martel n'existe plus ! trancha-t-il de sa forte voix de magistrat.

— Une femme n'entre pas en religion sur l'ordre de quelqu'un, lui objecta sœur Sainte-Marie-des-Anges.

— Dans le cas de cette infâme, si ! C'est le voile ou la prison ! J'ai usé de mon influence afin d'éviter une enquête approfondie, alors, elle ne peut que me remercier de se retrouver chez vous.

— Notre couvent n'est pas une geôle…

— Voici de l'argent, que je remets à votre communauté, la coupa Aristide en déposant un chèque sur le bureau. Je crois que la bonne marche de votre hôpital nécessite des dons provenant de bienfaiteurs, pour assurer la continuité des soins que vous offrez aux malades. Ce montant constitue une dot que vous pourrez utiliser afin de subvenir aux besoins de votre nouvelle pensionnaire, et le surplus ira à vos bonnes œuvres. Dans l'avenir, je saurai également faire des largesses. Ma seule exigence est que ma… qu'elle soit étroitement surveillée et ne puisse pas s'enfuir de votre cloître. Sinon, je serai contraint de la faire rechercher. Je me verrai dans l'obligation de dénoncer la nature ignoble de son geste aux forces de l'ordre, afin que cette dévoyée termine sa vie avec des criminelles de son acabit.

— Je reconnais que mademoiselle Martel… pardon, Langelier, a plus de chances de se réhabiliter au sein de notre communauté que parmi les malfrats de ce monde.

Sœur Sainte-Marie-des-Anges se leva et s'avança vers la jeune fille, qui gardait les paupières baissées ; délicatement, elle lui prit les mains. Ophélie ouvrit les yeux et elle recula d'un pas, craintive. Malgré les accusations du père, la vieille religieuse éprouvait de la compassion pour cette malheureuse. Elle en eut pitié. Derrière son acte, il y avait certainement une histoire, qui, enterrée sous une douleur trop vive, échappait à son juge. *Quand elles font trop mal, les émotions sont déformées et l'esprit raisonne difficilement,* pensa-t-elle. *Au fil du temps, cet homme finira sûrement par pardonner à la chair de sa chair.* Aussi, elle décida d'accepter sa proposition, fermement convaincue que cet arrangement ne serait que provisoire. D'une voix douce, elle invita la jeune fille tremblante, qui la fixait d'un regard angoissé, à se joindre aux pensionnaires du couvent :

— Mademoiselle, soyez la bienvenue chez nous.

La religieuse remarqua une bosse sur son front.

— Je souhaite que vous trouviez la paix et la sérénité au sein de notre communauté, enchaîna-t-elle pour la réconforter.

Satisfait, Aristide Martel se leva, prêt à partir. Des larmes chaudes affluèrent sur les joues d'Ophélie, auxquelles le juge ne prêta pas attention. Sans un mot d'adieu à son enfant, il quitta la pièce.

— Je vous raccompagne, proposa sœur Sainte-Marie-des-Anges.

Troublée, la religieuse le suivit dans le long corridor qui menait vers le hall d'entrée.

Dès que la porte du bureau se fut refermée, Ophélie s'essuya le visage et se précipita à la fenêtre pour apercevoir son père une dernière fois. L'éminent juge avait remis son chapeau et, luttant contre le vent froid d'automne, il avançait péniblement sur un tapis de feuilles mortes que des cristaux de neige couvraient une à une. *Cet homme est mon père, et pourtant, il demeure un étranger à ma vie. Jamais je n'ai senti chez lui la moindre parcelle d'amour à mon égard. Pourquoi?* s'interrogea l'adolescente en le voyant sortir de son existence, sans un regard en arrière pour tenter de l'apercevoir. La pauvre enfant posa son front contre la vitre froide, petite ombre esseulée derrière le large châssis du cloître des Augustines, qui devenait, à partir d'aujourd'hui, sa prison à perpétuité.

1

Westmount, 17 mai 1905

Ophélie s'étira dans son lit. Elle avait dix ans aujourd'hui et, dans un instant, sa mère, Agnès, frapperait à sa porte, comme elle le faisait à chacun de ses anniversaires. La première préoccupation de la fillette était de savoir si son cadeau serait dans une énorme boîte ou dans un minuscule paquet. Elle adorait les jours de fête et les surprises qui y étaient rattachées.

Elle jeta un œil à la pendule sur sa table de chevet : il était sept heures trente, Agnès était en retard, ce qui l'étonna. Les années précédentes, elle venait toujours une demi-heure plus tôt. Pourtant, elle était réveillée, des voix parvenaient à Ophélie de la pièce voisine. Peut-être que sa mère emballait son présent… Et si elle avait oublié ? La fillette bondit de son lit, décidée à aller se renseigner. Ce serait terrible si son anniversaire avait été oublié !

Les voix provenaient de la chambre de ses parents. Elle s'avança sur la pointe des pieds jusqu'à la porte interdite, entrebâillée. Avec d'infinies précautions, elle la poussa et glissa la tête à l'intérieur. Son père se tenait debout près du lit, un petit paquet de couvertures dans les bras ; il souriait. Sceptique, Ophélie ferma les yeux, puis les rouvrit ; oui, on ne pouvait s'y tromper, Aristide souriait. Le voyant d'excellente humeur, elle se permit d'entrer.

— Ma chérie ! s'exclama Agnès en l'apercevant. Viens vite m'embrasser.

La fillette chercha l'approbation de son père et, comme il ne s'y opposait pas, elle courut et sauta sur le matelas.

— Faites attention, mademoiselle Ophélie, intervint Octavie, immobile près de la fenêtre, votre mère est épuisée.

À côté de la vieille servante se tenait un homme en bras de chemise. Que faisait tout ce monde dans la chambre de sa maman le matin de son anniversaire ?

— Vous avez oublié que c'est ma fête aujourd'hui ? demanda-t-elle, inquiète, en embrassant la joue d'Agnès.

— Mais non, répondit cette dernière. Seulement, comme l'a fait remarquer Octavie, je suis un peu fatiguée, ce matin, aussi, je t'attendais ici pour t'offrir ton cadeau.

— Mon cadeau ! s'enthousiasma Ophélie.

Ainsi, elle y avait pensé.

— Vite ! Qu'est-ce que c'est ?

— Regarde dans les bras de ton père.

Aristide s'avança près du lit et, de sa grosse main d'homme, il déroula le drap de flanelle qui cachait son présent. Ophélie découvrit un minuscule bébé, tout fripé, qui suçait son pouce.

— C'est un garçon ! annonça fièrement le juge.

Ce n'était pas le fruit de son imagination, son père souriait réellement. Elle descendit du lit et s'approcha du nourrisson.

— Je veux le prendre, dit-elle en tendant les bras.

— Non ! se braqua Aristide, tu risquerais de l'échapper.

D'un geste délicat, que sa fille ne lui connaissait pas, il referma la couverture sur le bébé endormi, puis il le déposa dans les bras de sa femme.

— Pourquoi vous ne me le donnez pas ? Maman a dit que c'était mon cadeau !

— Tu devrais être assez intelligente pour comprendre que ses paroles étaient une figure de style, rétorqua le juge d'un ton fâché.

— C'est quoi, une figure de style ? Une surprise d'anniversaire ?

Son père lui lança un regard dédaigneux. Décidément, il ne ferait jamais rien de bon avec cette enfant. Heureusement, maintenant, il avait un fils. Il embrassa sa femme sur le front et quitta la chambre, au grand soulagement d'Ophélie. Sitôt qu'il fut parti, Agnès invita sa fille à revenir dans son lit.

— Appuie-toi contre les oreillers, proposa-t-elle, et je vais mettre ton petit frère dans tes bras.

Confortable dans le giron de sa sœur, le bébé ouvrit les yeux, et il parut l'examiner.

— Tu vois, dit sa mère, il t'aime déjà.

Ophélie était émue. Avec attention, elle observa cet être minuscule qui ferait désormais partie de sa vie. Elle posa les lèvres contre sa tête et les frotta doucement dans le léger duvet encore humide. Déjà, elle anticipait à quel point ils seraient heureux ensemble, tous les deux ; elle entendait leurs rires et se voyait courir avec lui dans le parc d'en face.

— Tu voudrais qu'on lui trouve un prénom ? suggéra Agnès.

— Oh oui !

Puis la fillette hésita.

— Vous croyez que papa sera d'accord pour que nous choisissions sans lui ?

— Je lui en ai parlé et il m'a répondu que c'était une affaire de femme. Bien sûr, il ne faudra pas l'appeler Pataud ou Biscuit…

Ophélie éclata de rire, habitée du sentiment de n'avoir jamais été aussi heureuse que ce matin, dans le lit de sa mère, avec un nouveau petit frère dans les bras. Elle l'avait si souvent rêvé, ce compagnon de jeu, qui briserait sa solitude et qu'elle aimerait de tout son cœur. L'écart d'âge était grand, mais elle veillerait sur lui, elle lui apprendrait plein de choses : lire, écrire, aller à vélo.

— Si nous l'appelions Félix, proposa-t-elle, c'est mon prénom préféré.

— Félix… Félix Martel, ça sonne bien, pour un juge.

— Peut-être qu'il choisira un autre métier.

— Dans la famille, les Martel sont avocats de père en fils, et depuis trois générations, chacun d'eux a mérité l'immense honneur d'être nommé juge.

— Je suis certaine que notre Félix mettra fin à cette tradition.

— Pourquoi dis-tu ça? C'est une belle profession.

— Est-ce que tous les juges sont comme papa?

— Que veux-tu dire?

— Toujours absents… et pas gentils avec leurs enfants.

Agnès s'était rendu compte que, depuis son tout jeune âge, sa petite souffrait de l'indifférence d'Aristide. Aussi avait-elle abordé le sujet avec son mari. Ce dernier avait rapidement décrété que la vertu des filles nécessitait la surveillance de leur mère et que les pères n'étaient là que pour subvenir à leurs besoins et leur trouver un excellent parti à épouser. Pourtant, avait-elle songé sans oser l'exprimer, l'amour paternel était une attente légitime de la part d'une enfant. Mais, connaissant son mari, rigide et froid envers sa fille, et sachant qu'elle ne pourrait pas modifier son attitude, elle n'avait pas insisté. Ce matin, elle préférait laisser croire à Ophélie que son frère avait des années devant lui pour choisir sa profession, tout en étant certaine qu'Aristide l'influencerait, sinon lui imposerait une carrière d'avocat.

— Félix, je trouve que c'est un merveilleux prénom, approuva-t-elle. Vous en pensez quoi, Octavie?

— C'est ravissant! Mademoiselle Ophélie, vous avez très bon goût, je suis convaincue que votre petit frère l'aimera beaucoup aussi quand il sera grand.

Le docteur Laflamme s'avança près du lit.

— Maintenant, il faut que je vous examine, déclara-t-il.

— Qui êtes-vous? interrogea Ophélie.

— Un médecin…

— Vous êtes malade, maman? s'inquiéta-t-elle.

— Non, seulement un peu faible. Va déjeuner, et prépare-toi pour l'école, Oscar ira te reconduire.

— Je peux dire à mes amies que j'ai un nouveau petit frère ?

— Bien sûr, ma chérie.

Avec douceur, Ophélie déposa Félix sur l'oreiller, près de sa mère. Puis, en se dandinant joyeusement, elle suivit la vieille servante à la cuisine ; les émotions lui avaient creusé l'appétit. Cette journée d'anniversaire était la plus belle de sa vie, le soleil inondait la pièce de ses chauds rayons, et elle n'était plus la seule enfant de la famille. Son père avait souri... Peut-être que l'arrivée d'un garçon adoucirait son caractère et qu'il prêterait davantage attention à ses enfants maintenant qu'il en avait deux.

: :

La chemise entrouverte, Aristide sirotait son expresso en fumant un énorme cigare. Vêtue d'un vaporeux déshabillé de dentelle noire, madame Irma rectifiait sa tenue devant la glace de sa coiffeuse.

— Ainsi, mon gros loup, tu l'as enfin, ton héritier !

— Oui, et ça me gonfle de fierté...

— En effet, j'ai remarqué que ça te gonflait, le taquina en riant la jolie dame d'un certain âge. Tu sais, ça fait douze ans aujourd'hui qu'on s'est rencontrés pour la première fois ? Je venais d'ouvrir ma pension et je n'avais que trente ans.

À ce souvenir, le juge esquissa un sourire.

— Je te revois dans mon tribunal. C'était une matinée maussade, la pluie tambourinait aux fenêtres, et je rendais jugement sur des chicanes de clôture et de petits vols insignifiants. C'était exécrable. Puis tu es entrée, vêtue de rouge, avec un large chapeau à plumes.

— Je ne voulais pas passer inaperçue ! Je me disais que cette couleur éclatante en mettrait plein la vue au magistrat et l'influencerait favorablement.

— J'ai eu le sentiment que tu t'étais trompée de porte, poursuivit Aristide, mais le procureur m'a rappelé à l'ordre en citant le délit : *Ouverture d'une maison close.*

— Avec ta grosse voix, tu lui as demandé ce qui laissait supposer qu'il s'agissait d'un bordel.

— *Madame partage sa résidence avec deux autres filles, fort délurées,* c'est ce qu'il a énoncé, d'un air profondément vexé, en ajoutant que des voisins avaient porté plainte, car vous receviez des hommes, rarement les mêmes.

— Tu as posé sur moi un regard intense. À mon étonnement, tes yeux n'avaient rien de sévère, tu as voulu connaître ma version des faits.

Aristide et madame Irma éclatèrent de rire.

— D'une voix faussement naïve, tu m'as répondu que tu vivais avec deux de tes parentes, orphelines, que vous aviez une grande famille, incluant beaucoup de cousins, ce qui expliquait leurs fréquentes visites, se souvint le juge entre deux esclaffements.

— Avant de me libérer, à la surprise du procureur, tu as pompeusement prononcé ces mots : *Chère madame, je vous suggère, à vous et à vos proches, d'être plus discrets à l'avenir. Vous éviterez ainsi les plaintes de nos pieuses dames de Sainte-Anne.*

— J'avais oublié ce détail…

— Deux jours plus tard, tu frappais à ma porte.

— Tu m'avais plu. J'avais noté ton adresse, elle figurait sur l'acte d'accusation.

— Maintenant, j'ai onze filles qui travaillent pour moi, les affaires vont bien et je peux me consacrer uniquement à toi, mon gros loup. Je te dois une profonde reconnaissance : c'est grâce à ton influence si des représentants de la justice nous visitent en amis fidèles plutôt que dans le cadre de leur fonction.

— Tu as suivi mes conseils, tu es discrète et ta maison est bien tenue. Voilà la réputation que tu t'es faite dans le cercle de mes intimes, ma très belle. Nous pouvons venir chez toi en toute quiétude, comme si nous étions réellement entre cousins.

— Au cours de ces années, tu m'as quelquefois négligée, mais tu m'es toujours revenu, le disputa tendrement Irma en lui pinçant la joue.

— Je suis bien chez toi, je me sens libre, loin de mes obligations familiales, du bureau... nous sommes ensemble uniquement pour le plaisir. Et tu sais te montrer tellement accueillante, ma douce !

La dame esquissa un sourire nostalgique : si les femmes dans son genre n'avaient pas de famille, c'était rarement par choix, il leur arrivait d'envier les épouses. Aussi, elle s'informa avec obligeance :

— Comment se porte Agnès ?

— Bien. Elle est très faible, mais qui a déjà vu ma femme autrement qu'épuisée ?

— Aristide, ce n'est pas gentil de parler ainsi de la mère de ton fils. Elle a accouché cette nuit, tu devrais être plus indulgent... Pourquoi ne pas lui apporter des fleurs, ce soir, en rentrant à la maison ? Tu ne trouves pas qu'elle les a méritées ?

Irma examina son visage dans le miroir, elle avait quarante-deux ans. Décidément, la vie filait trop vite.

— Si je pouvais changer quelque chose dans mon existence, avoua-t-elle à son amant, j'élèverais une ribambelle d'enfants. Tu as de la chance, mon gros loup, prends grand soin de ta famille... sans te désintéresser de moi, bien entendu.

Mais l'heure n'était pas à l'apitoiement, Aristide célébrait un merveilleux événement. La dame entrouvrit son négligé. Aristide déposa son verre sur un guéridon et vint se mettre à genoux entre les cuisses de son amie. Émoustillé, il posa sa tête sur ses seins lourds.

— Je te préfère telle que tu es. Ces belles boules sont faites pour des lèvres d'homme, pas celles d'un mioche. Vite que je les croque !

D'une main leste, Aristide écarta le vêtement avant de s'emparer goulûment d'un téton, qu'il mordilla allègrement. Irma éclata d'un grand rire factice.

— Décidément, monsieur le juge, l'arrivée d'un héritier vous sied à merveille. Il y a bien longtemps que je ne vous ai pas vu aussi empressé à me titiller les mamelles… Vous désirez faire compétition à votre fils ?

— Allez, viens, mon beau cul d'enfer, ton gros loup est affamé. Tantôt, j'étais trop énervé à l'idée de t'annoncer la naissance d'un fils, je suis demeuré sur mon appétit…

Irma se laissa conduire à son lit. Il lui plaisait bien, cet Aristide, devenu son unique client. Usant de gestes étudiés et langoureux, elle fit choir ses vêtements à ses pieds. À cinquante ans, son amant s'essoufflait plus rapidement, aussi, elle prit l'initiative de la relation. Cette fois, elle désirait qu'il soit comblé.

Aristide Martel arriva à son cabinet en début d'après-midi, fier d'annoncer à son personnel qu'il avait enfin un héritier.

— Vous aviez déjà une héritière, mademoiselle Ophélie… Est-ce que je me trompe ? s'informa Mathilde, la nouvelle secrétaire.

Son patron lui décocha un regard courroucé.

— Si vous occupiez dans la société une place telle que la mienne, chère enfant, vous souhaiteriez avoir un fils pour suivre vos traces, vous faire honneur et perpétuer votre lignée. Avez-vous déjà vu une fille devenir juge ?

Mathilde baissa la tête et pivota pour se diriger vers sa table de travail, mais d'un ton sec, Aristide la rappela.

— Pendant votre temps de pause, ordonna-t-il, allez chez la fleuriste d'à côté et achetez deux douzaines de roses blanches pour ma femme. Elle les a méritées.

Le souvenir de sa matinée entre les bras d'Irma, qui ramena à son esprit des bribes de ce délicieux moment, lui fit esquisser un sourire.

— Ça fait plaisir de vous voir si heureux, commenta Pauline Bastien, son assistante des vingt dernières années. J'espère que madame Agnès se porte bien.

— Elle déborde de bonheur. Un fils, après quinze ans de mariage ! Le Seigneur a exaucé nos prières.

— C'est mademoiselle Ophélie qui doit être contente : avoir enfin un petit frère ! Ce n'est pas facile d'être enfant unique.

— Oui, répondit distraitement le juge. Apportez-moi l'agenda pour cet après-midi.

Aristide se dirigeait vers la porte de son bureau quand il s'entendit interpeller par une voix qu'il connaissait bien, celle de Rémi, son cadet.

— Qu'est-ce qui me vaut l'honneur de ta visite ? s'enquit-il. Une contravention impayée ou une fille dans une situation embarrassante ?

— Allons, pourquoi toujours ce ton inquisiteur ? Il y a bien longtemps, mon grand frère, que je ne t'ai plus causé aucun trouble. Grâce à tes conseils, je suis devenu un homme respectable, sache que je n'ai rien de ces malfrats que tu reçois dans ton tribunal.

— Je le reconnais, tu as gagné en sagesse. Que puis-je faire pour toi ?

— Tu as oublié ? Nous sommes au printemps et, comme chaque année, je viens voir si votre cabinet acceptera d'octroyer une commandite à notre troupe de théâtre, pour notre pièce de cet été. Et cette fois, j'ai une sollicitation particulière, dont je veux te faire part.

— Suis-moi, l'invita le juge, et nous discuterons de tout ça dans mon bureau.

Aristide n'avait jamais ressenti un véritable lien de fraternité avec ce jeune frère, né d'un second mariage de leur père vieillissant, alors que lui en était à sa cinquième année de cours classique. Différents de caractère, il était évident qu'ils n'avaient pas la même mère. Son cadet avait hérité de la frivolité de Suzanne ; lui possédait la dignité d'Éva. Aristide aurait souhaité garder ses distances, mais dès qu'il avait été capable de le suivre, Rémi s'était collé à lui comme un drapeau mouillé au sommet d'un mât. De surcroît, sur son lit de mort, leur père lui avait demandé de veiller sur sa jeune veuve et sur ce fils un brin trop insouciant qui n'avait que dix ans à son décès. Cinq ans plus tard, Suzanne s'était remariée et elle était partie vivre au-delà de l'Atlantique, abandonnant à la garde de son aîné un adolescent de quinze ans, devenu trop encombrant.

— Tu es presque en âge d'être son père, avait-elle fait valoir.

Homme de devoir, Aristide, dans la trentaine et toujours célibataire, n'avait pas eu d'autre choix que de prendre, à contrecœur, ce demi-frère sous son aile.

Quelquefois, la générosité se voit récompensée ; en effet, c'est allant rencontrer Agnès Langelier, la professeure de théâtre de ce frère sous sa tutelle, qu'il avait croisé la route de celle qui allait devenir son épouse. L'attirance entre deux êtres était pour Aristide un fait mystérieux ; à trente-quatre ans, il en avait connu des femmes, toutes plus jolies les unes que les autres, mais en serrant la main d'Agnès, il avait eu l'étrange sentiment que celle-là lui était prédestinée. Son regard pur, sa voix enjouée et cette simplicité dans les gestes avaient eu le don de conquérir son cœur de célibataire. D'ailleurs, cette jeune femme arrivait à point dans sa vie, car, pour lui, le moment était venu de concevoir un héritier ; l'honorable nom des Martel devait lui survivre. Un an plus tard, ils étaient mariés, et Rémi, âgé de dix-huit ans, était parti vivre en appartement sous prétexte de ne pas nuire à leur intimité.

Chaque fois que Rémi mettait les pieds dans le cabinet de son aîné, fondé par leur père, il se sentait impressionné. Depuis sa nomination comme juge, Aristide disposait aussi d'un bureau au Palais de justice, mais il avait conservé celui-ci, il s'y trouvait plus à l'aise pour réfléchir aux causes qu'il devait prendre en délibéré. La sensibilité d'artiste de Rémi le portait à imaginer ces hommes et ces femmes dont le destin changeait de cours dans cette pièce, quand le sévère Aristide analysait leur cas respectif avant de rendre jugement. Il prit place dans un fauteuil devant l'imposant meuble de chêne et attendit que son frère l'interroge.

— Alors ? En plus des sous que tu viens me quêter, en quoi consiste cette sollicitation particulière dont tu veux me parler ? s'enquit Aristide en allumant un cigare.

Rémi détestait la fumée, mais il se retint de le mentionner.

— En prévision de la saison estivale, commença-t-il, notre troupe monte une pièce de théâtre dans laquelle nous avons besoin de la présence d'un enfant, une petite fille.

Comprenant où son cadet voulait en venir, le juge leva la main pour protester.

— Attends avant de refuser ! l'implora Rémi. Écoute d'abord mes arguments. Les représentations auront lieu durant les mois de juillet et d'août, il n'y en aura aucune pendant l'année scolaire. De plus, nous jouerons en après-midi uniquement, car, durant l'été, la majorité de nos fidèles spectateurs souhaitent profiter des douces soirées pour faire une garden-party, très à la mode actuellement. Comme Ophélie suit des cours d'art dramatique, ce serait une belle occasion pour elle de mettre ses acquis en valeur. Ne trouves-tu pas que c'est une bonne idée ?

Un sourcil relevé, le regard interrogateur, Rémi fixait son frère, espérant une réponse favorable.

— C'est vrai, j'ai oublié de t'annoncer la nouvelle du jour ! s'exclama soudain Aristide, éludant la question. Agnès a accouché cette nuit… d'un fils !

— Je croyais qu'elle l'attendait dans un mois.

— Le bébé est petit, mais en excellente santé, selon le docteur.

Rémi se leva et contourna le meuble de chêne pour venir serrer la main d'Aristide.

— Toutes mes félicitations, frérot! se réjouit-il. J'espère qu'Agnès va bien.

— Oui, elle partage ma fierté d'avoir mis au monde un garçon, enfin! Après quinze ans de mariage.

— Et Ophélie...? Mais au fait, c'est son anniversaire aujourd'hui. Son frère sera du même quantième, c'est un charmant hasard.

— Sa mère lui a dit que notre bébé était son cadeau de fête, elle a semblé très fière.

— Chère petite, s'attendrit Rémi, elle va apprécier ce magnifique présent et en prendre un soin jaloux, je n'ai aucun doute à ce sujet.

— Un scotch pour célébrer cette naissance? proposa Aristide.

— Avec joie!

Son verre à la main, Rémi reprit place dans le fauteuil. Il sirota une gorgée du liquide ambré avant de revenir à l'objet de sa visite.

— Tantôt, tu n'as pas répondu à ma question... Ophélie peut-elle travailler avec nous cet été? Je devrais dire jouer, car ce sera un plaisir pour elle. J'ai consulté les membres de la troupe et tous sont d'accord sur mon choix, ils se promettent de veiller sur elle au besoin.

— Je ne sais pas trop. C'est vrai que je lui paie des cours très onéreux chez madame Renée... Écoute, tu vas certainement passer voir Agnès ces jours-ci, alors discutes-en avec elle. Elle sera meilleure conseillère que moi en ce qui concerne sa fille et elle pourra également demander conseil à monsieur le curé; elle le fréquente plus que moi, se moqua Aristide.

Rémi fut ravi de la réponse. Agnès accepterait, il en était persuadé, et elle trouverait certainement les arguments nécessaires pour convaincre le clergé de laisser sa fille jouer dans une pièce en compagnie de son parrain, elle était une de ses plus fidèles bénévoles. De nouveau, il félicita son frère pour sa paternité et il quitta son bureau.

Dehors, les cerisiers étaient en fleur, l'air sentait bon, Montréal resplendissait sous les chauds rayons du soleil printanier. Les pensées de Rémi s'envolèrent vers Agnès… C'était inimaginable à quel point il aimait cette femme, mais c'était aussi extrêmement douloureux. Malgré la profondeur de ses sentiments, jamais il ne partagerait sa vie avec elle puisqu'elle était l'épouse de son frère. Quelquefois, l'envie de s'enfuir au loin pour n'avoir plus à la côtoyer s'emparait de son esprit. Cependant, la perspective de ne plus la voir, de ne plus entendre sa voix, lui était insupportable.

2

Westmount, 31 mai 1905

Les collègues de Rémi lui avaient dit qu'une nouvelle accouchée devait garder le lit au moins une dizaine de jours, aussi avait-il attendu qu'Agnès soit relevée de couches avant de lui rendre visite. Surtout, il voulait s'éviter l'épreuve d'une rencontre dans sa chambre.

Oscar, le majordome, l'introduisit dans le grand salon. Sa belle-sœur était en compagnie du vicaire Jean-Paul Boutin, de l'église Saint-Léon-de-Westmount. Ce dernier était venu solliciter sa participation à une organisation au profit de la fabrique.

— Je connais votre troupe, Les Amis de la scène, vous êtes formidable ! le félicita le prêtre. J'ai assisté à votre représentation du *Malade imaginaire*, au théâtre National, durant la période des fêtes de fin d'année. Je ne me souviens pas avoir autant ri ; tous, vous faites montre d'une grande maîtrise des textes et votre jeu est excellent.

— Vos compliments doivent également aller à madame Martel. Vous saviez que, en plus d'avoir été ma professeure, l'automne dernier, elle a participé à la mise en scène de notre pièce ?

— Chère madame, s'exclama le prêtre, vous avez des talents que je ne vous connaissais pas !

— Lorsque j'ai rencontré Aristide, j'enseignais le théâtre, dit-elle en jetant un regard attendri vers le nouveau venu. Aussi, parfois, depuis que Rémi a formé son groupe, je passe leur donner un coup de main.

— C'est bien que les femmes aient des activités créatrices à l'extérieur de leur foyer, approuva le vicaire. Bien sûr, à condition qu'elles ne négligent pas leur famille pour autant.

— Soyez sans crainte, monsieur le curé, mon mari accepte que je m'implique de temps à autre dans le travail artistique de son frère. Vous imaginez certainement que je n'agirais pas de la sorte sans sa permission.

— Vous êtes une bonne chrétienne, madame Martel, fidèle à ses engagements. Aussi, j'espère pouvoir compter sur vous pour participer à l'organisation de la procession solennelle de la Fête-Dieu, qui aura lieu cette année le 22 juin.

— C'est vrai que tu es Enfant de Marie, se rappela Rémi, légèrement taquin.

Agnès lui décocha un regard faussement sévère.

— Je suis fière de l'être ! Cependant, ajouta-t-elle à l'adresse du vicaire, ayant accouché il y a deux semaines, je ne me sens pas assez en forme pour accepter, cette année. Vous pourrez certainement compter sur madame Labelle, notre présidente.

— Je vous comprends très bien. Excusez le vieux célibataire que je suis, déclara le prêtre en se levant pour partir, une accouchée doit se reposer.

Avant de quitter la pièce, il offrit à la maîtresse de maison et à son invité de les bénir. Rémi grimaça, ce qui fit sourire Agnès. Mais il n'eut pas d'autre choix que de poser un genou par terre.

Quand sa belle-sœur revint au salon après avoir reconduit le vicaire Boutin, Rémi mima un signe de croix.

— Il y a longtemps que je ne me suis pas senti aussi près de la sainteté, blagua-t-il.

— Taquin ! Pour le moment, oublions ta béatitude. Est-ce que tu veux faire la connaissance de ton neveu ?

Rémi avait remarqué le berceau près de la fenêtre, à l'abri du soleil, devant des tentures de brocart. La jeune maman s'avança, puis, d'un geste délicat, elle écarta le drap de flanelle qui cachait un minuscule petit être profondément endormi.

Rémi se pencha au-dessus de l'enfant et l'examina affectueusement.

— Tu ne trouves pas qu'il me ressemble ? chuchota-t-il.

— Fais attention à tes propos, Rémi, gronda Agnès, c'est Aristide son père. Tu ne dois pas plaisanter avec ça.

— Je sais compter, avoua tristement l'oncle.

— Je t'en prie, ne sois pas peiné, ajouta la jeune femme, radoucie. Nous avons longuement discuté de notre relation et la décision que nous avons prise est la meilleure. Ne la remets pas en doute… c'est pénible pour moi également.

— Mes sentiments pour toi ne sont pas morts pour autant.

— Rémi…, insista Agnès au bord des larmes.

Dans les yeux de la jeune maman se lisait de la souffrance, mais aussi immensément d'amour. Rémi frissonna, se retenant de l'attirer dans ses bras. Heureusement, car Ophélie rentrait de l'école.

— Oncle Rémi ! Je suis tellement contente de vous voir ! s'exclama-t-elle, ravie. Vous avez manqué mon anniversaire…

La fillette lança son sac d'école par terre avant de sauter dans les bras tendus de son parrain.

— Tu es ravissante, ma princesse ! Jamais de ma vie je n'ai vu des yeux aussi magnifiques que les tiens, je suis ébloui à chacune de mes visites.

— Fais attention, Rémi, tu vas faire d'elle une jeune prétentieuse.

— Quand les femmes sont belles, il faut le leur dire. Et toi, Ophélie, tu es jolie comme ta maman.

— Et mon cadeau, vous y avez pensé ? demanda l'enfant.

— Ophélie ! la réprimanda Agnès. C'est impoli de poser ce genre de question.

Rémi déposa sa nièce par terre et il l'entraîna avec lui vers le divan, en face de la cheminée. Ils y prirent place côte à côte.

— Justement, dit-il, j'ai un présent, si Agnès est d'accord…

— Pourquoi est-ce que maman refuserait ? s'étonna Ophélie.

Inquiète, Agnès observait Rémi, se demandant quel plan son beau-frère pouvait avoir en tête. Ses cadeaux étaient toujours imprévisibles. Par exemple, pour le sixième anniversaire de sa filleule, il avait convaincu Aristide de le laisser lui offrir une année de cours d'art dramatique chez madame Renée.

— Les enfants doivent tenter plusieurs expériences, avait-il argué, si, plus tard, ils veulent choisir leur profession en toute connaissance de cause.

— C'est ridicule d'apprendre tant de choses aux femmes, lui avait rétorqué Aristide, chacune d'elles sait dès la naissance que sa vie sera consacrée à sa famille. La petite apprend déjà le piano, c'est suffisant.

Malgré cet argument, devant l'insistance de son cadet, il avait fini par accepter. La petite y avait pris un tel goût que, depuis trois ans, il lui payait les cours, pas toujours de gaieté de cœur, naturellement, mais, vu la passion de sa fille, Agnès insistait.

L'année suivante, Rémi avait offert des cours d'équitation à Ophélie, et, pour ses neuf ans, il l'avait emmenée au théâtre National, en soirée, assister à l'adaptation française d'une pièce de Broadway, *Le magicien d'Oz,* au grand déplaisir d'Aristide. En l'apprenant, ce dernier avait fulminé :

— Comment as-tu osé ? Sans ma permission ! Ma fille est beaucoup trop jeune pour aller à ce genre de représentation… importée de New York, une ville libertine. Tu veux faire de ta filleule une dévergondée ?

Mais la sortie avait eu lieu, et Rémi s'était contenté de sourire devant la réaction qu'il jugeait exagérée de son aîné. *Pourvu que, cette fois-ci, ça ne contrevienne pas à la rigueur d'Aristide,* souhaita Agnès. Les conflits avec son mari lui déplaisaient, elle préférait les éviter le plus souvent possible.

Bébé Félix s'éveilla, ses pleurs attirèrent l'attention de tous. Agnès se leva pour aller le chercher dans son berceau.

— Vous avez vu mon petit frère ? interrogea Ophélie. Il est un peu fripé. Maman dit que ça va s'améliorer à mesure qu'il va s'étirer, en grandissant.

— Je me souviens de ta frimousse toute plissée, déclara Rémi en lui pinçant le bout du nez, et regarde, aujourd'hui, tu as une jolie peau de pêche, lisse et veloutée.

— Vous trouvez que je suis poilue ?

— Bien sûr que non, ma chérie ! répondit l'oncle en riant. C'est une expression pour dire que ton visage est très doux.

Octavie entra dans la pièce, un biberon à la main.

— La température est parfaite, assura-t-elle, vous pouvez vérifier, madame.

— Je me demande ce que je ferais sans vous, la remercia Agnès.

— C'est un plaisir de vous aider. Grâce à vos merveilleux enfants, je vieillis dans la joie.

— Et moi, intervint Rémi, je vous ai également donné beaucoup de bonheur, n'est-ce pas ?

— Vous, monsieur Rémi, ce sont des cheveux blancs que vous m'avez laissés !

— Toujours aussi coquine, rétorqua le jeune homme en se levant pour venir déposer sur sa joue un baiser retentissant.

— Monsieur Rémi, le gronda-t-elle, c'était bien quand vous étiez un gamin de m'embrasser comme ça. Aujourd'hui, à votre âge, vous devriez modérer vos transports.

— Au contraire ! Ne suis-je pas encore votre petit garçon d'amour, comme vous m'appeliez, autrefois ?

— Tut ! Tut ! Vous me gênez, fit la domestique, rougissante.

— J'espère que mon frère vous traite bien. Depuis le temps que vous êtes à son service, vous méritez un brin de repos.

— Ne vous inquiétez pas ! Monsieur Aristide y a pensé, il a engagé une jeune fille : Martha. Elle fait le ménage et m'aide à la cuisine.

— Voilà qui est excellent ! s'exclama Rémi. Je suis heureux d'entendre ça. Vous avez été une seconde mère pour moi et je vous en suis reconnaissant.

— Vous me faites plaisir, monsieur Rémi.

Dans un geste d'affection, elle lui pinça gentiment la joue comme autrefois, avant de se retirer.

— Maintenant, si on parlait de mon cadeau, insista Ophélie, impatiente.

Debout près du piano, Rémi jeta un regard vers Agnès, qui paraissait inquiète de ce qu'il s'apprêtait à annoncer.

— Avant de refuser, exigea-t-il, je veux que tu m'écoutes jusqu'au bout.

La jeune femme acquiesça, même si elle ne semblait pas rassurée.

— Voici de quoi il s'agit, commença Rémi. La pièce que nous comptons présenter cet été nécessite la présence d'une fillette, un très…

— Je te vois venir…

— Chut ! Tu as promis, laisse-moi terminer.

Agnès se tut.

— … un très joli rôle, poursuivit Rémi, qui irait à ravir à une étudiante en art dramatique. Nos représentations, ouvertes aux enfants de tout âge, n'auront lieu que les samedis et les dimanches, uniquement en après-midi, ce ne sera donc pas trop exigeant.

— Oh, oui ! s'exclama Ophélie, je veux jouer ce personnage. Je vous en prie, maman, dites oui !

— Ne nous emballons pas trop vite. Vous devrez avoir des répétitions si vous souhaitez être prêts à temps, et Ophélie termine l'école à la Saint-Jean-Baptiste. Elle ne pourra pas assister à chacune d'entre elles.

— Sa participation n'exige pas de longs dialogues, quelques phrases ici et là. Je peux lui remettre le texte de la pièce, elle apprendra ses répliques dans ses temps libres et, après le 24 juin, nous l'intégrerons dans nos répétitions. De plus, je me charge de venir la chercher et de la ramener, vous habitez à seulement quelques milles du théâtre.

— Tu dis que ce sera chaque fin de semaine de l'été... Notre fille n'est pas un peu jeune ? Si elle se lassait ?

— Tout dépend de son intérêt. Tu en penses quoi, ma princesse ? s'informa l'oncle.

— Que j'en ai très envie ! Toutes les filles, chez madame Renée, souhaitent obtenir de petits rôles dans une vraie pièce, et ça n'arrive jamais. Je me trouve très chanceuse.

— Les autres membres de ta troupe sont-ils d'accord sur ton choix ? se renseigna Agnès.

— Bien sûr ! J'en ai discuté avec eux avant de t'en parler. La plupart d'entre eux connaissent Ophélie depuis qu'elle est bébé, elle t'a si souvent accompagnée quand tu venais nous aider pour la mise en scène.

— Maman, s'il vous plaît..., implora Ophélie.

Agnès aimait le théâtre depuis sa tendre enfance, elle comprenait le désir de sa fille, mais il y avait Aristide.

— Même si je disais oui, je ne suis pas convaincue du consentement de mon mari.

— Justement, dit Rémi, la mine réjouie, je n'ai pas pris de risque. J'en ai d'abord parlé à mon grand frère.

— Et ? s'enquit Ophélie, anxieuse de connaître la réaction de son père.

— Aristide m'a répondu que c'était une histoire de femme.

Ophélie bondit au milieu du salon et se mit à tourner sur elle-même, faisant voltiger sa jupe de couventine.

— Alors c'est oui, je vais jouer au théâtre ! Je vais jouer au théâtre ! répéta-t-elle en frappant des mains.

Puis elle courut auprès de sa mère et elle se pencha au-dessus de son petit frère.

— Tu as compris, Félix? Ta grande sœur va devenir une vraie comédienne!

— Pas si vite! l'exhorta Agnès. Pour être bien certaine de ne pas me tromper, et surtout pour ne pas m'attirer les foudres du clergé, je vais d'abord en discuter avec notre curé. Ce serait dommage qu'une fois l'entente conclue il émette un commentaire négatif en présence d'Aristide et que ce dernier revienne sur sa permission.

— Tu devrais en parler avec le vicaire Boutin, il m'a paru conciliant à l'égard du théâtre. Comme il nous a dit, il assiste à des représentations, à l'occasion.

— Oui, tu as raison, ce sera mieux avec lui.

Le bonheur d'Ophélie faisait tellement plaisir à voir qu'Agnès se promit de convaincre l'ecclésiastique.

— Alors, maman, vous dites oui?

— Seulement si nous avons l'autorisation du clergé.

Heureuse, la fillette vint se nicher près de sa mère.

— Je peux prendre Félix maintenant qu'il a terminé son biberon? demanda-t-elle.

Agnès la fit asseoir et elle lui remit le bébé, en s'assurant qu'elle le tenait bien. Puis elle se leva et rejoignit Rémi debout près du piano. Si Aristide ne prêtait guère attention à son aînée, au moins son parrain compensait.

— Tu devrais te marier et avoir des enfants, suggéra-t-elle en s'asseyant sur le tabouret, tu as tellement le tour avec eux; enjoué, compréhensif, tu ferais…

— … un père merveilleux, je sais. Mais je suis épris d'une femme mariée, chuchota-t-il pour ne pas être entendu d'Ophélie.

— Rémi!

— Une union sans amour, c'est long et souffrant. Je préfère ma vie de célibataire, au moins je possède la liberté, c'est pour moi une agréable compagne.

Agnès pianota quelques notes, à la recherche de l'inspiration.

— Si tu jouais *Fascination*? Cette chanson est très populaire en ce moment.

— D'accord, si tu promets de ne pas chanter, le taquina Agnès.

— Bon! Madame mettrait-elle en doute mes talents de chanteur? répliqua Rémi, affichant un air faussement offusqué.

Agnès joua les premières notes de la musique de Fermo Dante Marchetti, et tous deux se remémorèrent agréablement les paroles de Maurice de Féraudy qui défilèrent dans leur tête au rythme des accords:

Lorsque je souffre, il me faut tes yeux
Profonds et joyeux
Afin que j'y meure
Et j'ai besoin pour revivre, amour,
De t'avoir un jour
Moins qu'un jour, une heure
De me bercer un peu dans tes bras
Quand mon cœur est las.
Quand parfois je pleure

Des lèvres de Rémi, quelques paroles de la chanson s'échappèrent malgré lui, douces et nostalgiques:

Ah! Crois-le bien, ma chérie, mon aimée, ma Reine.
Je n'ai de bonheur qu'avec toi...

Mélancolique, Agnès baissa les yeux et elle attaqua la mélodie du refrain. La voix d'Aristide retentit soudain:

Je t'ai rencontré simplement
Et tu n'as rien fait pour chercher à me plaire
Je t'aime pourtant
D'un amour ardent...

Surprise, la pianiste cessa de jouer, tandis que Rémi s'avançait à la rencontre de son aîné.

— Dis donc, jamais je n'aurais cru que le savant juge Martel connaissait les paroles de *Fascination* ! Décidément, tu n'as pas fini de m'épater, mon frère !

— Comme quoi les hommes de loi apprécient la culture et qu'ils s'accordent parfois quelques moments de détente.

La pensée d'Aristide s'envola vers Irma, chez qui il avait appris les mots de cette chanson ; elle la faisait tourner régulièrement sur son gramophone. Puis il aperçut Ophélie qui tenait son fils serré contre elle.

— Agnès ! s'affola-t-il, ne vous ai-je pas dit que cette enfant est trop jeune pour prendre son frère ? Félix n'est pas un jouet.

— Elle est assise sur un sofa moelleux, comment voulez-vous qu'un accident se produise ?

— Cette étourdie peut oublier que Félix est dans ses bras, se lever sans y penser et l'envoyer rouler par terre.

— Voyons ! Vous exagérez ! Vous savez bien qu'elle n'est pas distraite à ce point, et elle a dix ans ! objecta Agnès en quittant le banc du piano pour aller chercher le bébé.

— Moi, je te fais confiance, et Félix aussi, chuchota-t-elle en se penchant à l'oreille de sa fille. Viens, nous allons le monter à sa chambre.

Ophélie ne se fit pas prier pour la suivre. Lorsque son père rentrait du travail, elle préférait toujours se trouver dans une autre pièce que lui.

Avant de sortir du salon, Agnès invita son beau-frère à partager leur souper.

— Ce sera avec plaisir, accepta ce dernier.

En grimpant l'escalier, la fillette se demanda pourquoi sa mère n'avait pas choisi d'épouser un homme aussi gentil que son oncle. Décidément, les préférences amoureuses des grandes personnes étaient quelque chose qui lui échappait ; elle conclut qu'il valait mieux ne pas chercher d'explications. L'idée de jouer au théâtre occupait toutes ses pensées: la perspective des merveilleux moments à venir au cours de l'été lui était si agréable! Encore une fois, son parrain lui avait offert un magnifique cadeau.

3

Montréal, 2 juillet 1905

C'était jour de première, la salle croulait sous les applaudissements. D'un élan unanime, les spectateurs s'étaient levés de leur siège pour souligner l'excellence du jeu des acteurs. La jeune comédienne, aux mimiques et aux reparties si bien senties, leur avait particulièrement plu.

Derrière le rideau, Rémi serra sa nièce dans ses bras.

— Écoute, c'est toi que les gens réclament.

— Ton oncle a raison, confirma Solange Daubry, la vedette féminine de la pièce. Ton jeu a été remarquable, ma belle Ophélie. Je te le prédis, une étoile est née ! Viens, allons saluer une dernière fois.

Main dans la main, Rémi et Solange entraînèrent Ophélie sur le devant de la scène, suivis des trois autres acteurs ; ils furent accueillis par une impressionnante clameur de joie. La fillette, poussée gentiment par son oncle, s'avança seule, timide et souriante, émue d'entendre scander son prénom. Assise au premier rang, Agnès contemplait son enfant, magnifique dans sa robe de dentelle blanche ; une bouffée de fierté lui monta au visage.

— C'est dommage que son père manque ce triomphe, nota madame Renée, assise à ses côtés. Ophélie est la meilleure de mes élèves, elle ira loin si elle continue dans ce domaine.

— Pour notre fille, le théâtre est un jeu, lui répondit Agnès, Aristide n'acceptera jamais qu'elle en fasse une carrière.

Au fond d'elle-même, elle éprouvait un brin de tristesse. Elle aurait aimé que son mari prête davantage attention au talent d'Ophélie, qu'il daigne la féliciter de temps à autre. Sentir l'estime de son père était une chose importante. N'était-ce pas dans son regard qu'une fille constatait pour la première fois sa valeur de femme ? Elle-même avait eu tellement de plaisir à pratiquer cet art de la scène et à l'enseigner ; si le mariage n'avait pas interrompu ses aspirations, elle serait probablement là aujourd'hui, sur les planches, à cueillir les bravos. Mais les regrets étaient inutiles ; en acceptant de devenir la femme d'Aristide, elle avait choisi d'orienter sa vie différemment.

Les acteurs étaient retournés derrière le rideau, la salle se vidait.

— Venez, madame Renée, l'invita-t-elle. Ophélie doit nous attendre dans sa loge, elle sera heureuse de vous voir.

En les apercevant dans les coulisses, Rémi s'avança à leur rencontre.

— Mon grand frère n'est pas avec vous ? s'étonna-t-il.

— Aristide est à son club de tir, il avait une importante compétition aujourd'hui.

— Ah bon !

— Il avait promis de venir… si ça se terminait assez tôt. Mais oublions-le puisqu'il n'est pas parvenu à se libérer. Où est ma mignonne petite vedette ?

Ophélie, émergeant du fond du couloir, se précipita dans les bras de sa mère.

— Ma chérie, tu as été magnifique !

Solange, qui la suivait, se joignit au groupe. Rémi s'empressa de la présenter à madame Renée.

— Vous venez de France, je crois, s'informa la professeure de théâtre.

— Oui, de Paris. J'ai connu Rémi lors d'une visite au Canada, l'an dernier, il m'a convaincue de me joindre à sa troupe. Les gens sont tellement chaleureux au Québec, je suis heureuse d'avoir choisi de m'installer ici.

— Si nous allions nous restaurer ? proposa Rémi. J'ai l'estomac dans les talons. Dans la grande loge, un buffet est servi, et j'ai invité des chroniqueurs artistiques de mes amis.

— Aristide est peut-être de retour à la maison, je préfère rentrer, répondit Agnès.

— Fais une exception, c'est jour de première. Ce serait bien qu'elle rencontre mes copains journalistes. Souviens-toi à quel point les comptes rendus font plaisir aux acteurs qui…

— Quand ils sont élogieux ! le coupa Agnès.

— Ils le seront pour Ophélie. Cette enfant a un véritable talent, comme sa mère…

— Flatteur !

— Après les prochaines représentations, j'irai la reconduire dès la fin du spectacle, c'est promis. Maintenant, viens manger avec nous.

Agnès finit par céder. Avec nostalgie, elle se rappelait ces moments où les comédiens exultaient et se congratulaient entre eux. Ophélie la précéda vers la loge, la main nichée dans celle de son parrain, en compagnie de madame Renée qui ne tarissait pas d'éloges sur la performance de son élève. Solange prit le bras d'Agnès, elle ralentit le pas et, sur un ton de confidence, elle chuchota :

— Quand Rémi m'a dit que la mère de sa nièce lui avait enseigné, je vous imaginais vieillotte, avec de petites lunettes épaisses, cerclées d'or, comme mon professeur de l'époque. Lorsque je vous ai rencontrée la première fois, j'ai été étonnée de vous découvrir si jeune.

— J'avais vingt ans lorsque Rémi a été mon élève, et lui dix-sept. En plus d'être son titulaire, je jouais très souvent avec lui.

D'ailleurs, c'est un jour de première, comme celui-ci, que j'ai fait la connaissance d'Aristide, son frère. Ce fut un véritable coup de foudre, un an plus tard nous étions mariés.

— Si votre mari possède le charme de Rémi, je vous comprends d'en être tombée follement amoureuse.

Les paroles de la jeune Française sous-entendaient qu'elle portait un vif intérêt à son collègue, et Agnès en ressentit un pincement au cœur. Son beau-frère était célibataire, c'était dans la normalité des choses que d'autres femmes tentent de le conquérir. Aussi, elle fit un effort pour surmonter cet instant de jalousie et répondre :

— Vous avez raison, mon mari est un bel homme. Bien que Rémi et lui n'aient pas la même mère, ils ont une certaine ressemblance, avec dix-sept années de différence d'âge.

— Avant de rencontrer Rémi, j'ai toujours eu un petit faible pour les hommes mûrs, avec les tempes grisonnantes… comme votre mari, sans doute.

L'évaluation d'Aristide fit sourire Agnès. C'est vrai qu'à cinquante ans Aristide avait encore fière allure. Cependant, si les deux frères avaient des traits physiques en commun, il n'en allait pas de même de leur personnalité. Elle se retint d'en faire part à Solange, se contentant d'incliner la tête en signe d'assentiment.

— Votre beau-frère, avec sa trentaine mature, m'a fait revoir mes critères, avoua la comédienne.

Se pressant contre l'épaule d'Agnès, elle ajouta sur un ton de confidence :

— Même si je suis son aînée de deux ans, j'aimerais bien qu'il devienne mon amoureux…

Elles arrivaient près du buffet. Agnès se dégagea de la poigne de Solange pour accepter une coupe de champagne. Rémi les rejoignit et, minaude, Solange s'accrocha à son bras.

— Tu as vu Ophélie? s'informa Agnès, ne l'apercevant pas avec lui.

— Justement, voilà notre princesse!

Ophélie approchait, en compagnie d'un jeune homme, qui tenait un carnet et un crayon.

— Maman, ce monsieur veut faire un papier sur moi. Je ne comprends pas…

Les adultes éclatèrent de rire.

— Ce soir, tu es devenue une vedette, lui précisa Rémi. Les journalistes rêvent de parler de toi dans leur chronique artistique.

— J'avais juste un petit rôle.

— Que vous avez interprété comme une professionnelle, mademoiselle, déclara Noël Lemaire, le chroniqueur. Vous étiez présente sur scène durant toute la pièce; vos reparties ont déclenché les rires, vos mimiques surtout… Quel talent pour une si jeune personne! J'aimerais être le premier à annoncer qu'une étoile est née, et un jour, je me souviendrai de cet instant comme de l'un des plus importants de ma carrière.

— Tut! Tut! intervint Agnès, ne vous enthousiasmez pas trop, monsieur. Ophélie n'a que dix ans, et je ne crois pas qu'elle devienne comédienne.

— Pourquoi pas, maman? C'est le métier qu'a choisi oncle Rémi, et regarde comme il est heureux.

— Heureux, mais pauvre, proclama ce dernier en riant. Si je n'enseignais pas le français dans un collège, je ne parviendrais pas à payer mes factures. L'important, ma chérie, c'est que tu t'amuses, et que nous passions un bel été ensemble.

Debout à côté d'eux, le jeune journaliste attendait.

— Solange, Ophélie et moi, nous sommes d'accord pour participer à votre entrevue, accepta Rémi. Allez-y avec vos questions.

Agnès se retira à l'écart en compagnie de madame Renée. Rémi n'avait pas tort: pour exercer le métier de comédien, loin d'être payant, il fallait s'y consacrer avec une passion dévorante et, de préférence, avoir un autre travail plus lucratif. *Prêt à manger du pain sec,* comme elle disait à ses élèves dans ses cours. Rémi n'avait pas eu à se poser cette question de la rémunération : à dix ans, au décès de son père Adolphe, il avait hérité d'une somme assez rondelette, qu'avait gérée Aristide jusqu'à sa majorité. Adolphe Martel, qui connaissait bien sa seconde femme, plutôt dépensière, avait fait de ses fils ses légataires. La plus grande partie de ses biens était allée à l'aîné, Aristide, car il souhaitait qu'il verse une pension à sa veuve. Au remariage de cette dernière, Aristide, qui n'avait reçu aucune directive advenant cette situation, avait cessé les paiements. Agnès n'avait jamais rencontré la mère de Rémi, mais ce dernier, bien qu'ayant souffert de son abandon à l'âge de quinze ans, en parlait avec affection les rares fois où il en était question. Chez Aristide, le discours divergeait. Pour lui, Suzanne était une intrigante qui avait séduit leur vieux père de cinquante ans uniquement pour son argent, alors qu'elle en avait tout juste vingt. En y réfléchissant, Agnès se disait que c'était un peu ce qu'elle avait fait à vingt et un ans, en épousant Aristide de quatorze ans son aîné. À leur première rencontre, dans les coulisses d'un théâtre, le charme de cet homme mature l'avait conquise. Ce même soir, maître Martel, le célèbre avocat qui faisait régulièrement la une des journaux de la métropole, relatant ses succès à défendre des causes dites perdues d'avance, l'avait invitée dans un chic restaurant du centre-ville. Au fil de leurs rendez-vous, elle avait découvert son mode de vie à lui, différent du sien, fait de luxe et d'abondance. Ces instants magiques passés en compagnie d'Aristide étaient pour elle savoureux, mais c'était sans attente de sa part, car Rémi lui avait toujours parlé de son aîné comme d'un célibataire endurci. Aussi, le soir du jour de l'An 1890, alors qu'ils dansaient sous les lustres de la grande salle de bal de l'hôtel Windsor, elle avait été fort étonnée quand il avait murmuré à son oreille :

— Chère Agnès, vous feriez de moi le plus heureux des hommes si vous acceptiez de m'épouser.

Surprise, elle s'était reculée et avait observé son partenaire, cherchant à deviner s'il était sérieux ou s'il s'agissait d'une plaisanterie lancée sous l'effet du champagne. Dans le regard d'Aristide, elle n'avait lu que sincérité et désir : il était amoureux d'elle. Bouleversée par la demande inattendue de cet homme qu'elle croyait hors de sa portée, elle, une petite professeure de théâtre, elle avait spontanément répondu oui, ravie d'avoir conquis son cœur. La considérant désormais comme sa fiancée, Aristide s'était emparé de ses lèvres et il s'était donné le droit de poser une main sur ses fesses pour la presser contre son bas-ventre ; elle avait alors senti la raideur de son membre viril. Agnès se souvenait d'avoir éprouvé une sensation d'euphorie en découvrant l'effet qu'elle produisait chez maître Martel, un des plus beaux partis de Montréal. La petite fille du Faubourg à m'lasse venait d'être demandée en mariage par un homme prestigieux, qui vivait sur le flanc sud-ouest de la montagne, dans la chic ville de Westmount. L'artiste sans le sou allait devenir une lady de la haute société.

C'est fou comme l'essentiel de la vie nous échappe à vingt ans, songea-t-elle en observant sa fille, si petite au milieu des adultes.

— Vous êtes distraite, constata madame Renée. Votre Ophélie est merveilleuse, elle répond au journaliste avec assurance. Je ne crois pas que sa doublure, mademoiselle Jeanne, pourrait en faire autant.

— C'est vrai, parlant de sa remplaçante, elle n'était pas présente, ce soir.

— Ce n'était pas nécessaire. Jeanne a assisté à toutes les répétitions, mais, au cours de la saison, elle viendra au théâtre seulement si votre fille doit s'absenter.

Agnès savait qu'être la doublure de quelqu'un était frustrant. Elle plaignit la pauvre Jeanne, surtout qu'Ophélie, ravie de jouer avec son parrain, prévoyait ne manquer aucune des représentations.

L'horloge au fond de la pièce indiquait six heures. Aristide était sûrement de retour de son concours de tir, et Agnès jugea préférable de rentrer.

— Je vous accompagne à la sortie, proposa Rémi. Oscar doit déjà être devant le théâtre.

Effectivement, le majordome s'y trouvait, attendant sagement l'arrivée de ses passagères. Rémi souleva Ophélie dans ses bras pour la féliciter une dernière fois, puis il la déposa sur le marchepied.

— Tu es ma vedette favorite ! clama-t-il en lui pinçant gentiment la joue.

Solange vint le rejoindre et ensemble, bras dessus bras dessous, ils saluèrent Agnès, qui montait à son tour dans la voiture. Rémi regarda l'attelage s'éloigner. Le bruit des sabots heurtant le macadam martelait dans sa tête la tristesse de sa solitude : jamais Agnès ne quitterait Aristide, il devait se résigner. À ses côtés, Solange lui souriait, elle était belle et aimante, il se pencha pour l'embrasser. Les autres membres de la troupe les attendaient pour festoyer encore quelques heures, ils entrèrent les retrouver.

En arrivant à la maison, Agnès et Ophélie furent accueillies par les pleurs de Félix. Furieux, Aristide arpentait le salon.

— Ce bébé est trop jeune pour que vous le laissiez seul aussi longtemps. Qu'est-ce que vous avez pensé ?

Il se tourna vers la vieille servante.

— Octavie, donnez-le à sa mère qu'elle puisse le consoler.

La gouvernante s'avança.

— Je suis désolée, madame, d'habitude il est très bien avec moi.

Tandis qu'Agnès enlevait son chapeau, Ophélie s'approcha et, gentiment, elle tendit les bras pour prendre son petit frère.

— Toi, monte te changer immédiatement ! ordonna sèchement son père. À cause de votre inconscience, nous allons devoir manger froid. Il y a plus d'une demi-heure que Martha m'a averti que le souper était prêt.

Le ton acerbe d'Aristide fit tressaillir sa fille, qui s'enfuit en courant vers l'escalier.

— Vous auriez pu lui demander comment s'est passée sa première représentation sur les planches, reprocha Agnès à son mari. Si vous l'aviez vue, elle a été formidable ! Un long moment, les spectateurs ont scandé son nom et un journaliste est venu la rencontrer. Je me suis sentie très honorée d'être sa mère.

— Bon, je la féliciterai à la table tantôt, répondit Aristide d'un ton bourru. Maintenant, dépêchez-vous de calmer votre fils. Je vais dire à Martha de réchauffer le souper et de nous servir dès que vous serez redescendue.

Dans les bras d'Agnès, le nourrisson de six semaines s'était tu et, de ses grands yeux marine, il l'observait.

— Il a déjà bu son biberon, l'informa Octavie, je pense qu'il vous attendait pour s'endormir. Ce petit monsieur a déjà ses exigences.

Agnès regagna sa chambre, où elle avait placé le berceau de Félix à côté de son lit. Trois ans après leur mariage, alors qu'il venait d'être nommé juge et sous prétexte qu'il ne parvenait pas à se reposer aussi bien avec quelqu'un d'autre dans son lit, Aristide lui avait proposé de faire chambre à part.

— Nous pourrons nous visiter à l'improviste, avait-il avancé. Nos échanges ressembleront à des rendez-vous galants et ça mettra du piquant dans notre couple. Qu'en pensez-vous ?

Dans les faits, la proposition était un ordre, mais le compromis avait satisfait Agnès : retrouver la liberté de ses nuits avait été pour elle une agréable perspective. Avec cet homme, bien qu'il fût son mari, jamais elle ne se sentait complètement à l'aise. Même pour lui plaire et conquérir son cœur, maître Aristide Martel n'était pas descendu de son piédestal : il l'avait aimée de haut, sans tendresse. Elle le comprenait, aujourd'hui.

— Maintenant qu'il repose calmement, énonça Octavie qui venait d'entrer dans la pièce, vous pouvez aller souper.

— C'est gentil à vous de me relayer, accepta Agnès. Je vais passer chercher Ophélie et lui dire un mot, je crois que le ton de son père l'a bouleversée, tantôt. Si vous aviez pu voir à quel point elle a bien joué, cet après-midi.

— Je n'en doute pas, madame. Mademoiselle Ophélie a hérité de votre talent, elle est douée, et tellement jolie.

Octavie avait été engagée par Adolphe Martel lors de son mariage avec Suzanne, sa seconde épouse. Après le décès du juge, à la demande de sa veuve, elle était demeurée auprès d'elle et du jeune Rémi, âgé de dix ans. Aristide avait profité de ce veuvage pour revenir s'installer à la résidence paternelle et veiller sur son jeune demi-frère, selon le dernier souhait de leur père. Puis Suzanne s'était remariée et elle était partie vivre au loin. Trois ans plus tard, à l'arrivée de madame Agnès, Octavie avait été ravie d'avoir une nouvelle patronne, pleine de gentillesse à son égard.

Agnès confia Félix à la gouvernante et elle sortit rejoindre sa fille. Elle se trouvait chanceuse de pouvoir compter sur une personne aussi dévouée qu'Octavie. Elle se souvint que son beau-frère lui avait raconté à quel point cette femme avait été attentive à ses besoins d'adolescent, après l'abandon de sa mère. *Devenir maman, c'est la priorité d'une vie,* songea-t-elle. *Comment Suzanne avait-elle fait pour partir en laissant son fils derrière elle?* Agnès était prête à tous les sacrifices pour rendre ses deux petits à l'âge adulte dans la sécurité de leur foyer et leur offrir la possibilité de lendemains heureux, même si ça exigeait d'elle de renoncer à ses propres rêves. *Dans la vie, il faut assumer ses choix, en essayant d'y trouver sa part de bien-être.* Puis elle se rappela Rémi, cet après-midi, qui jouait sur les planches et qui cherchait son regard dans la salle dès qu'une réplique le lui permettait. Il était magnifique dans son costume de paysan, et si touchant lorsqu'il avait enlacé sa partenaire de jeu pour lui promettre un amour éternel. Un bref instant, elle imagina que c'était elle, dans ses bras, contre son corps chaud, et elle frissonna de plaisir. C'est cet appel de l'amour qu'avait dû entendre Suzanne… Les replis de l'âme humaine sont remplis de mystères, se dit Agnès, et nul ne sait ce qui peut faire flancher les principes les plus forts. Elle décida de ne pas juger cette femme, bien qu'il lui fût difficile d'imaginer qu'on puisse se séparer d'un enfant, même au milieu de l'adolescence.

4

Montréal, 15 mai 1910

L'appartement était petit, mais coquet. Solange s'y était installée avec Rémi trois ans auparavant. Sans filer le grand amour, ils se sentaient bien d'y vivre ensemble. La troupe Les Amis de la scène rentrait à peine dans ses frais, aussi Rémi avait vu son héritage fondre comme neige au soleil. Pour arrondir ses fins de mois et pouvoir se consacrer à sa passion, il continuait de donner des cours de français dans un collège pour garçons de Montréal, tandis que Solange enseignait le chant à domicile à des jeunes filles.

— Pour notre théâtre d'été, je suis contente que nous ayons choisi une pièce dans laquelle Ophélie pourra de nouveau jouer, dit Solange. J'avais bien aimé notre expérience avec elle il y a cinq ans. Tu crois que ton frère voudra qu'elle y participe ? Peut-être sera-t-il plus inquiet maintenant qu'elle est une adolescente de quinze ans ?

— C'est un vieux bourru, cet Aristide, et, malheureusement, il se prend pour le nombril du monde. Ce n'est pas parce que monsieur est juge que les siens devraient vivre reclus, dans le seul but, selon lui, d'éviter les cancans. Pour ma part, je trouve prestigieux de jouer au théâtre, toutes les filles en rêvent. Même les filles de bonne famille ! Bien entendu, Agnès est d'accord avec moi. Alors, souhaitons que ma nièce obtienne la permission de son père.

Solange considéra son compagnon de vie. Chaque fois qu'il prononçait le prénom de sa belle-sœur, une vague de nostalgie traversait son regard. *Les amours impossibles, ceux qui se vivent dans les rêves, sont-ils plus durables que ceux qui se frottent aux réalités du quotidien?* se demandait la comédienne. Elle ne connaissait rien des liens entre Agnès et son beau-frère, ce qui avait pu se passer entre eux avant que sa route croise celle de Rémi. Cependant, elle avait la certitude qu'ils éprouvaient l'un envers l'autre un attachement au-delà d'une relation fraternelle, elle s'en rendait compte à chacune de leurs rencontres, à Noël ou à l'occasion de la célébration de différents anniversaires. Entre eux, il y avait des gestes qui ne mentaient pas, des regards aussi, mais elle se persuadait que ça n'allait pas plus loin. Sachant qu'on ne refait pas le passé de quelqu'un, elle aimait son homme un jour à la fois, se contentant de ce qu'il lui offrait. Souvent, elle se demandait si Aristide en était conscient… Probablement pas ! Imbu de lui-même, monsieur le juge était certainement incapable d'imaginer que sa femme puisse lui en préférer un autre.

Debout dans l'encadrement de la porte de la chambre, une serviette nouée autour des reins, son cher Rémi était désirable dans la maturité de ses trente-sept ans. Il était son compagnon de vie à elle, et à personne d'autre. Sensuelle, elle décida de commencer la célébration de ce dimanche en conjuguant le verbe aimer au présent. Coquine, elle fit glisser les bretelles de sa chemise de nuit en soie, qu'elle laissa choir par terre ; nue, elle s'avança vers Rémi. D'un geste suave, elle déroula le drap de bain qui recouvrait ses hanches en frôlant lascivement son torse du bout de ses seins.

: :

Sur le perron de l'église Saint-Léon, le juge Martel, sa femme à son bras, discutait avec des amis. Ce dimanche ensoleillé était le bienvenu après le long hiver, et chacun savourait le plaisir de se retrouver dehors, en plein air, sans l'urgent besoin de courir se réchauffer dans la chaleur de son foyer.

— Votre petit garçon a bien grandi, fit remarquer le vicaire Jean-Paul Boutin, qui saluait ses paroissiens au sortir de la grand-messe.

— Justement, il aura cinq ans mardi, nous les célébrerons aujourd'hui, avec des amis, répondit Agnès. Sa sœur et lui ont la même date d'anniversaire, c'est une agréable coïncidence qui permet de les fêter ensemble.

— Ophélie est devenue une charmante adolescente. À chacune de mes visites au couvent, les religieuses enseignantes ne tarissent pas d'éloges à son sujet. Je pense qu'elles aimeraient bien l'accueillir dans leurs rangs, quand elle aura atteint l'âge d'être novice.

— Laure, mon unique sœur, est entrée en religion à l'âge de dix-huit ans. C'est la marraine d'Ophélie et, justement, elle vient souper ce soir. Je lui parlerai de votre idée, promit Agnès, un sourire sceptique au coin des lèvres.

Puis elle jeta un œil autour d'elle à la recherche de ses enfants. Félix courait derrière un papillon et Ophélie le suivait à la trace pour lui éviter de tomber. Dans la cour de l'église, les chevaux piaffaient d'impatience de prendre la route de leurs écuries, et le bambin de cinq ans se faufilait entre eux, négligeant toute sécurité.

Agnès laissa le bras de son mari et elle s'excusa auprès du prêtre :

— Je dois rattraper mon p'tit bonhomme, je pense qu'il donne du fil à retordre à sa grande sœur. Notre Félix est un garçon très actif, difficile à arrêter quand il décide de nous échapper. Je crois que ça l'amuse de nous voir courir après lui.

— Ma femme exagère, protesta Aristide. Félix est un vrai Martel, énergique et déterminé, un jeune homme qui fera son chemin dans la vie.

— Peut-être deviendra-t-il juge, à l'image de son père, prédit le vicaire, flatteur. Votre exemple de citoyen irréprochable lui servira de modèle, j'en suis convaincu.

— Merci, s'enorgueillit Aristide, toujours fier d'être encensé. Maintenant, si vous permettez, je rejoins ma famille.

Près du trottoir, Félix, le genou écorché, pleurait à chaudes larmes. Aristide détestant ce genre de démonstration en public, il fit signe à Oscar d'approcher la voiture. Il prit son fils dans ses bras, et il grimpa à bord.

— Qu'est-ce que tu lui as encore fait ? interrogea-t-il en s'adressant à sa fille.

— Rien ! protesta cette dernière. J'ai voulu le rattraper avant qu'il se fasse frapper par un cheval.

— C'est pas vrai, tu m'as poussé, gronda Félix.

— Tu mens ! cria l'adolescente.

— Tais-toi, ordonna Aristide. Tu es l'aînée, c'est à toi d'agir comme une grande personne. Je déteste ce genre d'esclandre, surtout au sortir de la messe, devant tout le monde. Ce n'est pas digne de notre famille, on se doit de donner l'exemple. N'oubliez jamais que les gens nous observent, c'est le prix à payer quand on vit au-dessus de la masse.

Félix pleurait toujours, le genou relevé contre sa poitrine.

— Maman, protesta Ophélie, vous savez bien que je ne l'ai pas poussé.

— J'en ai assez entendu, trancha son père. Si tu dis un mot de plus, tu passeras la journée dans ta chambre.

— C'est ma fête…

Devant le regard sévère d'Aristide, elle se tut. Il était capable de la confiner à l'étage tandis que les invités célébreraient son anniversaire. Pourquoi Aristide refusait-il toujours d'écouter ses arguments ? Par son geste à l'égard de Félix, elle cherchait à le soustraire à un danger, à lui éviter de se faire piétiner.

Du haut de ses cinq ans, Félix se rendait compte que leur père traitait sa sœur avec dureté. Il savait que sa chute n'était pas de la faute à Ophélie, mais de la sienne, elle avait seulement voulu le protéger. Dès que sa mère eut fini d'enrouler un mouchoir autour de son genou, il se rapprocha d'Ophélie et tenta de se nicher contre son épaule. D'un geste brusque, l'adolescente incomprise le repoussa.

— Vous voyez bien, constata le juge en s'adressant à sa femme, votre fille déteste son frère ; je pense qu'elle en est jalouse.

— Aristide, protesta Agnès, c'est une chicane d'enfants, il n'y a rien de méchant là-dedans.

Contrit, se faisant câlin, Félix osa une seconde tentative. Cette fois, Ophélie glissa un bras autour de ses épaules et le serra gentiment contre elle. Depuis sa naissance, même s'il passait souvent en coup de vent au milieu de ses affaires sagement rangées et en détruisait certaines, elle se trouvait moins seule dans la grande demeure du juge Martel. Avec ses réparties spontanées et rigolotes, Félix parvenait à dérider leur père, ce qui détendait l'atmosphère quand il passait du temps avec eux.

L'attelage était arrivé devant la résidence. Oscar descendit de son siège et vint ouvrir la portière aux passagers.

— Je ne rentre pas avec vous, déclara Aristide, je dois me rendre au bureau.

— Nous attendons des invités, lui rappela sa femme.

— J'ai des affaires en retard, qui ne peuvent pas être remises, trancha-t-il.

— Alors, ne revenez pas trop tard. Vous savez qu'en plus des habitués comme Rémi, Solange et ma sœur Laure, nous recevons nos amis les Blondeau, ainsi que John Warner, votre nouvel assistant, et sa fiancée.

— Je serai de retour avant leur arrivée, promit Aristide.

Ophélie tendit la main à Oscar pour descendre de voiture, mais Félix la bouscula pour passer avant elle et lui fit perdre pied. Heureusement, le majordome la retint juste à temps pour lui éviter de tomber sur le trottoir. Sitôt en équilibre, l'adolescente courut derrière le coquin qui s'enfuyait en riant aux éclats, oubliant son genou ensanglanté.

Aristide poussa un profond soupir : il n'était pas fait pour avoir des enfants. Malheureusement, c'était l'unique façon d'avoir un fils à qui transmettre son amour du droit, une passion qu'il avait lui-même héritée de son père, un Canadien français, qui s'était taillé une place enviable de juriste, parmi les Anglais.

Libéré de ses contraintes familiales, il donna à Oscar l'adresse de madame Irma. Nulle mieux qu'elle ne savait satisfaire son besoin de détente, qu'il ne parvenait pas à combler dans sa propre maison, au milieu des cris d'Ophélie et de Félix. Sans oublier les exigences de sa femme.

Au grand bonheur des enfants, Rémi et Solange arrivèrent les premiers. Aussitôt, Félix et Ophélie entraînèrent leur oncle dans la salle de jeu ; ils le trouvaient drôle, s'amuser avec lui était un plaisir dont ils ne se lassaient pas.

— Votre frère adore les enfants, nota Solange à l'adresse d'Aristide, revenu de son escapade chez madame Irma. Parfois, j'ai l'impression qu'il est de leur âge, bien qu'il ait trente-sept ans.

Ce rappel fit songer à Agnès qu'elle avait eu quarante et un ans en janvier. Le temps emportait sa jeunesse, ainsi que les rêves de tendresse qu'elle entretenait. Certaines nuits, la tête enfouie dans l'oreiller, elle se remémorait le corps de Rémi et la douceur de ses caresses…

— Où êtes-vous partie vagabonder, charmante belle-sœur ? interrogea ce dernier, surgissant derrière elle sans qu'elle l'ait entendu venir.

Surprise au cœur de ses impertinents souvenirs, Agnès sursauta et elle rougit.

Heureusement, son malaise passa inaperçu. Oscar annonçait l'arrivée du juge Adrien Blondeau et de sa femme, Graziella. Le couple était en compagnie de John Warner et de Joyce, sa fiancée, une jolie jeune femme qui étudiait le chant auprès d'une cantatrice italienne. Agnès aperçut sa sœur Laure : engoncée dans son costume noir, elle montait l'escalier en retenant ses jupes. Connaissant sa timidité, Agnès s'empressa d'aller à sa rencontre, puis elle fit les présentations.

L'atmosphère du repas était détendue. Chacun se rappelait un souvenir d'enfance ou une anecdote de ses années d'école, qu'il racontait pour amuser les enfants qui, étant donné que c'était leur journée d'anniversaire, avaient eu la permission de manger avec les grands.

En apprenant que Rémi et Solange faisaient partie d'une troupe de comédiens et qu'il leur arrivait de jouer au théâtre National, Joyce se montra impressionnée.

— Si jamais vous avez besoin d'une chanteuse, n'hésitez pas à avoir recours à mes services, proposa-t-elle.

Sa suggestion ne reçut pas de réponse, car Octavie venait d'entrer avec un énorme gâteau au chocolat, qu'elle déposa au centre de la table. Tous salivèrent en le contemplant. Rémi, conscient qu'Aristide, devant ses invités, et surtout en présence de Joyce qui montrait un vif intérêt pour le théâtre, pourrait difficilement lui refuser une faveur, en profita pour intervenir auprès de lui.

— Cette année, commença-t-il, nous montons la comédie *Ne riez pas de moi, grand-mère…*

— Je connais cette pièce, l'interrompit Joyce, elle est hilarante.

— Vous avez raison, mademoiselle, les textes sont très drôles, poursuivit-il. Après en avoir discuté avec l'équipe, Solange et moi aimerions qu'Ophélie tienne le rôle de l'adolescente rebelle.

— Quelle bonne idée ! s'exclama Graziella en se tournant vers la jeune fille. Si je ne me trompe pas, ma belle, tu étudies l'art dramatique depuis plusieurs années et tu as déjà joué au théâtre, il y a quelques années. Tu te rappelles, Adrien, nous étions allés la voir ?

Le juge Blondeau acquiesça, tandis qu'Aristide lança un regard furibond en direction de Rémi ; il le devinait sur le point de le coincer en présence de ses invités.

— Ta fille est une excellente comédienne, Aristide, commenta Adrien. Ma femme a raison, nous avions assisté à une représentation, je me souviens très bien de sa prestation. Tu avais quel âge, Ophélie, cette année-là ?

— Dix ans, répondit timidement l'adolescente.

— Et tu n'es pas remontée sur les planches depuis ?

— Pas dans un spectacle professionnel, non. Mais j'aimerais bien y retourner cet été, s'empressa-t-elle d'ajouter, sans oser regarder son père, le détenteur de la clé de son bonheur.

— Il s'agit d'une pièce légère, comme l'a souligné mademoiselle Joyce, spécifia Rémi, tout à fait adaptée pour une jeune étudiante en théâtre. De la même façon qu'il y a cinq ans, les représentations n'auront lieu qu'en matinée, jamais le soir. Je suis convaincu, mon très cher frère, que tu ne peux pas refuser une telle opportunité à ta fille. Encore moins aujourd'hui alors que nous célébrons son anniversaire. Quel beau présent à lui offrir !

— Et le mien, mon cadeau ? Faut pas m'oublier même si j'suis tout petit ! lança Félix, qui avait la répartie facile pour ses cinq ans.

Devant la mine déconfite de l'enfant, tous éclatèrent de rire.

— Dommage, cette année, nous n'avons pas de rôle pour toi, s'excusa Solange, mais je te promets que lorsque tu seras aussi grand que ta sœur, j'écrirai une pièce juste pour toi.

— Mon fils ne fera pas de théâtre, décréta Aristide, il choisira le droit. N'est-ce pas, mon garçon ?

— Je préfère être un cow-boy, déclara Félix avec assurance. Je veux un cheval, un vrai, pas un en bois comme celui que j'ai eu à Noël.

— C'est aussi ce que je désirais être à ton âge, intervint John. Permets-moi de te dire, mon bonhomme, que j'y songe encore aujourd'hui, quand ton père m'enterre sous des piles de dossiers.

— Papa, c'est pas gentil ! lui reprocha Félix en fronçant les sourcils. Vous vous fâchez quand j'enterre le chat dans le sable, pourquoi vous faites ça à votre ami ?

Aristide ne put réprimer un sourire, au grand plaisir d'Ophélie ; s'il était de bonne humeur, peut-être accepterait-il la proposition de son parrain. N'osant pas intervenir de crainte de l'irriter, elle croisa les doigts sous la table et attendit fébrilement sa décision.

— Alors, Aristide, tu es d'accord ou pas ? insista Rémi.

Tous les regards se tournèrent vers le juge Martel ; il ne s'était pas trompé, son frère l'avait piégé. Aristide n'aimait pas se sentir ainsi poussé dans ses derniers retranchements, incapable de refuser, au risque d'affronter la désapprobation de tous. Rémi était un fin renard, il avait choisi son moment.

— Ophélie a quinze ans, je vous accorde qu'à dix ans elle était un peu jeune, plaida Agnès, sachant à quel point la proposition de Rémi plaisait à sa fille. Aujourd'hui, je suis certaine qu'elle peut jouer au théâtre tout en profitant de son été et retourner à l'école en pleine forme en septembre.

Sœur Laure se taisait, préférant retenir son opinion ; pour elle, les lieux publics où des acteurs s'exhibaient étaient des endroits de perdition.

— D'accord ! accepta finalement Aristide, mais à condition qu'elle revienne à la maison immédiatement après les spectacles.

Ophélie poussa un soupir de soulagement.

— Merci, balbutia-t-elle, gênée devant les invités, qui, d'un signe de tête ou d'un sourire, approuvaient la réponse d'Aristide.

— Tu devrais aller embrasser ton père pour le remercier, suggéra Joyce. Il vient de te faire un superbe cadeau, j'en suis presque jalouse.

Ophélie se leva de sa chaise et se dirigea vers Aristide. Intimidée, elle déposa un baiser sur sa joue, qu'elle trouva froide et humide.

— Et moi ? supplia Rémi. Je dois avoir droit à mon p'tit bec !

L'adolescente se tourna vers son oncle, ravie de l'embrasser à son tour. Son parrain la serra dans ses bras, son visage à lui était chaud, elle s'y colla, reconnaissante.

— J'veux un morceau de gâteau ! s'impatienta Félix.

— Tout à fait d'accord avec toi, l'encouragea John, surtout qu'il a l'air délicieux.

— Ma femme est une excellente pâtissière, c'est la raison pour laquelle je lui ai demandé de m'épouser, déclara Aristide, que le vin rendait guilleret.

— Sûrement pas la seule ! plaisanta Adrien.

Aristide observait Agnès, particulièrement jolie ce soir-là. Il se leva pour allumer les bougies sur le gâteau : quinze blanches en entouraient cinq rouges, campées au milieu. Rémi sortit son briquet pour aider son frère ; avec les enfants qui vieillissaient, ça commençait à en faire beaucoup qui devaient briller en même temps.

— Les enfants, choisissez un vœu avant de les souffler ! lança Graziella.

Ophélie et Félix se penchèrent et les soufflèrent d'un trait, sous les applaudissements des invités. Ensuite, Agnès distribua une part de gâteau à chacun. Félix rechigna devant la sienne, qu'il trouvait trop petite, alors que sa sœur, l'esprit dans les nuages, se délectait de la sienne.

Le juge Blondeau amena la conversation sur la politique. Un député nationaliste, Armand Lavergne, venait de faire adopter une loi à l'Assemblée législative, qui rendait le français obligatoire dans les services d'utilité publique, tandis qu'une autre loi avait réduit à cinquante-huit heures par semaine le nombre d'heures de travail des femmes et des enfants dans les filatures. Chacun y alla de ses précisions et de ses commentaires.

— Les gens ne veulent plus travailler de nos jours, affirma Warner. Pour ma part, je ne compte pas mes heures au bureau, j'emporte même du boulot à la maison.

— Le travail dans les usines est difficile physiquement, je suis d'accord avec le gouvernement, lui objecta Joyce, visiblement plus près du peuple que son compagnon.

Après avoir mangé leur gâteau, Ophélie et Félix, que le placotage des grands ennuyait, se retirèrent de table. Accroupis près de la fenêtre, serrés l'un contre l'autre, ils se plongèrent dans le livre d'images reçu de tante Laure.

Assis au bout de la table, un cigare à la main, Aristide contemplait les siens, se félicitant de sa chance. Irma avait été convaincante cet après-midi : avec ses mauvais et ses bons côtés, une famille, ça n'avait pas de prix, surtout depuis qu'il avait un héritier.

5

Montréal, 7 août 1910

Grâce à sa participation dans la pièce dirigée par son oncle, Ophélie vivait le plus bel été de sa courte vie. Jeanne, la doublure de ses dix ans, avait obtenu un rôle muet, et elle s'en montrait fière. Au moins, elle était sur la scène, et prête à remplacer Ophélie au pied levé si cette dernière tombait malade ou devait s'absenter. Mais ses espoirs étaient faibles, car pour rien au monde sa copine n'aurait manqué une représentation. Puis il y avait Hector : un beau grand garçon de vingt ans qui jouait le personnage principal du groupe des plus jeunes. Au début des répétitions, Ophélie était mal à l'aise en sa présence ; son camarade n'en était pas à son premier rôle et de plus, il entrait à l'université à l'automne, ce qu'il se plaisait à mentionner chaque fois que l'occasion s'y prêtait. Rapidement, Ophélie le trouva vantard et elle s'en éloigna, tandis que Jeanne, âgée de dix-sept ans, tenta d'attirer son attention. Malheureusement pour elle, Hector en pinçait pour Ophélie, qui, de son côté, ne remarquait rien. Un peu jalouse, Jeanne déploya davantage d'efforts pour le conquérir.

Les jours de canicule, avant la représentation, les comédiens montaient sur le toit du bâtiment, à la recherche d'un peu de fraîcheur. Ce dimanche d'août, il n'y avait pas la moindre brise, les vêtements que la locataire du deuxième avait suspendus sur une corde demeuraient immobiles. Aussi, ils redescendirent au rez-de-chaussée et ils s'installèrent le long d'un mur de ciment pour se rafraîchir et se restaurer.

Malgré la chaleur ambiante, Rémi faisait le pitre pour amuser les acteurs et faire tomber leur stress, qui ne manquait jamais de se manifester avant chaque entrée en scène.

— Nous exerçons le plus beau métier du monde! lança-t-il pour une énième fois depuis le début de l'été. N'oubliez jamais que les gens qui viennent nous voir sont à la recherche d'un moment de détente; à la tombée du rideau, ils retournent chez eux avec le visage et les paroles de chacun de nous imprégnés dans leur mémoire. Pendant de longs jours, des mois parfois, ils y repenseront, et nous les ferons encore sourire, dans la routine de leur quotidien.

— En tout cas, ce ne sont pas tes mots qui les amuseront, ma belle Jeanne, la taquina Hector, se voulant drôle.

La répartie malvenue provoqua un malaise. Jeanne baissa les yeux.

— Tous les rôles sont importants, s'empressa de rectifier Rémi, dardant un regard cinglant sur le malotru. Ta présence est requise, Jeanne, autant que celle des autres. Sans toi qui fais le service et t'enfarges dans les pièces du décor, les gens ne riraient pas autant.

Les encouragements de Rémi ne convainquirent pas Jeanne. Dépitée, elle quitta le groupe pour se réfugier dans sa loge; tour à tour, les acteurs et les accessoiristes firent de même. Hector posa une main sur le bras d'Ophélie, pour la retenir.

— Si nous retournions sur le toit, proposa-t-il, il y a un petit coin à l'ombre où on devrait se sentir bien. Nous avons encore une bonne demi-heure avant d'enfiler nos costumes.

— Je ne sais pas trop, répondit-elle, oncle Rémi ne sera pas content.

— Il est déjà dans sa loge… juste quelques minutes, le temps de fumer une cigarette.

— Je ne fume pas.

— Allez, viens, insista-t-il.

Bondissant sur ses pieds, il s'amusa à faire une profonde révérence devant Ophélie avant de saisir sa main, qu'il embrassa galamment. Le contact chaud de ses lèvres sur ses doigts encouragea l'adolescente à le suivre. Après tout, ce n'était que pour un instant, et son oncle la croyait avec Solange, qui veillait sur elle comme sa propre mère.

Une légère brise s'était levée, l'humidité diminuait. Sur le toit, le garçon prit Ophélie par la taille et l'entraîna dans une valse sans orchestre, se contentant de siffler une mélodie de Strauss. L'adolescente se laissa emporter. La journée était splendide, elle avait quinze ans et jamais sa vie ne lui avait semblé aussi belle qu'en ce dimanche après-midi du mois d'août, volant dans les bras de son partenaire de scène.

— Nous sommes au début de notre existence, chuchota Hector à son oreille, il faut profiter de chaque moment, tu ne crois pas ?

Ophélie acquiesça et son compagnon accéléra le rythme. Sa robe de coton ondulait dans l'air chaud, découvrant ses longues jambes au galbe parfait. Le jeune homme se rapprocha et la pressa contre lui.

— Tu es superbe, Ophélie, tu me fais tourner la tête…

Mal à l'aise, l'adolescente cessa de danser et fit un effort pour se dégager de l'étreinte.

— Ne t'inquiète pas, je ne te veux aucun mal. Tu es une jolie fleur, je respecte ta fragilité et ta beauté.

Ophélie souhaitait changer de sujet.

— Tu veux devenir acteur dans la vie ?

— Non, bien sûr, répondit Hector, qui comprenait la tentative de diversion de sa copine. Jouer au théâtre est pour moi un travail d'été, qui, je l'avoue, me passionne. À l'automne, comme tu le sais, j'entre à l'université, pour étudier le droit.

— C'est intéressant, tu veux m'en parler ?

— Une autre fois, c'est promis. Il est l'heure de rejoindre les autres.

Avant de descendre, Hector resserra son étreinte et, son regard plongé dans le sien, il déposa un rapide baiser sur ses lèvres frémissantes.

— Maintenant, rentrons, suggéra-t-il en se reculant pour la libérer.

Étourdie par ce qui venait de se produire, Ophélie ne bougea pas. Hector la prit par la taille pour l'entraîner avec lui, et c'est sur des pas de danse qu'ils pénétrèrent dans l'immeuble. La sensation éprouvée au contact du corps de son partenaire et, surtout, la chaleur de ses lèvres étaient pour Ophélie une merveilleuse découverte. Cet intermède lui laissait un goût délicieux.

Solange, partie à la recherche d'Ophélie, les avait retrouvés sur le toit. Dissimulée derrière une cheminée, elle avait assisté à leur rapprochement. Ne sachant trop comment réagir, elle avait attendu qu'ils partent, puis elle s'était rendue dans la loge de Rémi pour en discuter.

L'oncle se contenta d'esquisser un sourire.

— Le premier émoi amoureux est un moment particulier de l'existence, un instant dont on se souvient la vie entière, énonça-t-il. Je devais avoir l'âge d'Ophélie quand ça m'est arrivé.

— Tu étais un garçon, c'était différent.

— Tu crois ?

— Bien sûr ! Chez une fille, le flirt peut avoir de lourdes conséquences. Je pense que ton frère serait drôlement fâché contre toi si un tel malheur se produisait… Quelle honte pour sa famille !

— Oui, tu as raison, avoua Rémi.

— Les premières amourettes ne durent jamais bien longtemps, mais il est urgent que tu discutes avec ta filleule. Ophélie n'a que quinze ans, et elle est sous ta responsabilité.

— D'accord, j'y vais de ce pas !

Rémi se rendit dans la loge que sa nièce partageait avec Jeanne et Solange. Cet événement ramenait à sa mémoire la première femme qui avait fait battre son cœur, sa professeure d'art dramatique, à laquelle il n'avait pas osé faire part de ses sentiments à l'époque. Un soir de représentation, il lui avait présenté Aristide, dont elle était devenue la femme. Il en avait souffert, mais il s'était résigné. Puis un jour, quelques années plus tard… mais ce n'était pas le moment d'y penser. Il était arrivé devant la loge d'Ophélie.

Les deux adolescentes avaient revêtu leurs costumes et, assises sagement, elles attendaient le début de la représentation. Il demanda à Jeanne de le laisser seul avec Ophélie.

— Vous avez l'air sérieux, mon oncle, j'ai fait quelque chose de mal ?

— Bien sûr que non, ma chérie, s'empressa-t-il de la rassurer. Tu es la plus merveilleuse enfant que je connaisse, et je désire que ça reste comme ça. Je ne souhaite pas que tu changes, tu es trop parfaite.

— Je n'en ai pas l'intention…

— Quelquefois, il arrive que, sans nous en rendre compte, nous prenions un chemin sur lequel il ne faut pas s'aventurer trop tôt dans la vie…

— Qu'est-ce que vous voulez dire ?

— Tu vas me trouver vieux jeu, ma belle, mais Solange t'a vue cet après-midi lorsque tu as embrassé Hector…

— On ne faisait rien de mal ! se défendit Ophélie, gênée.

— J'en suis certain. Seulement, tu es trop jeune pour embrasser les garçons. Profite de tes quinze ans pour connaître l'amitié ; l'amour viendra plus tard dans ta vie. Tu as encore tellement de jolies choses à apprendre et à expérimenter, ne prends pas le risque de tout gâcher pour l'amourette d'un été.

Ophélie se nicha spontanément dans les bras de son oncle, heureuse de sentir qu'elle était importante pour lui et qu'il prenait à cœur de veiller sur elle.

— Je vous aime, murmura-t-elle. Je vous promets de ne rien faire qui puisse vous chagriner.

— Ce n'est pas à moi qu'il faut songer, ma chérie, mais bien à toi. Je veux que tu aies une vie merveilleuse, celle que mérite la plus intelligente et la plus belle adolescente au monde. Maintenant, je te laisse. Solange doit venir se changer, ça commence à presser, les spectateurs s'entassent déjà dans la salle.

: :

Westmount, 11 août 1910

Assis à leur terrasse, les Martel terminaient leur petit-déjeuner.

— J'adore ces belles matinées d'été, dit Agnès. Regardez, les enfants, comme la montagne est magnifique sous les rayons du soleil.

Mais ce qui intéressait davantage Félix, c'étaient les papillons qui se posaient sur la nappe. Maladroitement, il essayait de les attraper, au risque de tout renverser.

— Aujourd'hui, déclara Aristide, je veux que Félix assiste à ma compétition de tir. Il est assez grand, à cinq ans, pour se familiariser avec ce sport que j'aime.

— Vraiment ? Vous ne croyez pas qu'il est un peu jeune pour les armes à feu…, protesta sa mère.

— La première fois que mon père m'a amené au champ de tir, j'avais cet âge, et j'en garde de précieux souvenirs.

Il rattrapa au vol le pot de jus que Félix avait fait valser sur le bord de la table.

— Tu aimerais m'accompagner ? lui demanda Aristide.

— Oh ! Oui ! Je veux ! Je veux !

— Et moi, je peux venir ? s'informa timidement Ophélie.

— Nous irons tous, trancha Agnès. Il fait merveilleusement beau, une sortie en famille, à la campagne, sera très agréable. Si je ne me trompe pas, votre compétition fait partie d'une organisation champêtre, et des artistes peintres y présenteront leurs œuvres.

— C'est exact, et il y aura aussi un spectacle de marionnettes, une amie m'en a parlé.

— Des marionnettes ! Oui, oui, s'exclama Félix, je veux les voir ! Et toi, Phélie ?

— Bien sûr, répondit sa grande sœur.

Félix sauta de sa chaise et il tira la main d'Ophélie pour l'entraîner à l'intérieur.

— Vous n'avez pas demandé à vous lever, intervint Aristide.

— Soyons indulgents ! suggéra Agnès, manger dehors offre plus de liberté.

De toute façon, il était trop tard pour sévir. Les enfants, partis à la vitesse de l'éclair, étaient déjà loin.

Le symposium de peinture se tenait au nord de Montréal, dans une petite localité appelée Ahuntsic. Tandis que la voiture longeait la rivière, Aristide cherchait à intéresser les siens.

— Il y a quelques années, raconta-t-il, cet endroit se nommait Sault-au-Récollet…

— C'est quoi, des écollets ? Ça saute haut ? questionna Félix.

— Tut ! Tut ! le reprit sa mère, se retenant pour ne pas rire. Écoute ton père et tu vas tout savoir.

— C'est l'un des plus vieux secteurs de l'île de Montréal, poursuivit sérieusement Aristide, c'est ici que les premiers colons se sont installés, en bordure de la rivière des Prairies. Selon une légende indienne, c'est dans ces remous que se seraient noyés, lorsque leur chaloupe a chaviré, un missionnaire récollet, Nicolas Viel, et son compagnon, un jeune Huron du nom d'Ahuntsic, nouvellement converti au christianisme. C'est de là que vient l'appellation du village que nous visiterons aujourd'hui.

— La chaloupe, est-ce qu'ils l'ont retrouvée ? s'informa Félix.

— C'est triste mourir noyé, s'apitoya Ophélie.

Oscar arrêta l'attelage, ils étaient arrivés. Aristide descendit de voiture et il alla récupérer ses armes à l'arrière. Puis il indiqua à sa famille une rangée de kiosques installés au milieu d'un vaste champ, autour duquel se dressaient des tréteaux sur lesquels étaient disposées les œuvres des artistes.

— Je dépose cette panoplie au pavillon de tir et je vous rejoins, informa-t-il sa femme. Adrien doit déjà être arrivé avec Graziella, ils ont promis de nous garder des places à leur table.

Agnès fut ravie d'apprendre que Graziella était présente. Elle aimait beaucoup la femme du juge Blondeau, une personne sans prétention, qui, faute d'avoir eu des enfants, occupait son temps à de bonnes œuvres.

À la fin de l'après-midi, tandis que les jeunes jouaient au ballon sur l'emplacement qui avait servi de champ de tir quelques heures plus tôt, les adultes sirotaient leur apéro en regardant les visiteurs déambuler devant les toiles.

— Je me suis essayé à la peinture, nota Graziella, mais j'ai fini par accepter le fait que je n'avais pas de talent.

— Tu te sous-estimes, ma chère, la gronda son mari. Pour ma part, j'aimais beaucoup ton travail. D'ailleurs, j'ai une de tes toiles dans mon bureau et beaucoup de mes clients l'apprécient.

Graziella s'apprêtait à répliquer qu'elle le trouvait fort généreux quand une femme d'un certain âge, vêtue de rouge et portant de flamboyants bijoux que le soleil faisait briller, s'arrêta devant leur table, en compagnie d'une jeune fille.

— Bonjour, monsieur le juge ! C'est agréable de vous rencontrer ailleurs que dans votre palais de justice. Je ne savais pas que vous portiez intérêt aux œuvres de nos artistes peintres.

Pour unique réponse, Aristide se contenta de soulever son canotier.

— Madame est votre épouse ? insista la nouvelle venue en désignant Agnès.

— En effet. Agnès, je vous présente madame…

Il esquissa une moue et regarda la visiteuse indésirable.

— Excusez-moi, j'ai oublié votre nom.

— Madame Irma Lachance, lui rappela l'inconnue.

Les enfants s'étaient approchés.

— Moi, c'est Félix ! J'aime beaucoup votre chapeau, on dirait qu'il y a des oiseaux dessus.

Irma éclata de rire.

— C'est l'été, répondit-elle, les oiseaux se perchent un peu partout.

— Ce sont des vrais ? s'extasia le gamin. Je peux les voir ?

Irma inclina la tête.

— Regarde, ce ne sont que des plumes.

— Y a des oiseaux aussi rouges que ça ? s'étonna Ophélie.

— Si, intervint Adrien Blondeau, et ils sont superbes. On les appelle des cardinaux, c'est une espèce de passereaux d'Amérique du Nord. Il paraît que lorsque le mâle aperçoit son reflet, dans une vitre, par exemple, il peut passer des heures à combattre cet intrus imaginaire.

— C'est quoi, un intrus ? questionna Félix.

Un intrus, songea Aristide mécontent, *c'est une maîtresse qui se pointe un jeudi après-midi d'été au cœur d'une rencontre familiale.* Mais, déjà, madame Irma saluait à la ronde et prenait congé, non sans lui lancer un coquin petit clin d'œil.

— Une bien étrange femme, fit remarquer Graziella.

— D'où la connaissez-vous ? demanda Agnès à son mari.

— Madame a parlé de palais de justice, ce doit être une personne pour laquelle j'ai rendu jugement... mais j'avoue n'avoir aucun souvenir d'elle, mentit Aristide, heureux de s'en être tiré à si bon compte.

Sur le chemin du retour, dans les teintes ambrées du crépuscule, Aristide prit un air mystérieux pour annoncer à sa famille :

— Demain, je vais avoir une grande surprise pour vous tous !

— Quoi ? Quoi ? Je veux savoir tout de suite, s'impatienta Félix.

— Si je te le disais, ce ne serait plus une surprise.

Le petit garçon sauta de sa banquette et, debout au milieu de la voiture, il insista :

— Vous pourriez-tu me le dire juste à moi, dans l'oreille ?

Aristide souleva Félix et il le prit sur ses genoux.

— Je crois que c'est toi qui seras le plus heureux, lui promit-il, mais tu dois avoir la patience d'attendre.

Si, généralement, la vie familiale et ses multiples indisciplines pesaient au juge, il adorait son fils. Il le pressa contre lui et, portant son regard au loin, vers le soleil couchant, il imagina leur avenir dans ce bureau d'avocat qu'il lui léguerait un jour, après avoir pris sa retraite. Quel bonheur ce serait de discuter avec lui de causes embarrassantes, pour lesquelles Félix ne manquerait pas de le consulter !

6

Westmount, 12 août 1910

C'est au volant d'une superbe Ford modèle T flambant neuve qu'Aristide revint chez lui, ce vendredi, au milieu de l'avant-midi. Félix, qui sautillait sur le gazon avec, entre les jambes, un bâton surmonté d'une tête de cheval, fut le premier à l'apercevoir. Aussitôt, il poussa de hauts cris pour avertir sa mère et Ophélie. Alertées, les deux femmes se précipitèrent à l'extérieur. Avec des gestes étudiés, Aristide enleva ses lunettes de protection et sa large casquette à visière. Déjà, Félix était grimpé à bord et, admiratif, il prenait place sur la banquette avant, aux côtés de son père.

Le docteur James Brown, voisin des Martel, accourut à son tour. Avec une indiscutable fierté, le juge se leva de son siège et mit pied à terre, tandis que le garçonnet s'emparait du volant et, fasciné, émettait de tonitruants « vroum vroum ».

— Mon ami ! s'exclama Brown, vous vous êtes décidé à vous procurer un de ces engins !... Je suis allé au Salon de l'automobile le printemps dernier et j'avoue avoir été ébloui par le progrès que ce genre de véhicule représente. C'est difficile à... diriger ?

— La conduite est un peu compliquée. Regardez, la transmission est contrôlée par ces trois pédales au sol et l'accélérateur, c'est ce levier à droite du volant. En enfonçant la pédale de gauche...

— Ne m'en dites pas davantage, le coupa James. Si je choisis de m'en acheter une, je suivrai des cours. Je présume que c'est ce que vous avez fait ?

— En réalité, c'est moins compliqué que ça semble au premier coup d'œil. Le vendeur m'a révélé que Shirley Ogilvie, l'héritière de la compagnie de farine, en conduit une.

— Alors, je pourrais apprendre, avança Agnès. J'avoue que ça me plairait beaucoup.

Aristide lui jeta un regard incrédule, mais il ne trouvait pas l'idée bête. Après tout, il ne serait pas mécontent que sa femme se démarque parmi les voisines, et si Shirley Ogilvie pouvait le faire, pourquoi pas son épouse ?

— Je présume qu'il faut un permis pour se balader avec ça dans les rues de Montréal.

— En effet ! Depuis trois ans, c'est auprès du gouvernement qu'il faut s'en procurer un. Imaginez-vous que lorsque Dandurand, le premier Montréalais à posséder ce genre de véhicule, en 1899, s'est présenté pour obtenir un permis de circulation, les employés de l'hôtel de ville, déconcertés, ont décidé de lui délivrer un permis de vélo.

— Ce n'était pas si bête, admit Brown en éclatant de rire. Il s'agit d'une grosse bicyclette à moteur qui n'exige même pas de la part de son conducteur de faire montre d'équilibre.

Se promettant de s'en procurer une sous peu, le voisin prit congé. Sur le siège, Félix trépignait d'impatience :

— Papa ! Vous nous emmenez faire un tour ?

Aristide accéda à la demande de son fils, mais, avant de partir, il recommanda à Agnès d'aller chercher des châles pour elle et Ophélie et d'apporter une casquette pour Félix, ainsi que des verres fumés pour tout le monde.

— Quand ce bolide accélère, avisa-t-il ses futurs passagers, il arrive qu'il vente très fort, ça risque de devenir dangereux pour les yeux.

— Si je demandais à Octavie de nous préparer un pique-nique ? Il fait tellement beau aujourd'hui, il faut profiter de l'été. Qu'est-ce que vous en dites, mon chéri ?

Aristide acquiesça. Les mains sur le volant, il se sentait le maître du monde. Partager ces moments d'euphorie avec sa famille serait très agréable. Quelques minutes plus tard, les femmes assises sur la banquette arrière et Félix aux côtés de son père, l'étrange équipée prit la direction du nord. Le visage offert à la chaude brise, chacun savourait cet intermède de pur bonheur.

Après que tous se furent restaurés, Agnès, qui avait constaté la bonne humeur de son mari, profita de cet instant pour lui rappeler qu'elle souhaitait apprendre à conduire son automobile.

— Qu'est-ce que vous en dites, les enfants ? Est-ce que j'enseigne à maman à se servir de mon bolide ?

— Oui ! Oui ! s'exclama Félix en bondissant sur ses pieds.

— Et toi, Ophélie, tu en penses quoi ? interrogea Aristide, trouvant qu'elle tardait à s'émerveiller de sa nouvelle acquisition.

Surprise que son père s'adresse à elle pour lui demander son opinion, l'adolescente bégaya :

— Je… oui… oui… et je pourrai l'observer, et apprendre aussi.

— Pourquoi pas ! Tout le monde à bord ! Agnès, prenez place sur le siège du conducteur et vous, les enfants, sur la banquette arrière.

Félix rouspéta : il voulait s'asseoir en avant. Aristide l'invita donc à se tenir debout entre ses genoux et, avec fierté, il expliqua les premières manœuvres à sa femme. Agnès l'écouta religieusement. Lorsqu'elle lâcha le frein, la voiture tressauta, mais, déterminée, elle s'acharna à la mettre en marche. La main sur le levier d'accélérateur, à droite du volant, elle le poussa hardiment. Aussitôt, le véhicule fut propulsé vers l'avant.

— Aristide ! Venez à mon secours ! s'écria-t-elle, alarmée.

— Au contraire, lui répondit ce dernier, vous vous débrouillez très bien.

La Ford ne roulait pas très vite, mais, pour les passagers, la vitesse semblait irréelle. Étonnés, des cultivateurs au milieu de leurs champs les saluaient au passage. Un fermier arrêta son cheval au bord de la route et lui tint la bride pour éviter qu'il ne s'emballe. Félix applaudissait joyeusement et Ophélie ne perdait rien des enseignements de son père, convaincue qu'elle pourrait conduire aussi bien que sa mère.

De retour à Westmount, Aristide déposa sa famille, puis repartit, prétextant avoir des dossiers à vérifier avant la fin de semaine. Chemin faisant, en se rendant chez madame Irma, il pensa à la rareté des automobiles à Montréal. Garer la sienne devant la maison close sans se faire remarquer était impossible. Pour éviter d'entacher sa réputation, il prit plutôt la direction de son cabinet. Il allait faire admirer sa nouvelle acquisition à ses employés.

Les enfants étaient au lit, la soirée était douce. Dans son déshabillé de satin blanc, debout sur la terrasse, bien dissimulée derrière la haute haie de cèdres, Agnès contemplait le ciel étoilé. Certaines nuits, succombant à la nostalgie, elle songeait que l'amour manquait cruellement à sa vie, et l'image de Rémi se profilait alors sur la trame de ses souvenirs.

Perdue dans ses pensées, elle n'entendit pas Aristide approcher. Elle sursauta en le découvrant près d'elle, un verre de scotch à la main. Depuis la naissance de Félix, son mari venait très rarement la rejoindre à la tombée du jour et elle ne s'en plaignait pas. Par contre, la sensualité de ses quarante ans s'en trouvait brimée. Sans doute ce sacrifice était-il le prix à payer pour mener une vie paisible et élever ses enfants sans heurts, en toute quiétude.

— Le ciel est magnifique, constata-t-il, et vous l'êtes également. J'aime beaucoup votre chemise de nuit, elle vous va très bien.

Étonnée de ce rare compliment, Agnès esquissa un sourire. Aristide se pencha et l'embrassa dans le cou. Elle frissonna, ce qui l'encouragea à plus d'audace. Après avoir déposé son verre, il glissa ses lèvres dans l'échancrure du décolleté de son épouse et, avidement, il s'empara d'un sein. Elle ressentit un pincement qui lui fit pousser un léger cri. Décodant mal sa réaction, Aristide se fit plus pressant et l'entraîna vers sa chambre, qui, comme celle de sa femme, donnait sur la terrasse.

Agnès se soumit de bonne grâce. Cet homme était son mari, après tout, et la religion catholique exigeait des épouses de ne jamais se refuser. De plus, son corps en manque de caresses avait besoin d'exulter. Bien qu'elle eût préféré que les attouchements d'Aristide soient plus tendres, elle profita de l'ardeur de son étreinte.

: :

Montréal, 14 août 1910

Lors de leur rencontre au symposium de peinture d'Ahuntsic, Graziella, la femme du juge Blondeau, avait proposé aux Martel d'assister à une représentation de la pièce dans laquelle la jeune Ophélie tenait un rôle.

— Lorsque j'étais à l'école, avait-elle précisé, j'ai joué dans une pièce montée par les religieuses, au sous-sol de notre église. Je me rappelle à quel point je me sentais importante d'être applaudie par tout le monde de la paroisse, et ce souvenir est encore clair à mon esprit. Votre fille est vraiment chanceuse d'avoir un oncle qui lui offre une si agréable occasion.

Ce dimanche après-midi, les Blondeau avaient rejoint Aristide chez lui, et ensemble, à bord de la Ford modèle T, ils s'étaient rendus à Montréal, laissant Félix à la garde d'Octavie. Adrien, assis auprès de son confrère, n'en finissait plus de s'extasier sur les progrès de ce début du vingtième siècle.

— Avec le vol réussi de ce Louis Blériot, qui a survolé la Manche l'année dernière aux commandes d'un engin de sa conception, mentionna-t-il, et l'industrie aéronautique qui connaît depuis un important succès commercial, il est permis d'espérer qu'un jour nous traverserons l'Atlantique dans le ciel en quelques heures, à bord d'un de ces appareils.

— En tout cas, ce sera sans moi ! intervint sa femme. Vous, Agnès, est-ce que vous accepteriez de monter à bord d'un de ces oiseaux faits de bois et de toile pour survoler l'Atlantique, au risque de vous écraser en mer ?

— J'ai déjà peur en bateau, déclara l'interpellée, alors imaginez dans les airs !

— Moi, je vous le dis, un jour l'homme marchera sur la Lune, prophétisa Aristide.

Tous éclatèrent de rire.

Derrière le rideau, Ophélie savait qu'Aristide assisterait à la représentation. Elle jeta un regard dans la salle, qui se remplissait. Son père avançait dans l'allée. Malgré le temps chaud de ce dimanche d'août, elle frissonna. Pour tenter de se détendre, elle rejoignit Jeanne dans leur loge, pour attendre en sa compagnie le signal de monter sur scène.

— Tu es blanche comme un drap, remarqua son amie, tu ne te sens pas bien ?

— Mon père est ici cet après-midi et c'est la première fois qu'il vient me voir jouer.

— Tu n'es pas à l'aise en sa présence ?

— Ça me tracasse, en effet.

— Je te comprends ! Quand le mien s'adresse à moi, c'est pour me faire des reproches, comme si je ne faisais jamais rien de bon à ses yeux.

— Tous les pères doivent être pareils, dans ce cas. Le mien aussi est très sévère… Je me trouve bien chanceuse qu'il me laisse jouer au théâtre, mais c'est grâce à oncle Rémi. Il a promis de veiller sur moi, comme si j'étais sa propre fille.

— S'il te voyait embrasser Hector, ce serait le drame…

— Comment ça s'fait que tu sais que j'ai embrassé Hector ? la coupa Ophélie.

— Ben voyons donc, ma chère, tout l'monde est au courant ! Votre amourette est un secret de polichinelle ! Chaque après-midi, à la fin des représentations, on vous guette dans l'obscurité, derrière le rideau, pendant que tu attends Rémi qui te reconduit chez toi.

Un coup frappé à la porte avertit les adolescentes : il était temps de rejoindre la troupe. La discussion avec Jeanne ayant permis à Ophélie d'oublier son angoisse, c'est avec assurance qu'elle grimpa sur les planches. Lorsque le rideau s'ouvrit, elle s'avança confiante devant le public, déterminée à le conquérir. Jouer la faisait se sentir importante, ce qui lui arrivait rarement en présence de son père. Cet après-midi, alors qu'il venait la voir pour la première fois, c'était le moment propice de lui démontrer son talent et de l'impressionner. La jeune comédienne se sentit pousser des ailes : elle déploya toute sa maestria afin de parvenir à lui plaire et, pourquoi pas ? à susciter son admiration. La salle était pleine à craquer. La majorité des adultes étaient accompagnés de leur progéniture qui, grâce à cette pièce d'été, légère, découvrait les arts de la scène.

À la fin du spectacle, une salve d'applaudissements salua la performance des acteurs. En s'avançant, Ophélie chercha le regard de son père, mais il avait la tête penchée pour écouter les paroles de son ami, le juge Blondeau. Ce dernier le complimentait sûrement sur le talent de sa fille.

— Va vite te changer, lui conseilla Rémi alors qu'ils arrivaient dans les coulisses. Aristide m'a dit qu'il t'attendrait dans la salle. Aujourd'hui, c'est avec tes parents et leurs invités que tu rentreras à la maison.

Sachant qu'Hector serait derrière le rideau pour un baiser à la sauvette, Ophélie s'empressa d'enfiler sa tenue de ville et elle le rejoignit. Malgré la promesse faite à son oncle, ce moment d'intimité, bref et sans gravité, dans les bras de son amoureux était trop délicieux pour qu'elle s'en prive. D'ailleurs, depuis qu'elle avait rapporté à Hector sa conversation avec Rémi, il se retenait de lui proposer de s'isoler sur le toit ou dans une loge. Comme elle, il appréciait ce simple baiser et n'exigeait rien de plus.

Du bout des doigts, Hector effleura le visage de sa compagne et, tendrement, il se pencha pour cueillir ses lèvres. Un bras autour de sa taille, il l'attira plus près, contre son corps. Jeanne les avait suivis. Sans bruit, elle agrippa la corde du rideau de scène et, d'un geste lent, elle le fit glisser sur sa tringle, dévoilant les amoureux enlacés à ceux qui attendaient Ophélie dans la salle.

Debout devant leurs sièges, les Martel et les Blondeau furent étonnés de l'apercevoir dans les bras d'un garçon, la bouche pressée contre la sienne. Surprise et éblouie par la lumière, la jeune fille se dégagea rapidement de l'étreinte, mais le mal était fait. Elle jeta un œil vers ses parents, muets de stupéfaction. Cette fois, son père la fixait et son regard était plus sombre qu'un ciel d'orage. En descendant les rejoindre, tremblante, elle était consciente que la foudre ne tarderait pas à s'abattre. Dès qu'ils se retrouveraient seuls à la maison, probablement.

Sur le chemin du retour, Graziella essaya de mettre un brin de gaieté en ramenant à la mémoire de chacun les instants burlesques de la pièce à laquelle ils venaient d'assister ou en leur faisant remarquer les couleurs chatoyantes des parterres, si luxuriants en ce milieu du mois d'août. Par politesse, Aristide acquiesçait, mais les tentatives de conversation de son invitée tombaient à plat. Dans la luminosité ambrée de cette belle fin d'après-midi d'été, un nuage obscur se profilait au-dessus de la superbe Ford T, toujours aussi pimpante, mais qui, pour l'instant, avait perdu tout intérêt pour son propriétaire.

7

Westmount, 14 août 1910

En arrivant devant leur résidence, Agnès offrit aux Blondeau de venir prendre l'apéro avant de rentrer chez eux, espérant ainsi retarder l'affrontement entre le père et la fille et donner le temps à Aristide de calmer sa colère. Ophélie profita de l'instant pour courir vers la maison et se réfugier dans sa chambre.

— Ce sera pour une prochaine fois, la remercia poliment Adrien, mal à l'aise depuis l'incident du théâtre.

Le couple Blondeau partit à pied en direction de son domicile. Après les avoir salués de la main, Aristide grimpa les marches en frappant du talon. Félix accourut joyeusement à la rencontre de ses parents, mais il se figea devant la mine sévère de son père.

— Amenez le petit à la cuisine, ordonna-t-il à Octavie qui apparut derrière Félix, je dois parler à ma fille.

Devant ce ton autoritaire, Félix se laissa conduire par la gouvernante sans rouspéter, contrairement à son habitude. Aristide vint se poster au pied de l'escalier et, d'une voix tonitruante, il ordonna à Ophélie de descendre.

Adossée à la porte de sa chambre, l'adolescente tremblait de tous ses membres. Elle se devait d'obéir, sinon elle risquait d'empirer la situation. Après tout, son père ne l'avait jamais touchée, il ne pouvait que la sermonner et lui infliger une punition. Elle tira un mouchoir de sa poche pour s'essuyer le visage, elle était en sueur. Puis, déterminée à affronter la tempête, elle quitta la pièce et descendit l'escalier au pied duquel se tenait Aristide, raide comme un général d'armée face à ses troupes. Dès qu'elle fut à sa portée, il l'empoigna par un bras et l'entraîna vers le salon, où il la projeta avec force sur un canapé. Son poignet gauche heurta l'accoudoir, et une vive douleur s'ensuivit. Aristide se planta devant elle, le regard fulminant, puis il ordonna à Agnès de fermer les portes françaises.

— Comment as-tu osé me faire aussi honte devant mon confrère et son épouse ? rugit-il.

— Vous ne comprenez pas…

— Tais-toi ! Je ne veux pas entendre un seul mot. Tu es une dévergondée, une fille perdue…

— Aristide, je vous en prie, le supplia Agnès. Vous exagérez, il s'agit d'un simple baiser.

— Ça commence ainsi et ça finit dans la couchette ! Je n'ai aucune pitié pour les débauchées de son espèce ! Si jamais son intention est de nous ramener un bâtard à la maison, elle se trompe ! Ce sera la porte ! Elle n'existera plus pour moi !

— Vous allez trop loin, mon ami, nous n'en sommes pas là…

— Taisez-vous, ma chère ! Si vous aviez mieux accompli votre devoir, votre fille serait une personne respectable, ce qui est loin d'être le cas. J'aurais dû y penser en épousant une simple actrice…

Agnès encaissa le coup. Ne souhaitant pas envenimer les choses, déjà à la dérive, elle s'empêcha de répliquer à l'insulte de son mari.

— Jamais je n'aurais cru que ma propre enfant me ferait un tel affront, poursuivit ce dernier, blanc de colère.

Une main sur le front, il se mit à arpenter le salon, tandis qu'Ophélie, terrifiée, retenait son souffle. La sentence de son juge ne tarderait pas à tomber. Après ce moment de réflexion, Aristide revint se camper devant elle.

— Aujourd'hui, déclara-t-il, tu as joué au théâtre pour la dernière fois. Désormais, c'est fini pour toi, de te donner en spectacle…

— Papa, non ! Je vous en supplie !

— Silence, je n'ai pas terminé ! Aussi longtemps que tu habiteras sous mon toit, je suis le maître de céans, tu me dois obéissance… et respect ! En t'accordant la permission de participer aux pièces de ton oncle, je te faisais confiance, et tu m'as trahi. Je suis sans pitié devant autant d'ingratitude. Dans cette maison, il ne sera plus jamais question de théâtre… ni de cours ni de représentation ! Désormais, tu te consacreras à tes études, tu apprendras à devenir une épouse attentive à son mari.

Aristide marqua une pause et gratta son crâne dégarni.

— J'espère que tes agissements pervers, reprit-il, n'auront pas fait fuir tous les bons partis.

Ophélie, désespérée, supplia timidement son père :

— Laissez-moi continuer au moins pour cet été. Oncle Rémi compte sur moi…

— Tu as vraiment la tête dure ! tonna son père. Quand je dis que c'est terminé, c'est terminé ! Maintenant, monte réfléchir à ta conduite irresponsable. Tu es confinée à ta chambre pour la semaine !

— Papa… c'est l'été…

— Plus un mot ! Ouste, disparais de ma vue !

Ophélie se précipita hors de la pièce. Une fois dans l'escalier, ne pouvant se retenir, elle éclata en sanglots. Debout dans le hall, Félix la regarda passer sans comprendre ce qui lui arrivait. Les cris de son père l'avaient intrigué, et voilà qu'Ophélie pleurait à chaudes larmes. Dans le salon, ses parents discutaient toujours à voix forte, aussi, il choisit de suivre Ophélie.

Recroquevillée dans son lit, la malheureuse hoquetait. Le petit garçon s'approcha doucement. Inquiet, il tendit une main caressante vers elle et lui flatta les cheveux.

— Phélie, chuchota-t-il, je t'aime. Arrête de pleurer, ça me fait trop de peine.

L'adolescente ouvrit les yeux ; Félix était près d'elle, le regard mouillé.

— Je peux monter dans ton lit, me coucher à côté de toi ? implora-t-il.

Ophélie avait rarement vu Félix aussi calme qu'en cet instant, alors qu'il paraissait réellement affligé par sa tristesse. Elle se recula sur le matelas pour lui faire une place. Félix grimpa à ses côtés et vint se nicher entre ses bras. De ses doigts minuscules, il essuya les larmes sur sa joue avant d'y poser les lèvres. Puis il resta là, immobile, lui d'habitude si remuant. Ophélie enfouit son nez dans la chevelure rebelle, l'odeur enfantine de son jeune frère l'apaisa. Elle n'était plus seule ; de toute la force de ses cinq ans, quelqu'un l'aimait vraiment.

Avant de passer à table, Agnès monta voir comment se portait Ophélie. Elle eut la surprise de découvrir le frère et la sœur enlacés et profondément endormis. Elle en fut émue. Réconfortée de les trouver si bien ensemble, elle referma doucement la porte. Puis elle avertit Octavie de ne pas les déranger. Pour être heureux, ses enfants avaient besoin l'un de l'autre dans un monde qui n'appartenait qu'à eux. Si elle n'avait pas su les rendre respectables, ce dont venait de l'accuser son mari, au moins, elle leur avait enseigné l'amour.

: :

Le lendemain matin, après le départ d'Aristide, Agnès se rendit dans la chambre d'Ophélie. Sa fille avait certainement besoin de réconfort après la punition imposée par son père, mais le temps était venu également de parler avec elle des choses de la vie. À quinze ans, Ophélie n'avait toujours pas eu ses règles, aussi Agnès avait-elle retardé le moment de discuter avec elle de sexualité.

C'était une erreur. Tout était si secret dans le monde des femmes ; ce qui concernait le sexe et la maternité s'exprimait à mots cachés, loin des oreilles pures et innocentes des jeunes, si bien qu'arrivées à l'adolescence, confrontées à la puberté, les jeunes filles étaient totalement ignorantes des relations entre les hommes et les femmes. Les adolescentes, dont les sens s'éveillaient à l'amour, se retrouvaient à la merci des prédateurs, sans savoir à quoi elles s'exposaient. Hier, en découvrant Ophélie dans les bras d'Hector, ses lèvres pressées contre les siennes, elle avait tressailli, avec le triste sentiment d'avoir manqué à son devoir de mère. Il était temps d'y remédier si elle voulait éviter un drame.

Assise dans son lit, le visage rougi par les pleurs, Ophélie l'attendait. Elle était à peine entrée dans sa chambre que sa fille lui demanda :

— Est-ce que c'est vrai ce que papa a dit ? Vous croyez que je pourrais avoir un bébé…

Agnès comprit qu'elle ne s'était pas trompée, Ophélie était perturbée par l'inquiétude d'être enceinte plus que par la punition imposée la veille.

— Ma chérie, tout dépend de ce qui s'est passé avec Hector, lui répondit-elle.

— Je l'ai embrassé… plusieurs fois… J'ai peur ! Si papa me jette à la rue, qu'est-ce que je deviendrai ?

Pauvre enfant, quelle erreur j'ai commise ! J'aurais dû l'instruire il y a longtemps, se reprocha mentalement Agnès. *C'est déplorable de la voir si peu informée des choses de la vie à quinze ans.* Mais elle n'était pas la seule à blâmer, elle avait simplement suivi les consignes des prêtres et des religieuses, qui recommandaient de ne pas parler de sexe aux enfants avant leur puberté, et ce, afin d'éviter de faire naître en eux de mauvaises pensées.

— Ophélie, proposa-t-elle, tu vas te lever et aller déjeuner, puis nous irons nous balader dans le parc. C'est une journée ensoleillée ! Nous en profiterons pour bavarder, toi et moi.

— Papa m'a confinée dans ma chambre.

— C'était une façon de dire qu'il ne voulait pas que tu aies des activités à l'extérieur, comme rendre visite à tes amies…

— … ou jouer au théâtre. Vous croyez qu'il peut changer d'idée… et me laisser y retourner ?

— Habille-toi, nous discuterons de toutes ces choses au cours de notre promenade.

— Et Félix, où est-il ?

— Oscar l'a accompagné chez William, le petit voisin. Il restera à dîner chez lui. Nous avons un bon moment juste pour nous. Dépêche-toi de descendre.

: :

Aristide était parti tôt de la maison, car il voulait passer à l'appartement de son frère et l'aviser de sa décision. C'était la première fois qu'il se rendait chez Rémi ; il fut étonné de la vétusté de l'immeuble à logements dans lequel vivait ce dernier. De plus, il habitait au troisième étage, sans ascenseur, et la chaleur était suffocante. C'est essoufflé et en sueur qu'Aristide parvint devant sa porte. Avant de frapper, il sortit son mouchoir pour s'essuyer le visage. *C'est renversant,* pensa-t-il, *que deux frères, avec les mêmes chances à leur départ dans l'existence, aient des vies aussi différentes l'une de l'autre.* À la défense de Rémi, il devait cependant reconnaître que son frère n'avait pas comme lui profité de la sévère éducation de leur père, car, après son mariage avec Suzanne, le rigide Adolphe Martel s'était bien ramolli. Souvent, il avait cru que le vieux juge souffrait de sénilité précoce, mais il était mort avant que lui, Aristide, ait pu en discuter avec un médecin.

Rémi vint lui ouvrir en pyjama, sa brosse à dents à la main. À la table de la cuisine, Solange lisait le journal. Elle se leva pour l'accueillir, tandis que Rémi se rendait à sa chambre pour se vêtir convenablement.

— Je peux vous servir une tasse de café ? offrit Solange à leur visiteur.

Aristide refusa :

— J'en ai pour quelques minutes seulement, je souhaite discuter de l'incident d'hier, au théâtre.

— Justement, il est question de nous dans *La Presse* de ce matin. Regardez ! Nous savions qu'un jeune journaliste assistait à la représentation…

— C'est d'Ophélie que je désire vous entretenir, l'interrompit Aristide.

Rémi les rejoignit, il finissait de boutonner sa chemise.

— J'espère que tu n'as pas été trop sévère avec elle, c'est de son âge de vouloir connaître les garçons.

— Dans votre monde, celui des artistes, peut-être. Mais dans le nôtre, celui où évolue ma famille, les filles doivent demeurer respectables. Aussi, je suis venu vous avertir qu'Ophélie ne remettra plus les pieds dans votre théâtre, ni cet été ni les prochaines saisons. Je te saurais gré, Rémi, de ne plus lui proposer de rôles. D'ailleurs, dès cet automne, je cesserai également de lui payer des cours chez madame Renée.

— Tu y vas un peu fort, le grand frère ! Il s'agit d'un simple bécot…

— Je ne te permets pas de discuter mon autorité, je suis son père ! C'est à moi de veiller sur la vertu de ma fille. Je t'ai accordé ma confiance et tu l'as trahie. Alors, c'est terminé !

— Au moins cet été, plaida Rémi. La troupe a besoin d'elle, il ne reste que trois fins de semaine, elle ne peut pas nous faire faux bond maintenant.

— Ma décision est prise et elle est sans appel ! Vous avez certainement une doublure… n'est-ce pas votre façon de procéder, habituellement ?

Rémi se tut, il savait que toute argumentation était inutile. Aristide était en sueur, il lui offrit un verre d'eau. Son frère l'accepta, et il le but d'un trait avant de prendre congé.

Durant l'entretien, Solange n'était pas intervenue, consciente que son opinion ne pèserait pas lourd dans la balance.

— Par chance, la saison est presque terminée, constata-t-elle, tandis que les pas d'Aristide résonnaient encore dans l'escalier. J'avoue que je le trouve bien sévère, ton aîné, je plains sa pauvre fille. J'espère qu'elle épousera quelqu'un de plus compréhensif que lui, sinon elle aura une vie bien triste.

Les propos de Solange ramenèrent à Rémi le souvenir d'Agnès, mariée à son frère, et il compatit à son sort.

— Nous donnerons son rôle à Jeanne, suggéra-t-il.

— Jamais ! s'emporta Solange. Tu ne l'as sans doute pas remarqué, mais c'est elle qui a tiré le rideau. Elle est pétrie de jalousie envers ta nièce, je m'en rends compte depuis le début de la saison. Elle savait certainement ce qu'elle faisait en agissant de la sorte. C'est la doublure qui remplacera Ophélie, Jeanne conservera son rôle muet.

: :

Dans le parc, la végétation était luxuriante et les oiseaux chantaient. Agnès choisit un banc dans un coin ombragé, devant la mare où une famille de canards se prélassait sous les chauds rayons du soleil. Depuis qu'elles avaient quitté la maison, Ophélie demeurait silencieuse, le regard triste.

— Maman, croyez-vous vraiment que papa était sérieux quand il a dit que je ne pourrais pas reprendre mes cours de théâtre à l'automne ? demanda-t-elle, sortant enfin de son mutisme. Que plus jamais il n'accepterait que je joue avec la troupe d'oncle Rémi, même les prochaines années ? Me priver des dernières représentations de l'été serait une peine suffisante, vous ne trouvez pas ?

Le châtiment imposé par Aristide était effectivement sévère, mais Agnès ne pouvait pas le contredire, pour le moment du moins. Pour redonner un brin d'espoir à son enfant, elle tenta de tempérer :

— Allons-y une étape à la fois. J'imagine que tu es consciente que ton comportement d'hier n'était pas digne d'une jeune fille de bonne famille ?

La tête basse, Ophélie se taisait.

— Accepte sagement ta pénitence, sans récriminer, et peut-être que, l'an prochain, Rémi pourra convaincre ton père de changer d'idée… on ne sait jamais.

L'adolescente conservait un visage fermé. Elle se leva et se rendit près de la mare. À genoux au bord de l'eau, elle caressa le dos d'un caneton rebelle qui avait délaissé les siens pour venir l'observer et qui ne paraissait nullement impressionné par sa présence. Elle enleva ses sandales et s'assit sur une pierre plate, les pieds dans l'eau.

— Maman, murmura-t-elle sans oser la regarder, vous voulez me dire comment on fait les enfants ? Jeanne m'a raconté des choses que je trouve bien étranges…

— Comme quoi ? s'informa sa mère, curieuse.

— Elle a dit que tant que je garde ma petite culotte, il n'y a pas lieu de m'inquiéter. Ça me semble ridicule…

— Ma chérie, qu'est-ce que tu sais de la naissance des bébés ?

— Qu'ils se fabriquent dans le ventre des femmes… mariées, risqua Ophélie. Je ne pensais pas qu'embrasser un garçon pouvait me causer ce genre de problèmes.

— Tu as raison, reconnut sa mère, c'est nous qui portons les enfants, mais le mariage n'est pas une condition *sine qua non* pour devenir enceintes. As-tu déjà entendu parler des filles tombées ?

— Non… pas vraiment… Enfin, je ne sais pas trop. Quelquefois, il y a des copines qui chuchotent… Éva, par exemple, elle a raconté que sa cousine, Marie, a été mise à la porte par son oncle parce que… parce qu'elle était une dépravée. J'ai peur que papa agisse comme lui avec moi.

— Ne t'inquiète pas, chérie, tu es loin d'être une dépravée. Au contraire, tu es une jeune fille curieuse, ce qu'il y a de plus normal. Pour que tu sois à l'abri d'une erreur qui risquerait de provoquer ce genre de drame impardonnable dont parlait ta copine Éva, il est temps que tu en connaisses davantage sur les relations entre les hommes et les femmes.

Ophélie, intriguée, revint s'asseoir sur le banc, à côté de sa mère, devinant l'importance du moment qu'elle s'apprêtait à vivre. Agnès chercha ses mots, car il était difficile pour elle d'aborder ce sujet tabou.

— Comme tu le sais déjà, c'est nous qui portons les enfants dans notre ventre, et pour fabriquer ce bébé qui va venir au monde, nous avons besoin de l'intervention d'un partenaire.

La brise légère qui agitait les feuilles faisait entendre un doux murmure, tandis que les oiseaux s'étaient tus, attentifs aux paroles d'une mère instruisant sa fille.

— Tu connais la différence physique entre nous, poursuivit Agnès. Tu as vu ton frère, il a un pénis.

— Oui…

— Et nous, les femmes, nous avons un vagin… c'est un petit canal dans le bas de notre corps, par lequel l'homme va déposer sa semence.

— J'en ai un aussi ?

— Chacune de nous en a un, s'amusa Agnès. Mais c'est vrai que ce n'est pas très visible. Ne t'inquiète pas, je te montrerai un dessin et, le moment venu, ton mari et toi saurez bien le trouver.

— C'est pour ça que Jeanne disait que je devais garder ma culotte, réfléchit l'adolescente à haute voix. Et le bébé, quand il est prêt à naître, il sort par où ?

— Par ce même canal, qui s'agrandit pour lui livrer passage.

— Ça doit faire mal…

— Oui, avoua Agnès, mais le bonheur de mettre au monde un enfant est bien au-delà de la douleur que nous ressentons.

Le visage tendu d'Ophélie reflétait les interrogations que soulevaient chez elle les propos de sa mère.

— Tu as des questions ? s'informa Agnès.

— Pour faire un bébé, si j'ai bien compris, il faut se coller tout près l'un de l'autre…

— En effet. Lorsque tu embrassais Hector, hier, j'imagine que tu te sentais bien près de lui, dans ses bras ? Tu ressentais du plaisir ?

— Oui.

— Pour que les hommes peuplent la terre qu'Il a créée, le Bon Dieu a mis une grande attirance chez les humains et beaucoup de jouissance dans la démarche amoureuse qui les unit. Comme Il voulait que ses créatures demeurent ensemble dans le but de fonder une famille et d'élever des enfants, Il leur a spécifié que cet acte physique ne devait être accompli qu'en mariage seulement. Voilà pourquoi tu dois te tenir loin des garçons pour l'instant. Un jour viendra où tu croiseras celui qui deviendra ton époux, ne sois surtout pas trop pressée, profite de tes quinze ans.

Ophélie se glissa contre sa mère et, la tête appuyée contre son épaule, elle se sentit plus légère qu'à son arrivée dans le parc. Les oiseaux avaient recommencé à chanter et la famille canard s'éloignait à la queue leu leu.

Un nuage gris chargé d'orage se profilait sur la ligne d'horizon.

— Il est temps de rentrer, constata Agnès.

Elle prit la main de sa fille et, ensemble, elles regagnèrent leur demeure, plus complices qu'avant leur entretien.

Cette nuit-là, blottie sous les couvertures pour échapper aux éclairs qui déchiraient l'obscurité de sa chambre, l'adolescente essaya de concevoir mentalement le courage qu'il avait fallu à sa mère pour faire des enfants avec Aristide. Comment la douce

Agnès avait-elle pu accepter de se faire embrasser sur les lèvres par cet homme froid et distant ? S'abandonner nue entre ses bras et le laisser pénétrer son corps ? Cette idée dépassait son imagination. Elle se roula en boule au milieu de son lit, préférant chasser cette image épouvantable de son esprit.

8

Westmount, 16 août 1910

À neuf heures précises, Rémi arrêta sa voiture devant la somptueuse résidence de son frère. Il mit pied à terre, attacha la bride du cheval à la clôture installée à cet effet et, en courant, il grimpa le large escalier de pierres. Sans frapper, il pénétra à l'intérieur et, du hall, il lança d'une voix forte :

— Quelqu'un dans cette maison désire-t-il m'accompagner à la plage ?

Le premier, Félix s'élança à sa rencontre en criant de joie. Rémi le fit voler dans les airs avant de l'installer à califourchon sur ses épaules. Alertée par le bruit, Agnès descendit l'escalier, suivie d'Ophélie.

— Qu'est-ce qui nous vaut ta visite inattendue ? s'informa-t-elle. Tu ne nous avais pas prévenus…

— Justement, si je vous avais avertis, j'aurais gâché la surprise. J'ai pensé qu'une balade au grand air serait la bienvenue après les événements des derniers jours. Tu en dis quoi, Ophélie ?

L'adolescente avait encore les yeux rougis d'avoir trop pleuré, mais, devant la gentillesse de son parrain, ils s'illuminèrent, et elle vint se serrer contre lui.

— Bon, puisque tu es là, parle-nous de ton projet, l'invita Agnès.

Rémi déposa Félix par terre et il se dirigea vers la bibliothèque. Debout devant une carte de la ville de Montréal, il désigna un endroit à la pointe orientale de l'île.

— Dans le temps, quand j'étais petit comme toi, Félix, mon père avait un chalet ici, à Pointe-aux-Trembles, juste devant l'île Sainte-Thérèse. Avec lui et ma mère, nous y sommes allés très souvent. J'ai passé à cet endroit les plus beaux moments de mon enfance, ajouta-t-il, nostalgique, l'index posé sur la carte géographique, comme si d'une pression du doigt il pouvait faire ressurgir ces lieux chéris.

Agnès fit montre d'étonnement. D'aussi loin qu'elle se souvienne, jamais Rémi, pas plus qu'Aristide, n'avait mentionné ce chalet devant elle.

— Qu'est-il advenu de cette maison d'été ? s'informa-t-elle, intriguée.

— J'imagine qu'elle est toujours là... je serais surpris qu'Aristide l'ait vendue, il m'en aurait parlé puisqu'elle nous appartient à tous les deux. Ce matin, en voyant le magnifique soleil se lever sur Montréal, j'ai eu envie de partir à l'aventure et d'aller voir ce qu'est devenu cet endroit.

— Oui ! Oui ! cria Félix, visiblement emballé à cette idée. Je veux y aller !

— Là-bas, il y avait une très jolie plage. Je vous conseille d'apporter vos maillots de bain.

— Ça fait des années que je n'ai pas sorti le mien des boules à mites, se rappela Agnès, je serais étonnée qu'il m'aille toujours.

— Ta silhouette est aussi gracieuse qu'il y a vingt ans, la complimenta Rémi.

Il prit les enfants à témoin :

— N'est-ce pas, les enfants, qu'elle est belle, votre maman ?

— C'est la plus jolie de toutes les mères du monde, clama Félix. Maintenant, dépêchons-nous, j'ai hâte de partir à l'aventure !

— J'aimerais bien accompagner oncle Rémi, émit timidement Ophélie. Vous croyez que papa sera d'accord ? Il m'a confinée dans ma chambre…

— Je n'ai pas du tout l'intention de lui demander la permission, déclara Rémi. Si vous vous hâtez, et que vous êtes prêts dans quinze minutes, nous serons revenus avant le souper, ton père ne sera probablement pas encore de retour à la maison. Sinon, je m'arrangerai avec lui, sois sans inquiétude, ma chérie. Par le chemin du Roy, le trajet nous prendra environ deux heures.

— Je dois faire préparer un pique-nique, je vais demander à Martha, indiqua Agnès.

— Pas nécessaire ! Je suis certain qu'il y a encore de bons petits restaurants dans le coin. Vite ! Qu'est-ce que vous attendez pour bouger ?

— Maman, vous êtes d'accord ? s'informa la sage Ophélie.

Devant l'enthousiasme de Rémi, Agnès ne put résister. Après tout, c'est lui qui avait promis de s'arranger avec Aristide si celui-ci venait à l'apprendre.

— Octavie, aidez les enfants à trouver leur maillot de bain, ordonna-t-elle à la gouvernante qui avait assisté à leur entretien, et n'oubliez pas les serviettes, les chapeaux et les verres fumés. Je m'occupe de mes propres affaires.

Quinze minutes plus tard, tous grimpèrent allègrement dans le cabriolet de Rémi, et Charlotte, la fringante petite jument, prit en trottinant la direction de l'est. Le parcours s'effectua dans une ambiance festive, avec quelques arrêts le long du Saint-Laurent pour se dégourdir les jambes et contempler le superbe fleuve aux eaux miroitantes.

— On dirait une coulée de diamants sous les rayons du soleil, nota Agnès lors de l'une de ces pauses.

— Si c'était possible, je t'en fabriquerais un collier…

— Faut pas, oncle Rémi ! l'interrompit sévèrement Félix, tu mouillerais sa robe et maman n'aime pas ça !

— Même pour une rivière de diamants ?

Perplexe, le petit garçon interrogea :

— On peut vraiment changer de l'eau qui brille en diamants ?

— Mais non, je plaisantais, lui répondit Rémi. Allez, grimpe sur mon dos, on retourne à la voiture.

Avant d'arriver au chalet, Rémi fit un détour pour se rendre à une épicerie locale dont il se souvenait afin d'acheter du pain, du fromage, des fruits et du lait pour les enfants, ainsi qu'un assortiment de pâtisseries.

— Nous mangerons à la bonne franquette, au bord de l'eau, suggéra-t-il, comme autrefois.

Sa proposition fut acceptée à l'unanimité. Quelques minutes plus tard, à la commande de son maître, Charlotte s'engagea sur un sentier ombragé, mal entretenu, au bout duquel se trouvait une bâtisse en bois qui avait dû connaître ses heures de gloire, mais qui, aujourd'hui, paraissait s'affaisser sous le poids des années.

— Dommage que ces lieux aient été laissés à l'abandon, se désola Agnès, c'est un endroit magnifique, avec la végétation, la plage… Je comprends que vous ayez été heureux ici.

Sans attendre, les enfants coururent vers le rivage. Félix se déshabilla et, en caleçon, il se jeta à plat ventre dans le fleuve.

— Viens ! cria-t-il à Ophélie en s'ébrouant joyeusement, l'eau est très chaude.

L'adolescente, toujours sans maillot, lança un regard interrogateur vers son parrain.

— Je vais voir si je peux trouver la clé, déclara-t-il, et tu pourras entrer te changer à l'intérieur.

Tandis qu'Agnès surveillait son fils, l'oncle partit avec sa nièce, prêt à pénétrer au cœur de ses souvenirs. La clé était toujours au même endroit, sous un pot à fleurs, que les intempéries avaient écorné. Dans le chalet, Rémi retrouva l'odeur familière, qui flottait encore parmi les toiles d'araignées. Il traversa la pièce et poussa une porte percée dans le mur du fond. Elle grinça sur ses gonds.

— C'était la chambre de mes parents, tu peux entrer et enfiler ton maillot de bain.

Les meubles étaient couverts de larges draps empoussiérés, sauf le lit, dont le matelas à nu paraissait attendre ses occupants. Demeurée seule, Ophélie s'approcha d'un cadre à la vitre bombée. Elle y reconnut le sévère Adolphe, son grand-père, en compagnie d'une dame radieuse et d'un garçon. Depuis que sa mère lui avait parlé de la façon d'avoir des enfants, les images de couples s'imprégnaient dans son imagination, et elle tentait de concevoir leurs relations intimes. Rémi était né de ceux-là… un vieillard à la barbe blanche et une pimpante jeune femme.

— Tu n'es pas encore prête ? s'étonna Agnès en entrant dans la pièce. Félix t'attend dans l'eau, il est impatient de t'éclabousser.

— Regardez, je crois que, sur cette photo, c'est Suzanne, la maman d'oncle Rémi.

Agnès s'approcha. Souvent, elle avait imaginé cette étrange personne qui était partie vivre outre-Atlantique avec son nouveau mari, mais elle ne l'avait jamais vue ; la photographie était un procédé onéreux que seuls les riches pouvaient s'offrir. Elle la fixa droit dans les yeux, cherchant à découvrir comment cette mère avait pu partir en abandonnant derrière elle un fils de quinze ans. Les pâles prunelles de l'inconnue ne reflétaient qu'un ardent désir d'être heureuse, elle n'y discernait aucune méchanceté. *Les femmes qui osent choisir l'amour d'un homme au détriment de leur famille ont certainement des raisons très réfléchies pour agir de la sorte. Quel dommage que la société porte sur elles des jugements si sévères et les prive de leurs droits parentaux !* songea-t-elle.

Ophélie avait enfilé son maillot et, déjà, elle courait hors de la pièce. Agnès referma la porte et sortit le sien de son sac, il y avait bien longtemps qu'elle l'avait porté. Après s'être changée, elle partit à la recherche d'un miroir ; de quoi avait-elle l'air, à quarante et un ans, les genoux et un bout de cuisse à découvert ?

Dans le salon, sous un drap, il y avait ce qui lui paraissait être une psyché, elle en reconnaissait le châssis à pivots. Elle tira la couverture et sa silhouette lui apparut dans le clair-obscur de la pièce aux rideaux fermés. Elle eut une moue satisfaite, ravie de se trouver toujours présentable si peu vêtue. D'un mouvement gracieux, elle tourna sur elle-même, s'amusant à faire onduler la jupette de son maillot. Quand elle s'arrêta de nouveau devant la glace, Rémi était debout derrière elle. Il la contemplait, une lueur de sensualité au fond du regard.

— Tu es merveilleusement jolie, murmura-t-il en s'approchant doucement.

De ses bras nus réchauffés par le soleil, il enlaça les épaules d'Agnès. Leurs corps réunis dans l'étreinte se reflétèrent dans le miroir. Rémi posa langoureusement son nez dans la chevelure odorante et il ferma les yeux.

— Tu me manques, chuchota-t-il, davantage ici, dans ce chalet, où j'ai connu des jours heureux.

— Fais attention, les enfants pourraient entrer sans prévenir…

— Écoute-les rire et crier, il n'y a aucun danger qu'ils nous surprennent.

Rémi fit pivoter sa compagne et il plongea son regard dans le sien.

— Je me meurs loin de toi, avoua-t-il avec tendresse. Je pensais parvenir à t'oublier, mais je n'arrive pas à chasser de mon cœur et de mon corps le désir que j'ai de toi. Chaque fois que je t'aperçois, je découvre que je suis en manque, j'ai mal.

— Rémi, souffla Agnès, je t'en prie… notre amour est impossible, tu le sais, nous en avons parlé.

Pour ne plus entendre les mots qui le torturaient, Rémi se pencha et, avidement, il s'empara des lèvres de sa compagne ; sans résistance, Agnès s'abandonna à son baiser. Ce geste, elle le rêvait si souvent dans ses moments de solitude. Leur étreinte se fit plus passionnée, les mains de Rémi glissèrent, ardentes, le long de son corps, leurs sens se réchauffaient. Lorsque la bouche de Rémi effleura son cou, elle ne put retenir une plainte.

— Maman, hurla Félix de l'extérieur, Phélie veut pas que j'embarque dans le canot !

Le cri de son fils ramena Agnès à la réalité ; à regret, elle s'éloigna de Rémi. Les amoureux échangèrent un sourire mélancolique, déçus d'être arrachés à leur instant d'intimité.

— Je t'aime, chuchota une dernière fois Rémi à l'oreille d'Agnès, avant de la laisser quitter ses bras.

Dehors, Ophélie et Félix se disputaient pour un canot trouvé sur la berge.

— Cette vieillerie est hors d'usage, constata l'oncle. Vous risquez de couler à pic si vous montez là-dedans. Venez plutôt vous sécher, il est plus de midi, c'est le temps de manger.

Affamés, les enfants se précipitèrent près d'une table en bois qu'Agnès avait essuyée avec un chiffon humide avant d'y déposer la nourriture.

— Je veux commencer par le gâteau au chocolat ! exigea Félix.

Ophélie tapa le bout de ses doigts tendus vers la pâtisserie.

— Mange d'abord ton pain et ton fromage, le gronda-t-elle.

Puis l'adolescente versa du lait dans des verres apportés par Rémi.

— Je les ai lavés dans le fleuve, déclara-t-il, mi-figue mi-raisin, devant le regard sceptique que lui lançait Agnès.

Pendant que les jeunes commençaient à manger de bon appétit, Rémi alla dans la voiture pour chercher une bouteille de bulles, qu'il avait dissimulée sous le siège, dans un bac de glace.

— Si vous ne craignez pas, chère madame, de boire dans ces coupes nettoyées à l'eau du Saint-Laurent, je vous offre de trinquer avec moi.

— Trinquer à quoi ? voulut savoir Agnès, acceptant la proposition de Rémi.

— À cette belle journée de vacances en famille, suggéra Ophélie.

Pour être en famille, il faudrait qu'Aristide soit présent, songea Agnès, mais comme il ne semblait pas manquer aux enfants, elle leva son verre. Elle observa chacune des personnes réunies autour d'elle, au cœur d'une nature splendide, et elle se dit qu'il fallait chercher le bonheur dans le présent.

Après qu'Ophélie et Félix eurent savouré leurs desserts et quitté la table pour explorer les alentours, Rémi prit un air sérieux. Agnès sentit qu'il avait quelque chose d'important à lui dire. Les yeux tournés vers le fleuve, pour éviter de la regarder, il annonça :

— Solange a décidé de rentrer en France après notre dernière représentation, au début de septembre…

— Et ?

— Elle veut que j'aille vivre avec elle sur le vieux continent.

— Rémi, tu ne peux pas partir, objecta Agnès, troublée par ce qu'elle venait d'entendre. La vie ne sera plus la même sans toi, nous avons besoin de ta bonne humeur, de ta présence…

Rémi se leva. À pas lents, il se dirigea vers le rivage. Agnès le suivit. Debout sous un grand chêne, en silence, ils observèrent un instant l'eau qui coulait vers cet autre monde, là-bas, au-delà de l'Atlantique. Puis, évitant toujours de la regarder, désireux de conserver sa détermination, Rémi exprima le fond de ses pensées :

— Je te l'ai dit tantôt, je me meurs loin de toi… je ne suis que l'ombre de moi-même, à la recherche de ma personnalité, de mes rêves. Oui, de mes rêves ! Tous sont remplis de toi, de notre amour… Et Solange s'en rend compte.

— Tu l'aimes ?

— Oui, bien sûr, sinon nous ne vivrions pas ensemble. Elle est douce, elle veille sur moi, une présence attentionnée, que je n'ai guère connue depuis le départ de ma mère.

— J'envie sa liberté, sa vie sans contraintes…

— Solange est quelqu'un d'autonome, en effet. Son indépendance affective a cependant des limites ; elle a des doutes à notre sujet…

— Vraiment ?

— Elle ne l'a pas dit clairement, mais je crois que c'est la raison pour laquelle elle m'a demandé de faire un choix : si je veux continuer à partager sa vie, je dois la suivre en France.

— Tu vas rester, n'est-ce pas ?

— En demeurant ici, à attendre un bonheur impossible avec toi, je me prive de beaux moments de l'existence avec une femme qui me plaît… Bientôt, je serai vieux, et seul. Au moins, si je m'éloigne, si je ne te vois plus, je peux espérer recevoir ma part de bonheur. En te côtoyant régulièrement, je ne pense qu'à toi, au souvenir de nos étreintes. Je t'aime trop pour être à la fois si près et si loin.

— Rémi, je t'aime ! Je suis égoïste, je m'en rends compte… je ne veux pas que tu partes au loin ! Qu'est-ce que je peux faire pour t'en empêcher ?

— Une seule chose : quitter Aristide et venir vivre avec moi.

Une larme impossible à retenir coula sur la joue d'Agnès. Le dilemme devant lequel elle se trouvait lui paraissait tristement réglé d'avance. Des deux choix possibles, il y en avait un dont elle ne pourrait supporter les conséquences : vivre sans ses enfants, les abandonner aux soins d'Aristide. Si elle le quittait, son mari ne lui permettrait plus de voir Ophélie et Félix, elle n'avait aucun doute à ce sujet. L'influent juge Martel connaissait tous les rouages de la loi ; il parviendrait aisément à la faire déclarer incompétente, et même dangereuse pour ses propres enfants.

Le cœur gros, Rémi murmura :

— Ce n'est pas nécessaire de me raconter, je sais ce que tu penses…

— Quand Suzanne est partie, tu avais quinze ans, et tu en as terriblement souffert. Imagine pour un petit garçon de cinq ans…

Un sanglot interrompit sa phrase.

— Tu as songé à Ophélie ? poursuivit-elle. Se retrouver seule avec Aristide, un homme sévère, froid, qui ne lui témoigne aucune affection, qui, au contraire, la rabroue continuellement…

— Dans trois ans, ta fille sera probablement fiancée, peut-être mariée. Et tu sais à quel point Aristide aime son fils. C'est vrai qu'on souffre du départ d'une mère, mais on s'y fait...

— Je t'en prie, Rémi, tu divagues.

— Sans doute, mais je t'aime et mon plus grand rêve serait de partager ma vie avec toi. As-tu pensé que, d'ici quelques années, tu vieilliras seule avec un homme que tu n'aimes pas, qui se préoccupe si peu de toi et de tes émotions ?

— Une mère n'a pas le droit de sacrifier ses enfants ! Mes petits ont besoin de moi, de ma présence, de ma tendresse... J'ai fait un choix en épousant ton frère, je dois l'accepter.

— Et notre amour ?

— Il sera toujours mon plus merveilleux secret, et les moments que j'ai passés avec toi formeront toujours mes plus doux souvenirs.

— Chère Agnès, murmura Rémi d'une voix très tendre, mes sentiments pour toi sont dénués d'intérêt mesquin. Je souhaite que tu sois comblée, même si je suis conscient que, dans un choix de vie ou dans l'autre, tu ressentiras toujours une part de souffrance. Si tu vis avec moi, l'absence de tes enfants t'empêchera d'être heureuse, alors qu'avec Aristide, c'est d'avoir renoncé à notre amour qui te tourmentera.

— Rémi, je suis déchirée par ce dilemme. Je te mentirais si je ne t'avouais pas que, certains jours, j'échafaude des plans pour te rejoindre, j'ai envie de tout laisser derrière et de vivre pour nous. Dans ces moments-là, les visages malheureux d'Ophélie et de Félix viennent me hanter, et je me ravise.

— Tu as raison, le bonheur de vivre ensemble est une chose impossible. Le mieux est de songer à ce qui est préférable pour Ophélie et pour Félix, en leur souhaitant de connaître un avenir meilleur que le nôtre.

— Si seulement les femmes avaient des droits, je pourrais demander le divorce et exiger la garde de mes enfants, du moins en partie.

— Un jour… peut-être, mais il sera trop tard pour nous. J'aime trop mon neveu et ma nièce pour être la cause de leur malheur.

— Tu es généreux, ça me fait t'aimer davantage, Rémi, ce qui n'atténue en rien mon envie de toi… Je t'en prie, ne pars pas ! soupira Agnès en se cramponnant à son bras.

— Tu ne crois pas qu'en nous éloignant l'un de l'autre nos vies deviendront plus faciles ?

— On pourrait recommencer à se voir… en cachette.

— Si Aristide le découvrait, ce serait le drame ! C'est vrai que tu n'aurais plus aucune défense ; il pourrait te séparer de tes enfants pour toujours, toi, la femme infidèle. Il pourrait aller jusqu'à te faire enfermer dans un institut psychiatrique sous prétexte que tu as perdu la raison. Des maris le font, tu sais.

— Arrête, tu me fais peur, Rémi !

Du revers de la main, Agnès essuya une larme.

— Vous avez peur de quoi ? interrogea Ophélie, qui les avait rejoints. Pourquoi vous pleurez, maman ?

— Vous avez vu un loup ? demanda Félix.

Pressé de trouver une réponse satisfaisante pour expliquer leur rapprochement, Rémi déclara :

— Votre maman est une grande peureuse, c'est seulement un raton laveur qu'elle a aperçu. Avec son masque noir, elle l'a pris pour un voleur.

— Il est où ? Il est où, le raton ? Je veux le voir aussi, s'écria Félix en s'élançant sous le couvert des arbres.

— Attends-moi, exigea son oncle. Dans la forêt, il faut faire attention de ne pas s'égarer.

Sceptique, Ophélie observait sa mère. De loin, elle l'avait vue, la tête appuyée contre l'épaule de Rémi, et elle s'était demandé de quoi il pouvait bien la consoler.

— Si nous allions faire trempette ? suggéra Agnès à sa fille. Il fait tellement chaud…

Ravie de la proposition, Ophélie la suivit. Tandis qu'elle glissait lentement au fil de l'eau, l'adolescente se sentit libre, heureuse, même l'interdiction de poursuivre la saison au théâtre n'occupait plus son esprit. Ce moment était magique. Le visage offert aux ardents rayons du soleil, elle se prit à rêver. Elle avait quinze ans, la vie devant elle pour combler ses espoirs de bonheur. C'est un homme comme Rémi qu'elle souhaitait épouser : gentil, disponible, toujours d'excellente humeur. Lui, il ne rabrouait pas continuellement les femmes, il les aimait. Quand il décidait quelque chose, leurs opinions comptaient, contrairement à Aristide, qui agissait en roi et maître dans toutes les circonstances.

Sur un fond de ciel bleu, de grands oiseaux blancs déployaient leurs ailes dans un ballet savamment chorégraphié et ils s'élançaient vers l'inconnu. Silencieusement, Ophélie leur confia ses rêves. Elle souhaita qu'ils les transportent au gré du vent dans un pays des merveilles où les filles de quinze ans seraient libres et autorisées à faire leurs propres choix concernant leur existence.

9

Montréal, 19 octobre 1910

L'orage faiblissait, le grondement du tonnerre s'était éloigné, seuls quelques éclairs zébraient toujours le ciel par intermittence, projetant dans la chambre une lumière crue. Étendue près de Rémi, Agnès se taisait. Malgré leurs longues discussions des derniers mois, son amant avait maintenu sa décision d'émigrer en France pour rejoindre Solange, partie en bateau un mois plus tôt. Après leur superbe journée au chalet familial des Martel et l'annonce de la décision de Rémi, qui avait choisi de suivre sa compagne de vie en Europe, Agnès avait réagi : elle l'aimait trop pour le laisser s'en aller sans tenter de le retenir.

En septembre, Ophélie était retournée à l'école, contente de revoir ses compagnes. Ces retrouvailles avec des filles de son âge lui avaient permis de passer à autre chose et son humeur s'en était ressentie : de nouveau, elle turlutait en faisant ses devoirs, au grand plaisir d'Agnès. L'adolescente était une première de classe, sa mère en était très fière ; elle aurait souhaité que son mari la félicite à l'occasion, mais Aristide considérait que l'instruction pour les filles n'était pas indispensable.

— Après tout, ne sont-elles pas destinées à se marier et à mettre des enfants au monde ? faisait-il valoir à chaque intervention de sa femme. Une tâche qui ne nécessite pas, selon moi, des connaissances approfondies.

— Vous ne croyez pas important qu'une femme puisse discuter avec les confrères de son mari ? avait-elle argué, pour l'intéresser davantage aux études de sa fille. Instruite, elle pourra se mêler aux conversations et, du coup, elle deviendra une fierté pour celui qui l'aura choisie.

Aristide avait levé un menton dédaigneux et avait lancé d'un ton méprisant :

— Vous n'y êtes pas du tout, ma chère ! Ce qu'un homme souhaite c'est que son épouse soit belle et complaisante, pour susciter l'admiration chez ses collègues… et qu'elle se taise. Une pie n'est jamais bien vue en société.

Agnès n'avait pas insisté. Sur ce sujet, Aristide était borné ; son opinion sur le *sexe faible* était trempée dans un acier résistant à tout changement. Heureusement, il existait aussi des hommes comme Rémi, pour lesquels la femme était une compagne intéressante, pas seulement une servante ou une vulgaire potiche.

Chaque mercredi après-midi, depuis le début de septembre, Félix fréquentait une classe pour les petits qu'une dame de Westmount, Mary Campbell, avait mise sur pied afin de familiariser les enfants de cinq ans à leur entrée à l'école, l'année suivante. À la mi-septembre, profitant d'un moment où Octavie conduisait son fils chez madame Campbell, Agnès avait pris le tramway et rejoint Rémi à son appartement. Ce dernier liquidait ses affaires à Montréal avant de partir s'installer en France. En l'apercevant sur le seuil de sa porte, il n'avait pu cacher son étonnement, mais la surprise avait aussitôt cédé le pas au plaisir de la voir.

— Que me vaut l'honneur d'une si charmante visite ? s'était-il exclamé, ravi.

Sans répondre, Agnès s'était nichée dans ses bras, qu'il avait spontanément ouverts pour l'accueillir. Leur désir partagé avait fait le reste ; leurs lèvres s'étaient jointes et leurs corps avides avaient retrouvé les repères charnels que les années n'avaient pas effacés de leur mémoire. Depuis ce jour de septembre, Agnès venait lui rendre visite tous les mercredis, même aujourd'hui, malgré l'orage et la pluie qui tombait à verse.

Dans le salon, l'horloge sonna trois heures. Blottie contre Rémi, Agnès se fit minaude.

— Je croyais que notre amour te retiendrait ici, chuchota-t-elle à son oreille, mais à voir ton appartement presque vide, j'en déduis que tu n'as pas changé d'idée. Tu pars toujours…

Rémi l'embrassa sur le front ; sa décision lui déchirait le cœur, mais elle était réfléchie et définitive. Convaincu qu'il faisait le meilleur choix, il répondit :

— Notre relation est merveilleuse, mais elle nous maintient dans la clandestinité, avec une épée de Damoclès, appelée Aristide, suspendue au-dessus de nos têtes. Elle risque de nous anéantir s'il venait à nous découvrir. Pour moi, mais aussi pour sauvegarder ta quiétude et celle des enfants, je dois partir. Je ne trouve aucune autre solution à notre dilemme.

— Ça ne m'empêche pas d'avoir mal…

— Je sais, mon amour.

— Sans la possibilité de te croiser à l'occasion, ma vie deviendra un véritable calvaire, que je gravirai jour après jour, sans espoir.

— N'oublie pas tes enfants, ma chérie. Tu es chanceuse de les avoir. Consacre-leur ton temps, ta tendresse et, tu verras, ils rempliront le vide de mon absence.

— Mais si leur présence ne me suffisait pas ?… Tu avais raison, l'autre jour : d'ici trois ans, Ophélie sera probablement fiancée, peut-être mariée. Aristide adore Félix… Quelquefois, j'ai l'impression de sacrifier ma propre vie.

— Tu es sérieuse ?

Agnès essuya une larme qui débordait, avant d'ajouter tristement :

— Quel que soit mon choix, je ne serai jamais pleinement heureuse. Si je pars avec toi, les enfants me manqueront, et si je reste, c'est toi qui…

Un sanglot interrompit sa phrase.

— Agnès, mon amour, murmura Rémi en prenant son visage entre ses paumes, la meilleure solution est que je m'éloigne. Sinon, nous ne faisons que retourner le fer dans la plaie et aggraver nos blessures. Je pars au loin, mais sois assurée que j'emporte dans mes bagages tous nos souvenirs. Très souvent je penserai à toi, à nous…

— Je souhaiterais posséder le pouvoir de te retenir, insista Agnès.

— Au lieu de tenter de me retenir, si tu venais avec moi ? proposa Rémi dans une ultime tentative. Les enfants grandissent et, bientôt, tu te retrouveras seule avec Aristide.

Un voile de souffrance obscurcit le regard d'Agnès. D'une voix tremblante, elle demanda :

— Si je t'accompagnais en France, qu'est-ce que tu dirais à Solange ?

— Elle comprendrait.

— Ça signifie que vous êtes prêts à vivre ensemble sans vous aimer ?

— Ce n'est pas tout à fait exact. Entre nous, il y a beaucoup d'attachement, nous partageons de très agréables instants, libres de contraintes. Mais je préfère ne pas parler d'elle en ce moment.

— Excuse-moi, je suis jalouse, je n'en ai aucun droit. Je vous souhaite d'être heureux.

Rémi caressa le bout du nez d'Agnès, cherchant à graver chaque détail de son visage dans sa mémoire. Tendrement, il embrassa ses lèvres humides et il pressa son corps nu contre le sien, avide de profiter au maximum de ce moment exquis de leur trop brève intimité. Emportés par une vague de sensualité, les deux amants glissèrent sur les flots de l'extase, conscients toutefois qu'il s'agissait d'une lame de fond qui, irrémédiablement, les entraînait loin l'un de l'autre.

Ce soir-là, Agnès rentra chez elle après le retour d'Aristide. Ne se résignant pas à se séparer de Rémi, elle avait laissé le temps filer sans se préoccuper de son mari.

Debout dans le corridor, Aristide l'attendait de pied ferme.

— Qu'est-ce qui se passe avec vous, ma chère ? Vous avez oublié que vous avez des enfants, l'invectiva-t-il. Octavie a dû les mettre au lit. Félix a fait une crise, il voulait absolument vous embrasser avant d'aller dormir, j'ai été contraint d'aller le border moi-même.

— Suis-je obligée de vous rendre des comptes sur chacune de mes sorties ? s'emporta Agnès.

Depuis le début de leur union, c'était la première fois qu'elle se permettait de lui répondre de la sorte. Aristide fut stupéfait.

— Décidément, je ne vous reconnais plus ! Vous divaguez. Tâchez de vous reprendre en main, sinon je n'aurai pas d'autre choix que de vous envoyer consulter un psychiatre.

— Un psychiatre ? Parce qu'un après-midi, en faisant des courses, je n'ai pas eu conscience de l'heure. Vous ne croyez pas ça un peu exagéré ?

— Il est huit heures trente, les magasins sont fermés depuis belle lurette. D'ailleurs, je ne vois pas vos achats. Où sont-ils ?

— Je n'ai rien trouvé qui soit à mon goût ! En rentrant, je me suis arrêtée près de la bibliothèque municipale. Je ne sais pas si vous y avez déjà prêté attention, mais il y a là un magnifique plan d'eau. J'ai regardé le soleil descendre sur l'horizon. Après l'orage, c'était superbe ! La montagne resplendissait dans le crépuscule.

— Pendant que vos enfants se couchaient sans leur mère ! Belle mentalité !

— Un seul retard en vingt ans de mariage… vous croyez vraiment que j'abuse ? riposta Agnès.

Puis, sans attendre d'autres paroles désobligeantes, elle quitta le salon, abandonnant Aristide, pantois, au milieu de la pièce. D'un pas déterminé, elle monta à sa chambre. Une fois la porte refermée, elle se laissa glisser le long du mur et se retrouva assise par terre, le visage entre les mains. Ses adieux à Rémi avaient été bouleversants. Tellement d'années s'écouleraient avant qu'ils puissent se revoir, comment parviendrait-elle à survivre à son absence ? Avait-elle tout fait pour le retenir ? C'est le cœur lourd, et en songeant à Suzanne, qui avait eu le courage de suivre son amour au bout du monde, qu'elle se releva pour se mettre au lit. L'image de cette femme partie avec un homme, au détriment de son fils, accaparait ses pensées. Ce n'est qu'au petit matin, épuisée, qu'elle sombra enfin dans le sommeil.

Le 20 octobre, veille de son départ, Rémi décida de rendre visite à son frère. Partir pour plusieurs années sans passer le saluer était inconcevable. Pour cette ultime rencontre, il choisit de passer à son bureau, en fin de journée, espérant qu'Aristide pourrait le recevoir sans trop se presser.

Sa secrétaire eut à peine le temps de l'annoncer que déjà Aristide venait au-devant de lui, la main tendue.

— J'aurais bien voulu que tu nous quittes pour le vieux continent sans passer dire au revoir à ton frère préféré, le taquina-t-il. C'est pour quand, ce grand départ ?

— Demain, très tôt. Je prends le train jusqu'à Halifax, ensuite je monterai à bord d'un paquebot à destination de la France.

— C'est Solange qui sera heureuse de te voir arriver… elle doit beaucoup te manquer.

Rémi fut étonné qu'Aristide prête une telle attention à ses amours, lui qui habituellement s'en fichait éperdument. Il n'avait jamais apprécié Solange, une simple actrice…

— Tu as raison, je suis impatient de la retrouver.

— J'imagine que toutes tes affaires sont en ordre, ce ne sera pas facile de te joindre là-bas. Quand tu seras installé, ce serait bien si tu me faisais parvenir ton adresse. Au fait, tu pars pour combien de temps ?

— Des années. Il est fort possible que je m'installe définitivement en France, c'est le vœu de Solange.

— Dans ce cas, faisons les choses en grand. Je ne peux pas te laisser nous quitter pour si longtemps sans que tu passes saluer les enfants… et ma femme.

Rémi eut le sentiment que ce dernier mot avait été prononcé avec une intensité différente des autres, mais déjà Aristide le prenait par le bras pour l'entraîner vers la sortie. Ce n'était sans doute qu'une impression, née de ses remords, et il choisit de passer outre. Si son frère avait été au courant de sa relation avec Agnès, il y a belle lurette qu'il lui aurait mis son poing au visage.

Étonnés de les voir arriver sans avoir prévenu, les enfants manifestèrent leur joie par de grands éclats de voix et ils accueillirent leur oncle avec spontanéité. Agnès ressentit quant à elle un pincement au cœur, car elle ne croyait pas revoir Rémi avant son départ. Quand il s'approcha pour lui faire la bise, c'est au prix d'un immense effort qu'elle parvint à maîtriser les tremblements qui agitaient son corps. Conscient de sa surprise, et pour lui laisser le temps de se ressaisir, Rémi, mû par un désir irrépressible, la prit par la taille et, pour éviter que son geste paraisse étrange, il lança à la ronde :

— Allez, les enfants, c'est notre dernière soirée ensemble pour un bon bout de temps, et votre papa a eu la gentillesse de m'inviter à venir souper avec vous. On se fait un grand câlin de famille ?

Sans hésiter, Ophélie et Félix les rejoignirent et ils se pressèrent contre eux en riant.

— Vous aussi, papa, l'invita Félix.

— Arrêtez ces sottises ! grogna Aristide, que rebutait une telle manifestation d'affection.

Félix se dégagea de l'étreinte pour courir agripper le bras de son père.

— Venez ! ordonna-t-il de sa voix enfantine. Maman dit toujours que vous êtes le chef de la famille, vous avez pas le choix de vous coller avec nous !

Ne pouvant se défiler, ce fut sans manifester de véritable enthousiasme qu'Aristide se prêta au jeu. Heureusement, Octavie arrivait pour annoncer que Martha était prête à servir le repas.

— J'ai ajouté un couvert pour monsieur Rémi, précisa-t-elle.

— À côté de moi ! Je veux ! clama Félix en tirant son oncle par le bras pour le conduire à la salle à manger.

Au cours de ce repas, Aristide se montra fort volubile, au grand étonnement d'Agnès et de Rémi, qui le savaient réservé dans les réunions de famille. Même Félix, qui mangeait avec ses mains, ne s'attira pas les remontrances paternelles. Aristide raconta ce voyage en France qu'il avait fait avant d'entrer à l'université, au plaisir des enfants qui en profitèrent pour lui poser de nombreuses questions.

Au moment du dessert, alors qu'Ophélie et Félix, silencieux, avaient le nez plongé dans leur pointe de tarte au citron, Aristide lança à son frère :

— J'espère que tu ne t'en vas pas là-bas avec l'idée de retrouver ta mère !

Rémi ressentit un malaise. Pas une fois, au cours des vingt-trois dernières années, Aristide n'avait mentionné Suzanne devant lui. L'allusion à celle qui l'avait laissé derrière pour suivre un homme cachait-elle autre chose ? Ne désirant pas poursuivre sur ce thème, Rémi répondit sèchement :

— Ça ne fait pas partie de mes priorités !

— Avec raison, poursuivit Aristide sans relever le ton de son frère. J'espère que tu ne partiras pas à sa recherche. Je ne vois rien de plus aberrant en ce bas monde qu'une mère qui abandonne son enfant, le fruit de sa chair… et pourquoi ?

Aristide marqua une pause. Tour à tour, il fixa Agnès et Rémi.

— Pour répondre à l'instinct le plus bas qui se cache en chacun de nous, celui de la bête ! Le mariage n'excuse pas son geste, elle t'a laissé derrière…

— Quelle bête, papa ? demanda Félix, la bouche pleine.

— Aristide, intervint doucement Agnès, je vous en prie, ce n'est pas un sujet à aborder en présence des enfants. Le moment n'est pas bien choisi, ce soir, de rappeler à Rémi de douloureux souvenirs. Discutons plutôt de choses agréables, nous serons un bon moment sans nous revoir.

— Vous avez raison, ma chère. Rémi, je suis désolé, s'excusa Aristide. En te voyant emprunter le même chemin que Suzanne, le souvenir de ta peine à l'époque m'est revenu en mémoire.

— Ça va ! Parlons d'autre chose, trancha Rémi.

— Justement, je voulais t'entretenir au sujet du chalet de notre père, à la pointe de l'île. J'ai décidé de le vendre et comme il nous a été légué à tous les deux, n'oublie pas de me faire connaître ton adresse, une fois en France, afin que je puisse te faire parvenir ta part.

— Cette vieille bâtisse dort dans la poussière depuis près de trente ans, qu'est-ce qui fait que, tout à coup, tu t'y intéresses et que tu veuilles la vendre ? s'étonna Rémi.

— Elle n'est pas si poussiéreuse, fit remarquer Ophélie, et elle est remplie de souvenirs. J'ai même vu une photo de grand-père Adolphe à son mariage avec la mère de Rémi.

— Et maman a peur des ratons laveurs ! clama Félix en riant. Elle les prend pour des voleurs avec leur masque noir. Heureusement qu'oncle Rémi était là pour la consoler, elle avait le visage tout mouillé…

— Félix, tu exagères ! le coupa sa mère en jetant un regard inquiet vers son mari.

Les narines palpitantes, Aristide la fixait, visiblement hargneux. Rémi vint à son secours :

— En août, j'ai emmené Agnès et les enfants au chalet, je voulais revoir cet endroit une dernière fois avant de partir. Comme il faisait très beau, j'ai pensé que la balade plairait à ta famille.

— Sans m'en parler ? Tu aurais dû me demander la permission.

— Je suis désolé si ça te dérange, mais je n'ai pas vu là-dedans un déplacement d'État qui exigeait une permission signée, tenta de plaisanter Rémi.

— On s'est beaucoup amusés, déclara Félix. Je veux y retourner, l'été prochain.

— Ce ne sera pas possible, lui répondit son père, je le vends.

— C'est dommage, commenta Rémi, c'est toujours difficile de dire adieu à un lieu rempli de souvenirs. Mais tu as raison, nous n'y allions jamais. Tu as ma permission, l'argent de la vente sera le bienvenu dans mes goussets. Dès que je suis installé, je te fais parvenir mon adresse.

— Je veux pas le vendre, moi ! protesta Félix en tapant sur la table avec sa fourchette sale.

Une pépite de mousse au citron vola dans les airs et vint atterrir sur le bout de son nez. Tous, à l'exception d'Aristide, éclatèrent de rire. Et l'atmosphère se détendit.

Après d'émouvants adieux à leur oncle, qu'ils ne reverraient pas avant longtemps, Agnès accompagna ses enfants dans leur chambre. Il était l'heure pour eux de se mettre au lit.

Une demi-heure plus tard, quand elle descendit les rejoindre, les deux frères discutaient calmement en sirotant un alcool devant un bon feu de bois. Avant d'entrer, debout dans l'entrebâillement de la porte, elle contempla le profil de Rémi. À deux ans de la quarantaine, les tempes légèrement grisonnantes, il lui paraissait plus désirable que jamais. Le rougeoiement des flammes se reflétait sur son visage et lui conférait l'allure d'un dieu de la mythologie.

Si seulement elle avait pu être cette Hélène et suivre son Pâris au-delà des mers…

À son entrée dans la pièce, Rémi se leva et vint à sa rencontre.

— Je me préparais à partir, annonça-t-il. J'attendais ton retour pour te faire mes adieux.

— Es-tu si pressé ? Tu peux rester encore un moment…

Aristide s'approcha.

— Maintenant ou plus tard, il faudra bien en venir à nous séparer, énonça-t-il, puisque monsieur mon frère a choisi d'aller vivre sur un autre continent. Je te souhaite bonne chance, et n'oublie pas de me faire parvenir ton adresse.

Aristide serra la main tendue, tapota l'épaule de son cadet, puis il se recula pour céder la place à sa femme.

— Je t'accompagne à la porte, souffla Agnès, maîtrisant mal ses émotions.

Aristide les suivit dans le hall, de sorte que Rémi et Agnès durent se contenter d'une brève accolade. Seuls leurs regards exprimaient le déchirement qu'ils ressentaient.

Quand la porte se fut refermée sur son frère, Aristide prit sa femme par la taille et il l'entraîna vers l'escalier.

— Si nous allions nous coucher, proposa-t-il en se penchant vers elle pour l'embrasser dans le cou.

— Pas ce soir, laissa tomber Agnès, étonnée de ses avances.

Aristide n'avait manifesté aucune envie d'elle depuis longtemps, craignait-il qu'elle ne suive Rémi ?

Il n'insista pas. Il relâcha son étreinte et monta le premier, sans un mot de plus. Agnès se réfugia au salon. Elle était convaincue que son mari était au courant de sa liaison. Ce n'était pas sans arrière-pensée qu'il avait emmené Rémi ce soir et qu'il avait discuté du chalet. Aussi, il venait de l'inviter dans son lit, ce qu'il n'avait pas fait depuis longtemps. Que savait-il au juste de leur liaison ? S'il avait découvert qu'elle était amoureuse de Rémi, elle serait certainement contrainte de lui payer un lourd tribut.

Soudain, elle eut peur; déjà qu'il avait parlé d'un psychiatre lorsqu'elle était rentrée avec quelques heures de retard. Aristide était capable de tout pour garder intacte l'image qu'il s'était fabriquée de lui-même au fil des ans, et Rémi ne serait plus là pour la soutenir.

La pendule sonna neuf heures du soir. Demain à l'aube, en prenant le train pour Halifax, Rémi sortirait de sa vie, l'abandonnant seule sur le quai de leur histoire. Agnès laissa couler ses larmes. Dans son esprit, de tristes souvenirs empreints d'inquiétudes et de chagrin se bousculaient. Les flammes s'amenuisaient, elle se leva pour agiter les braises et remettre une bûche. Des idées folles agitaient son imagination : elle pensa à Suzanne, qui avait certainement ressenti cette douleur qui était la sienne en ce moment. Mais elle avait tenté d'y remédier… Sa décision de partir, de suivre l'homme qu'elle aimait, l'avait-elle rendue plus heureuse ?

10

Westmount, 21 octobre 1910

Des rafales de pluie entremêlée de grésil heurtaient en cadence les larges fenêtres de la classe. Assise à son pupitre, Ophélie ne parvenait pas à se concentrer sur son travail de français. Ce matin, en entrant dans la cuisine pour déjeuner, elle n'avait pu que constater que sa mère n'y était pas. Pourtant, à de rares exceptions près, toujours levée la première, celle-ci s'y trouvait pour l'accueillir avant son départ pour l'école.

— Est-ce que maman est malade ? s'était-elle informée auprès de Martha, qui lui servait un chocolat chaud.

Octavie s'était pointée sur ces entrefaites et lui avait répondu :

— Quand je suis allée à la chambre de madame pour la réveiller, à six heures trente comme d'habitude, elle n'y était pas. Sans doute qu'elle est sortie sans prévenir.

— Et papa ?

— Je n'avais aucune raison de déranger monsieur. Votre mère a sûrement une explication pour s'être absentée si tôt, avait ajouté la domestique pour la rassurer.

Trente minutes plus tard, en marchant vers son école, dans le vent et la pluie, Ophélie s'était interrogée. Jamais Agnès ne partait si tôt, et pourquoi ne l'avait-elle pas avertie la veille de son absence au déjeuner ? Un simple mot lui aurait évité de s'inquiéter de la sorte. Puisqu'ils s'étaient fait leurs adieux hier, elle n'était certainement pas allée saluer l'oncle Rémi une autre fois. Octavie n'avait pas osé frapper à la porte de la chambre de son patron ; probablement que lui aussi était levé, et ils étaient partis ensemble… Oui, c'était sûrement ça ! Mais pour aller où ? Quel événement imprévu avait pu motiver une sortie si matinale ?

Souvent au cours de la journée, Ophélie jeta un œil du côté de l'horloge. Jamais les aiguilles ne lui avaient semblé si lentes à marquer les heures, elles égrenaient le temps au rythme d'une tortue. À maintes reprises, elle avait eu envie d'aller leur donner un coup de pouce. Quand la cloche sonna quatre heures, enfin, elle s'empressa de ramasser livres et cahiers et de les enfouir pêle-mêle dans son cartable. Puis elle se mit en rang avec ses compagnes, impatiente de quitter la classe.

En arrivant devant chez elle, trempée jusqu'aux os, elle grimpa l'escalier quatre à quatre et poussa la porte. Sans enlever ses bottes, elle se précipita dans le hall.

— Maman ! cria-t-elle. Je suis rentrée.

Au son de sa voix, Félix accourut.

— Elle est pas là, sanglota-t-il, papa non plus. J'ai passé la journée tout seul… et Octavie a pas voulu que j'aille jouer dehors !

La gouvernante avait suivi le petit garçon. Visiblement fatiguée, elle lança, sur un ton irrité :

— Mademoiselle Ophélie, enlevez votre manteau, vous êtes toute mouillée ! Regardez, vous salissez le plancher que Martha s'est échinée à laver.

Immobile, refusant de bouger, l'adolescente interrogea :

— Félix dit que maman n'est pas revenue, est-ce que c'est vrai ?

Comprenant son inquiétude, c'est d'une voix plus douce qu'Octavie tenta de la rassurer :

— Ne craignez rien, mademoiselle, elle sera bientôt là. Il y a toujours une explication à…

La sonnerie du téléphone l'interrompit. Oscar apparut au bout du corridor, et d'un pas rapide, il entra dans le salon pour répondre à l'appel.

— Ce sont certainement vos parents, prédit Octavie.

Debout dans le portique, tous se turent, même Félix cessa de sangloter, accroché au bras de sa sœur. Quand Oscar ressortit, il fut étonné de les apercevoir, en rang bien droit, le regard tendu vers lui.

— C'était maman ? ne put s'empêcher de questionner Ophélie.

— Non, répondit le majordome, c'était un appel de monsieur.

— Notre mère est avec lui ? insista l'adolescente.

— Il n'a pas précisé, mais sûrement. Je lui ai confié que l'absence de madame vous inquiétait… et il m'a demandé de vous dire que tout allait bien. Il a ajouté qu'ils seraient de retour à la maison dimanche, en fin de journée.

— Voilà une chose de réglée ! lança Octavie, soulagée. Ophélie, Félix, venez avec moi à la cuisine, Martha vous a préparé une collation, vos petits gâteaux préférés, ceux au chocolat.

Rassuré, le petit gourmand applaudit. Sautillant gaiement, il la suivit sans se faire prier. Demeurée seule, Ophélie était perplexe : quelque chose sonnait faux dans les dires d'Oscar. Après avoir enlevé son manteau et ses bottes, elle ramassa son sac d'école et monta directement à sa chambre.

Durant la fin de semaine, la pluie ne cessa pas de tomber, il y eut même quelques flocons de neige.

— L'hiver est à nos portes, fit remarquer Oscar aux enfants, qui jouaient dans le salon.

Aussitôt, Félix s'élança dans l'entrée et il ouvrit la porte toute grande.

— Je ne le vois pas ! s'écria-t-il, se tournant, dépité, vers sa sœur et le majordome.

Sa naïveté déclencha leurs rires et, devant leur hilarité, Félix se renfrogna. Il partit en tapant du pied, refusant de terminer sa partie de cartes. Par la suite, aucun de ses jouets ne sembla l'intéresser. Il les laissa traîner un peu partout dans la maison, au grand déplaisir d'Oscar, qui devait passer derrière pour les ramasser.

Le dimanche, de retour de l'église Saint-Léon, où ils avaient assisté à la grand-messe en compagnie de leur gouvernante, Ophélie sortit un casse-tête; c'était l'une des rares activités qui maintenaient l'attention de Félix plus de quelques minutes. Elle en choisit un de cinq cents pièces; le petit garçon de cinq ans, très actif, s'adonnait à ce jeu avec une étonnante concentration. Il découvrait et assemblait les éléments avec facilité, de sorte que ce passe-temps pouvait l'occuper de longs moments sans qu'il s'en fatigue.

— Je pense qu'il a un sens de l'observation au-dessus de la moyenne, avait avancé leur mère quelque temps auparavant, heureuse de l'attrait qu'avait son jeune fils pour cet exercice, pourtant difficile à son âge.

Oscar les installa sur une table basse devant le foyer, après quoi il alluma un feu dans l'âtre afin de chasser l'humidité et de rendre la pièce plus confortable. Les cris joyeux de Félix chaque fois qu'il plaçait un morceau détendirent l'atmosphère et permirent à Ophélie d'éviter de trop ressasser ses inquiétudes en attendant le retour de leurs parents.

Au milieu de l'après-midi, alors que Martha venait de servir la collation, Aristide fit son entrée. Félix, les lèvres barbouillées de chocolat, s'élança à sa rencontre. Mais Ophélie, n'apercevant pas sa mère, retint son souffle. Aristide reçut son fils dans ses bras, puis, l'air taciturne, il le déposa sur son tabouret devant le casse-tête.

— Attends-moi ici, lui ordonna-t-il.

Il se tourna vers les employés, curieux, qui étaient venus l'accueillir.

— Octavie, Oscar, suivez-moi dans mon bureau. Vous, Martha, occupez-vous des enfants.

Sur ce, sans un regard pour Ophélie, qui le fixait intensément, il quitta la pièce, suivi de la gouvernante et du majordome.

— Qu'est-ce qui se passe, Phélie? interrogea le petit garçon. Pourquoi maman n'est pas revenue avec papa?

Le cœur de l'adolescente battait à tout rompre, elle l'entendait cogner contre ses tempes. Une bouffée de chaleur lui monta à la tête, son intuition ne l'avait pas trompée: manifestement, un événement imprévu était sur le point de bouleverser leur vie.

La voix tremblotante, elle répondit:

— Papa va bientôt nous expliquer... maman est peut-être malade.

— Elle va pas mourir?

— Mais non, Félix. Puis arrête de poser des questions! Tu vois bien que je ne sais rien de plus que toi!

Fébrile, elle se leva et se dirigea vers la fenêtre, dont elle écarta les rideaux. À travers le voile de pluie torrentielle, elle tenta de distinguer l'automobile de son père. Sa mère était peut-être à bord? Il n'y avait aucun passager ni personne dans la rue, que des trombes d'eau qui rebondissaient sur le macadam.

Devant ses employés intrigués, Aristide arpenta la pièce un long moment, plongé dans sa réflexion. Puis, il se campa derrière son bureau; il enleva ses lunettes et s'essuya les yeux. D'une voix qu'Octavie et Oscar ne lui connaissaient pas, il annonça:

— Ce que j'ai à vous dire est difficile... Ma femme nous a quittés.

Les domestiques échangèrent un regard sceptique: avaient-ils bien saisi la signification des paroles qu'ils venaient d'entendre? Octavie interrogea la première:

— Définitivement? Sans emmener les enfants?

Aristide remit ses lunettes et, furibond cette fois, il répondit :

— À l'heure qu'il est, elle doit voguer vers la France...

— Monsieur, intervint Oscar, ahuri, je ne comprends pas. S'il vous plaît, expliquez-nous.

— Elle est partie avec Rémi...

— Quoi ? Ça n'a aucun sens, le coupa Octavie. Je connais monsieur Rémi depuis sa tendre enfance, jamais il n'aurait pu vous trahir de la sorte, ni madame d'ailleurs !

— Eh bien, ils l'ont fait ! Un frère hypocrite ! Une épouse infidèle et une mère sans entrailles ! Voilà ce qu'ils sont ! fulmina Aristide. Après m'être rendu compte du départ de ma femme, je suis allé à la gare, vendredi matin, pour tenter de la retenir. La supplier de rester, au nom des enfants... mais le train était déjà parti.

— Peut-être qu'elle ne l'a pas pris, risqua Oscar.

— Elle m'avait laissé une note... que j'ai trouvée dans mon bureau, c'est ce qui m'a alerté.

Un hoquet interrompit le juge et, de nouveau, il enleva ses lunettes pour s'essuyer les yeux.

— Je n'arrive toujours pas à y croire, souffla Octavie.

— Vous n'aviez rien remarqué d'étrange au cours des derniers mois... dans le comportement d'Agnès ou de Rémi ? s'informa le mari délaissé, qui semblait n'avoir rien vu venir.

— Depuis la balade qu'ils ont faite avec les enfants, à la mi-août, se rappela Octavie, j'ai remarqué que madame était triste, je l'ai surprise à pleurer, une fois... plutôt deux. Elle était plus irritable aussi. Et elle s'absentait souvent...

— ... tous les mercredis, en fait, poursuivit Oscar. Mais jamais je ne me serais douté qu'elle se rendait chez monsieur Rémi.

Aristide ferma les yeux. De son poing droit, il martela le dessus de son bureau. Son attitude dénotait une profonde amertume. Octavie eut de la peine pour lui, mais ceux qui la préoccupaient davantage, c'étaient les enfants.

— Maintenant, laissez-moi, leur signifia Aristide, vous en savez assez. Surtout, évitez d'en discuter avec les voisins, c'est déjà suffisamment humiliant ! Ce n'est pas nécessaire d'attirer la pitié en plus !

— Soyez sans crainte, monsieur, nous sommes toujours très discrets en ce qui concerne la famille.

Il prit la gouvernante à témoin :

— N'est-ce pas, Octavie ?

— Oui, bien sûr, répondit cette dernière. Quand avez-vous l'intention d'informer les enfants du départ de leur mère ?

— Immédiatement. Ne vous attardez pas au salon, je préfère être seul avec eux.

Aristide leur ouvrit la porte de son bureau, l'entretien était terminé. Ophélie et Félix se levèrent spontanément en les voyant, mais les domestiques ne s'arrêtèrent pas. Ce fut leur père qui les rejoignit, la mine déconfite. La pluie avait cessé de tomber, un rayon de soleil éclairait la pièce.

— Asseyez-vous, leur commanda Aristide en prenant place dans son fauteuil habituel. Je dois vous entretenir de quelque chose d'important.

Félix grimpa sur ses genoux.

— Vous voulez nous parler de maman ? s'informa le petit garçon. Elle est malade ?

Sur son tabouret, devant l'âtre, Ophélie se taisait, le cœur à la dérive.

— Y s'passe quoi, papa ? insista Félix.

— J'aimerais trouver les bons mots, mais, dans une telle situation, il n'y en a pas de meilleurs que d'autres, je pense.

— Papa, je vous en prie, intervint Ophélie, la voix chevrotante, dites-nous tout.

Sans préambule pour adoucir son annonce, Aristide déclara :

— Votre mère est partie avec votre oncle Rémi… ce monstre dénaturé…

— Quoi ? En France ? Je ne vous crois pas ! s'écria l'adolescente.

— Un peu de respect, ma fille ! la tança Aristide. Tu as du front tout le tour de la tête pour oser prétendre que je vous mentirais au sujet d'un événement aussi malheureux. Sache que j'en souffre autant que vous deux !

— Vous mentez ! ragea Ophélie en bondissant de son siège. Jamais maman ne nous aurait abandonnés... Vous, peut-être... mais pas nous !

— Tais-toi ! cracha Aristide. Tu n'es qu'une insolente... tu ressembles à ta mère !

L'adolescente éclata en sanglots. Elle jeta un regard vers Félix, coi sur les genoux de son père, comme s'il n'avait pas compris la portée des paroles entendues. Pour le protéger, elle eut envie de l'arracher de là, mais sa souffrance était trop grande pour se préoccuper d'autrui. Elle s'élança hors de la pièce et courut se réfugier dans la chambre d'Agnès, espérant y trouver des réponses à ses douloureuses interrogations.

Aristide se leva. Son petit garçon dans les bras, il se dirigea vers le portique.

— Je vais faire une promenade en auto avec Félix, informa-t-il le majordome. Ne nous attendez pas pour souper.

— Et mademoiselle Ophélie, elle ne vous accompagne pas ?

— Non, elle est montée. Donnez-moi le manteau et les bottes de Félix, il fait froid et c'est trempé dehors.

Il était quatre heures, le soleil baissait sur l'horizon, il se couchait tôt en cette fin d'octobre. Le juge conduisit jusque chez madame Irma et, n'éprouvant aucune gêne cette fois, gara la Ford devant la maison close. Il prit la main de Félix et frappa à la porte des appartements privés, celle qu'il franchissait à chacune de ses visites.

— Aristide ! s'étonna la maquerelle. Veux-tu bien me dire ce qui me vaut l'honneur d'une telle visite... en compagnie de ton fils ?

— Laisse-nous entrer, ma vie s'écroule en ce moment.

— Bien sûr, mon gros loup, tu es ici chez toi ! lança-t-elle en se reculant pour leur livrer passage.

Elle se pencha vers Félix.

— Bonjour, mon petit bonhomme ! Je suis heureuse de te connaître, enfin.

— Je vous ai déjà vue… je me rappelle votre chapeau avec des oiseaux rouges dessus.

— Vraiment ? Tu as une mémoire phénoménale, mon garçon, pour tes…

— Maman est partie, l'interrompit Félix, déjà passé à autre chose. Mais elle va revenir bientôt, n'est-ce pas, papa ?

— Oui, probablement, dans quelque temps…

— Est-ce que c'est long, quelque temps ? insista Félix.

— Ça dépend…, tenta de répondre son père.

— C'est avant ou après Noël ?

D'un regard incrédule, Irma interrogea Aristide.

— Je vais te raconter. Tu as quelque chose pour occuper Félix ?

Irma réfléchit un instant, puis elle proposa :

— Je pense que tu aimes les oiseaux. J'ai un grand livre, avec de belles images de bibittes à plumes. Ça te tente de le feuilleter ?

— Oh oui !

— Et si je te donnais des chocolats à grignoter ?

— Seulement quelques-uns, nous n'avons pas soupé, la prévint Aristide.

— Alors, pendant que tu me raconteras, je vais nous concocter un petit gueuleton. Qu'est-ce que vous en dites, messieurs ?

— Vous savez faire des crêpes ? s'informa Félix. J'aimerais bien en manger… maman en fait des très bonnes, quand Martha est pas là.

— Va pour des crêpes ! Et voici le livre avec des oiseaux.

Tandis que Félix se plongeait dans l'album, Irma entraîna Aristide vers la cuisine.

— Maintenant, mon gros loup, dis-moi tout, exigea-t-elle. Je n'arrive pas à croire que ta femme soit partie. D'après ce que tu m'en disais, elle semblait une mère aimante, avec beaucoup de principes.

Auprès de cette femme qu'il affectionnait, Aristide trouvait toujours du réconfort. À voix basse, pour ne pas être entendu de Félix, il lui raconta s'être rendu à la gare pour tenter de la retenir.

— L'humain est un être perfide, jeta-t-il, désabusé. Jamais je n'aurais cru à un tel comportement de la part de mon frère. D'Agnès, c'était plus prévisible, les femmes sont des têtes de linotte sans honneur…

— Tut ! Tut ! mon gros loup, c'est aussi de moi que tu parles, tes mots me blessent.

— À toutes les règles, il y a des exceptions, et tu en fais partie, ma très belle, se défendit Aristide.

Il se pencha pour l'embrasser dans le cou. Au fond du salon, Félix avait levé les yeux de son livre d'images et il fixait son père d'un regard intrigué. Irma en fit la remarque à Aristide.

— Je n'ai plus de raison de me cacher ! répondit ce dernier.

— Il est préférable de protéger tes enfants, exigea Irma. Maintenant, c'est pour eux que tu devras vivre, il n'y a rien de plus précieux en ce bas monde que ces deux petits, ils sont ta richesse.

Aristide contempla son fils. Irma avait raison, il souhaitait en faire un homme à son image, respecté de ses semblables.

Au milieu de la soirée, après avoir chipoté quelques crêpes, Aristide rentra chez lui avec son fils. Sitôt qu'ils furent dans la maison, Félix échappa à Octavie qui voulait le mettre au lit et il se précipita dans la chambre d'Ophélie. Enfoncée dans ses oreillers, le visage encore mouillé de larmes, la malheureuse paraissait dormir. Sans se dévêtir, le petit garçon se glissa près d'elle sous les draps et, du bout des doigts, tendrement, il essuya ses joues. Ophélie esquissa un triste sourire. Niché contre le corps chaud de sa sœur qu'il aimait tellement, Félix ne tarda pas à sombrer dans le sommeil. Ophélie, quant à elle, demeura les yeux grands ouverts dans la nuit ; désespérément, elle cherchait une explication au drame qui bouleversait leur vie. Rémi, qu'elle chérissait, lui apparaissait soudain odieux… un monstre avait dit son père.

11

Westmount, 25 octobre 1910

Assise sur un banc de parc, en face de sa résidence, Ophélie grelottait. La veille, lundi, son père l'avait laissée dormir, mais, ce matin, comme elle refusait de se lever, il avait fait irruption dans sa chambre. D'aussi loin que remontaient ses souvenirs, jamais Aristide n'était entré dans cette pièce. D'une voix forte, il avait ordonné :

— Lève-toi et va à l'école ! La vie continue, nous ne pouvons rien y faire.

Bouleversée, elle avait tiré les draps au-dessus de sa tête, mais Aristide s'était approché du lit et il les avait arrachés d'un geste brusque.

— Cesse d'agir en bébé, tu ne pourras pas te cacher toute ton existence. J'exige que tu sois au rez-de-chaussée dans dix minutes.

Sachant qu'il était impossible de contrevenir aux ordres du juge sans s'exposer à sa colère et aux conséquences qui en découleraient, Ophélie était descendue. Après un déjeuner grignoté du bout des dents, elle s'était rendue à son collège. Depuis sa première année, elle fréquentait une école anglaise, Aristide tenant à ce que ses enfants soient bilingues.

— Il n'y a pas d'avenir au Canada pour qui ne parle pas la langue de Shakespeare, arguait-il souvent, même pour les femmes, si elles veulent faire de beaux mariages.

Ce matin-là, c'est la tête basse et les paupières bouffies qu'elle était entrée dans la classe. Durant la journée, elle avait cru remarquer la mine apitoyée de ses compagnes. Leurs chuchotements, alors qu'elles lui jetaient des regards de biais, l'avaient blessée. Son malheur était-il déjà su de tous ? Sur le chemin du retour, en compagnie de Margareth, sa meilleure amie, elle avait obtenu sa réponse.

— J'ai entendu une conversation entre mes parents, ils ont dit que ta mère était une gourgandine…

— Je ne connais pas ce mot, qu'est-ce que ça signifie ?

— Qu'elle est partie avec un autre homme ! C'est vrai ?

Trop affligée pour commenter, Ophélie s'était tue, retenant ses larmes. Mais Margareth, visiblement curieuse, avait poursuivi :

— Mon père croit qu'elle s'est enfuie très loin avec ton oncle… Comment une femme peut-elle quitter son mari pour s'en aller avec son frère ? Je n'arrive pas à l'imaginer… Tu veux me raconter ?

— Arrête avec ton enquête stupide ! Commère sans cœur… Tu ne vois pas que j'ai mal ?

Sans attendre la réaction de son amie, Ophélie avait couru à toutes jambes afin d'échapper au plus vite à cette cruelle indiscrétion. Malgré la noirceur, elle avait choisi de ne pas rentrer chez elle. Assise sur un banc, le col entrouvert, elle souhaitait mourir gelée.

Les yeux fermés, elle n'entendit pas le bruit des pas qui approchaient. Aussi, elle sursauta au son de la voix qui prononça doucement son nom :

— Ophélie…

C'était Hector, son ami comédien. Il savait où elle habitait puisqu'il avait déjà accompagné Rémi lorsqu'il venait la chercher pour les représentations théâtrales.

— Qu'est-ce que tu fais ici ? s'étonna-t-elle.

Le jeune homme paraissait mal à l'aise, il bredouilla :

— J'ai su, pour ta mère…

— Les nouvelles vont vite !

— Tous les jours, je déjeune au même endroit qu'Arthur, notre metteur en scène. Tu te souviens de lui ? Je ne sais pas tout à fait comment il l'a appris, mais il m'en a parlé ce matin.

Consternée, Ophélie se tut, tandis qu'une larme roula sur sa joue. Hector prit place auprès d'elle, il tira un mouchoir de sa poche et, délicatement, l'essuya.

— J'ai de la peine pour toi, souffla-t-il à son oreille. Si je peux faire quelque chose pour t'aider, n'hésite pas à venir me le demander.

Le jeune homme fouilla à l'intérieur de son veston, d'où il sortit un crayon et un calepin sur lequel il griffonna son adresse.

— Tu peux aussi me rejoindre à l'université, reprit-il en lui tendant un bout de papier. Maintenant, tu devrais rentrer…

— Rentrer où ? En enfer ? Sans maman, c'est ce que cette grande maison est devenue, déplora-t-elle en indiquant sa demeure d'un geste las.

— Il y a Félix, ton petit frère, et ton père.

— Papa ne m'a jamais aimée et, avec le départ de maman, c'est pire encore.

— Il ne faut pas raisonner ainsi, Ophélie. Les hommes ont de la difficulté à montrer leurs sentiments, mais je suis convaincu qu'il t'aime.

— Tu ne le connais pas ! Aristide Martel n'aime personne d'autre que lui-même.

— Pense à Félix, alors. Il n'a que cinq ans, il aura besoin de toi. Et, qui sait, peut-être que ta mère reviendra bientôt… pour Noël.

— Si elle n'était pas partie ?

— Que veux-tu dire ?

— Peut-être que c'est papa qui l'a fait disparaître…

— Chut ! l'interrompit son ami, ne répète jamais ça ! Ton père est quelqu'un de bien, dans le milieu tout le monde en parle avec respect.

— Bien sûr, il est juge. Personne n'ose dire quoi que ce soit contre lui.

— Les choses vont se tasser, crois-moi. Aristide va se faire à l'idée que sa femme n'éprouve plus rien pour lui et, lorsqu'elle rentrera – car elle reviendra, j'en suis convaincu –, il lui accordera le divorce et la permission de voir ses enfants.

— Je souhaiterais tellement que tu dises vrai, soupira Ophélie.

— Fais confiance à ta mère, elle vous aime. S'absenter quelque temps est probablement l'unique moyen qu'elle a trouvé pour se donner le courage de se refaire une vie agréable. Félix et toi êtes certainement inclus dans ses projets à long terme.

Inquiète, Octavie était sortie à la recherche d'Ophélie, qu'elle avait aperçue dans le parc avec un inconnu. Elle s'en approcha.

— Mademoiselle, vous devriez rentrer avant que monsieur revienne de son travail, suggéra-t-elle. Aussi, il y a Félix qui attend votre retour depuis que vous avez quitté la maison ce matin, il vous guette par la fenêtre. Il fait terriblement pitié, le pauvre bout de chou.

L'adolescente frissonna.

— Allez le retrouver, répondit-elle à la domestique, je vous suis.

Avant de partir, Octavie jeta un regard intrigué vers Hector. Ce dernier lui adressa un sourire éloquent, voulant lui faire comprendre qu'il était venu soutenir la malheureuse Ophélie.

Après qu'elle les eut quittés, Hector se pencha et, avec une infinie douceur, il murmura à l'oreille de son amie :

— Sois courageuse, chère Ophélie. Tu verras, dans la vie les choses finissent toujours par s'arranger. Sois patiente et n'oublie pas que je suis là si tu as besoin de te confier.

Gentiment, il lui prit le bras et l'obligea à se lever, avant de l'attirer contre lui dans un câlin réconfortant. C'est à regret qu'il dénoua son étreinte pour la laisser partir.

— Merci, dit-elle simplement en se détachant de lui.

Puis elle traversa la rue, la tête basse. En gravissant l'escalier de pierres, elle se retourna pour adresser un léger signe de la main à son ami. Hector sentit son cœur se serrer : elle paraissait si fragile avec ses longs cheveux que le vent emmêlait.

Les douze coups de minuit sonnèrent à l'horloge du hall, Ophélie les compta un à un. Quelques minutes plus tôt, Oscar était venu chercher Félix ; depuis le départ de leur mère, le garçon refusait de s'endormir ailleurs que dans le lit de sa grande sœur. Aristide s'y était d'abord opposé, mais les cris et les pleurs de son fils, seul dans le noir, l'avaient obligé à revoir ses directives :

— Laissons-lui le temps d'accepter le départ de sa mère, avait-il déclaré à son majordome. Le petit finira par s'habituer et les choses reprendront leur cours normal.

Cette nuit-là, la jeune Martha avait attendu qu'Oscar soit passé dans la chambre d'Ophélie pour y entrer à son tour. Sur la pointe des pieds, elle s'avança vers le lit et s'enquit à voix basse :

— Mademoiselle, vous êtes réveillée ?

Ophélie ouvrit les yeux et s'assit dans son lit.

— Tu as fait ce que je t'ai demandé ? s'informa-t-elle.

— Oui. En accomplissant mon travail dans la maison, surtout dans la chambre de madame et dans le bureau de monsieur, j'ai fouillé partout : dans les penderies, dans les poches de veston, dans tous les tiroirs. J'ai été prudente, bien sûr.

— Dans le cabinet de mon père, il y a un meuble fermé à clé… j'imagine que tu n'as pas réussi à voir ce qu'il y a à l'intérieur ?

Martha jeta un regard aux alentours, affichant un air mystérieux.

— Faudra pas le dire, chuchota-t-elle, un doigt sur les lèvres, mais je sais où monsieur le juge cache ses clés. J'ai pu l'ouvrir.

— Vraiment ? Tu es une petite futée !

La jeune domestique se gonfla de fierté et elle eut un sourire satisfait.

— Alors ? Tu as trouvé un mot de maman ? insista Ophélie. Quelque chose à l'intention de ses enfants pour expliquer son départ ?

— C'était plein de dossiers, d'enveloppes brunes… je n'ai pas tout fouillé, mais si madame Agnès avait laissé une lettre et que votre père l'y avait déposée, elle aurait été sur le dessus de la pile, vous ne pensez pas ?

— Tu me montreras où les clés sont cachées, je pourrai jeter un œil à mon tour, proposa Ophélie, dont tous les espoirs se révélaient vains. Maintenant, tu peux aller te coucher. Je te remercie pour tout ce que tu fais pour m'aider.

Une fois que Martha eut quitté la pièce, l'adolescente se roula en boule dans son lit. Elle aurait tellement voulu comprendre ce qui avait poussé sa mère à les abandonner, sans un mot. De plus en plus, elle s'interrogeait. Et si son père les avait trompés, Félix et elle ? Si, par jalousie, il avait fait enfermer sa femme quelque part ? Maintenant que Rémi était parti, il n'y avait plus personne pour lui demander de rendre des comptes… Mais peut-être aussi qu'Agnès avait réellement suivi Rémi, un homme beau, aimable… tout le contraire d'Aristide. Souvent, Ophélie repensait à ce moment où elle les avait vus ensemble au bord de l'eau, l'été dernier, au chalet. Agnès pleurait et Rémi la consolait. À cet instant, elle avait difficilement cru à l'histoire du raton laveur, sans pour autant chercher une meilleure explication. Leurs gestes de ce jour-là prenaient dorénavant une autre signification. Vivre dans le doute devenait extrêmement troublant, elle devait en parler à quelqu'un capable d'éclaircir l'étrange situation qui était la sienne. Une idée germa dans ses pensées. Aurait-elle le courage de la mettre à exécution ?

Le lendemain matin, elle déjeunait du bout des dents quand Félix entra en coup de vent. Il vint se pendre à son cou et la supplia :

— Ne va pas à l'école ! Je m'ennuie trop quand t'es pas là !

Fatiguée de sa nuit sans sommeil, elle dégagea son bras.

— Je n'ai pas le choix, tu le sais bien.

— Je veux pas ! hurla le petit garçon.

Fâché, il poussa rudement sa sœur, qui bascula sur sa chaise. En tentant de s'agripper, elle renversa le pot de lait, juste au moment où leur père entrait dans la pièce.

— Qu'est-ce qui lui prend à celle-là, encore aujourd'hui ? tonna Aristide. Tu peux faire les dégâts que tu veux, je t'ai avertie, tu ne manqueras pas tes classes.

— Papa, ce n'est pas…

— Assez discuté, la coupa-t-il. Monte te préparer, Oscar te conduira à l'école.

— Je n'ai pas terminé mon…

— Ça suffit ! Obéis !

Ophélie jeta un œil furibond sur Félix. Le petit avait sauté dans les bras de leur père et il l'observait. Il aurait pu dire la vérité, ce n'était pas sa faute à elle si le lait s'était répandu et coulait sur le plancher, c'est lui qui l'avait bousculée. À genoux par terre, Martha, qui essuyait le dégât, lui adressa un regard de pitié. La rage au cœur, Ophélie quitta la cuisine. Sa décision était prise, elle devait agir.

: :

Westmount, 28 octobre 1910

Le lieutenant John Raines relisait les notes qu'il avait prises en fin d'après-midi, au cours de la visite de mademoiselle Ophélie, la fille du célèbre juge Aristide Martel, un magistrat reconnu par ses pairs qui faisait régulièrement la manchette des journaux pour ses jugements fort prisés à la suite de procès difficiles et souvent controversés.

L'adolescente lui avait parlé de la mystérieuse disparition de sa mère. Ne s'agissait-il pas plutôt de la fugue d'une épouse infidèle ?

Cette dernière hypothèse lui paraissait plus plausible que la première. Le bruit courait depuis quelques jours que madame Martel s'était enfuie avec son amant. Sa femme lui en avait glissé un mot, la veille, les nouvelles se propageaient rapidement dans leur communauté. Cependant, comme la jeune fille avait signé sa déclaration, il n'avait pas le choix d'enquêter. Il appela son confrère, Wayne Anderson, et il lui fit un résumé de cette affaire qui le turlupinait.

— Nous devons être prudents, le prévint ce dernier. Il s'agit d'un juge et, pour le peu que je le connaisse, ce n'est pas un type facile. Quand c'est lui qui siège, aucun d'entre nous n'aime aller témoigner, il a le don de nous faire mal paraître avec ses questions pièges.

— Ce serait tout de même bien de tirer cette affaire au clair, déclara Raines, la petite semblait bien convaincue que sa mère n'est pas partie de son plein gré. Nous devrions leur rendre visite, ce soir, après le retour de monsieur le juge à la maison.

— Nous verrons bien ce que le célèbre magistrat aura à dire pour sa défense, ironisa Anderson, pour une fois que c'est lui qui sera au banc des accusés !

— Toutefois, assurons-nous de demeurer prudents. À quinze ans, cette jeune Ophélie n'est certainement pas au courant de tous les détails croustillants de la vie de ses parents. Madame Martel ne serait pas la première femme à quitter son mari pour un autre.

À huit heures, lorsque le carillon de la porte d'entrée résonna dans la maison, Ophélie se dissimula dans un recoin du passage. C'était bien le lieutenant Raines qui se tenait sur le seuil, en compagnie d'un autre agent de police, grand, à la mine patibulaire. Dans quel pétrin s'était-elle mise ? Anticipant la réaction de son père, elle regretta sa démarche. L'appréhension lui donnait des crampes d'estomac. Malgré tout, elle était déterminée à connaître la vérité.

Prévenu par Oscar, Aristide vint à la rencontre des deux hommes. Détendu, il les invita à le suivre dans son bureau. Le groupe n'y avait pénétré que depuis quelques minutes quand des éclats de voix résonnèrent derrière la porte close, qui s'ouvrit d'un coup. Le juge apparut. Le visage rouge de colère, il cria :

— Ophélie Martel, viens ici, immédiatement !

Félix s'élança le premier.

— Oscar, emmenez le petit à la cuisine, ordonna-t-il.

Puis, apercevant Ophélie appuyée contre la rampe d'escalier, il plissa les yeux et, d'un geste froid, il lui fit signe d'approcher.

À l'intérieur de la pièce, les deux enquêteurs se tenaient droits. Le lieutenant Raines l'accueillit d'un sourire, tandis que l'autre demeura impassible. Le juge alla se planter derrière son bureau et il s'adressa à sa fille :

— Ces messieurs me rapportent que tu es allée les voir.

Le regard inquisiteur, le juge marqua une pause, avant d'ajouter sèchement :

— Tu penses que j'ai fait disparaître ta mère. Est-ce exact ?

Ophélie baissa la tête.

— Je désire seulement savoir où est maman…, balbutia-t-elle.

Aristide ferma les yeux, puis il leva les mains au ciel.

— Je n'arrive pas à croire que ma propre enfant m'accuse de la sorte. Je te l'ai dit, où elle se trouve…

— Je veux une preuve, bredouilla Ophélie d'une voix à peine perceptible.

Attentifs, Anderson et Raines les observaient.

— La voici, ta preuve, cracha Aristide en sortant une feuille de papier de la poche de son veston.

L'air hargneux, il la lança sur son bureau. Anderson se pencha pour s'en saisir. À haute voix, il lut les quelques mots qui y figuraient :

Je pars, tu en connais la raison.

Dis aux enfants que je les aime. Je leur écrirai.

Agnès

Le policier relut la missive à voix basse, pour s'en imprégner, puis il la tendit à Ophélie.

— Regarde, dit-il gentiment, est-ce bien l'écriture de ta maman ?

Tremblante, l'adolescente prit la feuille, l'examina longuement. Des larmes affluèrent à ses paupières. D'un revers de la main, elle s'essuya le nez qui commençait à couler, avant de redonner la note à Anderson.

— Alors ? s'informa ce dernier.

— C'est la sienne…

— Tu en es bien certaine ?

Ophélie renifla.

— Oui, répondit-elle, aussi pâle que sa blouse blanche. Quand elle nous écrit, à Félix et moi, une carte à Noël ou à notre fête, elle met toujours une petite barre sur l'*s* à la fin de son prénom, elle dit que c'est un bisou…

Incapable d'en supporter davantage, elle éclata en sanglots. Aristide demeura de marbre, et ce fut Raines qui tendit son mouchoir à la jeune fille éplorée.

— Ta maman a promis de vous donner des nouvelles… elle le fera bientôt, dit-il pour tenter de la consoler.

Mal à l'aise, Wayne Anderson assistait à l'échange entre la jeune fille et son père. Les lèvres d'Ophélie tremblaient, il était évident qu'elle le craignait. Il lui avait fallu un sacré courage pour faire appel aux policiers.

— Votre épouse a de la famille… ses parents, des frères ou des sœurs ? s'informa Anderson.

Le juge mit quelques instants avant de répondre :

— Agnès a une sœur religieuse, dans une communauté, ici, à Montréal. Vous croyez que ma femme l'aurait rejointe ?

— Pas qu'elle soit entrée en communauté, évidemment, mais peut-être qu'elle lui a parlé de ses intentions. Entre sœurs, des fois…

— Agnès et sa sœur Laure ne sont pas très proches, mais rien ne vous empêche de lui rendre visite. Tenez, je vous écris son nom de religieuse et celui de sa communauté. Si, par hasard, elle est au courant de quelque chose, faites-le-nous savoir.

Le policier promit.

— Maintenant, je crois que cette visite a assez duré, décréta le juge.

Puis il pointa Ophélie.

— Quant à toi, sors de ce bureau ! Jamais je n'oublierai tes accusations !

Il se dirigea vers la porte et l'ouvrit d'un geste sec.

Octavie attendait derrière.

— Conduisez mademoiselle à sa chambre, lui ordonna-t-il.

Ophélie quitta la pièce sans se faire prier et elle s'élança dans l'escalier. Arrivée à sa chambre, elle claqua la porte au nez de sa vieille gouvernante qui la suivait péniblement. Elle éprouvait le besoin d'être seule. Désespérée, elle se jeta en travers de son lit sans remarquer Félix qui s'y était réfugié, pelotonné entre deux oreillers.

— La police est venue dire que maman est morte ?

— Non. Papa a trouvé un mot… elle va nous écrire.

— C'est pas gentil d'être partie sans nous prévenir !

— Tu as raison. Quelque chose que nous ne savons pas a dû la pousser à partir.

— Je veux vraiment qu'elle revienne avant Noël.

Ophélie le souhaitait également, mais un affreux pressentiment contredisait ses espérances. Elle avait examiné la note, c'était bien l'écriture de sa mère… Juste quelques mots à leur père, et rien pour ses enfants, ça ne lui ressemblait pas. Ça n'avait aucun sens. Elle décida de rendre visite à sa tante Laure ; à moins qu'elle soit partie trop vite, sa mère avait certainement discuté avec elle de ses intentions. Le policier avait raison, entre sœurs, des fois…

12

Montréal, 25 novembre 1910

À sept heures, en quittant l'édifice où il travaillait, Aristide, comme à son habitude le vendredi soir, décida de passer chez madame Irma avant de rentrer. Il préférait arriver à la maison après le coucher des enfants. De nouveau, aujourd'hui, son confrère le juge Winston Adams, avec lequel il partageait son cabinet privé, lui avait demandé s'il avait reçu des nouvelles d'Agnès. Sa situation matrimoniale faisait jaser dans les couloirs du palais de justice, et ça semblait déplaire à Winston, pour qui les apparences se devaient d'être sauves en tout temps. *S'il n'est pas content, il n'a qu'à partir*, songeait Aristide, *je ne le retiendrai pas.*

Au moins, Irma, toujours compatissante, ne le jugeait pas.

— Comme va Félix ? s'inquiéta-t-elle en lui ouvrant la porte.

— Il se remet mal de sa grippe, lui répondit-il. Pendant son sommeil, souvent, il étouffe et Ophélie refuse de passer la nuit avec lui.

— Ta fille est encore bien jeune pour exiger d'elle une si grande responsabilité, tu ne trouves pas ? Octavie pourrait le veiller, en alternance avec Martha.

— Félix insiste pour que ce soit sa sœur. Cette peste est capable des pires choses, même de soupçonner son père et de se rendre à la police pour l'accuser de je ne sais quoi et elle n'a pas la compassion nécessaire pour prendre soin de son petit frère. C'est aberrant.

— Doux, doux. Aristide, dit Irma pour le calmer, tu n'es pas juste avec ta fille. Ne l'accable pas du départ de ta femme, ce n'est pas sa faute.

— Si Agnès a choisi de ne pas revenir, elle devrait avoir le cœur d'en avertir ses enfants; ça mettrait un terme à leurs attentes et nous pourrions recommencer à vivre normalement.

Le juge se leva pour aller se servir un cognac, un double, qu'il but d'un trait.

— Mais parlons d'autre chose, proposa-t-il en se remplissant un second verre, je ne suis pas ici pour ressasser mes problèmes, j'ai toute la journée pour ça. Allez, viens m'embrasser, ma toute belle, j'ai besoin de tes caresses, elles me font tellement de bien.

Irma ne se fit pas prier, le rôle de maîtresse discrète et affectueuse lui convenait parfaitement. Aristide s'épanchait dans ses bras, sans rien savoir de sa vie à elle ni même s'en informer. Et c'était bien ainsi, elle préservait son jardin secret. *Les femmes perdues en ont un également, et ça leur permet de rêver,* songeait-elle en dénouant la cravate de son unique client.

: :

Ce même jour, Ophélie préférait aussi ne pas rentrer trop tôt à la maison. La directrice de l'école l'avait convoquée dans son bureau pour lui remettre une lettre.

— Je compatis au bouleversement de votre existence, avait-elle commencé. Cependant, ce n'est pas une raison pour vous laisser aller de la sorte. Vous êtes une première de classe, mademoiselle Martel, mais votre bulletin, ce mois-ci, laisse à désirer: c'est à peine si vous obtenez la note de passage. Je me dois d'en avertir votre père.

Son père ! Le lendemain de la visite des policiers, c'était un samedi, il avait fait irruption dans la cuisine au moment où elle déjeunait en compagnie de Félix. La nuit n'avait pas réussi à apaiser sa colère, et il l'avait vertement enguirlandée devant les employés.

— Tu n'es qu'une infâme, une fille abjecte qui a eu le front de me mépriser au point de me faire passer pour un criminel ! avait-il hurlé, hors de lui. Tu me dégoûtes ! Je te souhaite de descendre en enfer et d'y brûler pour l'éternité.

— Si Phélie descend en enfer, j'veux aller avec elle, avait naïvement déclaré Félix.

Cette fois, son mot d'enfant n'avait pas détendu l'atmosphère pesante qui régnait dans la pièce. Les domestiques, pétrifiés, s'étaient tenus cois devant les paroles accablantes d'Aristide.

Parvenant à peine à se dominer, le maître de maison s'était adressé à Octavie :

— Préparez Félix, je l'emmène avec moi aujourd'hui.

Et jetant à Ophélie un regard furibond, il avait ajouté :

— Quant à toi, tu demeureras dans ta chambre pour la fin de semaine, à réfléchir sur l'orientation que tu désires donner à ta vie. Ta mère nous a quittés, tu vas devoir l'accepter. À toi de décider si tu souhaites être heureuse ou bien si tu veux passer le reste de ton existence à pleurer sur ton sort.

À partir de ce matin-là, son père ne lui avait plus adressé la parole. Quand un conflit survenait entre elle et Félix en sa présence, il prenait sans discernement la part de son fils. Bien sûr, ce n'était pas la faute du petit garçon, mais, à cinq ans, Félix se complaisait dans cette injustice qui lui évitait les réprimandes paternelles. Candidement, il en abusait.

Au sortir de l'école, les pas d'Ophélie l'avaient conduite en face de l'immeuble à logements où habitait Hector. Sur le papier qu'il lui avait remis, elle relut l'adresse : c'était bien là. Les vendredis,

Aristide, depuis le départ de sa femme, ne revenait jamais à la maison avant minuit ; insomniaque, Ophélie entendait son pas dans l'escalier quand il rentrait. Aujourd'hui, elle avait décidé de profiter de ce moment privilégié pour rendre visite à son ami, sans risquer de s'attirer la colère d'Aristide. La main levée, elle hésitait à appuyer sur le bouton pour s'annoncer. L'arrivée d'un autre locataire lui permit de se glisser à l'intérieur.

En ouvrant, Hector fut étonné, mais visiblement ravi, de la découvrir sur son palier.

— Ophélie, tu es très jolie avec tes cheveux couverts de neige. Dépêche-toi d'entrer !

Timide, l'adolescente pénétra dans l'appartement. En réalité, ce n'était qu'une grande pièce, longue et étroite : près de la porte se trouvait un espace cuisine, puis un sofa élimé constituait le salon. Au fond, poussé contre le mur, il y avait un lit.

— C'est modeste, expliqua Hector en la voyant examiner l'endroit, pourtant ça me suffit. Malgré que je travaille toutes les fins de semaine, je n'ai pas les moyens de m'offrir davantage. L'université, ça coûte cher.

— Cet espace est à toi, et à toi seul. Tu peux faire ce que tu veux, tu n'as pas de compte à rendre, tu es libre. Je te trouve très chanceux ! commenta Ophélie en enlevant son manteau.

— Je ne croyais pas que tu viendrais… j'imagine que tu n'as pas la permission de ton père.

— Ne parlons pas de lui, trancha Ophélie. Si je suis ici, c'est que j'ai besoin de discuter avec quelqu'un qui m'aime. Nous étions si bien ensemble l'été dernier, tu te souviens ?

— Bien sûr, nous avons vécu des moments délicieux, j'y repense souvent.

— Pour un simple baiser, tu as vu comment papa m'a traitée !

— Sûrement qu'il voulait te protéger, il ne me connaissait pas…

— Il est méchant ! le coupa Ophélie. Il agissait comme ça aussi avec maman. Tout ce qu'elle faisait lui tombait sur les nerfs, il la contredisait, même en public. Je comprends qu'elle ait choisi de le quitter.

— Tu n'as toujours pas reçu de lettre d'elle ?

Ophélie baissa les yeux. Angoissée, elle triturait un cordon de sa blouse.

— J'ai fait une erreur, avoua-t-elle. Je suis allée à la police…

— Vraiment ! Pourquoi ? s'étonna Hector.

De plus en plus anxieuse, elle balbutia :

— Je le soupçonnais… d'avoir fait disparaître sa femme. Je t'en avais parlé.

— Oui, ça me revient. Alors?

— Maman lui avait laissé un mot, qu'il nous avait caché.

— Ah oui ? Qu'est-ce qu'elle y disait ?

— Elle promettait de nous écrire, mais je suis de moins en moins certaine qu'elle le fera. Il y a plus d'un mois qu'elle est partie.

— Ta mère n'avait pas de famille ? Il est possible qu'elle se soit réfugiée chez quelqu'un de la famille, le temps de prendre une décision…

— Elle n'a qu'une sœur ! le renseigna Ophélie. Tante Laure est religieuse, et je suis allée la voir après la visite des policiers.

— Et ?

— Elle a été étonnée d'apprendre que maman était partie sans nous. Par contre, qu'elle ait décidé de quitter notre père, ça n'a pas semblé la surprendre.

Attendri devant sa peine, Hector posa avec douceur une main chaude sur les siennes : elles étaient gelées. Ophélie sursauta, elle leva les yeux.

— Tu voudrais me garder avec toi… pour toujours ? osa-t-elle demander.

Décontenancé par cette supplique inattendue, Hector ne savait comment réagir ni, surtout, comment refuser sans la blesser. La détresse de son amie était plus grande qu'il ne le pensait, elle était amaigrie et elle avait les yeux creux d'avoir trop pleuré. Qu'elle soit prête à abandonner sa vie actuelle pour se lancer avec lui dans une aventure vouée à l'échec était la preuve de son profond désarroi.

— Ce serait pour moi un immense bonheur de te faire une place dans ma vie, répondit-il, j'en serais même très heureux. Tu es une fille merveilleuse, belle, sensible, mais réfléchis, tu es trop jeune pour quitter ta famille… et moi, je suis étudiant, sans le sou.

— Je n'en ai plus, de famille!

— Tu as un petit frère, une maison, des copines à ton collège, fit valoir Hector en passant un bras autour de ses épaules. Et je suis là aussi, comme ce soir. Tu peux me rencontrer autant que tu le souhaites, je serai toujours prêt à t'écouter.

Hector eut une brève hésitation, puis il ajouta:

— Ce serait préférable que tu m'attendes à la sortie de l'université; c'est compromettant de venir chez moi, je ne veux pas te nuire.

— Ou t'attirer des problèmes, si mon père l'apprenait?

— En effet. Tu as vu comment il a réagi l'été dernier. Mais puisque tu es là, viens dans mes bras, l'invita-t-il, affectueusement. Un câlin te fera le plus grand bien.

Blottie contre le corps chaud d'Hector, Ophélie ressentit, pour la première fois depuis le départ d'Agnès, une vague de tendresse. Déterminée à le faire changer d'idée, elle lui offrit ses lèvres. Incapable de résister, Hector se pencha vers cette bouche accueillante pour y déposer un baiser. Ophélie se dégagea légèrement de l'étreinte et elle commença à défaire un à un les boutons de sa blouse.

— Ma belle Ophélie, ne fais pas ça, murmura son ami en arrêtant son geste. Tu n'as que quinze ans…

— Tu ne m'aimes pas, c'est ça? siffla-t-elle.

— Ophélie…

— Je ne suis pas étonnée, personne ne m'aime sur cette terre.

— Chérie, c'est justement parce que je t'aime que je ne souhaite pas te compromettre, énonça Hector pour la réconforter. J'ai vingt et un ans. S'il venait à l'apprendre, ton père pourrait m'envoyer en prison pour détournement de mineure. Dans cinq ans, j'aurai terminé mes études, et notre différence d'âge ne comptera plus.

— C'est trop long. Si je continue à vivre sous le toit de... du juge Martel, dans cinq ans, je serai morte. Depuis le départ de maman, et encore plus depuis la visite des policiers, il me traite en paria, comme si j'étais responsable de tous ses malheurs. Je t'en prie, laisse-moi rester ici avec toi !

— Ophélie, sois raisonnable. Ton père est un magistrat très important, s'il nous découvre ensemble, il peut ruiner mon avenir. C'est mon rêve depuis toujours de devenir avocat, je travaille tellement fort pour y parvenir.

— Tu trouves que je suis égoïste ? Comme maman...

— Au contraire, petite chérie, tu es généreuse, je m'en suis rendu compte cet été avec les autres acteurs. Ne juge pas Agnès ; elle est une mère, c'est vrai, mais elle est une femme également. Parfois, l'amour peut conduire à des gestes impardonnables, obliger les gens à des choix douloureux.

— Tu crois vraiment ?

— J'aimerais te promettre que ta mère reviendra, mais je sais si peu de choses des éléments qui ont mené au malheur qui vous frappe. Toutefois, j'ai une certaine connaissance des gens et, pour avoir rencontré ta mère à plusieurs reprises, j'ai remarqué qu'elle est une personne authentique, très attachée à sa famille. Je serais l'homme le plus étonné de la terre si elle ne vous donnait pas de nouvelles sous peu.

— Merci, balbutia Ophélie.

— Maintenant, il est préférable que je te ramène chez toi avant que quelqu'un te trouve dans mon appartement.

Ophélie accepta: elle aimait trop Hector pour risquer de détruire son rêve. Quand Hector lui tendit son manteau, elle se jeta dans ses bras.

— Embrasse-moi, implora-t-elle. J'ai besoin de souvenirs si je veux survivre à ma misérable existence.

Hector se sentait fautif de ne pas l'aider davantage. Il éprouvait une grande affection pour elle, mais ne pas songer d'abord à son avenir lui semblait suicidaire. Pour ce dernier baiser, toutefois, il ne se fit pas prier. Avec délicatesse, il attira vers lui son beau visage et, tendrement, il posa ses lèvres sur les siennes. Malgré lui, le désir lui échauffait les sens, et il la savait prête à s'abandonner.

— Dans quelques années, si nous sommes faits l'un pour l'autre, le destin se chargera bien de nous réunir, promit-il. Aujourd'hui, tu es une écolière, trop jeune pour t'engager. Poursuis tes études, ma belle Ophélie, l'instruction te libérera de l'emprise de ton père et te permettra, un jour, de voler de tes propres ailes.

Ophélie savait que son ami avait raison. Pourtant, l'avenir se dressait devant elle comme une montagne parsemée d'obstacles et elle ne parvenait pas à en distinguer le sommet. Nichée contre la poitrine d'Hector, elle ferma les yeux et respira son odeur; elle souhaitait s'imprégner de sa force.

Dehors, une neige fine tombait lentement.

— Regarde comme c'est beau, murmura Hector.

À son bras, son amie se taisait, l'air pitoyable.

— Dans les moments difficiles de notre existence, poursuivit-il, quand on ne peut rien changer aux drames qui nous accablent, il faut vivre d'espoir, croire en des jours meilleurs. Tu as quinze ans, ma chérie, et toute la vie devant toi.

— Tu as déjà été malheureux? Au point de vouloir mourir…

— Ophélie! tu ne penses tout de même pas à ça! s'écria Hector.

— Non, bien sûr, répondit-elle, sans conviction.

Hector l'attira contre lui et il la serra très fort.

— Je suis là, chuchota-t-il à son oreille, ne l'oublie pas. Tu es précieuse pour moi…

Ophélie s'arracha à son étreinte et elle se remit à marcher sur le trottoir enneigé. Hector la rejoignit.

— Promets-moi de ne pas faire de bêtise, insista-t-il. Allez ! J'ai besoin d'un sourire… je ne veux pas te quitter avec ces yeux tristes.

Ophélie se prêta au jeu, bien que, de toute évidence, le cœur n'y fût pas. Une demi-heure plus tard, en la laissant à deux rues de chez elle, Hector fut saisi par l'étrange pressentiment que leurs routes se séparaient pour très longtemps. À travers les flocons, il la regarda s'éloigner, ses pas dessinant des traces dans la neige, comme une invitation à la suivre. Malgré l'affection qu'il éprouvait pour elle, il ne pouvait y répondre. D'un geste las, il remonta son col et, à regret, il lui tourna le dos pour retourner à sa propre vie.

Debout à la fenêtre du salon, Félix guettait l'arrivée de sa sœur, qui tardait à revenir de l'école.

— Pourquoi elle arrive pas ? demanda-t-il à Octavie pour la centième fois. J'ai peur qu'elle soit partie rejoindre maman.

— Mais non, répétait la gouvernante pour le rassurer. Elle sera bientôt là.

Soudain, il l'aperçut sous un réverbère, au milieu des flocons.

— Je la vois ! Je la vois ! s'exclama-t-il.

Joyeux, il se précipita dans l'entrée pour lui ouvrir la porte et il sortit pieds nus sur le perron enneigé.

Ophélie courut vers lui et s'empressa de le prendre dans ses bras. Félix se cramponna à son cou, avant de se mettre à la bécoter frénétiquement.

— J'ai eu peur que tu reviennes pas, soupira-t-il, refusant qu'elle le dépose par terre. Martha a fait ton gâteau préféré, aux pommes. Viens vite en manger.

— Oui, si tu me laisses d'abord enlever mon manteau.

Octavie, qui était venue les rejoindre, prit le vêtement pour le ranger dans la penderie.

— J'étais inquiète, mademoiselle, vous devriez rentrer tout de suite après l'école.

La vieille gouvernante avait envie de la câliner pour la consoler, elle la devinait si malheureuse, mais elle n'osait pas, car ce n'était pas le rôle d'une domestique.

Après avoir picoré sa portion de gâteau, Ophélie monta à sa chambre, suivie de son petit frère, qui s'accrochait à elle de toutes ses forces. Il refusa qu'elle le quitte, même pour se brosser les dents.

Après avoir enfilé son pyjama, il revint se blottir contre elle, un livre de conte à la main.

— Tu t'ennuies quand papa rentre tard ? lui demanda-t-il.

Ophélie s'étonna de la question.

— Toi ?

— Depuis que maman n'est plus là, on a juste lui, répondit le garçonnet. Je suis bien quand il est avec nous, on peut faire plein de choses ensemble, et il dit qu'il m'aime très fort… et qu'il m'aimera toujours. Il m'a promis qu'il ne partirait jamais. Tu es contente, Phélie ?

Naïf, Félix ne se rendait pas compte que les promesses de leur père ne s'adressaient qu'à lui. Aristide n'avait jamais fait le moindre geste pour calmer sa peine à elle, jamais il ne l'avait invitée à prendre part à leurs sorties. Elle préféra se taire ; tant mieux si Félix se sentait rassuré par l'affection paternelle, la charge de le consoler devenait moins lourde.

Félix s'était endormi depuis un bon moment quand Ophélie perçut les pas de son père dans l'escalier. La voix d'Oscar résonna dans le corridor. Elle sauta de son lit, se précipita vers la porte de sa chambre et l'entrouvrit.

— Les enfants s'ennuient beaucoup, disait le majordome. Excusez mon indiscrétion, monsieur, mais vous n'avez toujours pas de nouvelles de madame ?

— Si, justement, répondit Aristide.

Surprise, Ophélie tendit l'oreille : elle ne voulait rien perdre de leur conversation.

— J'ai reçu la lettre d'un notaire, ajouta son père. Agnès insiste pour que je demande le divorce.

— Vraiment ? s'étonna Oscar. L'Église catholique ne le permet pas.

— La loi, si, quand il y a eu adultère, et c'est le cas.

— Elle n'a pas eu un mot pour les enfants ?

— Comme vous, Oscar, j'en suis abasourdi. Je ne pensais pas que cette femme avait si peu de cœur !

— C'est triste pour mademoiselle Ophélie et monsieur Félix… Vous avez l'intention de leur en parler ?

— Oui, plus tard. Après les fêtes de Noël, probablement.

Oscar eut envie de demander à son patron s'il accorderait le divorce à sa femme pour cause d'adultère, alors que lui, il la trompait depuis de nombreuses années. Il n'était qu'un domestique, il préféra se taire.

Assommée par les paroles qu'elle venait d'entendre, Ophélie se laissa glisser le long du mur. Secouée de sanglots, elle n'arrivait pas à concevoir que sa mère les ait quittés sans espoir de retour. Ophélie chercha dans ses souvenirs à quel moment elle avait pu lui déplaire au point qu'elle parte sans un mot pour elle ni pour son petit frère. Au moins, Félix avait leur père, qui l'adorait et qui s'occupait de lui, alors que, dans son cas, elle était seule, abandonnée.

Le plancher était froid, elle frissonnait. Elle songea à la lettre de son professeur à remettre à son père, puis à Hector, qui la trouvait trop jeune pour l'aimer. Son esprit voguait à la dérive, sans une bouée en vue sur la mer démontée de ses émotions. Ce serait si facile de se laisser couler… une fraction de seconde et ce serait fini pour toujours. Écrasée de chagrin, elle somnola par intervalles, étendue sur le sol.

Les premières lueurs de l'aube se glissaient au bas de la toile de la fenêtre de sa chambre quand, désespérée, elle décida que ça suffisait, elle en avait assez de souffrir. Le carillon de l'horloge sonna sept heures. À pas feutrés, elle descendit l'escalier et se dirigea vers la bibliothèque. L'endroit sentait le cuir et la fumée de cigare, odeurs qui ramenèrent l'image du juge à son esprit, ce qui eut pour effet de renforcer sa décision. Son cœur battait désespérément ; elle avait mal, trop mal, ça devait s'arrêter. La pièce tournait autour d'elle. Heureusement, elle savait où se trouvait le trousseau de clés de son père, Martha l'avait découvert. Celle du cabinet des armes à feu s'y trouvait certainement…

13

Québec, 8 décembre 1917

Sept longues années s'étaient écoulées depuis ce triste jour d'automne où le juge Martel avait abandonné sa fille au couvent des Augustines. Cette adolescente brisée que les religieuses avaient accueillie sous leur toit, longtemps elles avaient craint pour sa santé mentale, d'autant plus qu'elle n'était pas dans le meilleur état physique. Ce n'avait été qu'après avoir passé un premier hiver auprès d'elles, avec le retour des beaux jours, que, dans les yeux de la malheureuse, une petite étincelle de vie avait brillé de nouveau. Les cauchemars s'étaient peu à peu espacés, pour finalement faire place à un sommeil plus réparateur.

Souvent, au cours de cette période, sœur Sainte-Marie-des-Anges s'était demandé si le juge Martel aurait agi de la sorte si son fils s'était retrouvé dans la situation d'Ophélie. Ne se serait-il pas plutôt efforcé de le réhabiliter au lieu de chercher à dissimuler sa faute au fond d'un cloître ? Tous les jours, à l'hôpital, la religieuse constatait à quel point les femmes recevaient peu de considération dans cette société patriarcale dont elles étaient pourtant les mères, qui n'existerait pas sans elles. Traitées en êtres inférieurs, elles n'avaient aucun droit sur leur propre corps puisque la signature du mari, d'un frère, voire d'un voisin si nécessaire, était requise pour autoriser sur elles une intervention chirurgicale. Et que dire des accouchements difficiles ! Il revenait à l'homme de décider, le cas échéant, qui, de la mère ou de l'enfant, devait être sauvé en priorité. Pour sœur Sainte-Marie-des-Anges, le plus déplorable se passait au département de psychiatrie : combien de fois elle avait vu, sous la pression d'un mari insatisfait, un médecin interner une épouse devenue trop encombrante. Certes, l'Église n'autorisait pas le scélérat à se remarier. Cependant, il pouvait refaire sa vie avec sa maîtresse, dans le péché, mais à l'abri des récriminations d'une femme, jugée par lui d'humeur acariâtre. *Quelle aberration !* pensait la religieuse.

En cette fin de soirée du 8 décembre, fête de l'Immaculée Conception, des religieuses de la communauté glissaient sans bruit sur les parquets cirés des couloirs de l'Hôtel-Dieu, venues remplacer leurs compagnes pour le service de nuit. Parmi elles, les mains jointes et la tête légèrement inclinée se trouvait sœur Marie-Hosanna. L'année précédente, elle avait terminé sa formation d'infirmière et elle avait été affectée à l'unité des soins intensifs. La supérieure du cloître, instruite de ses compétences, lui avait offert de choisir l'endroit dans l'hôpital où elle désirait travailler. Sans hésiter, elle avait opté pour le plus exigeant, celui qui nécessitait adresse et concentration dans les soins à prodiguer. Après ces longues années vécues en majeure partie dans le silence, la jeune Ophélie éprouvait le besoin d'éviter de penser, préférant ne pas s'apitoyer sur son sort.

Le printemps suivant son entrée au couvent des Augustines, après avoir repris des forces, elle avait eu envie de revoir son père et de plaider sa cause auprès de lui. Sa faute était immense et impardonnable, c'est vrai, mais elle avait été commise dans le désarroi de sa vie. Peut-être que, des mois plus tard, Aristide pourrait se montrer indulgent.

La veille de Pâques, dans la pénombre d'un confessionnal, elle avait interrogé le prêtre sur la miséricorde :

— Vous nous dites que Dieu est un père et, pour cette raison, Il est prêt à pardonner à ses enfants… N'est-ce pas ce que vous prêchez ?

— Oui, la magnanimité de Dieu est incommensurable.

— Dieu absout-Il toutes les fautes, sans égard à leur gravité ?

— Si le pénitent éprouve un profond regret, qu'il a la ferme intention de ne jamais recommencer, Dieu, dans son infinie bonté, lui pardonnera, et ce, quelle que soit la gravité du péché commis. Dieu est un père.

— Le fautif demeurera son enfant ?

— Bien sûr, ma fille, l'avait rassurée son confesseur. Si quelqu'un accorde sa clémence, elle doit être entière, sinon jamais cette personne ne retrouvera la paix de l'esprit. Il en va de même avec le pardon de Dieu, notre Père.

Encouragée par les paroles du prêtre, Ophélie avait regagné son banc dans l'église, osant croire qu'après ce laps de temps Aristide lui pardonnerait. D'abord, elle avait pensé lui écrire, mais la seule véritable façon de l'amadouer était de se présenter devant lui, avec l'espoir qu'en la voyant contrite son cœur de père s'ouvrirait à l'amour et qu'il l'accueillerait comme l'enfant prodigue.

Soigneusement, elle avait mijoté son plan. Mine de rien, elle s'était informée des horaires de train auprès du facteur : celui pour Montréal partait à quatre heures de l'après-midi. Sur une carte de la ville, dans la bibliothèque du cloître, elle avait découvert que la gare du Palais n'était pas très loin, une quinzaine de minutes de marche, tout au plus. Pour mettre toutes les chances de son côté en se présentant devant son père, elle avait choisi la date de son anniversaire, convaincue que la nostalgie de leur bonheur familial influencerait sa décision.

Le matin du 17 mai, quand les pensionnaires s'étaient levées pour se rendre à la chapelle, elle s'était recroquevillée dans son lit et avait prétexté un terrible mal de ventre pour demeurer au dortoir. Sur les coups de l'angélus, une sœur infirmière était venue s'informer de sa santé et lui apporter un léger dîner ; comme son état ne s'améliorait pas, la religieuse lui avait donné la permission de prendre encore l'après-midi de repos.

— Je parie que vous serez fraîche et dispose pour les prières du soir. De tels malaises sont fréquents, à votre âge, mais habituellement tout rentre dans l'ordre assez rapidement.

Aussitôt après le départ de la sœur infirmière, Ophélie s'était levée, habillée, et elle était descendue par l'escalier de service. Quand on constaterait son absence, probablement vers cinq heures, elle serait déjà dans le train. Le plus difficile avait été de trouver une façon de se procurer de l'argent pour s'acheter un ticket. Finalement, elle avait pensé à la cuisinière : celle-ci payait en argent les agriculteurs qui venaient livrer des légumes, du lait ou des œufs. Sans se faire remarquer, elle l'avait observée et avait découvert l'endroit où elle dissimulait la caisse. Ce n'était pas réellement un vol, car elle s'était promis qu'une fois chez elle, quand son père lui aurait pardonné, elle mettrait l'argent dans une enveloppe, qu'elle enverrait par la poste au couvent des Augustines avec un petit mot d'explication… et de remerciement de l'avoir hébergée pendant six mois.

Tout s'était déroulé selon ses plans : elle avait pu se procurer un billet et monter à bord du train sans encombre. La nuit tombait lorsqu'elle était arrivée à Montréal ; la lune, blanche et ronde, commençait son ascension au firmament, éclairant la ville de sa lumière blafarde. Les quelques sous qui restaient lui avaient servi pour s'acheter une brioche à un comptoir de la gare Windsor et un ticket de tramway. Tandis que les rues connues défilaient devant ses yeux, son estomac se nouait à lui faire mal ; la perspective d'affronter son père la bouleversait, mais elle était déterminée.

Devant l'imposante demeure, c'est d'une main tremblante qu'elle avait appuyé sur le bouton. En entendant résonner le carillon à l'intérieur, elle avait senti son cœur s'arrêter. Oscar avait ouvert la porte et, debout derrière lui, la silhouette de son père s'était découpée dans la lumière du hall. Ophélie l'avait vu se raidir et se dresser tel un spectre, le menton haut et le regard de glace. Comme s'il eut été drapé dans son lourd manteau de la justice, il avait lancé :

— Comment oses-tu te présenter chez moi ? Ce n'est plus ta maison… Oscar, jetez cette intruse à la rue !

Épuisée, profondément malheureuse, elle s'était écroulée au pied de l'employé, qui s'était empressé de se pencher pour l'aider à se relever.

Aristide avait tressailli, mais il s'était aussitôt ressaisi.

— Emmenez-la à l'office, avait-il ordonné de sa voix sévère. Dites à Octavie de lui donner quelque chose à manger, puis reconduisez cette… cette importune au train. Accompagnez-la jusqu'à Québec, au couvent des Augustines, je veux m'assurer qu'elle y retournera.

— Monsieur, il n'y a pas de train ce soir.

— Très tôt demain, en ce cas. En attendant, gardez-la dans vos quartiers, que je ne la voie pas se balader dans ma maison.

— Papa, avait-elle supplié, cherchant à attirer la pitié d'Aristide, soyez indulgent, c'est mon anniversaire, aujour…

— … et celui de ton frère, l'avait-il interrompue, je m'en souviens. Comment as-tu le front de mentionner cette date devant moi, sans remords ?

Puis son père lui avait tourné le dos, la laissant pantoise au milieu du hall, soutenue par le domestique. D'un pas énergique, il s'était dirigé vers la patère pour prendre son chapeau et quitter la maison. Désespérée, elle s'était élancée vers lui et avait trouvé le courage de se suspendre à son bras. Le visage baigné de larmes, elle avait murmuré un simple mot :

— Papa…

Sans s'émouvoir, Aristide Martel, l'irréprochable, avait repoussé sa fille d'un geste brusque. Elle était tombée à genoux à ses pieds ; le verdict était prononcé et irrévocable, la peine pour sa faute était le cloître. C'était définitif !

— Ne m'attendez pas, je ne rentrerai pas avant demain, avait-il averti le majordome d'une voix neutre avant de claquer la porte derrière lui.

Une nouvelle fois, Aristide Martel était sorti de la vie de son enfant.

La gorge serrée, Oscar s'était approché et l'avait aidée à se relever.

— Venez, mademoiselle, avait-il chuchoté gentiment à son oreille.

Un bras autour de sa taille, il l'avait conduite à travers le hall pour la mener à la cuisine. Octavie, qui, de loin, avait assisté à la scène, s'était précipitée à leur rencontre. Sans un mot, tremblante, elle avait serré Ophélie contre sa large poitrine. Une douce odeur de son enfance avait effleuré les narines de la malheureuse adolescente, et elle s'était retenue pour ne pas hurler sa peine. Les tragiques événements de l'automne précédent étaient toujours trop douloureux dans le cœur de chacun, les domestiques ne savaient trop comment se comporter envers elle. Les yeux dans l'eau, Octavie lui avait servi à manger.

— Je ne vois pas Martha, elle ne vit plus ici ? avait demandé Ophélie.

— Monsieur lui a donné son congé, Oscar et moi suffisons à la tâche. Une dame vient pour le gros ménage, une fois par mois. Quand vous aurez fini votre repas, avait ajouté la domestique, je vais vous préparer un lit près du mien.

— Je peux dormir dans ma chambre…

— C'est préférable que vous ne le fassiez pas, était intervenu Oscar, vous avez entendu votre père… si jamais il revenait, il serait furieux.

Ophélie, le cœur serré, avait compris que c'était réel, cette maison n'était plus la sienne. À l'étage, à quelques pas d'elle, il y avait son domaine avec son lit, ses livres et ses photos… Comme si elle avait saisi le raisonnement de la jeune fille, Octavie s'était dirigée vers un bahut au fond de la pièce et, après avoir fouillé quelques secondes dans un tiroir, elle en avait retiré une enveloppe, qu'elle avait tendue à Ophélie.

— À l'intérieur, il y a la photo de votre famille, prise…

Un sanglot l'avait étouffée, l'empêchant de poursuivre. Ophélie avait pressé l'enveloppe contre son cœur, mais elle ne l'avait pas ouverte, préférant être seule pour retrouver le sourire des siens.

— Si, par hasard, vous apprenez l'adresse de maman, ou si elle revient et cherche à me revoir, je vous en prie, promettez-moi de lui dire où je me trouve. Je crains que mon père refuse de la renseigner…

— C'est promis, avaient répondu en chœur les domestiques.

Puis, un regard implorant levé vers Oscar, elle avait osé demander :

— J'aimerais rendre visite à… à Félix. Vous pourriez m'accompagner ?

— Mademoiselle, avait alors bégayé l'employé, ne m'obligez pas à ça, je vous en supplie… Monsieur me mettrait à la porte s'il l'apprenait. À mon âge, depuis le temps que je travaille ici, je n'ai aucune place où aller.

La douleur qu'avait provoquée ce refus avait été intolérable et l'avait empêché de dormir la majeure partie de la nuit. Le lendemain, le jour n'était pas encore levé quand Octavie l'avait réveillée pour lui offrir à déjeuner, un repas qu'elle avait grignoté du bout des dents. Ensuite, gênée, elle lui avait demandé si elle ne lui donnerait pas quelques dollars, un tout petit montant, celui qu'elle avait dérobé chez les Augustines pour venir à Montréal.

— Si je le rends dès mon retour, la sœur économe ne remarquera probablement pas que je l'ai pris.

C'est le cœur gros qu'Octavie avait puisé dans le pot pour les emplettes ; elle avait voulu lui en donner davantage, mais Ophélie avait refusé. Au cloître, elle n'avait pas besoin d'argent.

Puis elle s'était préparée à partir.

— Prenez bien soin de vous, mademoiselle, lui avait chuchoté la vieille gouvernante dans une ultime et trop brève étreinte. Laissez passer le temps, étudiez, pensez à vous… et peut-être qu'un jour votre père… quand beaucoup d'eau aura coulé sous les ponts…

Incapable d'exprimer clairement ses sentiments, Octavie lui avait tourné le dos pour retourner à l'intérieur en s'essuyant le visage avec son grand tablier. Une voiture attendait, Ophélie était montée à bord en compagnie d'Oscar, et chaque tour de roue l'avait emmenée loin des lieux de son enfance.

Sous les ponts, l'eau devait ruisseler bien lentement, car sept années s'étaient écoulées depuis ce triste jour sans que le juge ne l'ait jamais rappelée à la maison. Et elle n'avait reçu aucune nouvelle de sa mère. D'autres jeunes filles partageaient sa vie, mais ces dernières étaient au monastère de leur propre gré, elle les devinait plus sereines. Leur vie se déroulait dans le silence d'un cloître, de sorte qu'il était difficile de tisser des liens d'amitié. Contrainte à de multiples prières quotidiennes, Ophélie profitait de ces moments de recueillement pour rêver et s'imaginer une vie à l'extérieur des hauts murs de sa prison aseptisée. Souvent, elle avait songé à s'évader, mais elle se sentait tellement dépourvue, sans un sou et sans un endroit où se réfugier. Alors elle remettait sa fuite à plus tard, ce qui n'empêchait pas son projet de demeurer présent à son esprit. Il était la bouée de sauvetage à laquelle elle s'accrochait les jours de cafard et quand elle passait de longues nuits sans dormir.

À l'occasion de sa prise de voile, elle avait fait parvenir une invitation à Aristide, rédigée d'une main tremblante. Ses compagnes se préparaient fébrilement à cet événement important.

Elles essayaient leurs robes blanches, des robes de mariée, qu'elles porteraient pour l'entrée à la chapelle au bras de leurs pères, venus les présenter à Dieu, l'époux qu'elles avaient choisi. La vie religieuse n'était pas sa décision, mais peut-être que si Aristide la voyait vêtue de la sorte, il changerait d'idée en pensant aux petits-enfants qu'elle pourrait lui donner. Elle n'avait reçu aucune réponse. C'est sœur Sainte-Marie-des-Anges qui l'avait conduite devant l'autel. Aussi, à la remise des diplômes, à la fin de son cours d'infirmière, elle n'avait pas convié son père. Désormais, elle se considérait comme orpheline, ce qui ne l'empêchait pas de souffrir de sa réclusion.

Heureusement, il y avait l'Hôtel-Dieu, où elle avait suivi avec bonheur sa formation d'infirmière et où elle se rendait presque toutes les nuits prodiguer des soins à des personnes hospitalisées. Cette nuit du 8 décembre, la surveillante qu'elle venait remplacer l'accueillit avec plaisir. À soixante et un ans, avec ses jambes lourdes, sœur Marie-Victorine trouvait de plus en plus difficiles les longues soirées à circuler d'un malade à l'autre.

— Cette nuit, lui dit-elle, vous aurez sous vos soins une seule patiente. Il s'agit d'une jeune femme, au milieu de la vingtaine d'après son apparence, qui nous a été emmenée ici en début de soirée, vers sept heures.

— Elle refuse de donner son âge ?

— Non, elle est inconsciente, et en très piteux état. La malheureuse a été trouvée dans une ruelle du quartier Saint-Roch, laissée pour morte je pense, après avoir été gravement battue.

— Pauvre femme…

— Le docteur Beaubois a réduit une fracture à la jambe droite et une entorse au poignet gauche. Quant à son visage, nous devrons attendre que l'œdème diminue pour évaluer les dégâts. Elle est tellement amochée que même sa mère ne la reconnaîtrait pas.

— Elle n'avait aucun papier sur elle ?

— Non, et très peu de vêtements… seulement une blouse de coton et une jupe très courte. À croire qu'elle a été agressée chez elle pour être ensuite traînée à l'extérieur et jetée sur un tas d'ordures. Venez, je vous accompagne à sa chambre.

Dans la pénombre, derrière un mur à demi vitré, une femme reposait sur le dos. Sa respiration sifflante laissait présager des fractures de côtes, et peut-être une contusion pulmonaire. Sur le dessus de son crâne, un énorme hématome n'était guère plus rassurant.

— Vous croyez qu'elle a des chances de s'en tirer ?

— Je n'en sais trop rien, les prochaines heures seront déterminantes. C'est pourquoi je vous la confie. Il est préférable de la surveiller attentivement au cours de la nuit, car elle risque de s'étouffer ou d'être prise de convulsions. Elle a besoin d'avoir auprès d'elle une présence continuelle et d'être stimulée en cas de nécessité. Vous devriez commencer par lui donner un bain à l'éponge. À cause de sa fracture ouverte à la jambe, elle a été opérée d'urgence dès son arrivée, après un nettoyage sommaire. Comme elle a été découverte sur un tas d'immondices, son état de propreté laisse à désirer.

Demeurée seule, sœur Marie-Hosanna eut tout le loisir d'observer sa patiente ; elle avait des cheveux roux ondulés, ses cils tachés de sang séché créaient sur ses joues mauves et enflées une impression de dentelles sombres. L'infirmière prit un bassin qu'elle remplit d'eau tiède avant de le déposer sur la table de nuit. Puis elle saisit une éponge et, doucement, elle retira le vêtement de nuit pour laver la malheureuse. La jeune femme avait un très joli corps, la taille fine, des seins menus, de longues jambes, dont une était plâtrée à demi, avec une fenêtre au-dessus de la plaie pour permettre de changer le pansement. Pudiquement, elle mit une débarbouillette sur son sexe et commença à essuyer les plaques de sang et de saletés dont elle était couverte. En accomplissant sa tâche, Ophélie se surprit à imaginer les raisons qui avaient conduit cette femme à l'hôpital dans un état aussi alarmant. Elle avait été battue, férocement… un amant ? un proxénète ? Au couvent des Augustines, on ne parlait jamais de ces prostituées qui, souvent, se retrouvaient sous leurs bons soins. Cette personne faisait probablement partie de ce lot de filles déchues que les hommes appelaient des roulures ou des traînées, ce qui ne les empêchait pas de recourir à leurs services pour ensuite rentrer chez eux, sans remords, auprès de leurs épouses. Au cours des années, Ophélie s'était forgé une opinion des hommes qui n'était guère flatteuse. Celui qu'elle avait aimé le plus, son oncle Rémi, l'avait trahie en lui enlevant sa mère. C'est pour un homme qu'Agnès avait abandonné ses enfants, semant le drame dans le sillage de sa fuite. Si, un jour, elle parvenait à quitter le couvent des Augustines, elle se tiendrait loin de ces messieurs. Elle concevait l'amour comme une quête insatiable, douloureuse, qui ne rendait personne heureux.

14

Québec, 9 décembre 1917

De service aux soins intensifs, sœur Marie-Hosanna regardait le soleil se lever ; de longues traînées roses et orangées s'entrelaçaient, formant une mince ligne de clarté sur l'horizon. Depuis son arrivée chez les Augustines, d'abord pensionnaire, puis novice, et maintenant religieuse, elle était toujours debout avant l'aurore. Si, au début, cette pratique consistant à se lever avant le jour lui avait semblé inhumaine, bien vite, cloîtrée à vie, elle s'était adaptée au rythme de la communauté. À genoux au milieu de ses compagnes, tous les matins, par les fenêtres de la chapelle, elle aimait regarder le ciel passer du sombre à la lumière, s'éclaircir doucement et offrir aux gens un nouveau jour. Dans ces moments de silence, elle rêvassait plus qu'elle ne priait ; elle cherchait à imaginer le monde à l'extérieur, qui continuait de tourner sans elle. Qu'advenait-il de ceux qu'elle avait chéris dans cette autre vie qui désormais n'était plus la sienne ? Ce matin, sachant que la guerre faisait rage au-delà de l'Atlantique, elle pensait à sa mère et à Rémi. Sur le vieux continent, au milieu de la mitraille, étaient-ils toujours vivants ?

Un râlement la fit se retourner. Elle jeta un œil vers sa patiente amochée qui reposait au milieu de ses draps blancs ; une fille de petite vertu, avait dit avec dédain le médecin de garde venu l'examiner. Qu'est-ce qui poussait ces personnes, jeunes et jolies, à offrir leurs corps au plaisir des hommes ? L'instinct de survie, sans doute… Quand tu te retrouves seule, sans le sou, ce qui lui arriverait si elle quittait le cloître, dans un monde où les mâles sont maîtres et rois, quelle possibilité reste-t-il à une femme pour obtenir un brin d'autonomie ?

Sa réflexion fut interrompue par un coup léger frappé à la porte de la chambre. Par la vitre, elle aperçut deux hommes en pardessus beige, qui portaient des chapeaux de feutre enfoncés sur la tête. Quand elle ouvrit, ils enlevèrent respectueusement leurs couvre-chefs.

— Je suis le lieutenant-détective Ernest Beaudry, se présenta le plus grand, et voici mon confrère, le sergent Philémon Hamel. Nous avons eu la permission de rendre visite à votre patiente… A-t-elle repris connaissance ?

— Non.

— Au cours de la nuit, elle n'a prononcé aucune parole ?

— Rien du tout.

Beaudry s'éloigna du lit et fit signe à la religieuse de le suivre dans le corridor.

— Dès qu'elle s'éveillera, si ça arrive, bien sûr, nous aimerions en être avertis immédiatement.

— Vous avez une idée de qui l'a mise dans cet état ? s'informa sœur Marie-Hosanna.

— Nous n'avons aucune certitude, mais hier, en fin d'après-midi, un immeuble a été la proie des flammes dans le quartier Saint-Roch, juste avant que nous retrouvions cette jeune femme dans une ruelle, près du sinistre. Au milieu de la nuit, les pompiers ont découvert un homme dans les décombres.

— Vous croyez que notre patiente pourrait être reliée à cet incendie ?

— Des témoins nous ont dit que ce bâtiment servait aussi d'hôtel de passe à l'occasion, fréquenté par des gens peu recommandables. Quelqu'un a ajouté avoir entendu des cris avant que le bâtiment s'enflamme.

— Cette personne a été trouvée inconsciente, elle ne peut pas avoir mis le feu…

— Peut-être qu'elle s'est affaissée dans sa fuite.

— À son arrivée, elle présentait une fracture ouverte du tibia, fit remarquer Ophélie, elle ne pouvait pas courir bien fort.

— Vous avez sans doute raison, elle n'a rien à y voir. Mais comme il y a eu mort d'homme, ce serait bien si nous pouvions obtenir sa version. De plus, nous désirons savoir qui l'a battue de la sorte et, si possible, mettre le coupable sous les verrous.

Ophélie acquiesça, puis retourna dans la chambre. Le sergent Hamel, qui était demeuré debout près du lit, observait la patiente.

— Elle se plaint, dit-il à la religieuse. Si elle est souffrante, est-ce que ça signifie qu'elle reprend connaissance ?

Les yeux de la jeune femme bougeaient derrière ses paupières closes, elle était effectivement sur le point de sortir de son état comateux. Préférant ne pas la perturber dès son réveil, Ophélie choisit d'éloigner les détectives.

— Je pars dans quelques minutes, mais soyez certains que je demanderai à mes compagnes du service de jour de vous avertir dès qu'il y aura amélioration de son état, et elles passeront le mot aux infirmières des quarts de travail suivants. Maintenant, si vous voulez m'excuser, j'ai des soins à lui prodiguer avant la fin de la nuit.

Après un salut poli à la religieuse, les deux hommes quittèrent le département. Sœur Marie-Hosanna s'approcha du lit ; elle ne s'était pas trompée, la blessée entrouvrait les yeux.

— J'ai mal, souffla la malheureuse.

Puis, prenant conscience qu'elle ne se trouvait pas dans son lit, elle jeta autour d'elle un regard affolé.

— Je suis où ?

Ophélie prit sa main et la caressa gentiment.

— Vous êtes à l'hôpital, l'informa-t-elle d'une voix très douce. Vous êtes en sécurité avec nous, ici, personne ne pourra vous faire du mal.

Un court instant, la malade considéra la religieuse, puis elle parut se détendre. Cependant, elle opposa un mutisme obstiné à ses questions, sauf lorsqu'elle lui demanda si elle ressentait de la douleur, et alors elle fit signe que oui. Ophélie jugea qu'il n'était pas urgent de connaître son identité, ça viendrait plus tard. Le plus pressant étant de lui éviter de souffrir, elle lui administra l'analgésique prescrit.

— Reposez-vous maintenant, lui recommanda-t-elle, vous êtes en sécurité à l'hôpital.

La jeune femme la fixa d'un regard inquiet, puis elle parut se détendre et une tentative de sourire se dessina sur ses lèvres tuméfiées.

Lorsque sœur Marie-Hosanna revint au cloître, après avoir déjeuné au réfectoire, elle fut convoquée au bureau de sa supérieure.

— Avant les fêtes de Noël, je veux que vous fassiez une retraite fermée, la prévint sœur Sainte-Marie-des-Anges. Il y en a une qui commence ce soir, ici, dans notre couvent. Je vous y ai inscrite.

— Et mon travail ?

— Votre hospitalière a déjà été avisée de votre absence le temps que durera votre recueillement, soit une semaine.

Ophélie avait fait vœu d'obéissance, elle ne pouvait pas se défiler. Elle détestait cette obligation de se retirer pour confier au prédicateur ses pensées les plus intimes. Dès sa première retraite, elle avait compris qu'elle devait simuler sa soumission aux commandements de Dieu et de l'Église si elle voulait qu'on la laisse tranquille. Aussi, elle inclina la tête en signe d'acceptation.

Plus tard, dans la quiétude de sa cellule, ce ne fut pas tant la période de réflexion et de prière qu'on lui imposait qui la tarauda que le fait qu'elle ne reverrait pas l'inconnue de cette nuit ni ne connaîtrait les événements qui entouraient son drame. C'était pure curiosité de sa part, mais cette jeune femme l'intriguait. À son retour à l'unité, dans plus d'une semaine, elle serait probablement partie, il valait mieux l'oublier. Mais, malgré ses efforts, elle n'y parvenait pas. Des images d'une femme rouée de coups, sur fond de maison en flammes, défilaient dans sa tête et l'empêchaient de trouver le sommeil. Elle s'agitait dans son lit depuis deux bonnes heures quand elle décida de se lever. Les cloches de la chapelle sonnaient l'angélus de midi. Elle se rhabilla, décidée à retourner à l'hôpital. Pour une raison qui lui échappait, elle éprouvait l'envie de revoir la jeune femme battue. Avant de s'enfermer, en fin de journée, pour une semaine dans le silence le plus total, elle avait amplement le temps d'y aller.

Dans les couloirs, personne ne prêtait attention aux religieuses, qui circulaient, nombreuses, dans les départements. Aussi, elle ne fut pas importunée par des questions sur sa présence à l'hôpital en milieu de journée. Aux soins intensifs, elle salua l'infirmière-chef, sœur Marie-Philomène, et lui demanda des nouvelles de sa patiente de la nuit précédente.

— Cette malheureuse me tient particulièrement à cœur, lui confia-t-elle. Je dois m'absenter pour une retraite et j'aimerais lui dire bonjour avant de partir. Lui souhaiter bonne chance pour son rétablissement.

Sœur Marie-Philomène savait l'attachement éprouvé pour certains malades, elle autorisa sa compagne à lui rendre visite. Quand Marie-Hosanna pénétra dans sa chambre, la jeune femme avait les yeux ouverts et paraissait plus éveillée qu'au petit matin.

— Té ben trop belle pour être une nonne ! lança l'inconnue, la voix rauque. Peux-tu ben me dire ce qu'une jolie femme comme toé fait avec un voile su'a tête ?

Surprise par les paroles et le ton, Marie-Hosanna hésita sur le pas de la porte.

— J'veux pas t'faire peur, ma sœur, poursuivit la patiente, rentre ! Cé jus' que j'te trouve ben belle à regarder, tu f'rais un malheur dans mon… Bon, parlons d'aut' chose. Quessé qui m'vaut l'honneur de ta visite ?

— Je songeais à vous… et à votre malheur.

— C'est ben gentil, ma sœur. Y a pas grand monde su'a terre qui se préoccupe de moé, t'sé.

— Je vois que votre passé vous revient. Est-ce que vous vous souvenez de votre nom ?

L'inconnue mit un doigt sur ses lèvres enflées.

— J'aime mieux qu'on croie que j'ai perdu la mémoire, ça va m'éviter des questions, surtout celles de ceux qui s'pensent toute permis pa'ce qu'y portent un uniforme.

Puis, sur un ton de confidence, elle ajouta :

— Ça les empêche pas de baisser leu' culottes quand y nous rendent visite en cachette.

— La mémoire vous est revenue, constata Ophélie, qui ne souhaitait pas s'aventurer sur ce terrain glissant.

— Chut ! Faut pas l'dire aux autres. Ce s'ra un secret ent' nous, d'accord ?

— C'est promis.

La jeune femme se redressa dans son lit.

— Je m'appelle Marguerite, chuchota-t-elle. Margot pour les intimes.

Ophélie posa un index sur sa bouche en signe de connivence.

— Je m'absente pour une semaine, annonça-t-elle. Si vous êtes toujours ici, je serai heureuse de vous revoir à mon retour… Margot.

Comme l'infirmière de garde entrait dans la chambre, sœur Marie-Hosanna en profita pour s'esquiver. Avant de sortir, elle salua cette étrange Margot, qui souhaitait se réfugier dans l'anonymat. Pour une raison qui lui échappait, la jeune femme l'interpellait ; il n'y avait pourtant rien de commun entre elles, une religieuse cloîtrée et une fille de joie.

Chez les Augustines, seule sœur Sainte-Marie-des-Anges connaissait la raison de la présence d'Ophélie Martel entre les murs du couvent, et encore, elle en savait peu de chose. L'important était qu'en acceptant de l'accueillir, elle avait évité à cette malheureuse enfant d'être jetée en prison. Au début, les autres religieuses de la communauté avaient certainement été intriguées par cette pensionnaire qui ne quittait jamais le cloître, mais, habituées à la soumission et à l'obéissance, elles n'en avaient rien laissé paraître.

Le Noël suivant sa fugue printanière, Ophélie avait demandé la permission d'écrire à Octavie, son ancienne gouvernante. Sœur Sainte-Marie-des-Anges se souvenait avoir hésité, mais, comme les recommandations du juge Martel ne faisaient pas mention d'échanges épistolaires, elle n'avait vu aucune raison de s'y opposer. Après l'avoir rédigée, sa jeune protégée lui avait remis sa lettre, dans une enveloppe décachetée, selon la procédure du couvent, et elle l'avait lue. Ophélie s'informait si Octavie avait eu des nouvelles de sa mère et si Oscar était parvenu à découvrir qui était le notaire qui s'occupait du divorce de ses parents. Dans le coin gauche de l'enveloppe, la supérieure avait écrit l'adresse du cloître, sans spécifier le nom de l'expéditeur. Un mois plus tard, la lettre était revenue avec la mention *décédée*. La supérieure avait eu la lourde tâche d'en avertir sa jeune pensionnaire.

— Je suis vraiment désolée pour vous, avait-elle ajouté, après l'avoir mise au courant de la mort d'Octavie.

Ophélie s'était contentée de baisser la tête. Par la suite, elle n'avait plus jamais sollicité de permission. Résignée à sa vie au cloître, elle acceptait les consignes et se soumettait aux règles. Sœur Sainte-Marie-des-Anges s'était prise d'affection pour elle ; à l'occasion, elle l'invitait à son bureau et tentait d'établir avec elle un certain dialogue, mais Ophélie demeurait discrète, jamais elle ne se confiait. Un jour, au cours d'un de ces entretiens, elle lui avait demandé:

— J'aimerais entreprendre la formation d'infirmière que vous offrez à l'Hôtel-Dieu.

Ravie de son intérêt, sœur Sainte-Marie-des-Anges avait accédé à son désir. Sortir du cloître, rencontrer des gens, soigner des malades ne pouvaient qu'être salutaires à sa jeune protégée. Ophélie avait dix-huit ans au moment d'amorcer sa formation à l'hôpital, elle venait de commencer son noviciat. C'est le voile sur la tête qu'elle avait entrepris ses études. Au fil des années, l'adolescente perturbée qu'elle avait accueillie s'était transformée en une personne mature, discrète et réservée. Aujourd'hui, la supérieure des Augustines était fière de sa pupille, devenue sœur Marie-Hosanna, une religieuse qui se dévouait auprès des malades avec générosité et empathie.

: :

Monastère des Augustines, 24 décembre 1917

Dans la chapelle des Augustines, entourée de ses compagnes, sœur Marie-Hosanna entonna le *Minuit, chrétiens*. Le plus souvent chanté par un baryton, ce cantique avait été à l'origine composé pour soprano, aussi, la voix cristalline de la religieuse lui conférait toute sa splendeur. Tandis qu'elle prononçait les mots *Peuple debout! Chante ta délivrance*, une larme coula sur sa joue.

Depuis qu'elle était séparée de sa famille, la période la plus difficile pour Ophélie était celle des fêtes. Si, le reste de l'année, elle parvenait à étouffer ses aspirations à la liberté, sa réclusion devenait insupportable quand les merveilleux souvenirs de ses Noëls d'antan affluaient pêle-mêle à sa mémoire: le doux regard d'Agnès, le rire joyeux de Félix, les histoires de l'oncle Rémi. Ces jours-là, même la présence de son père, qui fumait d'énormes cigares en sirotant l'*eggnog* qu'il préparait lui-même avec du rhum et des épices, devenait quasi agréable.

La retraite fermée était un moment destiné à la sanctification, mais Ophélie en avait plutôt profité pour repenser la direction qu'elle souhaitait imprimer à son existence. Depuis son départ, sa mère n'avait donné aucun signe de vie, et son parrain Rémi pas davantage. Quant à Aristide, elle n'existait plus pour lui. À vingt-deux ans, seule, le temps était venu pour elle de faire des choix. Durant sept longues années, elle avait accepté sa réclusion comme une punition méritée; aujourd'hui, elle jugeait avoir payé sa dette. Bien qu'elle y fût ancrée à jamais, la peine profonde qu'Ophélie portait au fond d'elle-même deviendrait plus supportable si elle parvenait à retrouver sa liberté. Le problème, dans son projet, était qu'elle ne connaissait rien du monde actuel et, par-dessus tout, qu'elle ne possédait pas un sou, ce qui fermait toute possibilité de s'enfuir et de disparaître. Elle ne voulait surtout pas vivre de ses charmes. Ces questionnements et ces incertitudes l'avaient perturbée à tel point qu'au sortir de sa retraite elle était tombée malade; anémie grave, avait diagnostiqué le médecin, qui avait ordonné un congé de deux semaines. Elle ne devait reprendre le travail que la veille du jour de l'An.

Après le déjeuner du matin de Noël, avalé en silence, au lieu de rejoindre le groupe de prières, Ophélie s'éclipsa pour une courte visite à l'hôpital. Sur son lieu de travail, elle se sentait différente; sa profession d'infirmière lui conférait un statut autre que celui de religieuse cloîtrée, invisible au milieu de ses consœurs. Quelquefois, elle parvenait à dénicher un journal et lisait les nouvelles du monde extérieur. De jeunes Canadiens mouraient outre-mer, à défendre une terre étrangère, elle en était affligée pour eux et leurs familles. Et la tristesse éprouvée valait mieux que cet état de solitude, qui la privait de sensations humaines.

— Bonjour, ma jolie nonne, l'interpella une voix rauque qui lui parut familière.

Sœur Marie-Hosanna reconnut Margot, assise dans un fauteuil, près de l'arbre de Noël. Son visage, moins œdématié, laissait deviner une belle fille, avec des yeux immenses et rieurs. Ophélie fut heureuse de la revoir.

— À ce que je vois, vous avez quitté les soins intensifs, c'est signe que vous allez mieux.

— C'qui fa' peur à mon docteur, cé cette infection, répondit Margot en indiquant sa jambe droite, qui reposait sur un tabouret.

Le plâtre avait été retiré et le membre était immobilisé à l'aide d'une éclisse qui l'enserrait de la cheville à la cuisse. Un énorme pansement recouvrait l'endroit de la fracture. Ophélie afficha une expression inquiète, qui n'échappa pas à la patiente.

— Y vont pas m'la couper, au moins ? s'alarma Margot.

— Mais non, l'encouragea la jeune religieuse. Pour qu'on décide de procéder à une amputation, il faut que ce soit extrêmement grave et qu'il n'y ait pas d'autres solutions. Je vois vos orteils, ils sont bien irrigués, il n'y a aucun danger pour vous en ce moment.

— Tu me rassures, sœur… tu m'as pas dit ton nom.

— Marie-Hosanna. Et vous ? Vous avez retrouvé la mémoire ? interrogea Ophélie d'un ton espiègle.

— Malheureusement non, répondit coquinement Margot. Ça intrigue beaucoup la police… et mon médecin.

— C'est malheureux de perdre son identité… Vous avez le sentiment que ça vous reviendra un jour ?

Margot jeta un regard autour d'elle avant d'ajouter, à voix basse :

— Quand j'vas sortir d'icitte, j'vas m'enfuir vers l'Ouest. Avec une copine, on avait préparé not' plan, malheureusement mon… comment que j'dirais… mon agent s'en est aperçu. Y a voulu me retenir… Le feu a pris, et y a péri dans l'incendie.

— C'est vous qui avez mis le feu ?

— Ben sûr que non ! Ç'a été un accident… bienvenu, faut l'dire ! Ça m'a libérée de lui. Dès que j'vas aller mieux, je pars.

— Avec votre copine ?

— J'en sais trop rien, est pas venue m'voir depuis que chus icitte.

Ophélie n'était donc pas la seule à rêver d'évasion. Il était devenu primordial pour elle de trouver une façon de tourner la page et, comme cette jeune femme, de partir à la conquête d'un monde différent, qui ne pouvait qu'être meilleur, moins lourd en tout cas. Ophélie n'en pouvait plus d'espérer que sa mère rentre au pays et qu'elle vienne la chercher au fond de son cloître.

En revenant au monastère des Augustines, elle sentit l'étoffe rugueuse de sa robe lui érafler la peau ; ce n'était plus qu'une question de temps avant qu'elle fasse de ce vêtement un souvenir.

15

Québec, 25 janvier 1918

Faute de preuves, les détectives Hamel et Beaudry avaient clos l'enquête concernant l'incendie du quartier Saint-Roch. Après qu'ils eurent donné le signalement de la femme découverte sur un tas d'ordures, des voisins avaient identifié une certaine Margot, sans plus ; ils la connaissaient seulement de vue.

— C'est la demoiselle qui habitait le petit local du premier, celui où on a retrouvé la victime, avait certifié madame Longpré, une sinistrée.

Une autre dame avait ajouté, en chuchotant :

— Cette fille recevait des hommes, beaucoup. Si le mort est un de ceux-là, vous ne trouverez jamais de qui il s'agit.

Les investigations avaient cependant permis de découvrir que l'appartement de Margot était payé par un certain Ernest Dutil, un curieux personnage mystérieusement disparu, que les policiers avaient recherché pour l'interroger, sans succès. Ils en avaient conclu que le cadavre carbonisé devait être le sien. Sans doute était-il le proxénète de la demoiselle. Mais, ne détenant aucune preuve des activités de Margot, sauf des ouï-dire, ils avaient fermé le dossier.

Assise sur son lit, Margot observait la lune, splendide dans sa plénitude. Elle lui apparaissait comme une invitation à fuir cet hôpital. Cet après-midi, le médecin venu l'examiner avait parlé de mettre des asticots sur sa plaie, des vers pour manger la pourriture de son corps. Elle en éprouvait un haut-le-cœur chaque fois qu'elle y pensait ; elle avait jugé préférable de se rendre chez la soigneuse, madame Gisèle, qui l'avait souvent traitée pour des maladies de femmes. Une copine lui avait auparavant apporté des vêtements et des bottes, en prévision de sa sortie ; aussi, après avoir enveloppé sa jambe dans un bandage volé sur une table de soins, elle s'habilla en vitesse et profita de la tournée des infirmières, au milieu de la nuit, pour quitter l'hôpital discrètement. Prévoyante, elle avait demandé un sédatif une heure plus tôt ; elle disposait d'un moment sans trop de douleur pour se rendre chez la guérisseuse.

Au matin, en quittant les soins intensifs, sœur Marie-Hosanna décida de rendre visite à Margot, comme elle le faisait souvent après son quart de travail. Au fil de leurs rencontres, des liens s'étaient tissés entre elles, qui apparaissaient inusités à la supérieure des Augustines. Quel attrait pouvait-il exister entre une fille de joie et une religieuse cloîtrée ? Sœur Sainte-Marie-des-Anges s'était inquiétée.

— Vous êtes généreuse, mon enfant, en voulant aider cette jeune personne de vos conseils, mais soyez attentive à préserver votre foi, l'avait-elle prévenue. Ce genre de femme a parfois des propos insidieux, qui risquent de troubler la pureté de votre âme. Je veux que vous limitiez vos visites à cette patiente à une par semaine, ce sera suffisant pour lui prodiguer vos encouragements.

Les jours suivants, Ophélie avait obéi à sa supérieure, au grand désarroi de Margot.

— J'pensais que tu m'avais oubliée, lui avait reproché cette dernière en la voyant entrer dans sa chambre six jours plus tard.

Tu me laisses tomber au moment où ça va le plus mal : la plaie de ma jambe est pleine de pus, et je souffre, c'est terrible !

— Margot, je suis désolée, s'était excusée Ophélie, je viendrai plus souvent à l'avenir, c'est promis. Mais de votre côté, pour me faire plaisir, vous devriez soigner votre langage. Une jolie femme comme vous l'êtes ne devrait pas employer des mots grossiers.

Margot lui avait lancé un regard furibond.

— Si mes propos vous choquent, ne m'en veuillez pas, c'est pour votre bien que je vous fais cette suggestion.

— T'as raison, ma belle nonne, j'me laisse aller. J'ferai attention à l'avenir.

Par la suite, désobéissant à sa supérieure, Ophélie avait rendu visite à Margot tous les deux jours, surtout que l'état de sa jambe inspirait de sérieuses inquiétudes.

Ce matin-là, en arrivant au département de médecine des femmes, sœur Marie-Hosanna fut étonnée de ne pas trouver Margot dans son lit. Elle se rendit au poste des infirmières pour s'informer.

— La demoiselle a disparu cette nuit, lui répondit sœur Marie-Achille. Je pense que le traitement suggéré par le docteur Lemire l'a effrayée.

— Dans son état, c'est affreux ! Elle risque de s'écrouler n'importe où… Vous l'avez fait rechercher ? s'inquiéta Ophélie.

— Ce n'est pas un crime de quitter l'hôpital sans permission, nos patients sont libres d'aller et de venir à leur guise.

— Dans son cas, c'est une question de vie ou de mort, il faut faire quelque chose pour la retrouver.

— L'infirmière-chef a averti la direction, je suis certaine qu'ils vont signaler son départ aux forces de l'ordre et leur demander de garder l'œil ouvert. Dès qu'elle sera repérée, ils nous en aviseront, mais nous ne pourrons pas la ramener contre son gré.

Inquiète, Ophélie glissa ses mains tremblantes à l'intérieur de ses manches. Sœur Marie-Achille remarqua son trouble.

— Allez vous reposer, lui recommanda-t-elle, et priez pour que nous retrouvions mademoiselle Margot. Son sort est désormais entre les mains de Dieu.

Ophélie quitta le département, nullement rassurée de devoir compter uniquement sur l'intervention de Dieu. Enveloppée dans sa mante, elle sortit à l'extérieur. C'était un froid matin de janvier, une brume blanche flottait sur la neige, et les gens avançaient à pas pressés, chaudement emmitouflés. Son regard se porta vers la basse-ville, où de longues volutes de fumée s'élevaient au-dessus des faubourgs. Qu'était-il advenu de la malheureuse Margot ? Où avait-elle pu se rendre, en pleine nuit, sans argent, sous un froid aussi intense ? Son questionnement la ramena à sa propre réalité : où irait-elle si elle parvenait à quitter le couvent ? Transie, impuissante à aider son amie, elle décida de rentrer, et de se rendre à la cafétéria pour déjeuner.

Dans le corridor, elle croisa le docteur Azade Lemire, habillé pour sortir. Il était accompagné d'une jeune femme, étrangement vêtue d'un large manteau rouge, et chaussée de hautes bottes.

— Je vous cherchais, sœur Marie, l'accosta-t-il. Mademoiselle Adrienne, que voici, est venue nous prévenir que Margot, votre protégée, s'est réfugiée chez elle. Malgré qu'elle soit bouillante de fièvre, dans un état alarmant, elle refuse de revenir à l'hôpital.

— J'ai peur qu'elle meure, intervint Adrienne, s'adressant à Ophélie. Dans son délire, elle répète votre nom. Je pense que vous êtes la seule personne à qui elle fait confiance.

— Croyez-vous que votre mère supérieure vous accordera la permission de nous accompagner ? s'informa le médecin.

— Nous n'avons pas le temps d'attendre son bon vouloir, rétorqua Ophélie sans hésitation. C'est urgent, je viens avec vous.

— Un ami est dehors avec sa voiture, les informa Adrienne en s'élançant vers la sortie.

Le docteur et la religieuse lui emboîtèrent le pas.

Vingt minutes plus tard, l'équipage s'arrêtait devant une bicoque recouverte de papier noir, qui pendouillait à de multiples endroits.

— Vous êtes arrivés, indiqua le cocher.

— Attendez-nous, ordonna le médecin en mettant pied à terre. Nous repartons dans quelques minutes.

Si, au-dehors, les lieux ne payaient pas de mine, c'était pire à l'intérieur. Un poêle à bois ronronnait dans la pièce mal isolée, parvenant difficilement à la réchauffer. Sur le mur du fond, un rideau grossier servait de porte à ce qui semblait être une chambre ; Adrienne l'écarta pour livrer passage au médecin et à l'infirmière.

Étendue sur un grabat, au milieu de draps grisâtres, Margot gisait, en sueur. Ophélie se précipita à ses côtés et lui prit la main.

— Mon amie, je suis venue vous chercher.

Margot se cramponna à la religieuse et, dans un souffle, elle murmura :

— J'ai trop mal, j'peux pus bouger. Laisse-moé mourir.

Le docteur Lemire ouvrit sa mallette et en sortit le nécessaire pour préparer une injection d'analgésique.

— Ceci va vous soulager, dit-il à la malade en lui montrant la seringue. On vous ramène à l'hôpital.

— Pour me faire bouffer par vos vers de terre…, protesta faiblement Margot, non marci !

— Premièrement, ce ne sont pas des vers de terre, précisa Azade Lemire, et deuxièmement, sur une plaie purulente et nécrosée, les asticots ont déjà prouvé leur efficacité, et ce, depuis l'Antiquité.

— De quoi parle-t-elle ? s'informa Ophélie.

— Il s'agit d'un traitement que j'ai expérimenté et qui m'a donné de très bons résultats, lui expliqua le médecin.

Ne voulant pas que la malade entende la suite, il entraîna Ophélie hors de la chambre.

— Vous êtes consciente que, sans intervention de notre part, votre amie sera amputée… si elle ne meurt pas avant. La septicémie la guette.

— Vous avez raison, sa jambe dégage une odeur désagréable.

— La plupart du temps, les asticots parviennent à arrêter la propagation de la nécrose dans les plaies, ils tuent les bactéries nocives, et plus encore, ce qui paraît quasi irréel, ils aident à la croissance de nouvelle peau, saine et solide.

— C'est à peine croyable.

— Le traitement ne réussit pas toujours, mais, dans ce cas-ci, il est notre dernière chance. Vous seule, sœur Marie, pouvez la convaincre de revenir avec nous à l'hôpital.

Marie-Hosanna retourna dans la chambre, fermement décidée à obtenir le consentement de Margot. Cette jeune femme lui tenait particulièrement à cœur. Bien que leurs vies soient totalement opposées, elle avait le sentiment que leurs routes ne s'étaient pas croisées par hasard, elles avaient un bout de chemin à faire ensemble. Mais pour cela, Margot devait survivre et, en ce moment, rien ne semblait plus incertain.

: :

Quartier Saint-Roch, 2 février 1918

Tous les jours, depuis une semaine, Adrienne se rendait à l'Hôtel-Dieu en début d'après-midi, souhaitant rendre visite à Margot, du moins prendre de ses nouvelles. Comme elle n'était pas de la famille, l'accès à l'unité des soins intensifs lui était refusé.

Néanmoins, grâce à la préposée à l'admission, elle savait qu'elle était encore hospitalisée, donc toujours en vie.

— Je sais qu'elle est là, mais je ne connais rien de son état, lui avait répondu la vieille dame à la réception quand elle lui avait demandé si son amie avait été amputée.

Adrienne était en train de ranger l'argent que lui avait remis son dernier client de la soirée quand elle entendit frapper à la porte de sa mansarde. Il était minuit et demi, elle n'attendait personne à cette heure tardive. Elle n'eut pas à s'interroger longtemps; d'un coup de pied, le malotru fit céder le verrou et entra sans être invité. Adrienne reconnut Ernest Dutil, dit Ti-Nest, le souteneur de Margot.

— Je te pensais mort, laissa-t-elle tomber. On croyait que tu avais péri dans l'incendie…

— Ben non, comme tu vois! Mais j'avoue que ça fait mon affaire que la police pense que j'ai passé l'arme à gauche, ils me foutent la paix.

— Qu'est-ce que tu fais ici, alors? Tu risques d'être reconnu…

— Je pars pour Montréal… et je ne veux pas m'en aller sans ma précieuse Margot. Tu sais où elle se cache?

— Je vois que t'es pas au courant… Tu l'as tellement bien corrigée la nuit du feu que la pauvre est toujours à l'hôpital.

Méfiant, Ti-Nest considéra Adrienne.

— Tu mens! lança-t-il, hargneux. Ça fait deux mois que l'immeuble a flambé, elle doit s'être remise de quelques taloches.

— Justement, non! Les médecins ont dû l'amputer de la jambe droite, mentit Adrienne, qui, au fond, n'en savait rien.

Ahuri, Dutil demeura figé, les yeux hagards.

— Quelle tristesse! finit-il par commenter, une si belle fille… Avec juste une patte, elle a pus aucune valeur.

— Comme tu dis, Ti-Nest, a vaut pus rien. Alors déguerpis et laisse-la tranquille!

— Si tu m'disais pas la vérité…

— Est à l'Hôtel-Dieu, va lui rendre visite, le défia Adrienne.

Conscient du risque énorme qu'il courrait en se présentant à l'hôpital, le proxénète choisit de s'en aller. Avant de sortir, il ajouta :

— Dis à Margot que j'ai ben d'la peine d'la savoir infirme… et que je r'passerai la voir, un de ces jours.

Après son départ, Adrienne poussa un soupir de soulagement. Margot était à l'abri pour le moment, mais si les choses s'arrangeaient pour elle, il serait préférable qu'elle installe ses pénates ailleurs. Ti-Nest serait certainement insulté de s'être fait berner, ça risquait de leur attirer de graves ennuis à toutes les deux. Le souteneur n'y allait pas de main morte quand il s'emportait, les blessures de Margot en étaient la preuve.

16

Québec, 24 mars 1918

Sœur Marie-Hosanna avait assisté à la messe du dimanche des Rameaux à la chapelle du couvent, puis elle était venue rejoindre mademoiselle Margot au département de médecine des femmes, où elle était désormais hospitalisée. Après avoir été retrouvée dans le quartier Saint-Roch, la jeune femme avait lutté pour sa vie durant deux longues semaines au cours desquelles le docteur Lemire avait réservé son pronostic. Finalement, les asticots avaient accompli le miracle attendu : ils avaient nettoyé la plaie de ses nécroses et des tissus sains étaient apparus. La jambe de la malade était sauvée. La fièvre avait diminué et une Margot squelettique avait émergé de son délire pour reprendre sa place parmi les vivants. Afin de lui offrir toutes les chances de se refaire une santé, le médecin avait décidé de la garder aux soins intensifs, question de s'assurer qu'il n'y aurait pas de rechute. Pendant ce mois et demi, chaque nuit, Ophélie avait été heureuse de la revoir, et les deux jeunes femmes avaient eu de longues conversations. Tandis que la religieuse demeurait plutôt discrète sur son passé, la fille de joie s'était livrée sans scrupule.

— J'ai vécu mes premières années chez une nourrice, avait-elle confié, et ma mère venait pas souvent me voir.

— Et ton père ?

— Jamais su qui il était. Chus allée à la petite école jusqu'à treize ans et quand, un jour, ma mère a parlé de m'envoyer dans un pensionnat, j'me sus sauvée.

Ophélie avait été étonnée d'apprendre que son amie s'était retrouvée seule, à treize ans, au milieu d'inconnus.

— J'étais pas tout à fait seule, l'avait rassurée Margot. Au garage où le mari de ma nourrice – un dégueulasse, soit dit en passant – faisait entretenir son char, y avait un mécanicien qui m'faisait de l'œil. J'me sus enfuie avec lui, un certain Gérard.

— Vous êtes demeurés longtemps ensemble ?

Ophélie n'oublierait jamais le regard triste de la jeune femme quand elle avait répondu :

— Jusqu'à ce qu'il m'ordonne de faire des clients pour rapporter de l'argent… Chus tombée enceinte, pis y m'a obligée à avorter. Après ça, dès que j'ai pu, j'ai levé les voiles. J'ai pris tous nos bidous dans la p'tite caisse pis j'ai quitté Montréal pour venir vivre à Québec.

— C'est à ce moment que tu as rencontré Ti-Nest, celui dont tu parlais dans ton délire ?

Quand il était question de son proxénète, Margot se refermait, comme si elle en avait encore peur. Pourtant, il était mort dans l'incendie. Cela étonnait Ophélie, jusqu'au jour où son amie lui confia que le fameux Ti-Nest n'avait pas péri dans les flammes et qu'il s'était présenté chez Adrienne, en février.

Depuis que Margot avait quitté les soins intensifs pour le département de médecine, Adrienne lui rendait régulièrement visite, espérant la soutenir. Cependant, les propos que celle-ci tenait sur son maquereau, Ti-Nest Dutil, qu'elle voyait parfois rôder dans le quartier Saint-Roch, n'avaient rien pour tranquilliser Margot. Elle redoutait infiniment sa sortie de l'hôpital, consciente que ce dernier la retrouverait et qu'elle retomberait sous sa coupe, avec les coups qui ne manqueraient pas de pleuvoir à nouveau. Margot en avait assez de ce Ti-Nest qui lui arrachait des larmes de rage chaque fois qu'elle pensait à lui. Après avoir élaboré de nombreux scénarios, elle croyait avoir trouvé celui qui lui permettrait de s'en libérer.

Assises côte à côte en ce dimanche des Rameaux, la religieuse et sa compagne étaient entourées de branches de palme.

— Observe comment je fais, l'invita Ophélie, et tu pourras tresser un rameau à ton tour.

— À quoi ça sert, ces longues feuilles que tu tisses en cocottes ?

— Les branches de rameau sont bénies par un prêtre, on les fixe ensuite sur des crucifix. À ce qu'il paraît, ça protège de la visite du Malin…

— Du quoi ?

— Du diable, murmura Ophélie, se retenant pour ne pas pouffer de rire.

— À c'que j'devine, tu y cré pas beaucoup.

Ophélie afficha une moue sceptique tout en continuant de tresser sa longue branche de palme. Puis elle en tendit une à Margot.

— Essaie, lui proposa-t-elle.

Maladroite, Margot croisa quelques branches, mais il était évident qu'elle ne faisait aucun effort.

— Tu n'es pas obligée, laissa tomber Ophélie. Je voulais simplement profiter de cette activité pour que nous puissions passer du temps ensemble.

— Ç'adonne ben, j'ai des choses à discuter avec toé.

Avant d'en dire plus, Margot jeta un regard aux alentours. Dans la salle commune, elle observa les personnes âgées assises un peu plus loin, concentrées sur les rameaux qui s'agitaient entre leurs mains. Dans les bruits du département, il était évident que personne ne pouvait l'entendre, alors elle commença, à voix basse :

— Le doc Lemire a dit qui m'donnerait mon congé le lundi de Pâques, dans huit jours.

Ophélie se sentit triste.

— Tu vas me manquer, avoua-t-elle.

Margot se rapprocha et, prenant un ton mystérieux, elle chuchota à son oreille :

— Si tu partais avec moé ?

— Quoi ? s'écria Ophélie, étonnée d'une telle proposition.

Au fond de la pièce, les vieillards levèrent la tête de leur ouvrage, mais, ne découvrant rien d'insolite, ils retournèrent à leurs occupations.

— Tu t'ennuies au couvent, cé pas ça qu'tu m'as dit ?

— Margot… entre s'ennuyer et s'enfuir, il y a une marge.

— Adrienne va me procurer du linge… j'y ai demandé quèque chose de chic, pas trop voyant. J'vas prendre le train vers l'Ouest, j'veux m'rendre au Manitoba. Là-bas, j'serai à l'abri de Ti-Nest.

— C'est une bonne idée.

— J'pourrais y demander de te trouver aussi des vêtements, qu'est-ce t'en dis ?

— Sans argent, tu ne pourras pas aller bien loin, la prévint Ophélie.

— Les sous, cé pas un problème, j'sé comment en trouver.

— Tu ne vas pas en voler, au moins ? Tu risquerais de te retrouver en prison avant de monter à bord du train.

— Ben non, juste un emprunt… des amis. J'vas ben gagner ma vie dans l'Ouest, ça s'ra facile de les rembourser. Té sûre que ça t'tente pas de partir à l'aventure avec moé ?

— Arrête avec tes âneries, je suis religieuse… je vois mal comment je pourrais quitter le couvent. Bonjour, bonsoir… et hop, je suis libre ?

— Y suffit de l'vouloir ! Le reste, ça s'organise.

Sœur Marie-Hosanna considéra Margot. Elle paraissait sincère, sa proposition n'était pas faite à la légère, elle y avait mûrement réfléchi.

— C'est ridicule ! finit-elle par déclarer, laissant échapper sa branche de rameau à demi tressée.

— Au contraire, moé, j'trouve que ç'a ben d'l'allure. Réfléchis à ça, ma belle nonne, on a encore une semaine devant nous.

Ne voulant pas en entendre davantage, Ophélie se leva et, sans saluer Margot, elle s'éloigna rapidement, comme si elle fuyait le diable tentateur. Les plis de sa robe frottaient sur ses cuisses ; ce matin, à cause de la chaleur, étonnante en cette fin de mars, elle avait omis de mettre son jupon. Elle ralentit le pas. Quel bonheur ce serait d'enfiler des vêtements de ville, des souliers à talons hauts… libérer ses cheveux et porter un joli chapeau. Elle était arrivée devant la chapelle, elle décida d'entrer.

Assise dans le dernier banc, les mains jointes, elle fixa le maître-autel. Depuis plus de sept ans, elle venait ici tous les jours prier Dieu de l'aider à quitter ces lieux qui l'oppressaient. C'est vrai qu'elle rêvait de déserter le cloître, de reprendre en main son existence, vivre en plein soleil, mais il lui était difficile d'imaginer le faire en compagnie d'une personne telle que Margot, avec qui elle n'avait aucune affinité. Depuis la première fois qu'elle l'avait vue, aux soins intensifs, elle s'était senti une mission auprès de cette fille tombée : soigner son corps, mais aussi son âme. Elle l'avait aidée de ses conseils et de ses encouragements. Elle espérait qu'une fois qu'elle aurait quitté l'hôpital sa protégée changerait d'activité et mènerait une vie rangée, avec un travail honnête. De là à s'enfuir en sa compagnie…

Dans deux mois, le 17 mai, elle fêterait ses vingt-trois ans. Si elle ne se décidait pas à partir, elle se retrouverait vieille dans ce couvent qui anéantissait la plus simple de ses aspirations à une vie meilleure. Souvent, elle enviait ses compagnes entrées en communauté par choix. Elles paraissaient si sereines, à genoux devant Dieu, alors que, pour elle, ce lieu était une prison. L'espoir qui permet à un prisonnier de supporter la réclusion n'est-il pas celui de trouver un moyen de s'évader ?

L'idée de partir s'insinuait lentement dans l'esprit de sœur Marie-Hosanna. Le hasard qui les avait mises en présence, elle et Margot, était peut-être la réponse à ses prières. Les signes du destin sont parfois étranges, il faut savoir les déchiffrer. Après tout, si elle choisissait d'accompagner Margot dans l'Ouest, rien ne l'obligeait à partager sa vie jusqu'à la fin de ses jours. Une fois là-bas, elles pourraient se séparer en bonnes amies, et choisir chacune sa route. Au Québec, de toute façon, Ophélie n'avait plus personne. Après tout ce temps, si sa mère ne lui avait donné aucune nouvelle, c'est qu'elle avait décidé de refaire sa vie avec Rémi, loin de ses enfants. Agnès avait fait un choix, sept ans et demi plus tôt; aujourd'hui, c'était à elle, Ophélie, de prendre une décision dont dépendait le reste de son existence.

Soudain, sœur Marie-Hosanna eut le sentiment de ne pas être au bon endroit. Ce n'était pas dans une église qu'elle résoudrait son dilemme. Dans sa maison, Dieu ne serait certainement pas de bon conseil quant à son désir de Le quitter… Elle se leva, fit une génuflexion, et elle s'empressa de quitter la chapelle.

Elle sortit dans la cour. Dehors, le soleil brillait de mille feux. L'air sentait le renouveau, quelques tulipes hâtives émergeaient des plaques de neige, elles embellissaient l'espace de leurs couleurs vives. Assise sur un banc, les yeux fermés, Ophélie offrit son visage aux chauds rayons; elle se sentait libre, envahie par un sentiment qu'elle avait oublié, celui du simple bonheur d'exister. Oui, c'était décidé, le moment était venu de quitter ce cloître où son père l'avait emprisonnée. Une telle occasion ne se représenterait peut-être jamais. Peu importait en compagnie de qui elle s'enfuyait, le but était de retrouver sa liberté. Comme l'avait déclaré Margot : *Y suffit de l'vouloir ! Le reste, ça s'organise.*

: :

Pendant une semaine, tiraillée par la décision prise, c'est à peine si Ophélie avait fermé l'œil. À l'hôpital, les pensées aux quatre vents, elle faisait trois fois plus attention que d'habitude de ne pas commettre d'erreurs. À maintes reprises, à la fin de son quart de travail, elle avait fait quelques pas vers le département de médecine des femmes, avec l'intention de se décommander auprès de Margot. Puis, elle repensait à ces longues années pendant lesquelles, chaque jour, le rêve de quitter cet endroit l'avait effleurée. Ses études d'infirmière lui avaient donné le courage d'endurer sa claustration. Sa formation représentait pour elle un excellent moyen d'acquérir suffisamment d'autonomie pour gagner sa vie, une fois à l'extérieur des murs de sa prison. En toute honnêteté, elle reconnaissait aussi que les religieuses du cloître, avec leur douceur et leur sérénité, avaient mis un baume sur ses douleurs, mais le moment était venu de les quitter.

Lorsque sœur Marie-Hosanna lui avait annoncé, la voix chevrotante, qu'elle acceptait sa proposition, Margot avait été étonnée, mais ravie. Cette jeune femme, distinguée et bilingue, leur ouvrirait certainement des portes qui, autrement, demeureraient inaccessibles à une fille de son genre. Si la religieuse voulait changer de vie, c'était aussi son idée à elle, la fille de joie: elle souhaitait devenir respectable, c'était son désir le plus cher. Pour y parvenir, son modèle serait le bienvenu, déjà qu'elle lui apprenait à soigner son langage.

À la visite suivante d'Adrienne, Margot s'était empressée de lui faire part de la décision de sœur Marie-Hosanna et elle avait sollicité son aide:

— La p'tite religieuse a la même taille que moé, trouves-y des vêtements ben corrects, élégants, pas trop tape-à-l'œil, sinon a pourrait changer d'idée, la p'tite v'limeuse!

— T'es certaine que tu veux voyager avec une bonne sœur? l'avait interrogée Adrienne. J'pense pas que tes projets vont y plaire…

— Qu'est-ce t'en sé, d'mes plans ! avait protesté Margot. Pis quessé qu'tu connais d'elle ?

— Pis toi ?

— J'sé que ça y tape sur les nerfs d'être enfermée dans un couvent… j'connais pas son histoire, mais ç'a pas l'air d'être trop jojo. Ma p'tite idée est qu'elle aussi a charche à fuir quéqu'un.

— Une chose est certaine : a veut quitter sa robe de nonne ! avait lancé Adrienne en pouffant. Sinon, tu m'demanderais pas de lui trouver des beaux habits.

Au cours d'une visite à son chevet, Ophélie avait voulu connaître les détails de leur odyssée, mais Margot avait posé un doigt sur ses lèvres, se contentant de lui dire :

— Pose-toé pas de questions, j'vas tout arranger ! Mon congé est lundi, le 1er avril. Une fois dehors, j'ai vraiment pas envie de traîner dans l'boutte.

— Il faudrait au moins que je sache quoi apporter…

— Rien, j'm'occupe de toute.

Le jour de Pâques, la veille du départ, Margot avait ajouté :

— J'ai r'marqué que, souvent, tu viens à l'hôpital par dehors, en prenant le trottoir. Demain après-midi, à trois heures ben juste, arrange-toi pour être sur la rue des Remparts et marche en direction opposée à l'hôpital. J'vas passer avec une voiture fermée, t'auras qu'à sauter dedans. Et hop ! On roulera vers la gare, avec un p'tit arrêt chez Adrienne, dans l'quartier Saint-Roch, pour que tu t'changes, ma belle.

— Tu veux que je porte des vêtements d'Adrienne ?

— Tu peux toujours ben pas voyager habillée en bonne sœur, le monde s'poserait des questions.

— Tu as raison, mais de là à revêtir du linge de ton amie…

— J't'ai dit de pas t'en faire… t'auras du beau linge tout neuf.

Ophélie se posait beaucoup de questions. Elle jugea cependant préférable de se taire et de se fier à Margot. Après tout, si leur fuite était un fiasco, le pire qui pouvait lui arriver était de réintégrer le cloître.

Après le souper pascal, pris en silence au réfectoire, sœur Marie-Hosanna regagna sa cellule ; cette nuit, elle était en congé. Assise sur son lit, elle contempla la pièce devenue sa demeure au cours des dernières années, elle contenait si peu de choses. Margot avait raison, elle n'avait rien à emporter. Dans le tiroir du bureau, à la tête de son lit, il y avait un livre de prières ; elle le prit de ses mains tremblantes et le feuilleta. La photo que lui avait remise Octavie était dedans, entre les pages. Pour éviter de se faire mal, il y avait longtemps qu'elle ne l'avait pas regardée. Ce soir, à la veille d'un nouveau départ, elle sentait le besoin de revoir le visage des siens : ils lui insuffleraient le courage de s'enfuir de sa prison. Dans le silence de sa cellule, elle laissa couler des larmes libératrices.

17

Québec, 1er avril 1918

Après être passées chez Adrienne, qui n'habitait pas très loin de la gare, Margot et Ophélie avaient décidé de repartir à pied vers la gare. Sur le trajet, elles avaient croisé de nombreux soldats, baïonnettes à la main. Depuis quatre ans, les échos d'une guerre stagnante, meurtrière et injustifiée aux yeux des Canadiens français, provoquaient la colère d'un grand nombre d'entre eux. Plus que jamais, en cette fin de semaine pascale, la révolte grondait dans la population.

Bousculées à maintes reprises, les deux jeunes femmes durent longer les murs afin de parvenir à la gare du Palais sans trop d'embêtements. Avant d'entrer dans l'enceinte, Ophélie fit une pause. Le regard tourné vers le promontoire du cap Diamant, elle vit l'Hôtel-Dieu : il se dressait, majestueux, à travers les flocons de neige qui tombaient sur la ville. Silencieusement, elle lui adressa un adieu. Dans une demi-heure, elle serait à bord du train et filerait vers son nouveau destin.

— Viens, la pressa Margot, le train nous attendra pas.

À son grand étonnement, Adrienne avait remis à Ophélie un costume de lainage gris d'excellente qualité, ainsi qu'un manteau de drap, des bottes d'hiver et un chapeau, orné de fourrure.

— Adrienne, c't'une p'tite débrouillarde, l'avait rassurée Margot en lui tendant une valise, a récolte beaucoup avec peu d'sous.

La stupéfaction d'Ophélie fut cependant à son comble quand l'agent de train les conduisit à une chambrette, dans la voiture de queue.

— Es-tu certaine d'avoir les moyens de nous offrir ce luxe ? demanda-t-elle à sa compagne. On ne ferait pas mieux de ménager ton argent ? On ne connaît pas l'avenir.

— Ma chère, tant qu'à entrer dans un monde nouveau, aussi ben choisir la meilleure part ! Au fait, cé quoi, ton nom ? J'imagine que tu préfères que j't'appelle pus sœur Marie-Hosanna.

Ophélie sentit un frisson lui courir le long de l'échine. Le train était toujours en gare ; si sa supérieure s'était aperçue de sa fuite et qu'elle la faisait rechercher… Tout s'était trop bien déroulé depuis qu'elle avait refermé derrière elle la porte du cloître, ça l'inquiétait.

— T'en fais pas, la réconforta Margot, devinant son trouble, on part dans une menute.

Comme pour lui donner raison, la locomotive poussa un long soupir et le convoi s'ébranla lentement dans un bruit d'acier. Quelques minutes plus tard, il avait quitté le quai et prenait de la vitesse dans un épais nuage de fumée noire. Le front appuyé contre la vitre, Ophélie regarda défiler les maisons aux toits couverts d'une fine pellicule de neige, c'était le premier jour d'avril.

— Tu m'as toujours pas dit ton nom, reprit Margot en rangeant leurs valises sur le porte-bagages.

— Je m'appelle Ophélie… Ophélie Delorme, inventa-t-elle, préférant dissimuler son véritable nom de famille.

Margot lui tendit la main.

— Enchantée de vous connaître, mademoiselle Ophélie Delorme. Chus privilégiée de voyager avec une jolie fille comme vous. Les hommes vont se r'tourner su' ton passage, j'en sus presque jalouse.

— N'exagère pas, je n'ai rien d'extraordinaire…

— R'garde-toé dans le miroir, insista Margot en la poussant devant celui de la minuscule penderie. Té vraiment belle sans ton costume de nonne !

Pour la première fois depuis des années, Ophélie observa son reflet dans la glace. L'adolescente qu'elle était à son arrivée au cloître s'était effectivement épanouie ; aujourd'hui, à vingt-deux ans, avec ses cheveux mi-longs qui encadraient l'ovale de son visage mature et ses yeux bleus immenses, brillant comme des saphirs dans la clarté tamisée de leur chambrette, elle peinait à se reconnaître. Un bref instant, elle eut le sentiment d'apercevoir sa mère ; jamais auparavant elle n'avait eu conscience de leur étonnante ressemblance. Margot s'approcha derrière elle et l'enlaça. Elle colla son visage contre le sien et annonça :

— Mesdames, messieurs, j'vous présente Ophélie et Margot, deux voyageuses au départ d'une grande aventure ! R'gardez-les ben aller, elles vont vous éblouir !

— Ça, je vous le promets ! clama Ophélie en éclatant de rire.

Puis, sans la brusquer, elle se libéra de l'étreinte de Margot.

Le train avait quitté la ville de Québec, il roulait maintenant en pleine campagne. La neige avait cessé de tomber. À l'ouest, le soleil couchant embrasait l'horizon d'une chaude couleur ambrée, sa lumière se reflétait sur la blancheur des champs. C'était magnifique.

— Si on allait souper ? proposa Margot. Cé compris avec not' billet de première classe.

Ophélie hésita.

— Quessé qui s'passe ? interrogea sa compagne.

— Je ne sais pas trop… ça me fait drôle de me retrouver en habit de ville et d'aller me balader parmi les voyageurs. C'est comme si j'avais l'impression que tout le monde allait se rendre compte que je viens d'enlever mon voile de religieuse. En cet instant, j'ai le sentiment de jouer un rôle, qu'il ne s'agit pas de moi, mais d'une autre femme que je ne connais pas…

— Ça t'fait peur ?

— Un peu…

— À toute chose, y faut un premier pas ! Pour toé, cé le moment de l'faire et d'entrer dans ta nouvelle vie. Tu vas voir, ça va être plus facile que tu penses. Viens.

Avant de sortir, Ophélie se regarda une dernière fois dans la glace. Sans son voile, elle avait la sensation d'être nue.

— Tiens, lui dit Margot, mets un brin de rouge, ça va te donner du courage.

Ophélie prit le tube et, d'une main hésitante, elle dessina le contour de ses lèvres. Aussitôt, son visage s'illumina et parut plus joyeux.

— J'ai jamais fait ça, avoua-t-elle.

— Tu m'niaises…

— Non. J'avais quinze ans quand je suis arrivée chez les Augustines, et ma mère, mon père surtout, refusait que je me maquille.

C'était la première fois qu'Ophélie faisait allusion à sa vie d'avant. Margot espéra en savoir davantage le plus vite possible.

— Faudra que tu m'racontes ton passé, j'ai d'la misère à croire qu'on entre au couvent d'son plein gré à quinze ans…

— Laissons le passé à sa place, trancha Ophélie. Il est bien là où il est, sous la poussière du temps. Une nouvelle existence commence, allons souper !

Dans la voiture-restaurant, toutes les tables étaient occupées. Un employé vint à leur rencontre et se présenta : « Achille, pour vous servir. » Après avoir jeté un regard autour de lui, il indiqua une table et leur demanda :

— Si ce monsieur est d'accord, vous accepteriez de prendre votre repas en sa compagnie ?

— Ben sûr ! s'exclama Margot. On est ben à l'aise de faire la jasette aux hommes.

Pendant qu'Achille allait poliment s'informer, Ophélie se pencha à l'oreille de Margot et lui chuchota :

— Si tu souhaites que nous passions pour des femmes du monde, tu devrais faire attention à ton langage et modérer tes transports… en ce qui concerne les hommes.

— J'vas prendre exemple sur toi, ma jolie. T'inquiète pas, j'soignerai ma parlure pour pas t'faire honte.

Achille revenait vers elles.

— Ce monsieur est d'accord pour partager sa table avec vous, suivez-moi.

À leur arrivée, l'inconnu se leva et, galamment, il se présenta :

— Docteur Charles Parenteau. Je suis ravi, mesdames, de souper en votre compagnie.

— Moé, c'est Marguerite, pis voici mon amie Ophélie, énonça Margot, tentant de surveiller son langage.

Elles tendirent la main au médecin.

— C'est gentil de nous accueillir à votre table, le remercia Ophélie.

Charles Parenteau attendit qu'elles aient pris place en face de lui pour se rasseoir. Étonnée, Ophélie regardait la vaisselle, de la porcelaine blanche, et les couverts, de l'argenterie fraîchement polie. Elle n'avait pas imaginé un tel déploiement de luxe à bord de ce train qui filait vers l'Ouest. Charles remarqua son trouble.

— Je constate que vous appréciez les jolies choses, mademoiselle Ophélie. Vous ne vous trompez pas, les gens de la Compagnie du Grand Tronc traitent les passagers avec beaucoup d'égards, rien n'est trop beau pour les inciter à voyager avec eux.

— C'est ben évident à voir ce déballage de belle vaisselle, approuva Margot, qui, voyant que leur hôte s'adressait à Ophélie, ne souhaitait pas être en reste.

Le serveur, qui venait prendre leur commande, interrompit leur conversation.

— Si vous le désirez, nous avons aussi d'excellents vins, importés directement de France, les informa-t-il.

— Il serait agréable de savourer un bon cru en accompagnement des mets délicieux que vous nous avez proposés, acquiesça Charles. Ça vous plairait, mesdemoiselles ?

— Avec grand plaisir, accepta Margot.

Ophélie avait baissé les yeux. Jamais elle n'avait bu le moindre alcool. L'image de ses parents levant gaiement leurs verres pour souligner certains événements, au cours de soupers auxquels les enfants étaient conviés, lui revint en mémoire. L'oncle Rémi racontait des histoires et sa mère riait... Si elle avait connu, à l'époque, la relation qui existait entre eux, les aurait-elle aimés autant ? Pourquoi leur souvenir revenait-il la hanter ce soir ? Peut-être à cause de ce monde qu'elle retrouvait après une claustration de sept longues années.

— Mademoiselle Ophélie, l'interpella Charles, je crois que nous vous avons perdue au milieu de vos pensées. Ça vous tenterait, un verre de vin ?

— Bien sûr, répondit-elle lui adressant un sourire de remerciement.

Achille nota leur commande et il s'éloigna vers la minuscule cuisine au fond du wagon.

— Si, maintenant, nous parlions de vous, mesdemoiselles ? proposa Charles. Je suis curieux de découvrir ce que font deux charmantes jeunes femmes, seules, à bord d'un train à destination de l'Abitibi.

— Notre destination est Winnipeg, rectifia Ophélie.

— On est deux orphelines, ajouta Margot. Mon amie est infirmière et moi... je... j'étais la gouvernante dans une riche famille de Sillery. Depuis un moment, toutes les deux, on avait l'goût de voir du pays. On a ramassé nos sous, et nous v'là en route pour l'aventure !

— Vous avez toute mon admiration, ce que vous osez entreprendre est très rare. Je trouve que vous avez beaucoup de cran, mesdemoiselles.

Achille revenait avec un plateau. Il déposa sur la table des coupes de cristal et présenta la bouteille de vin au docteur Parenteau. Après que ce dernier eut goûté le vin et qu'il l'eut approuvé, Achille en versa dans les trois verres et repartit. Charles leva le sien en direction de ses compagnes d'un soir.

— À votre odyssée, mesdemoiselles ! lança-t-il gaiement. Que les vents de la vie vous soient favorables ! Votre audace le mérite.

Ophélie prit une gorgée, c'était délicieux. Elle en but une deuxième, qu'elle se plut à savourer, heureuse de goûter cette boisson qu'elle découvrait avec plaisir.

Au cours du repas, le vin aidant, Margot parla abondamment de cette famille imaginaire pour laquelle elle avait travaillé pendant cinq ans et qu'elle venait tout juste de quitter pour partir dans l'Ouest.

— Leurs enfants vont certainement vous manquer, constata Charles, ces petits monstres sont si attachants dans leur enfance.

— J'vous l'fas pas dire, je m'ennuie déjà !

Ophélie s'étonnait des talents de comédienne de Margot. Il était évident que son histoire était inventée de toutes pièces, mais, comme elle semblait intéresser leur compagnon de voyage, elle la laissa discourir sans intervenir. Ses pensées flottaient agréablement sous l'effet de l'alcool, elle songeait à son avenir. Son copain Hector avait eu raison, autrefois : sa profession d'infirmière lui permettrait sans doute de bien vivre, sans l'aide d'un homme.

— Et vous, mademoiselle Ophélie ? s'informa Charles. Vous paraissez si jeune, j'imagine qu'il n'y a pas longtemps que vous avez terminé vos études. À quel hôpital étiez-vous avant de prendre la clé des champs ?

Ophélie, qui n'avait pas la même aptitude que Margot pour la fabulation, hésita.

— Si je suis indiscret, vous n'êtes pas obligée de me répondre.

— Mais toé, docteur Parenteau, tu travailles en Abitibi, intervint Margot, volant au secours de son amie. Ça doit pas faire longtemps ! Vous semblez pas très vieux, non plus.

Essayant de surveiller son langage, Margot employait alternativement le tutoiement et le vouvoiement. Ses efforts amusaient Ophélie, qui n'en laissa rien paraître. Elle prêta l'oreille aux propos de leur compagnon de voyage.

— Je ne suis pas très jeune, avoua ce dernier, j'ai eu trente-trois ans en janvier.

— T'es marié ? interrogea Margot.

— Ne sois pas indiscrète, lui reprocha Ophélie. Monsieur n'est pas obligé de nous raconter sa vie dans les détails.

— Appelez-moi Charles, proposa le médecin en tournant vers Ophélie un regard sympathique. Entre gens du métier, on peut bien se permettre cette familiarité.

— Et moi ? intervint Margot sur un ton belliqueux.

— Vous aussi, chère mademoiselle. Je ne voulais pas vous exclure, s'excusa Charles, je cherchais simplement à souligner notre intérêt commun pour la médecine. Si j'ai commis un impair, j'en suis désolée.

— T'en fais pas, Charles, chus pas rancunière. T'es installé où, en Abitibi ?

— Margot a raison, ça nous intéresse.

Charles prit une gorgée de vin qu'il dégusta en regardant par la fenêtre. Une lune ronde éclairait de vastes champs, liserés d'arbres, c'était la nuit. Charles Parenteau remonta le cours de ses souvenirs.

— Quand la guerre a été déclarée, à l'été 1914, dit-il, je venais de me marier. Alors, de crainte que je sois enrôlé, ma femme et moi, nous avons choisi de partir pour l'Abitibi en même temps que mes parents et deux de mes frères. Papa craignait pour ses garçons, et comme nous avions entendu dire que les fils de cultivateur étaient exemptés du service militaire, dès notre arrivée, il s'est acheté des terres pour s'y établir avec ses gars.

— Personne des vôtres n'est allé se battre ? demanda Ophélie.

Un voile de tristesse obscurcit le regard de Charles.

— Tout ne s'est pas passé comme le souhaitait mon père. Ernest, le plus âgé de la famille, n'a pas aimé le métier de défricheur et est retourné à Québec. Il s'est enrôlé dans l'armée canadienne il y a un an. Avec son régiment, il a pris un bateau pour l'Angleterre.

— Votre père doit en être bien malheureux, avança Ophélie.

— Papa est décédé deux mois avant le départ d'Ernest… La vie n'est pas facile sur une terre en Abitibi, et il avait le cœur malade.

— Je suis désolée, s'excusa Ophélie. Par la suite, est-ce que votre maman est retournée en ville ?

— Non, désormais elle habite avec moi. Mais parlons de choses plus agréables. Que comptez-vous faire à Winnipeg ? Vous connaissez des gens là-bas ? On vous attend ?

Ophélie laissa Margot répondre, car elle n'en savait absolument rien. Tout s'était passé si vite ; elle avait accepté sa proposition sans trop réfléchir. Pour elle, seul l'intéressait le présent, soit quitter le couvent des Augustines et la vie imposée qui ne lui convenait plus.

— On connaît personne à Winnipeg, mais on est des p'tites débrouillardes et on a des métiers. Nous trouverons, j'en sus certaine, l'avenir nous fait pas peur.

Achille l'interrompit. Il revenait leur présenter la carte des desserts, sur laquelle figuraient des profiteroles. Ophélie en ressentit un délectable frisson, c'était sa pâtisserie préférée et elle n'en avait pas mangé depuis sa disgrâce.

— Notre chef fait les meilleures sur la ligne du Grand Tronc, souligna le serveur, vous m'en direz des nouvelles.

Quelques minutes plus tard, Ophélie dégustait la première bouchée, les yeux fermés pour mieux la savourer. Charles s'amusa à l'observer; cette jeune infirmière, visiblement bien éduquée, donnait l'impression qu'elle découvrait le monde. En tout cas, elle avait le don très rare de jouir pleinement des bonheurs de la vie, son plaisir était agréable à contempler.

Après le souper, Achille les invita à prendre le digestif ou le café dans un autre wagon aménagé avec des petites tables et des fauteuils afin de permettre aux voyageurs de la première classe de se détendre avant de regagner leur compartiment.

— Un cognac, s'il vous plaît, commanda le médecin.

— La même chose pour moi! lança aussitôt Margot.

Assise près de sa compagne, Ophélie se taisait.

— Et vous, mademoiselle? insista le serveur.

— Sûrement pas d'alcool pour moi, j'ai la tête qui tourne, répondit la jeune femme. Apportez-moi un verre d'eau, ce sera suffisant.

— Vous n'aimeriez pas un chocolat chaud, suggéra Achille, j'en donne à mes enfants avant le dodo et ça les endort jusqu'au lendemain.

Charles lui jeta un œil amusé.

— Vous lui faites penser à sa marmaille, la taquina-t-il, c'est vrai que vous avez l'air bien jeune.

— Pas tant que ça, s'offusqua gentiment Ophélie, j'aurai vingt-trois ans en mai.

— C'est ce que je disais, vous n'êtes pas encore de la cohorte des aînées…

— Et vous, monsieur le patriarche? À trente-trois ans, vous n'êtes pas d'un âge canonique non plus!

— D'un quoi? interrogea Margot.

— Je ne voulais pas vous offenser, c'est une qualité de conserver un air de jeunesse quand on est aussi vieille que vous, plaisanta Charles.

Debout à leurs côtés, impatient de retourner à la voiture-restaurant, le serveur insista.

— Allons-y pour votre chocolat chaud, lui répondit Ophélie.

Jusqu'à tard en soirée, les deux jeunes femmes et leur compagnon de passage parlèrent à bâtons rompus. La guerre intriguait Ophélie, elle avait entendu très peu de choses sur le sujet, à l'hôpital ou dans son cloître. Lorsque Charles l'interrogeait sur sa profession, elle usait d'une esquive ou Margot venait à son secours ; elles préféraient toutes les deux éviter de mentionner l'Hôtel-Dieu afin de préserver leur anonymat. Charles voulait cependant en savoir davantage sur cette jeune femme, car, au cours de ses stages d'étudiant en médecine dans différents hôpitaux de Québec, la grande majorité des infirmières qu'il avait côtoyées étaient des religieuses. Celle-ci, laïque et en quête d'aventure, l'intriguait.

— Pendant votre formation, quel a été votre département préféré ? lui demanda-t-il à brûle-pourpoint, interrompant Margot qui s'informait sur l'Abitibi.

La question était directe, Ophélie ne pouvait pas se défiler cette fois. Elle répondit sans hésiter :

— La salle d'accouchement. Les gens y étaient heureux… la plupart du temps.

— Pourquoi la plupart du temps ? Vous y avez vécu de mauvaises expériences ?

— Une, entre autres, que je n'oublierai jamais…

— Vous voulez nous raconter ?

— Une nuit, une jeune maman nous est arrivée en danger d'éclampsie : sa tension artérielle était dangereusement élevée, elle se plaignait de maux de tête et vomissait… À voir l'œdème de ses chevilles, le médecin n'a eu aucun doute. Il a pris les forceps pour hâter la venue du bébé…

— Est-ce qu'il a survécu ? interrogea Margot, plongée dans l'histoire de sa compagne.

Ophélie eut une hésitation.

— C'est ici que se joue tout le drame, finit-elle par dire. Après plusieurs essais, le nouveau-né ne respirait toujours pas, et le médecin devait s'occuper de la mère, qui n'en menait pas large. Alors il a déposé le petit corps sur une table, et lui et moi, nous avons tout fait pour la sauver.

— Vous avez réussi ? s'informa Charles.

— Oui.

— Alors, ça finit bien au moins pour elle, commenta Margot.

Charles observait Ophélie, devinant que son récit n'était pas terminé. Il l'interrogea du regard.

— Quand je suis allée chercher le bébé pour l'emmailloter, et malgré son décès, le présenter à son père, le malheureux petit a gémi…

— Quoi ? s'exclama Margot.

— Je l'ai rapidement enveloppé dans une couverture chaude et le docteur s'est précipité à mes côtés…

Les yeux exorbités, Margot attendait la suite.

— Au moins, le petit bonhomme était vivant quand son père l'a vu… il n'a survécu que quelques heures. C'était un prématuré, il était très handicapé au point de vue cardiaque et pulmonaire, mais je me reproche encore aujourd'hui de l'avoir laissé seul, sur une table froide…

— Ce n'était pas votre faute, la rassura Charles, c'est le médecin qui aurait dû s'en rendre compte…

— Bon ! Ça suffit ! Parlons d'autre chose, lança Ophélie, je ne veux pas parler de choses aussi tristes en ce moment.

Devant ses amis médusés par son récit, elle s'empara de sa tasse et elle but une longue gorgée de chocolat chaud, les mains serrées autour de la porcelaine pour les réchauffer et les empêcher de trembler. Charles, qui, au cours de sa carrière, avait connu de semblables moments, éprouvait de l'empathie pour Ophélie, si bien qu'il dut faire un effort pour revenir au sujet de l'Abitibi et répondre à la question de Margot, qu'il avait interrompue quelques instants auparavant.

Engagés dans une conversation parfois décousue, ils ne virent pas le temps filer. En fin de soirée, les jeunes femmes quittèrent le médecin en lui souhaitant une bonne nuit.

De retour à leur compartiment, Ophélie se montra préoccupée, car elle n'avait rien pour la nuit; elle en fit part à Margot.

— R'garde dans ta valise, lui répondit cette dernière, y a toute c'que t'as besoin: une jaquette, une brosse à dents et des sous-vêtements propres pour demain.

Ophélie la remercia, puis examina leur cabine. Il y avait des lits superposés, qu'un employé avait eu la gentillesse d'ouvrir en leur absence, et, en face, près de la fenêtre, un lavabo, à côté duquel se trouvait une penderie. Un peu plus loin, une minuscule porte.

— Ça doit être les toilettes, supposa Margot.

— Oui, c'est bien ça. Mais c'est beaucoup trop petit pour se changer.

— Mademoiselle est pudique! Tiens, ma belle, profite du moment que j'vas me soulager pour te préparer.

Dès que la porte fut refermée, Ophélie s'empressa de se dévêtir et, sans prendre le temps de plier ses vêtements, elle enfila sa chemise de nuit. Quand Margot réapparut, elle avait tout rangé et se brossait les dents devant le lavabo. Sa compagne l'observa dans la lumière du fluorescent qui laissait deviner ses formes sous le mince tissu de nylon.

— Cé vrai qu'té belle en câline de bine! Charles a raison, t'as l'corps d'une adolescente. À croire que la robe de bonne sœur t'a empêchée de vieillir.

— En tout cas, elle ne me manque pas.

— T'as vu à quel point il te regardait, le doc?

— Ne dis pas de bêtises!

— J't'assure! Le p'tit snoreau n'avait d'yeux que pour toi.

— Tais-toi ! Premièrement, ce docteur Parenteau est marié, et deuxièmement, le plus important dans mon cas, les hommes ne m'intéressent pas !

Margot se sentit rassurée, c'était bien ce qu'elle croyait : comme elle, Ophélie préférait les femmes. Elle avait donc toutes les chances de la conquérir.

— Fiche-moi la paix avec ces messieurs, si tu souhaites qu'on reste amies, poursuivit Ophélie. Maintenant, au lit ! Je prends celui du haut ; à vingt-cinq ans, je te trouve trop vieille pour grimper.

— C'est là qu'tu te trompes, ma jolie, protesta Margot, avant d'escalader en riant la courte échelle.

Ophélie s'étendit sur la couchette du bas. La tête sur l'oreiller, les yeux grands ouverts, elle se remémora la journée qui venait de s'écouler. Ce matin, elle s'était levée dans sa cellule au monastère des Augustines, et ce soir, elle filait sans but à bord d'un train qui déchirait la nuit. Un chapitre de son existence était clos. Ce qu'elle écrirait dans le prochain demeurait un mystère. Par la large fenêtre de leur compartiment, elle apercevait la lune ; l'astre paraissait les suivre, suspendu au firmament, au milieu de ses amies les étoiles.

: :

Au matin, Ophélie s'éveilla la première et fut étonnée d'avoir si bien dormi. Elle avait craint que sa fuite ne trouble son sommeil ou perturbe son moral, mais c'était le contraire. Elle ne se souvenait pas s'être sentie aussi légère, elle avait envie de chantonner. Voyant que Margot reposait toujours, elle en profita pour s'habiller. Dans sa valise, elle avait remarqué une blouse bleue, sa couleur préférée, elle l'enfila. Elle se coiffait devant la glace quand son amie l'interpella :

— Tu t'fais jolie pour le doc ?

Fâchée, Ophélie se tourna vers elle.

— Margot, tu me ferais un immense plaisir si tu cessais de faire allusion aux hommes en ce qui me concerne. Nous sommes amies, toi et moi, nous voyageons ensemble, nous avons des projets, je te l'ai dit hier, laissons ces messieurs de côté. Plus tard, si tu choisis de fréquenter quelqu'un, de te marier, ce sera bien, je serai même ta dame d'honneur si tu veux. Pour le moment, arrête avec tes insinuations, ça me déplaît.

— J'sé pas trop cé quoi des insinua… c'que tu viens d'dire. Mais cé promis, bouche cousue !

Ophélie la remercia d'un clin d'œil complice.

— Maintenant, lève-toi, vilaine paresseuse, je meurs de faim !

Margot dégringola l'échelle et elle tira sa valise du porte-bagages. Sans gêne, elle enleva sa chemise de nuit et commença à se vêtir. Pudique, Ophélie se tourna vers la fenêtre pour regarder défiler le paysage composé de lacs et de rangées d'épinettes. La journée s'annonçait belle.

En arrivant à la voiture-restaurant, elles aperçurent le docteur Parenteau debout près de l'entrée. De toute évidence, il espérait leur arrivée. Il vint à leur rencontre.

— J'espère que vous avez bien dormi ? s'informa-t-il poliment.

— Comme un loir, lui répondit Ophélie.

— Un quoi ? s'étonna Margot.

Ce fut Charles qui la renseigna :

— Un loir est un rongeur qui hiberne. Aussi, dormir comme un loir signifie que votre amie Ophélie a dormi à poings fermés… Heureusement, l'hiver est terminé, alors elle ne semble pas avoir éprouvé de difficulté à s'éveiller ! Venez, Achille a réservé une table spécialement pour vous, je pense que vous êtes dans ses bonnes grâces.

Le soleil emplissait le wagon de ses rayons lumineux. Achille baissa la toile pour les accommoder.

— Sommes-nous arrivés en Abitibi ? demanda Ophélie.

— Pas encore. La première gare de la région est celle de Senneterre. À cet arrêt, vous devrez quitter votre chambrette, les wagons-lits ne se rendent pas plus loin.

— On f'ra quoi sans cabine ? s'alarma Margot.

— Ne vous inquiétez pas, il y aura toujours le fumoir, là où vous avez dégusté un bon chocolat chaud hier soir, rappela Charles, pour taquiner Ophélie. Celui-là nous suivra jusqu'à destination.

— Alors pas d'panique ! lança Margot. L'important, cé qu'on nous oublie pas à poireauter sur le quai d'une gare perdue au milieu de nulle part.

Achille servit les déjeuners ; l'odeur du bacon leur mit l'eau à la bouche. Pendant un moment, ils dégustèrent leur repas sans un mot, puis Charles rompit le silence.

— Cette nuit, dit-il, j'ai songé à vous.

— Tiens ! Tiens ! s'exclama Margot. Quessé qu'on faisait dans vos pensées ?

— Après réflexion, j'ai envie de vous proposer quelque chose…

Les deux jeunes femmes échangèrent un regard perplexe ; que pouvait bien vouloir leur suggérer cet homme ?

— Vous m'avez dit que rien ni personne ne vous attendait à Winnipeg, c'est exact ?

— Oui, répondirent en chœur les deux amies.

— Il y a quatre ans, à mon arrivée en Abitibi, j'ai établi mon cabinet de médecin à La Sarre. À l'époque, cet endroit n'était pas encore constitué en municipalité, il l'a été seulement l'année dernière. Comme je vous l'ai dit hier soir, l'Abitibi a été annexée au Québec il y a juste vingt ans. Tout est à construire.

— J'me souviens qu'un d'mes clients… j'veux dire un client de mon ancien *boss,* en a discuté avec lui l'année passée, j'les ai entendus. Y disait qu'c'était une belle place, où y avait de l'argent à faire pour les premiers qui s'installeraient là-bas.

— Pour faire fortune, je ne suis pas certain que ce soit l'endroit idéal, mais c'est possible d'y gagner sa vie. Comme je vous l'ai raconté, mon père est venu en Abitibi avec ses fils pour fuir la guerre, mais il y a d'autres familles qui arrivent, portées par un rêve, celui de développer cette région immense et de s'établir sur des terres qui leur appartiennent au lieu de fuir vers les États-Unis, poussés par les Anglais.

Ophélie écoutait attentivement le récit du médecin.

— C'est fascinant, déclara-t-elle. J'avoue n'avoir jamais entendu parler de l'Abitibi.

— Dans ton couvent… à faire ta formation d'infirmière, rectifia Margot, cé pas l'genre de nouvelles qui devaient intéresser tes professeurs.

— Racontez-nous, insista Ophélie, votre description de l'Abitibi m'intéresse.

— Un missionnaire-colonisateur que je connais bien, le curé Ivanhoé Caron, parcourt les vieilles paroisses du Québec, comme Champlain, Portneuf, Montmagny, et tant d'autres, où les habitants en surplus ne trouvent plus de terres cultivables, pour les inciter à venir s'installer chez nous. Sa croisade est largement aidée par ce chemin de fer, qui traverse l'Abitibi depuis novembre 1913. Caron négocie les tarifs pour les gens intéressés, il loue des trains pour leur déménagement, car certains amènent jusqu'à leur bétail. Grâce à lui, les familles arrivent en grand nombre et la majorité s'établissent le long de la voie ferrée. Elles fondent des paroisses, construisent des églises, des écoles, mais ce qui manque le plus, ce sont les soins médicaux: les femmes accouchent, des enfants sont malades, les hommes se blessent au travail… J'avoue que les rares médecins de la région fournissent difficilement à la tâche et…

— Vous lorgnez Ophélie, l'interrompit Margot. Une p'tite garde-malade à vos côtés, ça rendrait vot' job moins pénible?

Charles but une gorgée de café.

— Mademoiselle Margot, vous avez deviné mes pensées. Vous seriez également la bienvenue, car une jeune personne qui a été gouvernante pourrait enseigner ; le manque de maîtresses d'école est flagrant à La Sarre et dans les villages environnants.

— Vous voulez qu'en chemin pour Winnipeg on fasse un stop à La Sarre ?

— C'est bien ce que je vous propose, mesdemoiselles. Vous n'êtes attendues nulle part, alors descendez avec moi… Vous pourriez commencer chez nous à voir du pays. Je suis convaincu que les gens de la paroisse vous accueilleraient à bras ouverts.

Les pensées d'Ophélie se bousculaient. L'idée était bonne, mais si ce médecin exigeait de voir son diplôme, il constaterait que le nom inscrit dessus n'était pas Ophélie Delorme. Elle pourrait faire semblant de le chercher, dire qu'elle l'avait perdu… et peut-être aussi qu'il se contenterait de reconnaître ses compétences. Descendre à La Sarre, découvrir cette lointaine région, où, sous un faux nom, elle serait à l'abri, la tentait vraiment. Surtout que le fait d'être introduite par le docteur Parenteau, installé en Abitibi depuis quatre ans, lui permettrait de s'intégrer plus facilement à la communauté.

Margot répondit la première à l'invitation du médecin :

— Nous allons en discuter, nous avons encore quèques heures devant nous, si j'me trompe pas.

— Bien sûr, parlez-en ensemble. Si vous voulez, on se retrouve au fumoir après l'arrêt à Senneterre, et je vous entretiendrai de notre quotidien en Abitibi. Je vous dirai tout ce que vous aimeriez savoir sur la vie dans la région, sur les gens qui l'habitent et sur les possibilités de travail qui s'offriront à vous.

Après avoir accepté l'invitation de se revoir au fumoir, Ophélie et Margot regagnèrent leur compartiment. Un employé avait déjà fermé les lits, l'endroit était propre et bien rangé.

— J'avoue que c'est confortable de voyager en première classe, déclara Ophélie en prenant place sur la banquette. Ce qui m'étonne, c'est que je croyais que tu n'avais pas un sou, et voilà que tu nous paies tout ce luxe.

Margot prit un air mystérieux.

— J'ai fait un p'tit emprunt, chuchota-t-elle.

— Vraiment ? À qui ?

— À tes bonnes amies les Augustines !

— Quoi ? s'écria Ophélie.

Elle bondit sur ses pieds et tourna en rond dans leur minuscule cabine, puis elle éclata :

— Je n'arrive pas à y croire ! Tu les as volées ! Comment as-tu osé faire une chose pareille ?

— Tut ! Tut ! Calme tes nerfs ! J'ai dit emprunter…

— Je sais bien que tu ne remettras jamais cet argent ! Veux-tu bien me dire comment tu as fait ça ?

— Chus restée plus que trois mois à l'hôpital, ça m'a donné le temps de voir ben des choses, comme la place où votre sœur qui ramasse l'argent va le déposer, après que les patients ont payé leur dû pour les soins qu'y ont reçus.

Ophélie saisit son visage à deux mains. Elle poussa un long soupir, avant de laisser ses bras retomber le long de son corps.

— C'est affreux ! gémit-elle, au bord des larmes. Les religieuses vont croire que c'est moi qui ai pris cet argent avant de m'enfuir, je vais passer pour une voleuse à leurs yeux. Margot, à quoi as-tu pensé ? Voler une communauté cloîtrée, des personnes qui t'ont soignée avec générosité…

— Ça va faire, tes critiques de sainte nitouche ! Tu voulais quitter l'couvent ? Cé faite ! Maintenant, assume ! De toute façon, tu les r'verras jamais, tes bonnes sœurs.

Ophélie se laissa tomber sur la banquette. Le mal était fait, elle n'y pouvait rien. Elle se promit toutefois de mettre fin à sa relation avec Margot le plus rapidement possible, sinon les ennuis risquaient de s'accumuler. Maintenant qu'elle avait quitté le cloître, qu'elle retrouvait sa liberté, son désir le plus cher était d'en faire bon usage. De belles perspectives se présentaient à elle, une possibilité de bonheur, depuis longtemps disparue, frappait à la porte de sa vie ; elle rêvait de lui ouvrir.

18

La Sarre, 2 avril 1918

Le printemps se montrait enfin le bout du nez, au grand plaisir de Micheline. Depuis son arrivée en Abitibi, quatre ans plus tôt, la vieille dame trouvait les hivers bien longs dans cette région nordique, et davantage maintenant que son cher Alban les avait quittés. Malgré les congères le long des rues, de jolis crocus mauves avaient percé la neige devant la maison de Charles, son fils. En revenant de la messe de Pâques, Micheline les avait fait remarquer à Florie, sa petite-fille de trois ans. La bambine s'était empressée d'en cueillir quelques-uns et, candide, elle les lui avait offerts.

— Pa'ce que j't'aime, grand-maman, avait-elle dit en lui tendant le bouquet.

La pauvre enfant avait perdu sa mère à la naissance. Micheline et son mari avaient veillé sur elle, Alban surtout, car, depuis de nombreuses années, la vieille dame souffrait d'arthrite et, certains jours, même prendre un bébé dans ses bras devenait une mission impossible. Devenu veuf, Charles, inconsolable, s'était réfugié dans la médecine, et, par chance, le travail ne manquait pas pour lui en Abitibi. Son unique joie, il la trouvait en berçant sa fille adorée. La petite serrée contre son cœur, il lui chantait des comptines jusqu'à ce qu'elle s'endorme ; alors seulement, il laissait couler ses larmes.

Le chagrin de son fils était lourd à porter pour Micheline, qui, malgré son amour, ne parvenait pas à lui redonner goût à l'existence. Élise et lui étaient si attachés l'un à l'autre. Micheline aurait préféré que le Seigneur vienne la chercher à la place de sa bru, mais la Faucheuse se trompait parfois de cible. D'ailleurs, elle s'était fourvoyée une nouvelle fois en prenant la vie d'Alban, un homme plein d'énergie, au lieu de la sienne à elle, affaiblie par la maladie.

La vieille grand-maman somnolait dans sa berçante en attendant le retour de son fils quand Estelle la prévint de l'arrivée du train :

— Madame docteur, je l'ai entendu siffler. Monsieur Charles sera bientôt là, vous voulez que j'aille réveiller Florie ?

— Mais non, ma belle, laisse-la dormir ! Notre petite a besoin de toutes ses heures de repos, tu sais que cette enfant est fragile.

— Vous avez raison, madame docteur, répondit la jeune femme en lissant ses cheveux vers l'arrière d'une main tremblante.

Micheline voyait bien à quel point Estelle s'intéressait à son fils, mais ce dernier, toujours endeuillé, ne lui prêtait aucune attention.

— Estelle, combien de fois je vous ai demandé de ne plus m'appeler madame docteur ? la gronda-t-elle gentiment. Quand vous vous adressez à moi, dites Micheline, ou Mimi, comme mes proches… Je ne veux plus de ce nom qui n'a rien à voir avec celle que je suis. Je n'ai pas fait d'études de médecine, que je sache !

— Je suis bien trop gênée pour dire Mimi, objecta Estelle, rougissante.

— Alors que ce soit Micheline ou madame… Oubliez le docteur, je vous en supplie.

Les pleurs de Florie se firent entendre. Estelle se précipita dans l'escalier pour aller la chercher. Elle savait à quel point son patron aimait cette enfant et, pour la lui prendre des bras, il devrait s'approcher d'elle, toucher ses mains, de petits bonheurs que la servante savourait, en espérant qu'un jour, son deuil achevé, il la remarquerait. Sa femme étant décédée depuis trois ans, normalement, le temps était venu pour lui de sortir de son chagrin.

Le soleil inondait la cuisine. Estelle serra la bambine contre son cœur et elle s'approcha de la fenêtre.

— Regarde, ma puce, on aperçoit le train, il est arrêté. Bientôt, on verra ton papa sur la route. C'est aujourd'hui qu'il revient à la maison.

Florie colla son front contre la vitre. Les yeux grands ouverts, elle surveilla la rue. Soudain, elle s'écria :

— Là ! Là ! C'est lui !

S'arrachant à l'étreinte d'Estelle, elle sauta par terre et courut vers la porte.

— Attends, ma chérie, lança sa grand-mère pour l'arrêter, il fait trop froid pour ouvrir la porte tout de suite, guette-le par le châssis. Quand il sera sur la galerie, hop ! On lui fera une surprise !

Charles marchait dans le chemin de gravier, accompagné de deux femmes coquettement vêtues, des personnes de la ville, certainement. *Que viennent faire ces citadines dans ce coin perdu de la province ?* s'interrogea Estelle, contrariée de découvrir le docteur en si belle compagnie.

Dès que Charles fut sur le perron, Florie, aidée par sa grand-mère, saisit la poignée de la porte pour l'ouvrir toute grande. Joyeuse, elle bondit au cou de son papa.

Devant les regards intrigués de Micheline et d'Estelle, Charles s'empressa d'offrir à ses invitées d'entrer, puis il fit les présentations :

— J'ai croisé ces dames à bord du train, Ophélie et Marguerite. Elles partaient à l'aventure, alors je les ai convaincues qu'il n'y a pas meilleur endroit que l'Abitibi pour vivre des imprévus et connaître des situations inattendues.

— Mon fils vous taquine certainement, dit Mimi en leur tendant la main. Des demoiselles distinguées comme vous l'êtes ne sont certainement pas des aventurières.

— On est plusse des personnes à la recherche de changements, répondit Margot.

— Ophélie est infirmière, précisa Charles, les gens d'ici seront ravis de sa présence parmi…

— Moé, j'tais gouvernante, mais j'peux faire cent métiers, le coupa Margot.

Elle se tourna vers Estelle et enchaîna :

— Toé, j'imagine que té la femme du doc ?

Ophélie la poussa du coude. Elle trouvait sa question déplacée et surtout impolie.

Confuse, Estelle avait rougi jusqu'aux oreilles. Elle jeta un œil vers Charles, qui lui parut plutôt amusé de la méprise.

— Non. Mademoiselle Estelle vient donner un coup de main à ma mère, deux ou trois fois par semaine, quand elle n'est pas trop occupée par son travail à l'hôtel Château Winston. C'est l'hôtel juste en face, elle n'a qu'à traverser la rue, ça ne lui fait pas loin pour venir.

— Le propriétaire m'engage pour faire les chambres, précisa la jeune femme, et aussi les repas. Ma *job* dépend du nombre de clients.

— Votre femme ? s'informa Ophélie. Elle est absente ?

Micheline jeta un regard de reproche en direction de son garçon : il ne leur avait pas parlé du décès d'Élise. Mais en le voyant, son enfant serrée contre lui, elle se radoucit et ce fut elle qui répondit :

— Ma bru est montée au ciel le jour de la naissance de notre belle Florie.

Puis, tendant les bras à la petite, elle s'adressa à son fils :

— Charles, tu aurais dû leur dire, même si tu préfères éviter ce sujet.

— Je suis désolée, murmura Ophélie, c'est moi qui suis indiscrète.

— Pas du tout. Ma mère a raison, je me tais, comme si je pouvais exclure ce drame de notre vie… Mais parlons d'autre chose.

Il poussa un profond soupir.

— Maman, j'ai invité ces dames à partager notre repas. Après le souper, je les conduirai au Château Winston, elles pourront y loger en attendant de trouver des emplois. Ça ne devrait pas prendre beaucoup de temps, ajouta-t-il à l'intention de ses invitées.

Tout en prêtant une oreille attentive aux propos de son patron, Estelle sortit le rôti du four. Charles présentait l'Abitibi en termes trop élogieux à son goût. Après avoir déposé les plats au milieu de la table, elle invita la maisonnée à s'installer.

— Estelle, prenez place avec nous, lui dit Micheline.

— Je préfère vous servir…

— Vous êtes une amie, ma fille, pas une bonne à tout faire. Allez tout de suite vous chercher un couvert et venez près de moi, lui ordonna-t-elle gentiment, en déplaçant sa chaise.

Dès qu'elle fut assise, Florie quitta les bras de son père pour la rejoindre. Il était évident que l'enfant aimait Estelle. Ophélie remarqua aussi que Charles observait sa fillette avec immensément de tendresse. Un vague souvenir d'Aristide, qui ne l'avait sans doute jamais regardée de cette manière, effleura son esprit. Qu'était-il devenu, le sévère juge Martel ? Une fois, une seule en plus de sept ans, elle avait lu son nom à la une d'un quotidien qui traînait à l'hôpital : le magistrat avait été honoré par ses pairs à l'occasion d'un souper de gala à l'hôtel Windsor, soulignait le journaliste. Ophélie se secoua, refusant de laisser les horreurs du passé gâcher le moment présent ; l'heure n'était pas aux souvenirs. Elle reporta son attention sur la tablée ; quelqu'un avait dû raconter une histoire drôle, car tous riaient aux éclats. Elle se joignit à l'hilarité commune sans en connaître la cause.

: :

Le Château Winston, qui n'avait rien de Versailles, était construit à quelques pas de la résidence du docteur Parenteau, de l'autre côté de la rue principale.

— Quand mes patients ne peuvent pas retourner chez eux après une intervention, ils logent à cet endroit, avait raconté Charles à Ophélie et Margot, en les escortant. J'ai une entente avec l'hôtelier, Winston Ramsay, il se montre très heureux de m'accommoder.

Monsieur Ramsay, un gros homme vif et rougeaud, les avait accueillis en anglais. Aussitôt, Ophélie lui avait répondu dans la même langue, à l'étonnement de ses compagnons.

— Votre bilinguisme sera apprécié dans la région, s'était réjoui Charles. Beaucoup de travailleurs étrangers circulent par ici, en forêt et dans les moulins à scie. Quand ils arrivent avec leur famille, ils se trouvent isolés ; les épouses surtout, elles sortent peu de leur maison. Les autres femmes font ce qu'elles peuvent pour les intégrer, mais la barrière du langage est quelque chose de difficile à faire tomber.

Dès que le médecin les eut quittées, Ophélie et Margot ressentirent la fatigue du voyage et se retirèrent dans leur chambre. La pièce n'était pas très grande, mais elle était propre et dégageait une agréable odeur de bois, la construction du bâtiment était sûrement récente. Dans ce village d'Abitibi, avec ses routes en gravier et ses trottoirs en planches, Ophélie découvrait un monde différent de ceux qu'elle avait connus, un monde plus simple, pour ne pas dire dépouillé. Pourtant, les gens croisés depuis son arrivée semblaient heureux de leur sort.

— Ça t'gêne pas que nous partagions le même lit ? s'informa Margot. Ça ménage nos sous, nous faisons souvent ça entre femmes.

— Pas du tout, lui répondit Ophélie en se glissant entre les draps, même si ça fait très longtemps que je n'ai pas dormi avec quelqu'un. La dernière fois, c'était avec mon petit… Mais parlons d'autre chose. Dis-moi, comment trouves-tu La Sarre ? Les gens d'ici, ils me semblent tous très sympathiques.

— Ç'a rien d'Québec, cé ben certain. Mais j'cré pas qu'ç'aurait été mieux à Winnipeg. Au moins, icitte, on connaît quéqu'un, le doc pourra nous aider à trouver d'la *job*. Et as-tu vu le temps qu'ça prend pour se rendre à La Sarre ? Cé l'boutte du monde ! Personne pensera à v'nir fouiller dans l'coin pour nous r'trouver.

— Après le souper, pendant que tu discutais avec sa mère, le docteur Parenteau m'a parlé d'un village, pas très loin de La Sarre, où il y a un moulin à scie. Plusieurs familles sont déjà installées là-bas. Il croit que le propriétaire de la scierie serait prêt à m'engager et qu'il me fournirait un logement pour que je puisse ouvrir un dispensaire.

— Ben, dis donc ! Y a pas perdu d'temps à te caser !

— Devine quoi ?

— Chus pas une tireuse de cartes qui sé toute, parle !

— Il veut m'enseigner comment arracher des dents ! Il paraît que c'est très en demande chez les travailleurs et leurs proches.

— Pouah ! Jamais j'pourrais faire ça ! D'toute façon, toé non plus, tu s'ras pas assez forte.

— À ce qu'il m'a dit, il y a une technique pour rendre ça plus facile. C'est ce qu'il veut me montrer.

— Ah, bon ! Et moé, dans tout ça, j'fas quoi ?

— T'en fais pas, Margot, je suis certaine que tu trouveras aussi un emploi. Tu es tellement débrouillarde. Maintenant, si on dormait ? Je suis épuisée.

Ophélie se tourna dans le lit pour faire dos à son amie et elle s'endormit presque aussitôt. Margot mit plus de temps à trouver le sommeil. Dans la pénombre, elle observait sa compagne ; sa ressemblance avec un ange, pour le peu qu'elle connaissait de ces créatures ailées, l'attendrissait. Sa présence à ses côtés, dans le même lit, lui procurait une délicieuse sensation de bien-être, elle éprouvait un attrait auquel elle trouvait difficile de résister.

À son réveil, le lendemain, la chambre était inondée de soleil. Ophélie s'étira longuement sous les draps avant de penser à Margot, qui n'était plus dans le lit. Elle la chercha du regard.

— Chus là, lança son amie, devinant sa quête.

— Déjà levée. As-tu bien dormi ?

— Cé qui, Félix ? interrogea Margot en s'avançant au pied du lit. T'as crié son nom une grande partie d'la nuite.

— C'est vrai ?

— Oui ! Même qu'une fois tu m'as serrée contre toi en répétant ce nom-là. Cé qui, ce Félix ?

— Mon petit frère, avoua Ophélie. Je rêve souvent à lui, mais j'ignorais que je l'appelais dans mon sommeil.

— T'as une famille, toi ? Tiens, tiens ! Faudra m'en parler…

— Nous commençons une nouvelle vie, ne ramenons pas le passé dans le présent, ce ne serait pas un bon mélange.

Le cœur gros, Ophélie se rendit à la salle de toilette. Une fois seule, elle vit dans la glace qu'une larme roulait sur sa joue. D'un revers de main, elle l'essuya ; elle pouvait s'empêcher de penser à lui, mais pas d'y rêver. Margot frappa à la porte.

— Winston vient d'm'avertir que le doc Parenteau est en bas, y veut t'parler.

Ophélie revint dans la pièce. Sur le lit, Margot avait déposé une jupe et un chandail de laine.

— Cé pour toi, lui indiqua-t-elle. Demain, on ira s'acheter d'autre linge.

Ophélie s'empressa de s'habiller, puis descendit, en compagnie de sa copine, rejoindre le médecin, qui l'attendait à une table de la salle à manger.

— Je vous ai commandé à déjeuner, annonça-t-il en pointant leurs assiettes du doigt. Je vous conseille de manger rapidement, mademoiselle Ophélie, car, après, si vous êtes d'accord, vous m'accompagnerez dans le Rang 10, j'ai une patiente qui va accoucher. Ma voiture est devant la porte.

— Pis moé ? Vous voulez que j'vous accompagne ?

— Cet avant-midi, Estelle travaille ici, à l'hôtel, alors j'ai pensé que vous pourriez tenir compagnie à ma mère. À cause de son arthrite, elle a beaucoup de difficulté à s'occuper de Florie.

— Vous pouvez même m'engager à plein temps ! déclara Margot. J'ai toute mon temps.

Charles promit d'y penser. Il ne voulait pas priver Estelle de son revenu supplémentaire. De plus, bien que Margot l'ait assuré avoir travaillé dans une riche famille, des doutes persistaient dans son esprit sur son éducation : son langage, surtout, laissait à désirer. Laisser entrer quelqu'un dans l'intimité de sa famille était une importante décision. D'un autre côté, elle était une amie d'Ophélie, ce qui plaidait en sa faveur, et une personne à la maison chaque jour de la semaine faciliterait la vie de Micheline. Sa mère avait fourni plus que sa part depuis trois ans, jouer son unique rôle de grand-maman lui serait certainement agréable, elle pourrait enfin se reposer.

Le chemin emprunté par la jument était dégagé, mais d'énormes bancs de neige balisaient la route. Charles avait jugé le manteau d'Ophélie un brin léger pour la froidure de ce jour d'avril, aussi, il l'avait enveloppée dans une couverture de laine. La jeune femme savourait leur balade au milieu des sapins et des épinettes, quoique les cahots de la route l'obligeaient à se tenir agrippée à son siège.

— La dame que nous allons aider, Rose-Anna Cartier, en est à son cinquième bébé, l'informa le médecin, tout devrait bien se passer. Si elle accouche rapidement, et qu'il n'est pas trop tard, nous ferons un détour par le moulin à scie dont je vous ai parlé hier. Vous verrez, c'est une agglomération sympathique, avec beaucoup de familles. Le propriétaire, Georges-Onil Breton, sera ravi de vous rencontrer, j'en suis convaincu.

— Son village a un nom ?

— Non, pas encore. On appelle sa scierie et les habitations bâties autour le Bourg à Breton.

Charles arrêta la voiture, ils étaient arrivés. Un homme barbu, les cheveux hirsutes et en bras de chemise, sortit sur la galerie. À tue-tête, il les invita à se presser. En avançant à grands pas, Ophélie examina la maison construite en troncs d'arbres disposés les uns sur les autres ; à ses yeux, ce n'était pas loin d'une cabane. L'intérieur était plutôt chaleureux, ça sentait le pain frais et, autour de la table, quatre enfants, dont un bébé dans une chaise haute, déjeunaient avec appétit. De la pièce du fond, séparée par un rideau de coton, leur parvint un long cri. Charles demanda au mari de pomper de l'eau, il se lava les mains tout en lui ordonnant d'en faire bouillir, avant d'aller rejoindre la femme en couches. Ophélie se savonna les mains à son tour et, après les avoir bien rincées, elle le suivit. Une fois dans la chambre, elle eut le sentiment de redevenir infirmière, y trouvant une grande satisfaction.

Malgré les douleurs, Rose-Anna les accueillit avec un large sourire, rassurée de n'être plus seule.

— Garde Delorme, voici votre patiente, déclara le médecin. Je vous laisse faire, je reste là en cas de nécessité seulement.

Il s'avança ensuite près du lit, prit la main de la parturiente et, sur un ton très doux, il la prévint :

— Rose-Anna, vous pouvez accorder votre confiance à mademoiselle Ophélie, c'est une excellente infirmière, elle a étudié à Québec.

Reconnaissante de ces paroles, Ophélie s'adressa à son tour à la femme :

— Votre bébé sera le premier que je mettrai au monde en Abitibi ; je suis certaine qu'il sera beau et bien portant. Votre accouchement sera mon rite d'initiation, si je puis dire, jamais je ne vous oublierai. Maintenant, si vous permettez, je vais vous examiner.

Avec délicatesse, préservant au mieux la pudeur de la parturiente, Ophélie souleva le drap. Assis sur une chaise au fond de la chambre, Charles suivait attentivement tous ses mouvements ; il n'y avait pas de doute, cette jeune femme partie à l'aventure maîtrisait son travail et, de surcroît, elle possédait le don d'empathie. Confiant, il alluma une cigarette et se contenta de l'observer. Il souhaitait de tout cœur qu'elle s'installe définitivement en Abitibi, son aide serait plus que bienvenue.

19

Bourg à Breton, 3 avril 1918

Devant le bureau de son moulin à scie, campé sur ses longues jambes, Georges-Onil Breton attendait l'attelage qu'il avait aperçu au loin ; c'était celui du doc Parenteau de La Sarre. Les nouvelles se propageaient rapidement dans la région : il avait appris par Doug Walker, son contremaître, qu'une jeune infirmière était arrivée par le train, la veille. Il espérait que Charles avait enfin satisfait à sa demande et qu'il lui avait trouvé quelqu'un pour assurer des soins médicaux aux gens qui s'installaient dans son bourg. Si c'était le cas, il ne lui manquerait plus qu'un curé pour s'occuper des âmes, et son village serait constitué.

La compagne du médecin était charmante, il se précipita pour l'aider à descendre de voiture. Charles fit les présentations.

— Suivez-moi à l'intérieur, les invita-t-il, nous y serons mieux pour discuter.

À l'intention de la nouvelle venue, Georges-Onil raconta son installation dans la région, deux ans auparavant. Il avait un associé anglais du nom de Rick Hayward ; ce dernier avait investi dans l'entreprise, mais, comme il possédait un autre commerce en Ontario, il venait rarement sur place. Par la large fenêtre, Georges-Onil indiqua l'agglomération de maisonnettes construites plus loin.

— Il y a maintenant quarante familles qui vivent sur mes lots, ce qui fait, avec les femmes et les enfants, cent quatre-vingt-douze habitants, et beaucoup parmi eux parlent anglais, vous sauriez vous débrouiller ?

— Mademoiselle est parfaitement bilingue, le renseigna Charles.

Breton s'en dit ravi, avant d'ajouter, en baissant la voix :

— Parmi mes hommes, il y en a qui se cachent de l'armée, pour ne pas être expédiés de l'autre bord. Aussi, si vous acceptez le poste, mademoiselle Delorme, il faudra vous montrer discrète en rédigeant vos rapports.

— Si je comprends bien, tu lui proposes de l'embaucher ? demanda Charles.

— En effet. Si la p'tite garde est d'accord, c'est chose faite ! lui confirma-t-il.

Georges-Onil regarda Ophélie droit dans les yeux.

— Cependant, il faut que je vous avertisse que ce n'est pas un travail de tout repos. Il y a les chantiers l'hiver, où vous devrez vous rendre, et la drave au printemps, qui cause bien des blessures, et c'est sans parler des femmes qui accouchent, des enfants et leurs écorchures, des épidémies de rougeole… et que sais-je. Informez-vous auprès du doc, il vous dira qu'il ne suffit plus à la tâche, des gens meurent faute d'être soignés à temps.

— C'est vrai, acquiesça Charles, encore la semaine dernière, la femme d'un ouvrier est morte en couches ; la voisine venue l'aider ne connaissait pas la manœuvre appropriée pour une présentation par le siège.

— Quel malheur ! se désola Ophélie.

Pragmatique, Charles demanda :

— Georges-Onil, quelles sont les conditions de travail que tu comptes offrir à garde Delorme ?

— J'ai une maison récemment construite au centre du village, elle est libre. Vous pourriez y installer votre dispensaire et l'habiter. Ma compagnie couvrirait le coût du loyer, de l'entretien, du chauffage, et de tout ce dont vous aurez besoin dans le cadre de vos fonctions. Il ne reste qu'à parler de votre salaire. Combien gagniez-vous à Québec ?

Ophélie demeura bouche bée, elle était loin de s'attendre à cette question. Jamais elle n'avait reçu le moindre sou ; les montants versés par les patients, ou par le gouvernement quand ces derniers ne pouvaient pas payer leur hospitalisation, allaient directement à la sœur économe, qui les remettait ensuite à la supérieure. C'était d'ailleurs cet argent qu'avait volé Margot ; en y repensant, Ophélie eut un frisson, qu'elle réprima. Puis elle revint à la question de Breton. Une fois, elle avait entendu deux étudiantes laïques discuter, elles s'attendaient à un salaire de cinq dollars par semaine après l'obtention de leur diplôme, mais c'était au début de sa formation, cinq ans auparavant.

— Sept dollars par semaine, risqua-t-elle.

— Je vous donne le double, lança Breton, vous les mériterez.

— C'est un excellent salaire, se réjouit le médecin. Avec les gens dans l'impossibilité de me payer, ça arrive parfois que je ne gagne pas autant.

— Vous acceptez mon offre ? demanda l'entrepreneur, fébrile.

Ophélie hésita, elle pensa à Margot qui était sans emploi... Après tout, elle ne lui devait rien, mais elle redoutait sa réaction si elle décidait de son avenir sans son consentement.

— Je vais y songer, déclara-t-elle. J'en parle avec le docteur Parenteau et avec une amie qui m'accompagne en Abitibi.

— Si c'est elle qui vous fait hésiter, je peux lui trouver également du travail, à la *cookerie* ou ailleurs...

Parenteau devinait le malaise d'Ophélie, aussi, il intervint :

— Nous en discuterons et mademoiselle te donnera sa réponse d'ici vendredi. Ça te convient ?

Georges-Onil Breton accepta la proposition.

Charles et Ophélie reprirent la route pour rentrer à La Sarre. Le soleil baissait sur l'horizon, c'était une douce fin de journée.

Ophélie se sentit sereine. Les événements du passé semblaient s'évaporer dans la brume éthérée qui flottait à l'orée de la forêt. La couverture de laine serrée autour de ses épaules, elle se permit de rêver. Du coin de l'œil, Charles l'observait, intrigué par le désir d'aventures de sa jeune compagne. Elle paraissait si frêle dans la lumière du crépuscule.

Par une fenêtre de la maison, Mimi aperçut de loin la voiture de son fils. Le cheval avançait au pas, manifestement, les passagers prenaient le temps de profiter de la magnifique soirée. Elle sortit sur la galerie d'en avant pour leur faire signe de se dépêcher ; installée sur le sofa du salon, Estelle était en sueur et ne pouvait retenir ses gémissements.

En voyant sa mère agiter les bras, Charles comprit qu'il devait se presser. *Pourvu qu'il ne soit rien arrivé à Florie,* pensa-t-il. Dès que la voiture fut arrêtée, il en descendit et il se précipita vers Micheline, enroulée dans son châle de laine.

— C'est Florie ? interrogea-t-il d'une voix tremblante.

— Non, la petite est en haut avec Margot, elle la met au lit. Quand elle est rentrée de son travail à l'hôtel, Estelle est allée quérir des pommes de terre dans la cave, et elle est tombée dans les marches…

— Où est-elle ? la coupa son fils.

— Ici, dans le salon, je pense qu'elle s'est cassé la jambe droite.

Ophélie, qui avait attaché les rênes du cheval à un poteau de la galerie, n'avait rien perdu de la conversation. Charles vint prendre sa trousse et il courut vers la maison. Elle le suivit. Installée sur le sofa, Estelle gémissait faiblement. En quelques enjambées, le médecin fut à ses côtés, il palpa le membre meurtri.

— Effectivement, il y a une fracture, diagnostiqua-t-il, je vais devoir la réduire.

— Ça fait mal, se plaignit la blessée.

Charles se tourna vers Ophélie, qui l'observait.

— Regardez dans ma trousse, ordonna-t-il, prenez une fiole de morphine et une seringue.

Puis, à l'intention d'Estelle, il ajouta:

— Avec ça, dans quelques minutes, vous ne sentirez plus la douleur, je pourrai mieux vous examiner.

— Ce sera assez pour réparer ma jambe?

— Non, bien sûr. N'ayez pas peur, je vous endormirai à l'aide d'une dose d'éther.

— Comment l'accident s'est-il produit? questionna Ophélie en injectant l'analgésique qu'elle avait préparé.

— Je ne sais pas trop, c'est arrivé tellement vite. Comme je le fais tous les jours, je suis descendue à la cave chercher les légumes pour le souper… j'ai dû m'emmêler les pieds, ou j'ai marché sur un cordon de ma bottine, j'avais un lacet dénoué. Margot me l'a fait remarquer en venant à mon secours.

Intriguée, Ophélie demanda:

— Margot était avec vous… elle vous a vue tomber?

— Je ne pense pas, elle m'a entendue crier et elle est accourue tout de suite. Heureusement qu'elle n'était pas loin, sinon j'aurais pu rester sur place un bon moment, seule, écrasée sur le plancher de terre. L'escalier pour le caveau à légumes est dans la dépense, derrière la cuisine. À moins d'avoir besoin de quelque chose, on passe rarement par là.

Margot venait d'entrer dans le salon, Estelle lui adressa un sourire reconnaissant.

— Maintenant, si vos douleurs ont diminué, je vais vous porter dans mes bras et vous conduire au Château Winston, dans une chambre réservée à cet effet. C'est là que je réduirai votre fracture, ça évitera le va-et-vient dans les escaliers, puisqu'ici votre chambre est à l'étage.

Et dans son état, analysait silencieusement le médecin, elle ne pourra plus veiller sur Florie qui dort là-haut…

— Je ne pourrai plus travailler, s'alarma la blessée, j'ai besoin d'argent.

— Vous devrez certainement prendre six semaines de repos, et encore, ça dépendra de votre réadaptation, la prévint le médecin. Avez-vous un endroit où aller pour la durée de votre convalescence ?

— Oui, chez mes parents, à Macamic, balbutia Estelle, l'air malheureux.

L'accident contrecarrait ses plans. Si elle perdait son emploi auprès de Charles, elle n'avait plus aucune chance qu'il la remarque. Voilà qu'elle devait partir au moment où deux jeunes femmes de la ville arrivaient chez les Parenteau. Ophélie surtout, distinguée et infirmière, elle avait tout ce qu'il fallait pour plaire à son beau docteur.

Minuit sonnait au carillon de l'horloge grand-père quand Charles revint à la maison. Margot, demeurée avec Micheline pour s'occuper de Florie, s'était endormie sur le sofa, après avoir couché la petite. Assise au coin du feu, Mimi tricotait. Ce travail manuel lui permettait de préserver ses doigts de l'ankylose ; déjà que ses jambes faiblissaient, elle ne voulait pas perdre aussi l'usage de ses mains. L'entrée du médecin fit sursauter Margot, qui émergea de son sommeil.

— Y a du thé su' l'poêle dans cuisine, ça vous dirait d'en boire une tasse ? lui proposa-t-elle en s'étirant.

Charles accepta. Il profita de son absence pour demander à sa mère :

— Qu'en pensez-vous, si nous engagions Margot le temps qu'Estelle soit de nouveau sur pied ?

La vieille dame éprouvait une certaine méfiance envers la jeune femme, mais, en y réfléchissant, elle dut convenir que c'était sans véritable raison. Elle manquait de raffinement, certes, toutefois, si elle était la camarade d'Ophélie, elle devait avoir des qualités. Elle donna son aval à l'idée de son fils.

— Vous l'regretterez pas ! s'exclama Margot en apprenant leur décision. J'sus une bonne ménagère, et j'adore les enfants.

— C'est merveilleux, déclara Charles. Garde Delorme pourra accepter la proposition de Georges-Onil Breton, elle s'en faisait de vous laisser seule, sans travail…

— Ophélie va partir de La Sarre ? s'étonna Margot.

— Le Bourg à Breton est tout près, à quelques milles, vous pourrez vous visiter régulièrement. Comme vous voyez, mademoiselle Margot, votre amie et vous avez pris une excellente décision en choisissant de descendre du train à La Sarre.

— Oui. Comme j'ai dit à Ophélie en partant d'Québec : y suffit de l'vouloir ! Le reste, ça s'organise !

— Dès que vous serez prête, vous pourrez déménager vos effets ici, intervint Mimi, vous occuperez la chambre d'Estelle. Pour cette nuit, j'ai installé Florie dans mon lit.

Margot salua les Parenteau, manifestement heureuse. Tout s'était déroulé comme elle l'avait prévu en décidant de poser le manche du balai en travers de la première marche… Leur avenir en Abitibi s'annonçait prometteur.

Au Château Winston, Ophélie veillait sur Estelle, profondément endormie. Margot arrêta lui parler.

— Madame Micheline m'a proposé de remplacer Estelle, lui annonça-t-elle.

Son amie la gratifia d'un regard soupçonneux.

— J'espère que tu n'as rien à voir avec ce qui est arrivé à Estelle.

Margot explosa :

— Comment oses-tu m'dire une chose pareille ?

Dans son sommeil, Estelle bougea. Ophélie fit signe à Margot de baisser le ton avant de s'excuser.

— Je trouvais la coïncidence entre ton désir de travailler et l'accident d'Estelle trop évidente. Pardonne-moi.

— J'ai des défauts, ma jolie, mais prends-moé pas pour une meurtrière. Estelle aurait pu s'tuer en tombant dans cave. Est-ce que j'ai l'air de ça?

— Je suis désolée. Non, tu ne ressembles pas à une criminelle… Dans la vie, toutefois, on ne peut pas toujours se fier aux apparences.

— Quessé qu'tu veux dire?

— Rien, va te coucher, il est tard. Moi, je vais passer la nuit avec Estelle. Charles doit faire prévenir son père demain, il viendra la chercher.

Margot quitta son amie et monta à l'étage. Ophélie avait de l'intuition, elle avait percé à jour sa manœuvre; heureusement, elle était également naïve. Et d'évidence, profondément bienveillante. Un détail inquiétait davantage Margot: son amie avait appelé le beau docteur par son prénom, et ça, c'était agaçant.

20

Bourg à Breton, 17 mai 1918

Par la fenêtre entrouverte, Ophélie entendait les oiseaux chanter. Les yeux fermés, elle imagina qu'ils étaient venus lui souhaiter bonne fête ; aujourd'hui, elle avait vingt-trois ans... et Félix treize. En songeant à son petit frère, la joie de célébrer la quitta instantanément. Elle se leva et se rendit à la cuisine. Dehors, le soleil brillait de tous ses feux.

Depuis six semaines, elle était installée dans la maisonnette du Bourg à Breton et le travail ne manquait pas. Habituée qu'elle était de vivre en communauté, la solitude aurait pu lui peser, mais comme le silence était de mise au couvent des Augustines, son rituel de vie n'avait guère changé, mis à part le fait qu'elle préparait elle-même ses repas. Elle quittait la tranquillité de sa demeure pour aller vers les malades, de la même façon que les années précédentes, avec, en plus, un sentiment de liberté qu'elle appréciait au plus haut point. Charles lui avait enseigné la façon d'arracher les dents et, ensemble, avec un montant d'argent fourni par Georges-Onil, ils avaient évalué ce qu'il fallait pour le bon fonctionnement de son dispensaire. Le nécessaire avait été commandé à Québec et était arrivé à La Sarre quelques jours plus tard.

— Heureusement qu'il y a le chemin de fer, lui avait fait remarquer le médecin. Ça fait moins de cinq ans qu'il traverse l'Abitibi et, déjà, les villages poussent comme des champignons le long de son tracé.

La région était pauvre, les gens s'organisaient de leur mieux, et tous appréciaient la présence rassurante d'Ophélie. Elle se sentait valorisée dans son travail.

Ses réflexions furent interrompues par des coups frappés à la porte. Elle ouvrit.

— Il y a eu un accident au moulin, cria Breton. Prenez vos affaires et venez avec moi.

— J'enfile des vêtements chauds et je vous suis.

Quelques minutes plus tard, la voiture de Georges-Onil filait sur la route cahoteuse. Les soubresauts de la calèche étaient violents, Ophélie peinait à demeurer assise. Son patron remarqua son inconfort.

— Si vous saviez monter à cheval, je pourrais vous en procurer un. Vous le laisseriez chez votre voisin, qui s'en occuperait pour vous. Mais j'imagine qu'une jeune fille de la ville…

— Vous présumez, monsieur Breton, c'est très vilain, le taquina-t-elle. Au contraire, je suis une excellente cavalière !

Son apprentissage datait de loin, Ophélie regretta aussitôt d'avoir crâné de la sorte. Elle se rappelait les cours d'équitation que son parrain Rémi lui avait offerts en cadeau pour ses sept ou huit ans et elle était loin d'être certaine de maîtriser encore le sport équestre.

Ses mots n'étaient cependant pas tombés dans l'oreille d'un sourd, Breton fut enchanté.

— Vous êtes une perle, ma p'tite garde, s'exclama-t-il. Après notre visite au moulin je vous emmène à l'écurie. Nous avons des chevaux de trait pour le gros ouvrage, mais j'ai également quelques belles bêtes… je pense à un poulain de deux ans, fringant et vif, une vraie merveille ! L'excellente cavalière que vous êtes va en raffoler, j'en fais le pari.

Ophélie jeta un œil sceptique vers son patron; il paraissait rigoler à ses dépens, davantage quand il ajouta:

— Va falloir vous trouver des culottes de gars, ce serait inconvenant de monter en nous laissant entrevoir vos jupons. Mes hommes se tordraient le cou pour vous regarder passer.

L'image évoquée préoccupa Ophélie. Elle préféra ne pas commenter, consciente toutefois que son patron avait raison. Elle devait se trouver des vêtements appropriés.

Après qu'elle eut examiné et pansé la main de l'ouvrier blessé, Georges-Onil l'invita chez Anastasie Croteau, la couturière du village.

— Anastasie a un jeune fils de votre taille, elle lui fabrique ses vêtements. Je suis convaincu qu'elle vous trouvera quelque chose de convenable.

Ophélie n'était pas très rassurée. Malgré ses appréhensions, une demi-heure plus tard, elle ressortit de chez madame Croteau habillée d'un pantalon serré à la jambe et évasé à la hauteur de la cuisse.

— J'appelle ça des *breeches,* les avait informés Anastasie. Vous m'en direz des nouvelles, ma p'tite garde, c'est très confortable pour monter à cheval.

Au moins, son patron n'avait pas éclaté de rire en l'apercevant ainsi vêtue, ce qui l'avait encouragée. Le pire cependant était à venir: grimper sur la bête fringante qu'il lui avait promise et, surtout, ne pas en tomber.

À l'écurie, il y avait de nombreux chevaux, logés dans des box séparés. Tous pointèrent le museau à leur arrivée et hennirent pour les saluer. La plupart étaient d'énormes bêtes. Craintive, Ophélie fouillait dans ses souvenirs pour retrouver les conseils reçus quinze ans auparavant.

Georges-Onil surgit par-derrière, tenant par la bride un joli poulain noir. L'animal s'ébroua en s'arrêtant devant elle, Ophélie eut le sentiment qu'il lui souriait.

— Je vais le seller, puis nous irons faire une balade, proposa son patron.

Incommodée par l'odeur, Ophélie sortit la première. Quelques minutes plus tard, Breton la rejoignit avec deux chevaux prêts pour une promenade.

— Venez, l'invita-t-il, je vous donne un coup de main.

Ophélie hésita.

— N'ayez pas peur ! Tonnerre est très gentil, et je vous accompagne pour cette première randonnée.

Après lui avoir fait mettre le pied à l'étrier, Georges-Onil l'aida à se hisser sur la selle. À son tour, il sauta sur sa jument. Côte à côte, ils prirent le chemin emprunté le matin ; les trous et les bosses de la chaussée ne leur causaient plus aucun problème. Découvrant qu'Ophélie était à l'aise, Breton lui fit longer la rivière. Des draveurs, torses nus malgré le temps frisquet, s'élançaient sur les billots comme sur un simple plancher mouvant. Les bruits de l'eau gonflée par les crues printanières, mêlés à celui des troncs d'arbres qui s'entrechoquaient, empêchaient les cavaliers de se parler. Ils se contentèrent de profiter du moment, le visage offert aux chauds rayons du soleil.

De retour à l'écurie, ils mirent pied à terre et Breton tendit les rênes de Tonnerre à Ophélie.

— Voilà, lui dit-il, c'est un cadeau !

Surprise, elle s'informa :

— Vous avez su que c'était mon anniversaire aujourd'hui ?

Georges-Onil fut étonné.

— Je ne savais pas… tant mieux si mon présent tombe à point. Dans ce cas, permettez que je vous fasse la bise.

Sans attendre de réponse, il étreignit la jeune femme un bref moment, avant de l'embrasser sur les joues. Sur sa monture marchant au trot, Charles arriva à cet instant précis. Il fut surpris de leur rapprochement. Breton avait beau être célibataire, il le trouva rapide en affaires. Il descendit de son cheval.

— Je vois que toi, tu étais au courant de l'anniversaire de notre p'tite garde, émit le patron du moulin.

— Monsieur Breton m'a offert ce cheval, lui dit Ophélie, mal à l'aise d'avoir été aperçue dans les bras de Georges-Onil.

Le médecin souleva la couverture de sa selle et il décrocha un objet : une mallette médicale.

— Voici mon présent, déclara-t-il en lui tendant le sac de cuir.

— C'est Margot qui vous a vendu la mèche ?

C'était un pur hasard, Charles ne savait pas plus que Breton que le 17 mai était la date de son anniversaire, mais il sauta sur l'occasion pour formuler une invitation :

— Si vous êtes libre demain, samedi, Mimi aimerait vous recevoir à dîner pour célébrer vos... vos quoi déjà ?

— Vingt-trois ans. Pour le moment, je n'ai rien de prévu ; s'il n'y a aucun empêchement de dernière minute, j'accepte avec plaisir. J'en profiterai pour essayer ma nouvelle monture.

— Je dois me rendre à La Sarre, en avant-midi, annonça Georges-Onil. Je vous escorterai pour votre première randonnée hors du village. Ce sera plus prudent.

Un homme courait vers eux.

— Au secours ! cria-t-il. Un enfant est tombé dans la rivière.

— Où ? s'informa Breton.

— Près du moulin.

— Venez ! lança Charles à l'infirmière.

En un instant, ils furent tous les trois en selle, puis ils partirent au galop. Ophélie se contenta de tenir les rênes, Tonnerre suivait allègrement ses congénères. Quand ils arrivèrent sur les lieux, le petit garçon avait été repêché et il reposait sur le sol, entouré des travailleurs.

— C'est Félix, le dernier à Jo, les informa le colosse à genoux près du rescapé.

— Qui ? demanda Ophélie d'une voix vibrante d'émotion.

— Le p'tit Félix, lui répéta l'homme.

L'enfant avait les yeux fermés, son visage était marbré. Ophélie se précipita à ses côtés, en même temps que Charles. Elle retira sa veste doublée de mouton et la déposa sur le bambin pour le réchauffer tandis que le médecin plaçait ses gants sous son cou pour en améliorer l'axe et examiner ses voies respiratoires. Elles étaient dégagées, mais il ne respirait pas. Aidé d'Ophélie, le docteur Parenteau pratiqua les manœuvres d'usage, sans grand espoir.

— Le p'tit a passé un long moment dans l'eau, leur signala un homme penché vers eux.

Après de longues minutes de manœuvres inutiles, Charles se recula. Il écarta les mèches blondes collées au front de l'enfant.

— C'est fini, murmura-t-il tristement.

— Il faut continuer, insista Ophélie.

Prévenu, le père de Félix arrivait au pas de course. Il scruta le visage de Charles. Devant sa mine déconfite, il se précipita auprès de son fils, le saisit dans ses bras et le pressa contre lui.

— Félix ! Non ! Non ! hurla-t-il.

Ce tableau bouleversant arracha des larmes à Ophélie. Elles coulèrent en rigoles sur ses joues sans qu'elle tente de les essuyer.

— Félix, chuchota-t-elle, Félix…

Puis elle éclata en irrépressibles sanglots. Charles s'empressa de l'entraîner loin du drame et, à l'abri des regards indiscrets, il l'attira contre lui. Un long moment, il la tint contre lui, le temps qu'elle s'apaise. Dans la chaleur de son étreinte, Ophélie trouva la force de maîtriser ses émotions.

— Excusez-moi d'avoir réagi aussi fort, lui dit-elle. C'est un événement tragique, et le prénom de cet enfant m'a rappelé quelqu'un…

— … qui vous était cher ? voulut savoir le médecin.

— Oui.

— Vous voulez m'en dire davantage ?

Le regard de Charles était doux et empathique, lui parler aurait été d'un profond réconfort, mais elle se taisait depuis trop longtemps. Une nouvelle existence commençait pour elle, quoi qu'il lui en coûtât, il fallait laisser le passé derrière.

Elle sortit un mouchoir et s'essuya les yeux.

— J'ai très hâte à demain, dit-elle, résolue à changer de sujet. Je suis heureuse à l'idée de revoir votre mère et votre petite Florie.

Charles comprit que le chapitre était clos. Pour venir se réfugier en Abitibi, au milieu de nulle part, la jeune femme était sûrement porteuse d'un secret. S'ils ne l'avaient qu'effleuré aujourd'hui, une autre fois, elle se confierait peut-être. Pourvu que cet accident, qui l'avait troublée, ne la pousse pas à repartir vers la ville ; ses connaissances étaient un réel atout pour la région en plein développement.

: :

Bourg à Breton, 1er juillet 1918

Pour Ophélie, très occupée, le printemps avait fui à la vitesse de l'éclair et l'été s'était installé avec sa chaleur accablante, qui l'obligeait à chercher refuge à l'ombre. Assise sous un massif de bouleaux, la jeune infirmière aperçut de loin la voiture du docteur Parenteau. Elle se leva pour l'accueillir ; dans sa robe de coton fleurie, les cheveux retenus en chignon, Charles la trouva ravissante. Il arrêta son attelage et, aussitôt, Margot qui l'accompagnait sauta de la voiture et s'élança vers Ophélie. C'était la première fois qu'elle rendait visite à sa camarade au Bourg à Breton, les deux amies s'étant revues à quelques reprises, mais toujours à La Sarre.

Demeuré assis, Charles les observait. Depuis l'accident au moulin, et l'étreinte qui avait suivi, il éprouvait pour la jeune femme des sentiments qu'il taisait et qu'il ne cherchait pas à éclaircir, car Margot lui avait confié que sa compagne n'aimait pas les hommes. À chacune de leur rencontre, il avait observé Ophélie et, effectivement, toujours d'une grande gentillesse, elle n'avait pas à son endroit le moindre regard invitant ni le plus petit sourire de connivence. Quand il effleurait sa main au cours d'un traitement à un patient, ou sa cuisse en l'aidant à se remettre en selle, elle demeurait inaccessible.

Charles descendit de voiture et il attacha la bride de son cheval à la main courante de la galerie avant de récupérer Florie, qui trépignait d'impatience. La fillette suspendue à son cou, il rejoignit les deux amies. Ophélie se dégagea de l'accolade de Margot et, radieuse, elle s'avança vers eux. Aussitôt, Florie lui tendit les bras.

— Tu es très jolie, chuchota Ophélie à son oreille, j'aime beaucoup ta robe à petits pois. J'en avais une semblable quand j'étais petite.

Puis elle offrit sa joue à Charles.

— C'est jour de fête, notre rencontre n'est pas professionnelle, lui rappela-t-elle, on peut se permettre une bise.

Étonné, Charles accepta. La jeune femme sentait bon, le doux parfum de rose qu'elle dégageait éveillait en lui le lointain désir charnel.

Du coin de l'œil, Margot les observait ; juste à voir le sourire niais du docteur, elle conclut qu'il en pinçait pour son amie.

— Ça va faire, les cajoleries ! lança-t-elle, agacée. Asteure, fais-moé visiter ta maison.

Sans attendre l'invitation, elle se glissa à l'intérieur. Un arôme de soupe aux légumes flottait dans l'air. Charles l'apprécia, il en fit compliment à leur hôtesse.

— Z'ai beaucoup faim, déclara Florie, ça sent bon dans ta maison.

Ils étaient à peine entrés que Georges-Onil frappait à la porte. Il était également convié à ce dîner du 1er juillet. Charles en ressentit un picotement de jalousie : le patron du moulin était célibataire, et bel homme, s'il devait se fier aux précédentes remarques d'Estelle à son sujet. N'étant pas l'amoureux d'Ophélie, il s'obligea à passer à autre chose. Il n'eut pas à chercher longtemps, Florie s'était emparée de la corbeille à pain, l'avait déposée devant elle et elle dévorait une tranche à belles dents.

— En voilà une qui fait honneur à votre dîner ! commenta Georges-Onil, amusé.

Cette enfant affamée que les bonnes manières laissaient indifférente mit tout le monde d'excellente humeur. Ophélie fit asseoir ses invités en leur indiquant des places, puis, aidée de Margot, elle déposa les plats au centre de la table.

La chaleur était accablante, mais, heureusement, une légère brise entrait par les fenêtres ouvertes et apportait dans la pièce un brin de fraîcheur. Les convives évitèrent d'aborder le sujet de la guerre qui déchirait l'Europe pour laisser place aux plaisirs de la belle saison, que tous appréciaient après le long hiver abitibien.

— Hormis les mouches noires, installées en Abitibi bien avant le premier colon venu s'y établir, je trouve la vie ici plutôt agréable, confia Georges-Onil. Surtout que j'adore la pêche.

En apprenant qu'il était le propriétaire du moulin, Margot ne se gêna pas pour lui manifester son admiration.

— Cé vraiment toute à toé par icitte, le moulin à scie, le village ? Cé toé qui fais vivre tout l'monde ? C't'incroyable ! s'exclama-t-elle en lui décochant une œillade qui, pour Ophélie, ne prêta guère à confusion.

— En effet, avec un associé, je suis propriétaire de l'endroit.

— Ça fait quoi, d'être riche de même ?

Se contentant de sourire, Breton continua de savourer son dessert.

— Ophélie, vous êtes une excellente cuisinière ! la complimenta Charles.

— Pour être honnête, je n'ai pas tout le mérite. Madame Anastasie est venue me prêter main-forte cet avant-midi. Mais elle dit que j'apprends vite, ça m'encourage.

— Z'en veux encore, du gâteau, quémanda Florie, la bouche barbouillée de chocolat.

— Un tout petit morceau, alors, acquiesça Ophélie.

Elle en coupa une mince tranche, qu'elle déposa devant la petite.

— Votre fille est vraiment mignonne, constata-t-elle en l'embrassant sur le front.

Les bouclettes douces de l'enfant effleurèrent son nez et lui rappelèrent celles de Félix. Elle en éprouva un pincement au cœur. Décidément, son retour à la vie civile, loin du cloître, ne cessait pas de ramener à sa mémoire des instants de bonheur que, dans le silence et la solitude, elle était parvenue à estomper.

Au milieu de l'après-midi, Breton entraîna Margot à l'écart et il s'entretint avec elle à voix basse. En entendant retentir l'éclat de rire grivois de son amie, Ophélie éprouva une sensation désagréable qui la ramena à l'appartement d'Adrienne. *Pourvu qu'elle ne lui ait pas offert de services sexuels,* pensa-t-elle. Charles, qui berçait Florie, parut ne rien remarquer ; heureusement, car Margot était la nounou de sa fille. Puis Ophélie se dit qu'elle était trop prompte à juger. Probablement qu'elle se trompait, car Margot lui avait promis de ne plus agir de la sorte maintenant qu'elle s'était trouvé un travail honorable.

À quatre heures, Charles se leva pour partir. Il invita Margot à le suivre, mais la jeune femme hésita.

— Si vous pouviez m'accorder une soirée de congé, lui demanda-t-elle, je resterais à coucher ici, chez mon amie. Monsieur Breton m'a dit qu'il se rendait à La Sarre demain, pour affaires, il me ramènerait.

— Je n'ai aucune objection, répondit spontanément Charles, vous devez avoir bien des choses à vous raconter.

La décision était prise, Ophélie n'osa pas s'y opposer. Elle souleva délicatement Florie qui dormait sur le sofa et, la petite dans les bras, elle raccompagna son invité jusqu'à la voiture. Charles en profita pour la féliciter sur le travail accompli au Bourg à Breton.

— Ce n'est pas toujours facile… mais je pense que je m'en sors bien, lui répondit-elle.

— À La Sarre, les échos qui me parviennent à votre égard sont très élogieux…

Puis Charles se trouva ridicule d'utiliser ce moment d'intimité pour parler boulot à Ophélie, debout devant lui, qui tenait sa fillette pressée contre elle. En sa présence, l'image d'Élise disparaissait de sa mémoire et c'étaient les traits délicats de l'infirmière qui s'y gravaient, un détail à la fois. Il se rapprocha pour prendre son enfant, toujours endormie contre la poitrine d'Ophélie, et l'une de ses mains effleura le sein de la jeune femme. Troublé, il plongea ses yeux dans ceux d'Ophélie, à la recherche d'un consentement. Elle lui souriait. Alors il glissa la main dans son abondante chevelure et il attira son visage près du sien. Il la contempla, ému, avec l'envie folle de l'embrasser. Florie bougea dans son sommeil, elle s'agrippa à l'épaule d'Ophélie. Son mouvement obligea son père à reculer.

— Merci pour ce délicieux repas, murmura-t-il à regret. L'été ne fait que commencer, j'espère qu'on se reverra souvent.

— Je le souhaite également, répondit Ophélie d'une voix très douce.

Les sentiments qu'elle éprouvait sous le regard caressant de Charles étaient nouveaux pour elle. Elle avait l'impression que son corps entier se tendait vers lui, qu'il cherchait le sien, comme un appel des sens qui jusqu'alors lui était inconnu. Le désir d'un tendre abandon contre son corps musclé montait en elle. C'était différent de ce qu'elle avait ressenti jadis pour Hector, c'était plus intense et plus sensuel. Charles parut deviner son bouleversement ; il se pencha et effleura ses lèvres d'un furtif baiser. Puis il prit son enfant et grimpa dans la voiture. Debout dans la poussière soulevée par la calèche, Ophélie les regarda s'éloigner. Charles ne se retourna pas.

Après le souper, elle invita Margot à parcourir le Bourg à Breton. Assis sur leurs galeries, les habitants profitaient de la température estivale ; ils les saluaient au passage. À l'évidence, tous connaissaient la nouvelle garde Delorme et ils appréciaient sa présence au sein de leur communauté.

— Té chanceuse d'avoir une *job* à ton goût, fit valoir Margot en revenant à la maison. Moé, chus pas sûre que j'aime ben ça de m'occuper d'une vieille pis d'une gamine au nez qui coule, qui fait encore pipi dans ses culottes la nuite.

— Margot, la gronda Ophélie, madame Mimi est très sympathique et la petite Florie vient tout juste d'avoir trois ans, c'est un amour.

— Pour toé, peut-être. Moé, chus pas folle des enfants ni des mémés.

Plus le temps passait et moins Ophélie se découvrait de points communs avec Margot, aussi, elle lui demanda :

— Si tu n'es pas à l'aise en Abitibi, penses-tu à poursuivre ton voyage vers Winnipeg ?

— Jamais d'la vie, ma belle ! J't'aime ben qu'trop pour te quitter.

— Allons donc ! Tu penses comme ça pour le moment, mais je ne serais pas étonnée que le goût de voir du pays te reprenne, tu es une aventurière, Margot.

— Cé vrai, j'rêve de courir le monde… tu trouves pas que ça s'rait bien de l'faire ensemble ?

Ophélie préféra ne pas répondre. L'obscurité était venue, un quartier de lune brillait au milieu des étoiles, elle choisit de rentrer.

— Je me couche tôt chaque fois que c'est possible. Il arrive que je sois dérangée au milieu de la nuit pour un accouchement ou un accident au moulin. Tu viens ?

Quand Margot la rejoignit dans sa chambre, Ophélie était déjà dans son lit. Elle lisait, appuyée contre son oreiller. En la voyant entrer, elle déposa son livre sur la table de chevet et une photo s'en échappa, qui glissa par terre. Margot se précipita pour la ramasser.

— Cé-tu toé, au milieu ? Et le p'tit gars, cé-tu Félix ? Et ceux-là ? Cé tes parents ?

— Rends-la-moi ! C'est un souvenir.

— Y est passé où, aujourd'hui, tout c'beau monde ?

— Morts, mentit Ophélie.

— Un accident ?

Ophélie se leva et s'empara de la photo.

— Je te l'ai souvent répété, Margot, le passé doit rester là où il est.

Furieuse, elle quitta la chambre, désireuse d'être seule pour se rappeler les siens. La plupart du temps, elle s'obligeait à ne pas penser à sa vie d'autrefois, mais la présence de Charles et de la petite Florie avait fait renaître en elle le goût d'une maisonnée gaie et radieuse. Certainement que quelque part au monde, il y avait des gens heureux ; ce n'est pas parce que sa propre famille avait été anormale que toutes les autres se devaient d'être à son image. Dans le silence de la cuisine, où flottaient encore les arômes du repas, Ophélie eut la conviction qu'un jour elle trouverait le bonheur dans les bras d'un homme. Elle devait cesser de se faire croire le contraire.

Ce n'est qu'une fois qu'elle eut la certitude que Margot était endormie qu'elle revint prendre place dans son lit. Malgré la chaleur, l'imagination comblée par de séduisantes perspectives de vie, elle sombra rapidement dans un sommeil profond.

Les premières lueurs de l'aurore se glissaient furtivement à travers la toile baissée. Dans son lit, Ophélie s'étira langoureusement.

Une agréable sensation envahissait son corps. L'image de Charles flottait dans son rêve : il s'inclinait vers elle, dans l'attente de son baiser. Elle remua les lèvres. L'excitation devenait pressante, gagnait son ventre, ses seins, c'était de plus en plus délicieux.

Elle ouvrit les yeux ; penchée au-dessus d'elle, Margot lui souriait. Sa main droite se trouvait entre ses cuisses entrouvertes, ses doigts caressaient son sexe. Brusquement, Ophélie repoussa sa main et bondit hors du lit.

— Qu'est-ce que tu fais ? s'écria-t-elle sur un ton de reproche.

— Viens pas m'dire que t'aimais pas ça, ma cocotte. Tu gémissais comme une vraie salope…

— Arrête ! Tais-toi !

Ophélie s'empressa de mettre sa robe de chambre par-dessus sa chemise de nuit.

— C'est péché de faire des choses comme ça…

— Tiens, la bonne sœur qui r'fait surface. Cé pas plusse péché d'faire des choses de même ent' femmes qu'avec un gars. Au contraire, cé ben meilleur !

— Margot, tu délires.

— T'as des choses à apprendre, ma cocotte. Quand t'aimes pas les hommes, cé qu'tu r'luques les demoiselles.

— Je n'ai jamais dit une chose pareille…

— Oh que si !

— Alors, c'est que tu m'as mal comprise. J'ai été déçue par eux, mon père, mon parrain… tous m'ont trahie. Je ne leur fais plus confiance, ce sont des égoïstes qui ne pensent qu'à leur bien-être.

Ophélie prit son livre sur la table de chevet. Elle le feuilleta à la recherche de la photo de sa famille, qu'elle fixa un instant.

— J'admets que, dans le domaine des sentiments, les femmes ne valent guère mieux, quand tu peux abandonner tes enfants pour suivre un amant… C'est pour ça que, dans ma vie, je ne veux aucune attache ; l'amour fait trop souffrir, soi-même et les autres.

— T'as raison ! Mais l'sexe, cé pas d'l'amour. Avoue qu'c'tait bon c'que j'te faisais… tu t'tortillais dans tes draps.

— Ça suffit pour aujourd'hui ! Je ne veux plus rien entendre.

— Demain, alors ?

— Ni demain ni plus tard ! Mon travail me suffit ! Je t'en prie, n'essaie plus jamais de me toucher. C'est bien compris ?

Margot ne s'en laissa pas imposer. Elle la fixa d'un regard trouble et, d'un geste étudié, elle enleva sa jaquette, fière d'exhiber ce corps pour lequel jusqu'ici les hommes n'avaient eu que des éloges. Puis, suavement, elle glissa une main vers son bas-ventre et, sans lâcher sa compagne des yeux, elle introduisit un doigt dans son sexe. En poussant des soupirs suggestifs, elle se caressa langoureusement.

Abasourdie, Ophélie demeura clouée sur place ; ce qui se passait dans cette pièce était quelque chose d'inimaginable. La voix de sœur Sainte-Marie-des-Anges résonna dans sa mémoire : *Mesdemoiselles, évitez de toucher vos parties intimes. Lavez-vous rapidement, et dormez les mains par-dessus les couvertures.* Et voilà que, sans gêne aucune, une femme nue se masturbait devant elle ! Décidément, leur éducation respective s'opposait à tous les égards.

Fâchée, Ophélie quitta la chambre et elle alla se planter devant la fenêtre de la cuisine. Une brume délicate flottait sur le bourg, des têtes d'épinettes émergeaient ici et là, la nouvelle journée promettait aussi d'être chaude. Dans ce léger brouillard, le visage de Charles se découpa, flou et invitant… et la sensation ressentie plus tôt chatouilla à nouveau son bas-ventre, lui procurant cette fois un agréable plaisir. Elle ne s'était pas trompée, hier soir : bien qu'elle ait cherché à se convaincre du contraire, elle aimait les hommes. Charles était l'élu de son cœur ! Elle devait trouver une façon de le lui faire savoir sans prendre l'initiative. La coutume voulait que les hommes se déclarent en premier, un conseil qu'elle avait retenu des explications fournies par sa mère. En pensant à

Agnès, son image revint errer dans son esprit, et si son amour pour Rémi, qui l'avait entraînée loin de ses enfants, lui paraissait toujours inacceptable, elle le comprenait mieux aujourd'hui.

21

La Sarre, 1er septembre 1918

Ophélie galopait sur le sentier, emmitouflée dans une parka de lainage. Elle aimait la jupe-culotte que lui avait confectionnée Anastasie, qui lui permettait d'être élégante tout en étant confortable à cheval. Si, au début, elle avait trouvé difficile ce moyen de locomotion, elle s'en était toutefois vite réjouie, car il lui offrait la possibilité d'emprunter des routes quasi impraticables autrement. Ce matin, quand elle avait ouvert sa porte, un paysage couvert de frimas s'était étalé devant ses yeux éblouis : les feuilles enrobées de givre brillaient dans les rayons du soleil levant, c'était superbe, mais un 1er septembre… Breton l'avait prévenue que l'hiver arrivait tôt en Abitibi, cependant, jamais elle n'avait pensé qu'il montrerait le bout du nez avant la fin de l'été. Alors qu'elle était occupée à organiser son dispensaire et à répondre aux besoins des habitants, la belle saison avait filé à la vitesse de l'éclair. Dans le cadre de son travail, elle avait revu Charles à quelques reprises. À l'occasion, il avait fait un détour par le Bourg à Breton pour s'assurer que tout allait bien et qu'elle ne manquait de rien, mais pas une fois il n'avait laissé voir qu'il éprouvait le moindre attrait pour elle. Au début de l'été, quand leurs regards s'étaient croisés, elle avait pourtant eu l'impression qu'il avait pour elle de l'attachement… et les attouchements de Margot avaient éveillé chez elle un désir inconnu, qui la poussait à souhaiter la présence de cet homme. Elle jouait à l'indifférente devant lui, espérant qu'il ne découvrirait pas les pensées coquines que sa seule présence lui inspirait et, surtout, qu'il ne l'associait pas trop à Margot, dont le comportement licencieux commençait à alimenter quelques rumeurs dans la région.

Début juillet, en revenant à La Sarre en compagnie de Georges-Onil, Margot lui avait demandé de s'arrêter au bord du lac.

— Y fait si beau, avait-elle argué, ça vous tenterait pas, une p'tite baignade ?

Breton n'avait pas été surpris. Dans sa façon de parler et de se déhancher, il avait compris que les mœurs de la jeune femme étaient à l'opposé de celles de garde Delorme, toujours très réservée. Cependant, il avait été étonné quand, une fois près de l'eau, elle avait relevé sa jupe et son jupon pour lui montrer, en éclatant de rire, qu'elle ne portait pas de culotte.

— Cé toute à toé, mon chou, si tu y mets le prix, avait susurré l'intrigante.

— Ton prix sera le mien, avait-il répondu, incapable de résister à l'attirant triangle duveteux que la belle offrait à son désir.

Depuis, Breton multipliait les occasions de la croiser, au Château Winston ou quand elle rendait visite à Ophélie.

C'est excellent pour mes finances, pensait Margot en dressant la table, surtout que, secrètement, enfin, elle le croyait, elle rencontrait aussi le contremaître du moulin, et quelquefois, au bord de la rivière, dissimulée derrière les arbustes, elle relevait sa jupe pour de gentils ouvriers en mal d'amour. Même si elle ne laissait rien paraître, le rêve de Margot était toujours de quitter La Sarre pour Winnipeg, et elle voulait partir en compagnie d'Ophélie. Après le petit épisode du début de juillet, sa camarade ne lui avait pas retiré son amitié, elle s'était contentée de lui dire de ne pas recommencer. Au cours de l'été, Margot l'avait observée, et aucun lien ne s'était tissé entre Charles et elle. Donc, elle ne s'était pas trompée, Ophélie aimait les femmes, il lui suffisait d'être patiente. Après tout, une nonne ne savait rien de l'amour, elle devait lui laisser le temps d'apprivoiser la vie.

La veille, Ernest, le frère de Charles, était descendu du train : il rentrait de la guerre, une jambe en moins. Margot avait aidé Mimi à lui préparer un lit dans la dépense, près de la cuisine. Aujourd'hui, ils attendaient Ophélie, que Charles avait invitée à dîner pour célébrer la visite de son aîné.

Un bruit de sabot attira l'attention de Margot : Ophélie venait d'arriver. Elle courut à sa rencontre. Malheureusement, Charles l'avait devancée, déjà, il avait attaché la bride de Tonnerre et il tendait la main à la cavalière pour l'aider à descendre. Enveloppée dans son châle de laine, Mimi sortit sur la galerie, suivie de Florie, qui s'élança dans les bras d'Ophélie. Margot ne comprenait pas pourquoi cette enfant se précipitait toujours sur son amie, alors qu'elle refusait systématiquement qu'elle la prenne. Même pour lui raconter une histoire avant d'aller au lit, elle préférait Mimi. Décidément, elle ne comprendrait jamais rien aux enfants ; tu pouvais te montrer la plus fine au monde et ils t'en préféraient une autre.

Assis près du poêle à bois, serré dans son costume militaire, Ernest se berçait. Il se montra enchanté de rencontrer la jeune infirmière dont lui avait parlé son frère.

— Mon frère m'avait dit que vous étiez jolie, il était loin de la vérité, vous êtes resplendissante !

— C'est la chevauchée dans le vent froid, ça avive les couleurs.

— Ne soyez pas gênée, mademoiselle, vous êtes belle, les hommes ont souvent dû vous complimenter.

— L'aumônier, peut-être…, marmonna Margot, à laquelle, heureusement, personne ne prêta attention.

Ophélie enleva sa parka et la remit à Charles.

— Ici, au Canada, on vit loin de la mitraille, énonça-t-elle. À vous voir avec votre blessure et votre uniforme, ça me fait prendre conscience de l'absurdité de la guerre. Vous avez ma sympathie et ma gratitude pour avoir contribué à sauvegarder notre liberté.

— Oublions ce conflit meurtrier, proposa Mimi, mon fils est revenu vivant et j'en rends grâce à Dieu. Approchez-vous tous, Margot nous a concocté un excellent repas.

Charles aida son frère à se lever avec ses béquilles, puis il lui avança une chaise avant d'en offrir une à Ophélie, à sa droite. Margot avait disposé les plats au centre de la table ; les fumets qui s'en dégageaient étaient délectables. Chaque convive s'empressa d'y faire honneur.

— Margot, s'enquit Ernest, il faut nous dire où vous avez appris à cuisiner de la sorte.

— Dans la famille ousque j'gardais des enfants, j'étais ben copine avec le chef, cé lui qui m'a montré, mentit-elle.

Sachant que son amie venait d'inventer cette explication, Ophélie esquissa un sourire. Margot avait en fait appris à cuisiner à la dure, chez les gens où sa mère l'avait mise en pension. Mais Ernest la crut.

— Ce monsieur avait d'excellentes recettes, il y a bien longtemps que j'ai mangé un ragoût de bœuf aussi bon.

L'appréciation d'Ernest fit l'unanimité, et Margot, rougissante, accepta les compliments. À la fin du repas, Charles s'absenta un instant pour porter Florie à sa chambre. La petite somnolait déjà contre son épaule, c'était l'heure de sa sieste. Quand il revint à la cuisine, les autres convives l'attendaient pour le dessert.

— Une tarte au citron, comme té z-aimes, lui annonça Margot.

Charles la remercia, c'était effectivement son dessert favori et il y fit honneur. Puis un brin hésitant, il interrogea son frère :

— Ernest… Je n'ai pas osé jusqu'ici parce que je présume que tu préfères ne pas penser à la guerre. Pourtant, si ce n'est pas trop te demander, j'aimerais que tu nous racontes un peu ta vie, là-bas.

— Au contraire, ça me libère d'en parler.

— Vraiment? Alors je serais heureux de savoir ce qui s'est passé quand tu as perdu ta jambe, ça nous aiderait à nous faire une idée du cauchemar que les gens vivent en Europe. C'est un monde qui nous échappe, à nous qui sommes demeurés au pays.

— Tu as raison, Charles, la guerre est quelque chose d'atroce… qu'il faut vivre pour en découvrir toutes les horreurs. Cependant, il ne faut pas oublier qu'il y a aussi des héros qui se distinguent, des gens méconnus que personne ne mentionne et qui, pourtant, sauvent des vies au péril de la leur. C'est ce qui m'est arrivé…

— Raconte, l'encouragea sa mère, vivement intéressée.

— Nous étions près de Reims, mon bataillon défendait la position du mont Saint-Pierre, c'était le 30 mai de cette année. Les Allemands nous attaquaient sur tous les fronts quand, finalement, ils sont parvenus à atteindre nos lignes. J'entends encore les balles siffler à mes oreilles… Si nous ne voulions pas être encerclés, il n'y avait pas une minute à perdre: notre commandant a ordonné notre repli vers la Crète. Surpris par des Boches en embuscade, des hommes tombaient dans leur fuite, abattus à bout portant.

Suspendus à ses lèvres, tous retenaient leur souffle.

— Je m'élançais à mon tour sur la route quand une violente douleur à la jambe droite m'a fait m'écrouler par terre, où ma tête a heurté une pierre. J'étais étourdi, blessé, incapable de me relever. J'ai crié à l'aide, mais, dans la furie de cette course folle, c'était chacun pour soi.

— Oh! mon Dieu! ne put s'empêcher de proférer Mimi, au bord des larmes.

— Tranquillisez-vous, maman. Je suis ici, et cela grâce à un de ces héros dont je vous ai parlé.

— Je ne le connais pas, mais si tu savais combien je le remercie! déclara la vieille dame, les mains jointes.

— À travers le brouillard et les bruits de la mitraille, poursuivit Ernest, j'ai vu un lieutenant revenir vers moi et se pencher à ma hauteur. Il m'a agrippé par les épaules et m'a soulevé de terre pour me remettre debout. Ensuite, faisant fi des balles qui s'entrecroisaient, il m'a traîné jusqu'au centre de résistance, où il y avait un hôpital de campagne. À la vitesse réduite à laquelle nous avancions, c'est un miracle qu'on s'en soit tirés vivants ; c'est ce qu'a souligné notre commandant.

— Un homme d'une bravoure exceptionnelle, commenta Ophélie, conquise. Vous l'avez revu par la suite ?

— Non, le lendemain, il était déjà retourné au front. Notre chef d'unité m'a dit de qui il s'agissait, alors, quand la guerre sera finie, je vais essayer d'entrer en contact avec lui.

— S'il n'est pas mort, laissa tomber Margot.

— J'espère qu'il sera toujours vivant. Il parlait français, avec un accent de chez nous. Il s'appelle Rémi... Attendez, j'ai son nom complet dans ma poche.

Ophélie avait blêmi. Ernest sortit son portefeuille et en tira un bout de papier.

— Rémi Brunelle, lut-il. Un homme grand, avec une voix à la fois autoritaire et douce. Quand je faiblissais, il criait : *Regarde-moi dans les yeux, t'es capable, mon gars !* Grâce à lui, et à sa confiance, j'ai trouvé la force de ne pas m'évanouir malgré une douleur atroce et de l'aider avec ma jambe valide. Je lui dois la vie.

Le prénom mentionné avait ramené Ophélie des années auparavant. Même s'il ne s'agissait pas de son parrain, elle ne put s'empêcher de penser que Rémi était là, en France, quelque part au milieu des combats. Peut-être qu'il avait eu moins de chance qu'Ernest, qu'il était tombé sur un champ de bataille, seul sur une terre étrangère. Quelque part, sa mère l'attendait...

— Ophélie, quelque chose ne va pas ? s'informa Charles, qui avait remarqué le tremblement de ses mains.

Leur conversation fut interrompue par des coups frappés à la porte. C'était Marianne, la fille de Winston, l'hôtelier.

— Docteur, papa vous demande d'urgence. Dans une des chambres, il y a Yvonne qui crie et il y a du sang sur les draps, je l'ai vu…

Charles bondit sur ses pieds. Il courut à son bureau prendre sa mallette et, en revenant vers la cuisine, il interpella Ophélie :

— Venez, il est possible que j'aie besoin de votre aide.

L'infirmière ne se fit pas prier, elle attrapa sa parka pour suivre le médecin. De l'autre côté de la rue, Winston les attendait, debout sur le perron de l'hôtel. Il les conduisit à une des chambres, au premier, qu'il réservait pour les patients de Charles incapables de rentrer chez eux après une intervention.

— C'est Yvonne, la fille d'Alphonse Martin, le maréchal-ferrant qui habite à l'entrée du village.

— Je le connais, répondit Charles, mais qu'est-ce que sa fille fait chez vous ?

— Ce matin, y paraît que Phonse l'a mise à la porte en découvrant qu'elle était enceinte.

— Bon ! Quelle affaire ! grogna le médecin. Pauvre enfant, c'est de l'affection qu'elle a besoin, pas du rejet.

En entrant dans la pièce surchauffée, Ophélie ne put s'empêcher de faire une comparaison avec Aristide, un père au cœur de pierre, comme cet Alphonse. La jeune femme en sueur qui reposait sur le lit avait l'allure d'une adolescente. À ses côtés, Marie-Jeanne, la femme de Winston, lui essuyait le front. Elle se leva à leur arrivée et, sans un mot, sortit rejoindre son mari demeuré dans le passage.

— Tu savais que c'est notre Achille qui l'a mise dans cet état ? l'entendirent-ils apostropher Winston.

— Quoi ? Bien sûr que non ! répondit ce dernier. Tu en es certaine ?

— Aussi sûr que ce vaurien est notre fils !

— Où est-ce qu'il est, ce maudit sans-cœur ?

Le médecin et Ophélie perdirent la suite de leur conversation. Seul leur parvint le bruit des bottes de Winston qui heurtaient avec fracas le plancher de bois tandis qu'il s'en allait en maugréant, sa femme sur les talons.

Charles enleva son veston et sa cravate, il retroussa ses manches de chemise et, avec délicatesse, il se pencha au-dessus d'Yvonne.

— Je vois que vous saignez, je vais devoir vous examiner. Avez-vous une idée depuis combien de temps vous êtes enceinte ?

— Sept mois et demi, enfin, c'est ce que je pense, je peux me tromper.

Ophélie avait aussi retiré sa parka et son chandail de laine. Elle s'assit près d'Yvonne et prit sa main moite entre ses paumes.

— Quel âge as-tu ? s'informa-t-elle.

— Dix-sept ans, dans deux jours…

Secouée par une douleur déchirante, la malheureuse s'arc-bouta sur sa couche et poussa un long gémissement ; un flux de liquide coula entre ses jambes.

— Vous allez accoucher, me belle Yvonne, lui annonça le médecin, constatant la rupture des eaux. Ophélie, ce serait gentil d'aller chercher un autre drap, des serviettes et de l'eau.

En sortant de la chambre, elle se heurta à Marie-Jeanne qui guettait derrière la porte.

— C'est notre petit-enfant qu'elle va mettre au monde, dit-elle à l'infirmière, notre premier. Winston et moi avons eu seulement un garçon et une fille : Achille a eu vingt ans le mois dernier, et notre Marianne a quinze ans.

En préparant le nécessaire, Ophélie, curieuse, s'informa :

— Est-ce que votre fils est amoureux d'Yvonne ?

— Je ne sais pas trop… Elle était avec lui à notre dîner de Pâques, mais je ne les ai pas revus ensemble depuis. Jamais il ne nous a parlé de sentiments à son égard… peut-être qu'il en a causé avec Marianne ? Ils sont très proches tous les deux. Je vais lui demander.

— C'est étrange que son père ne se soit pas aperçu qu'elle était enceinte avant aujourd'hui, vous ne trouvez pas ?

— Vous l'avez sûrement remarqué, Yvonne est plutôt corpulente ; elle a dû dissimuler son ventre sous des robes plus amples que d'habitude. Comme Alphonse ne lui a jamais prêté une grande attention… il a fallu qu'elle se retrouve enceinte, et sur le point d'accoucher, pour qu'il la remarque, la pauvre enfant !

Éprouvant de la compassion pour Yvonne, Ophélie retourna dans la chambre. Assis sur une chaise au pied du lit, Charles, qui avait déboutonné son col de chemise, ne paraissait pas rassuré.

— C'est un siège, annonça-t-il. Le bébé arrive un mois et demi avant son temps, il n'est pas engagé… l'accouchement risque d'être compliqué.

Charles se leva et il entraîna Ophélie dans un coin de la pièce. Il se pencha à son oreille et murmura :

— La pauvre se sent abandonnée, c'est triste. Si nous pouvions faire venir sa mère ou Achille pour la réconforter…

— Je vais avertir Marianne…

— Elle me rappelle Élise, elle aussi, c'était un siège, poursuivit Charles, visiblement accablé.

Ophélie comprit la source de son inquiétude, elle posa une main sur sa joue.

— Sois tranquille, Charles, nous allons les sauver, elle et son enfant, promit-elle, le tutoyant pour la première fois.

Leur brève intimité fut interrompue par l'arrivée fracassante de Winston, accompagné d'un grand jeune homme à la tignasse rousse ébouriffée.

— C'est toé, le père de cet enfant ? interrogea-t-il en poussant son fils vers le lit.

Mal à l'aise, Achille se taisait. Son père lui donna une claque sur la nuque.

— Parle ! Nous attendons ta réponse !

— Oui, bredouilla Achille, la mine basse, c'est le mien.

— Alors, prends tes responsabilités, mon grand escogriffe ! Embrasse Yvonne et dis-lui que tu vas l'épouser dès que le bébé sera né.

— Papa…

— Y a pas de papa qui vaille ! Je cours avertir monsieur le curé de se tenir prêt.

Achille demeurait debout près du lit, sans bouger, à triturer sa casquette.

— Allez, mon grand flanc mou, un bisou à la belle demoiselle, la mère de ton enfant.

— Chus pas sûr que je veux m'marier…

— Fallait y penser avant d'lui faire un p'tit. Dis-lui que tu l'aimes, ça presse !

Yvonne tendit vers Achille une main tremblante. Sans conviction, mais contraint d'agir, le jeune homme s'approcha et la prit entre les siennes.

— Je t'aime, murmura la jeune fille, merci d'être venu.

Ses mots furent aussitôt suivis d'un long cri.

— Maintenant, sortez, ordonna le médecin. Vous avez fait votre part, c'est à nous de travailler.

Au fond de la pièce, Ophélie avait préparé les serviettes, les instruments, et rempli un bassin d'eau. Charles la rejoignit.

— Tu crois qu'ils auront un mariage heureux ? questionna Ophélie à voix basse.

— Pas certain que toutes les conditions soient réunies, répondit Charles sur le même ton à peine audible. En tout cas, notre parturiente est plus encouragée que tantôt, ça va nous faciliter la tâche. Pour ce qui est de l'avenir, ce sera à eux d'y voir. Sait-on jamais, la vie à deux fait parfois des miracles…

À neuf heures du soir, un petit garçon de cinq livres et demie naquit. La mère était épuisée, mais soulagée et heureuse, car elle épouserait bientôt le père de son enfant. Winston fut ravi de ce nouveau membre dans leur famille.

— Tu t'appelleras Arthur, mon bonhomme, comme mon paternel, décréta-t-il en prenant le bébé dans ses bras.

— Grand fou ! lui reprocha sa femme, c'est à Yvonne et Achille de s'occuper de ça, tu n'es que le grand-père.

Charles entraîna Ophélie vers la sortie, il était temps de laisser cette famille à sa joie… et à ses ennuis.

— À l'heure qu'il est, tu peux rester à coucher à la maison, lui offrit-il. Margot te fera sûrement une place dans son…

— Non ! protesta-t-elle sans hésiter. Je préfère rentrer, j'ai des visites très tôt demain.

— Dans ce cas, je selle ma jument et je t'accompagne. La nuit, la route à travers la forêt n'est pas sûre pour une femme seule.

— Tu devrais plutôt aller te reposer.

— Ce n'est pas loin, une randonnée d'une heure à peine, aller-retour. Et ce n'est pas discutable ! ajouta-t-il, sentant venir un refus.

Quelques minutes plus tard, les deux cavaliers chevauchaient côte à côte, sous un ciel noir parsemé d'étoiles.

— Ce midi, se souvint Charles, tu as paru surprise quand mon frère a mentionné Rémi Brunelle. Tu connais quelqu'un qui porte ce nom ?

Ophélie fut prise de court, elle était convaincue qu'il avait oublié son trouble passager à la fin du dîner.

— Non. C'est le prénom qui a éveillé un écho en moi, c'était celui de mon parrain.

Puis, ne voulant pas en révéler davantage, elle partit au galop. Charles éperonna et la suivit. En arrivant en haut d'une côte, ils aperçurent le Bourg à Breton en contrebas, où seules les lumières du moulin perçaient la nuit. Ils mirent pied à terre et Charles aida Ophélie à installer sa monture dans l'écurie du voisin. Ensuite, il la reconduisit chez elle.

— Grâce à toi, j'ai passé une merveilleuse journée. C'est très agréable d'être en ta compagnie, déclara-t-il d'une voix douce.

Une brume légère s'échappait des lèvres du médecin, Ophélie les trouva invitantes. Elle s'avança et tendit son visage vers le sien.

Charles ne pouvait refuser une pareille invitation. Il inclina la tête vers elle et, avec une infinie tendresse, il déposa un baiser sur sa bouche entrouverte. Elle était fraîche et délicieuse. Osant davantage, il l'entoura de ses bras. Conquise d'avance, Ophélie s'abandonna à son étreinte. Longtemps, ils demeurèrent blottis l'un contre l'autre, savourant la plénitude de ce moment, dans la froidure de la nuit. Charles sentait une communication profonde, de corps et d'esprit, avec cette femme. C'est à regret qu'il dut la libérer pour la laisser entrer chez elle. Ophélie se dégagea lentement de ses bras et, avant de refermer la porte, elle le gratifia d'un sourire, gage de tous les espoirs.

Sur le chemin du retour, durant sa chevauchée solitaire, Charles se demanda si la belle infirmière ressentait la même chose que lui. Il regretta de ne pas lui avoir avoué ses sentiments, et encore plus de ne pas l'avoir interrogée sur les siens à son égard. Puis, il se convainquit que les mots étaient inutiles entre eux. Son abandon entre ses bras, la douceur de leur baiser, n'était-ce pas la réponse qu'il souhaitait ?

22

La Sarre, 2 septembre 1918

Charles rentra chez lui quelques minutes après minuit. Assise près du poêle à bois, sa mère se berçait, une couverture de laine sur les genoux. Percluse de rhumatismes, il lui arrivait souvent de ne pas dormir dans son lit. Avant de prendre place près d'elle, il se servit une tasse de thé ; il y en avait toujours au chaud, sur la cuisinière de fonte. Dans l'attitude de son fils, Mimi devina une forme de contentement qu'elle ne lui avait pas connu depuis longtemps.

— J'ai appris que Winston était grand-père, dit-elle.

Charles éclata de rire.

— Eh, oui ! Son Achille est devenu papa ce soir ! Yvonne et lui se marieront prochainement… sur son ordre.

— Je suis bien d'accord avec lui ! Les hommes doivent prendre leurs responsabilités, notre hôtelier l'a compris et je l'admire pour ça.

Charles opina du menton, se souvenant d'avoir accouché des jeunes filles qui n'avaient pas eu la chance d'Yvonne. La vieille dame tendit une main vers la tête de son fils qui s'était assis sur le banc à ses pieds et, d'un geste tendre, elle lui ébouriffa les cheveux, comme elle le faisait lorsqu'il était enfant.

— Tu as l'air heureux, mon Charles… Dans tes beaux grands yeux, pareils à ceux de ton père, je retrouve la même étincelle que je voyais briller dans les siens quand il me murmurait des mots doux. Dis-moi, mon garçon, serais-tu amoureux ?

Le médecin embrassa affectueusement la main déformée de sa mère.

— Oui, répondit-il, d'une femme douce, généreuse, aimable… et tellement belle dans sa simplicité.

— Désirable aussi, j'imagine…

Un sourire se dessina sur les lèvres de Charles.

— Maman, vous êtes une petite coquine ! Vous avez raison, je n'ai qu'à fermer les yeux pour l'imaginer dans mes bras, dans ma vie… notre vie, car il est évident qu'elle aime Florie, et vous également.

— Tu ne m'as toujours pas dit de qui il s'agissait, le taquina sa mère.

— L'élue de mon cœur a le plus beau prénom du monde : Ophélie. Je l'ai répété, et même crié, sur le chemin du retour, après l'avoir raccompagnée chez elle.

Charles marqua une pause, il baissa le front.

— À mon âge, père de famille, retomber amoureux comme si j'avais vingt ans… Vous me trouvez un peu fou, n'est-ce pas ?

— Bien sûr que non, mon chéri, l'amour n'a pas d'âge. J'imagine que, pour que tu sois aussi sûr de toi, vous avez échangé une promesse… un premier baiser ? s'informa-t-elle.

Dans la clarté des flammes, Micheline vit le regard de son enfant s'embraser. Elle ne souhaitait que son bonheur, et son fils avait eu tellement de chagrin après la mort de sa femme.

— Je crois, chuchota-t-elle avec tendresse, que le moment est venu pour toi de remettre quelqu'un dans ta vie. Ce vide dans ton cœur, seule une autre femme, comme cette douce et charmante Ophélie, peut le combler.

— Vous l'aimez bien, n'est-ce pas ?

— Oui, dès notre première rencontre, j'ai eu de l'affection pour cette jolie infirmière. Elle est distinguée, réservée et remplie de compassion envers ses semblables. Tu ne saurais faire un meilleur choix, mon garçon ! Tu as ma bénédiction pour la fréquenter et la ramener chez nous. Ce serait bien, un mariage à Noël… Tu en penses quoi ?

— Mimi, la semonça gentiment Charles, vous me devancez !

Un doute, toutefois, jetait de l'ombre sur le bonheur de Micheline : que fuyait-elle sur la route de l'aventure, cette charmante jeune femme apparemment sans défauts ? *Pourvu que ce ne soit rien de grave qui pourrait nuire au bien-être de mon enfant,* s'inquiéta-t-elle, *il a suffisamment souffert, le temps est venu pour lui d'être heureux.*

: :

Paris, 2 septembre 1918

La tête serrée dans des bandages, le lieutenant Martel observait le va-et-vient des infirmières qui couraient dans l'immense salle où il reposait depuis deux semaines. Touché à la tête, il s'était écroulé sur un champ de bataille. Les médecins avaient craint qu'il ne devienne totalement aveugle à la suite de ses blessures. Par chance, au fil des jours, son œil droit avait retrouvé son acuité. Rémi en remerciait le Seigneur… mais existait-Il vraiment, ce Dieu d'amour que les prêtres encensaient dans leurs églises ? Pour permettre un tel carnage, le Tout-Puissant avait certainement pris de longues vacances et oublié ses créatures, qui s'entretuaient depuis quatre horribles années.

— Bonjour Rémi, le salua garde Ludivine Lapix, vous semblez aller mieux, ce matin.

— Oui, je n'ose cependant pas m'en réjouir. Si mon état s'améliore trop rapidement, je vais devoir retourner affronter les Boches sur…

— Pour vous, mon lieutenant, la guerre est terminée, l'interrompit l'infirmière. Vous avez perdu un œil, ça vous rend inapte au combat. Dès que la plaie à votre jambe ne risquera plus de s'infecter, vous pourrez rentrer chez vous. Votre femme et vos enfants seront certainement contents de vous retrouver vivant ; le long conflit a fait beaucoup de veuves et d'orphelins, vous savez. Il y a combien de temps que vous n'avez pas revu les vôtres ?

Le regard de Rémi se perdit dans le vague. Que lui restait-il de sa vie d'avant, depuis trois ans qu'il se battait dans les tranchées ?

— Si je suis indiscrète, ne vous croyez pas obligé de me raconter tous vos secrets, reprit Ludivine tout en s'employant à changer son pansement.

— Pour dire la vérité, je n'ai moi-même aucune idée de ce qui m'attend à mon retour dans la vie civile. Un an après le début du conflit, à l'été 1915, j'ai pensé qu'en m'enrôlant, comme beaucoup d'autres l'ont fait, ça mettrait fin plus rapidement à ce terrible carnage. Malheureusement, nous le savons aujourd'hui, ça n'a pas été le cas.

— Votre femme était d'accord pour que vous partiez à la guerre ?

— Non, bien sûr ! Les deux premières années, nous avons échangé des lettres, mais, depuis un an, je suis sans nouvelles. Soit qu'elle m'a laissé pour un moins fou qui ne s'est pas enrôlé ou qu'elle a quitté la France… D'ailleurs, il est possible qu'en sortant d'ici je rentre au Canada par le premier bateau en partance pour chez nous.

— Vous êtes canadien, je m'en doutais à votre accent.

— J'ai quitté mon pays ça fera bientôt huit ans. Je croyais pouvoir tirer une croix sur ma vie là-bas, mais, avec la guerre et tous ces Canadiens que j'ai vus mourir en terre étrangère, le mal du pays m'a pris.

— Vous avez toujours de la famille au Canada ?

— Oui. S'ils souhaitent mon retour, ça, j'en suis moins certain.

— Au cours des quatre dernières années, il y a eu tellement de morts et de disparus, je serais étonnée que les vôtres ne soient pas heureux de vous revoir.

En pensant aux siens, demeurés au Québec, Rémi esquissa un triste sourire.

— Il n'y a pas que les gens tombés au combat, poursuivit l'infirmière. Est-ce que vous avez entendu ce qu'on raconte au sujet de cette grippe qui se propage à une vitesse folle, tuant des milliers de personnes sur son passage ?

— Non, de quoi parlez-vous ?

— Une épidémie... une pandémie, je devrais dire, car cette influenza de source inconnue se répand partout dans le monde, à ce qu'il paraît. Les gouvernements et les généraux font cependant bien attention de ne pas en parler, ils veulent préserver le moral des troupes. Nous, dans les hôpitaux, on constate à quel point le fléau est mortel. La grippe espagnole, qu'on l'appelle, ne me demandez pas pourquoi !

— C'est terrible, déplora Rémi. Vous croyez que la maladie dont vous parlez a voyagé jusqu'au Canada ?

— Je n'en sais rien, probablement, elle est mondiale à ce qu'on dit.

Rémi pensa aux siens, en terre d'Amérique : Agnès, Félix et la belle Ophélie, sa filleule, maintenant âgée de vingt-trois ans. Oui, il devait rentrer au pays. Son cœur était demeuré là-bas, sur sa terre natale, à Montréal. Il avait envie de tous les revoir. Pour survivre aux horreurs qu'il avait connues et se donner une chance de retrouver un brin de joie de vivre, un jour. Il éprouvait un ardent besoin d'aimer et d'être aimé.

: :

La Sarre, 2 septembre 1918

Au retour de Charles, à une heure de la nuit, Margot s'était levée et, tapie dans l'ombre, elle n'avait rien perdu de sa conversation avec Mimi. Ainsi, bien qu'elle l'ait avisé qu'Ophélie n'aimait pas les hommes, le vilain avait tout de même tenté sa chance, et voilà qu'il se vantait d'être amoureux. Le pire de tout, il l'avait embrassée, et cette niaise d'Ophélie, qui ne connaissait rien à la sexualité, s'était laissé prendre au piège. Pourtant, Ophélie préférait les femmes, Margot en était convaincue, sinon jamais elle ne se serait enfuie en sa compagnie.

De mauvaise humeur, elle bourrassait en dressant la table. Assise près du poêle à bois, Mimi se demandait ce qui la perturbait ; il est vrai que cette fille n'avait pas le meilleur caractère qui soit. Les cris de Florie résonnèrent du haut de l'escalier, la petite voulait que quelqu'un vienne lui ouvrir la barrière en bois qui avait été installée pour assurer sa sécurité.

— Pas déjà ! maugréa Margot. A s'lève ben d'bonne heure depuis un bout d'temps.

Elle jeta les ustensiles sur la table et monta la chercher.

— La gamine a encore mouillé son lit, ça sent la pisse partout en haut, jeta-t-elle avec dédain en revenant dans la pièce avec Florie dans les bras. J'l'ai changée, mais y faudra laver les draps encore une fois !

— Elle n'a que trois ans, de petits oublis arrivent encore à son âge, la défendit sa grand-mère, attristée devant la lippe de l'enfant.

Sans ménagement, Margot l'assit sur une chaise et lui servit un plat de gruau.

— Mange ! ordonna-t-elle.

De peine et de misère, Mimi se leva de sa berçante et elle s'avança vers l'enfant pour la consoler. *Dommage qu'Estelle ait préféré demeurer chez elle une fois guérie de sa fracture, cette Margot ne me plaît vraiment pas,* pensa-t-elle. *Heureusement,*

Charles sera bientôt remarié, Ophélie arrêtera de travailler, et c'est elle qui tiendra maison. Sinon, je devrai mettre cette Margot à la porte, son influence ne peut qu'être désastreuse pour la petite.

Après le déjeuner, Margot s'absenta, sans mentionner où elle se rendait. Pour le dîner, et au moment de monter Florie pour sa sieste, en début d'après-midi, elle n'était toujours pas rentrée. Mimi coucha la petite en bas, dans son lit. Un ami était venu chercher Ernest et, ensemble, ils avaient traversé la rue pour aller boire une bière au Château Winston. La maison était paisible. La vieille dame se reposait au coin du feu quand Margot entra en coup de vent. Pendant un instant, elle arpenta la cuisine, visiblement tendue, puis elle se tira une chaise et s'assit près de la table.

— Madame Mimi, faut qu'j'vous parle. J'ai ben réfléchi, pis j'peux pas m'taire.

Pourvu qu'elle m'annonce qu'elle nous quitte, souhaita silencieusement Mimi, se retenant pour ne pas laisser entrevoir sa joie.

— Parle, ma fille, l'invita-t-elle. Tout peut se régler dans la vie.

— J'sé ! rétorqua Margot. Mais des fois, dire la vérité, ça risque de faire mal à ceux qui l'entendent.

— Vas-y ! Tu m'intrigues…

Margot se leva et alla se planter devant la fenêtre, dos à Mimi. Un instant, elle parut hésiter, puis elle revint s'asseoir près de la table.

— C'que j'ai à dire, c't'au sujet d'Ophélie.

— Et…

— J'vous ai entendus c'te nuite, vot' fils pis toé… le doc parlait mariage.

— Tu ne trouves pas qu'ils vont bien ensemble, Ophélie et lui ? s'étonna Mimi. Moi, je trouve qu'ils forment un beau couple.

— Ç'a rien à voir… J'aurais pu toute dire au docteur, mais j'préfère parler avec toé d'abord. T'auras plusse le tour d'y annoncer la nouvelle…

— Parle ! insista Mimi, tu commences à me faire peur.

Margot parut chercher ses mots, puis soudain, elle lança d'un trait :

— Ophélie peut pas s'marier, c't'une bonne sœur.

— Quoi ? Explique-moi... je ne comprends rien à ce que tu veux dire.

— Elle et moi, on sé connues à l'Hôtel-Dieu de Québec.

Elle s'arrêta et souleva sa jupe pour montrer sa large cicatrice avant d'ajouter :

— J'ai passé trois mois là-bas pour soigner ma jambe.

— J'avais remarqué ta blessure.

— Ben Ophélie, c'tait la nonne qui s'occupait d'moé. Cé comme ça qu'j'ai su qu'a voulait s'sauver du couvent. A m'a proposé qu'on file ensemble toutes les deux... a même volé la caisse d'la supérieure pour qu'on aye assez d'argent pour prendre la poudre d'escampette.

— Je n'arrive pas à y croire ! se récria Mimi. Ophélie... une religieuse ! Et une voleuse !

— Pour l'argent, a dit qu'a l'avait pas volé, qu'a la r'mettrait... avec le temps.

— J'ai de la difficulté à croire ce que tu me dis.

Margot sortit un objet de métal de la poche de sa jupe, qu'elle tendit à la vieille dame.

— V'là la croix qu'a laissée derrière elle quand on sé sauvées. J'l'ai ramassée... R'gardez, cé gravé *Marie-Hosanna*, c'tait son nom de bonne sœur. A m'a dit qu'était rentrée au couvent à quinze ans.

Micheline prit la croix et la retourna en tous sens. Elle en avait vu des semblables au cou des religieuses quand elle étudiait chez les Ursulines. Puis elle se rappela le comportement d'Ophélie ; c'est vrai qu'elle était discrète, réservée... Déjà, elle avait pensé qu'elle cachait un secret, c'était donc celui-là... Des vœux de religion, c'était sacré, pour la vie, impossible à rompre, sinon c'était l'excommunication. Pour des catholiques, cela signifiait se condamner à l'enfer, un sort que personne n'oserait envisager. Pauvre Charles ! La situation d'Ophélie interdisait tout mariage à l'église, et jamais il n'accepterait de vivre en concubinage.

— Margot, je te remercie de m'avoir prévenue avant qu'il soit trop tard, je vais parler à mon fils. De ton côté, ne lui dis rien, je préfère que ce soit moi qui l'avertisse. Je suis sa mère, je trouverai mieux les mots.

— Ben sûr !

— Je peux garder cette croix ? demanda Micheline.

Margot accepta. Florie venait de s'éveiller, elle partit la chercher, plus détendue que le matin. Elle avait dit la vérité, sauf pour l'argent, mais elle ne croyait pas que ce serait le sujet de la conversation entre Mimi et son gars. Si elle était confrontée à ce mensonge, elle nierait. Ce serait sa parole contre celle d'Ophélie, et comme cette dernière était déjà fautive d'avoir tu son engagement religieux, ce ne serait certainement pas elle que les Parenteau croiraient.

Dans la cuisine, Micheline examinait la croix entre ses mains. Sans cet objet, elle aurait douté de la parole de Margot. La personnalité de cette étrange fille la préoccupait et, avec les rumeurs qui couraient à son sujet dans le village, elle commençait à craindre que son contact quotidien avec Florie nuise à la petite. Avant que Charles lui parle de ses sentiments pour Ophélie, elle s'était promis d'en discuter avec lui. À aucun moment, cependant, elle n'avait pensé qu'Ophélie était une voleuse et une menteuse… Mimi n'en revenait pas d'avoir été bernée à ce point.

Au Bourg à Breton, Ophélie avait vécu la plus belle semaine de sa vie, portée par le doux sentiment qu'elle éprouvait pour Charles. Elle avait pensé qu'après leur tendre rapprochement il reviendrait rapidement la visiter. Tous les soirs en rentrant à son dispensaire, elle espérait apercevoir sa monture devant sa porte. Mais il n'était pas venu, sans doute empêché par son travail.

Ophélie bouillonnait de joie de vivre. Elle éprouvait une folle envie d'être heureuse, et la satisfaction de son désir passait par la présence de Charles. Elle décida de seller Tonnerre et d'aller faire un tour du côté de La Sarre. Si son ami n'était pas chez lui, au moins elle pourrait saluer Micheline et embrasser Florie. Elle se préparait à partir quand Rosaire Legendre, un employé du moulin, vint la chercher. Sa Marie-Jeanne était sur le point d'accoucher, trois semaines avant terme. En galopant à côté du mari inquiet, elle repensait à ses sentiments pour Charles ; elle se dit qu'il n'était pas convenable qu'une femme poursuive un homme, aussi décida-t-elle d'attendre sa prochaine visite, qui ne devrait pas tarder. Dans la chaleur de cette belle journée de fin d'été, le souvenir du délicieux baiser qu'ils avaient échangé lui faisait escorte ; les rayons du soleil en ramenaient le goût sur ses lèvres. Du bout de la langue, elle tenta d'en retrouver la saveur, impatiente de goûter enfin le bonheur d'être aimée.

: :

Hôtel-Dieu de Québec, 20 septembre 1918

À la fin de la visite de son frère en Abitibi, sous prétexte de parler à son médecin traitant, Charles avait décidé de le raccompagner à Québec. Vieux garçon de trente-cinq ans, Ernest habitait chez leur sœur Lucienne en attendant de se trouver un logement. Ce matin, il avait rendez-vous pour ajuster une prothèse sous son genou droit.

— Avec tous les amputés qui rentrent au pays, la technologie a fait de réels progrès dans la fabrication de membres artificiels, commenta le docteur Turgeon. Sergent Parenteau, j'ai bonne espérance de pouvoir améliorer grandement votre sort.

— Je suis privilégié, lui répondit Ernest. En plus de votre aide, le maire de Québec, monsieur Lavigueur, a intercédé en ma faveur pour que je suive un cours de cordonnier. Je pourrai gagner ma vie en étant assis la plupart du temps.

— Nos soldats sont des héros ! Ce que vous obtenez, vous l'avez grandement mérité, lui rappela le médecin.

Charles profita d'un moment où son frère était occupé à des prises de mesure pour aller faire un tour dans les départements. La personnalité de Margot, plutôt ambiguë, lui faisait douter des informations que Mimi lui avait révélées. Elle pouvait très bien avoir inventé le fait qu'Ophélie était une sœur cloîtrée afin de conserver son affection. Ce n'était qu'un doute, mais, en tant que médecin, habitué à observer le comportement des gens, il avait pu constater que Margot semblait éprouver un attachement pour Ophélie qui allait au-delà de l'amitié. Bien sûr, si c'était le cas, elle tâchait de le dissimuler pour ne pas se retrouver en prison, l'homosexualité étant un acte répréhensible sévèrement puni par la loi. Cette conséquence n'empêchait cependant pas des gens d'être amoureux d'une personne de leur sexe. Charles ne portait pas de jugement sur le comportement de ces personnes, tellement de théories étaient avancées à leur sujet qu'il devenait difficile de s'y retrouver. Mais il était convaincu de deux choses : leurs sentiments allaient au-delà de leur volonté et ce n'était pas une maladie guérissable, quoi qu'en disent de nombreux experts.

Il remarqua une religieuse qui discutait avec un patient, lequel riait aux éclats. Il en conclut qu'elle devait être sympathique, aussi, il s'approcha et attendit. Quand elle eut terminé sa conversation, il l'aborda.

— Excusez-moi de vous déranger, dit-il, est-ce que vous travaillez à l'Hôtel-Dieu depuis longtemps ?

— Trente ans, monsieur, je fais presque partie du mobilier.

— Alors vous pourrez certainement me renseigner. Ma femme a été hospitalisée ici l'automne dernier et comme elle savait que je venais, elle m'a demandé de prendre des nouvelles d'une infirmière qui l'a soignée.

— Si je peux vous renseigner, ce sera avec joie. De qui s'agit-il ?

— Sœur Marie-Hosanna.

La religieuse releva la tête et pinça les lèvres.

— Vous voyez de qui je parle ? insista Charles.

— Je regrette, mais il n'y a personne de ce nom qui travaille ici.

— Ni l'année dernière ?

— Ce nom m'est inconnu, je regrette.

Sans ajouter un mot, la sœur lui tourna le dos et s'engagea d'un pas rapide dans le long corridor. Un médecin, stéthoscope autour du cou, approchait du poste des infirmières, Charles décida de s'adresser à lui en tant que confrère.

— Je suis le docteur Charles Parenteau, se présenta-t-il, je pratique en Abitibi. Vous connaissez cette région ?

— J'en ai vaguement entendu parler, répondit l'orthopédiste Hamel. Si je ne me trompe pas, c'est dans le nord-ouest.

— En effet.

— Vous accompagnez un patient chez nous ?

— Oui, et ma femme, qui a été hospitalisée ici l'année dernière, m'a demandé d'en profiter pour prendre des nouvelles d'une infirmière qui l'a soignée : sœur Marie-Hosanna. Vous la connaissez ?

— Bien sûr ! s'exclama le praticien. Une belle petite religieuse, sérieuse, toujours à son affaire… Au fait, je ne sais pas ce qu'elle est devenue, ça fait plusieurs mois que je ne l'ai pas vue trotter dans les passages. J'imagine que la supérieure a dû l'envoyer travailler ailleurs, à l'Hôtel-Dieu Saint-Vallier de Chicoutimi, peut-être. Cet hôpital appartient également aux Augustines… Je suis désolé de ne pas pouvoir mieux vous aider.

— Au contraire, vous m'avez très bien renseigné, bredouilla Charles, incapable de cacher sa déception.

Après avoir salué son confrère, il partit rejoindre Ernest. Ainsi, Margot avait dit la vérité, Ophélie était religieuse… Probablement était-elle aussi menteuse et voleuse… Quelle amère déception ! Assailli par une profonde désillusion, il sentit monter un sanglot. La peine qui l'accablait lui déchirait le cœur. Lui qui ne croyait jamais retrouver l'amour, voilà qu'il s'était bêtement épris d'une intrigante. Au prix d'un immense effort, il parvint à refouler les larmes qui cherchaient à déborder de ses paupières. Il n'avait pas le choix, il devait rayer de son âme les sentiments qu'il éprouvait pour Ophélie, quelle que soit la lourdeur de la peine éprouvée.

23

Montréal, 9 octobre 1918

Un vent de panique soufflait sur la métropole, ainsi que sur toutes les régions du Québec. La veille, l'ordre avait été donné de fermer les endroits publics de Montréal : théâtres, écoles, cinémas, salles de danse et autres lieux où des gens pouvaient se rassembler. Seules les églises demeuraient ouvertes, et les prêtres, suivant l'exemple de l'archevêque de Montréal, monseigneur Bruchési, invitaient leurs ouailles à la prière afin de préserver la ville et le pays du terrible fléau. Malgré les multiples efforts pour l'enrayer, la grippe espagnole se répandait comme une traînée de poudre, semant la mort sur son passage. Des habitants des faubourgs à ceux des maisons cossues sur la montagne, personne n'était épargné ; pour une fois ; *les marqueurs linguistiques ou religieux n'avaient aucune influence sur le choix des victimes*, affirmait-on dans le journal *Le Devoir*.

La journée était maussade, il pleuvait sans arrêt depuis le matin. Épuisé, le juge Aristide Martel rangea ses papiers et éteignit les lumières. Un greffier, qu'il connaissait bien, l'escorta jusqu'à la sortie.

— Jusqu'à nouvel ordre, lui signifia le fonctionnaire, cet endroit restera fermé.

— La mort a préséance sur l'application de la loi, enchaîna Aristide. Prenez soin de vous, mon ami, et tâchez d'être à votre poste à mon retour.

L'homme promit, puis il se dépêcha de verrouiller la porte derrière le magistrat, pressé de rentrer chez lui avant de devenir une victime à son tour.

Au volant de sa Locomobile, Aristide prit la direction de Westmount. Depuis le décès d'Octavie, à l'automne 1911, il habitait seul avec Oscar dans sa prestigieuse résidence. Une femme venait tous les jours de la semaine faire le ménage et préparer le souper, que son majordome lui servait dans la salle à manger. Bien qu'ils fussent seuls tous les deux, jamais il ne l'avait invité à partager son repas du soir. Les différences de classes sociales devaient être respectées, le juge demeurait fidèle à ses principes.

Arrivé chez lui, en ce soir du 9 octobre, après une journée qu'il avait eu peine à terminer, Aristide se sentit trop faible pour manger et monta directement à sa chambre, sans échanger une parole avec Oscar, qui le suivit dans le long escalier. Le travail du majordome consistait à lui sortir ses vêtements de nuit et à ranger dans le placard ceux qu'il avait portés durant le jour. Aristide le repoussa d'un geste las, trop fatigué pour se déshabiller, avant de s'affaler dans un fauteuil au pied de son lit.

— Quelque chose ne va pas ? s'informa Oscar, inquiet.

Pris d'une violente quinte de toux, son patron ne répondit pas. Le domestique s'avança et, timidement, posa une main sur son front : il était bouillant.

— Monsieur, vous ressentez ces symptômes depuis longtemps ?

— La tête veut m'éclater, finit par avouer le juge, apportez-moi de l'aspirine.

Oscar s'empressa d'aller quérir de l'eau et les comprimés demandés. Quand il revint dans la chambre, Aristide s'était jeté contre ses oreillers sans retirer ses vêtements. D'une main tremblante, il prit les pilules que lui tendait Oscar, puis les avala difficilement à l'aide d'une gorgée d'eau, qui le fit s'étouffer.

— Si vous ne souhaitez pas être contaminé, ne restez pas avec moi, ordonna-t-il à son domestique.

— À mon âge, j'en ai connu d'autres. Reposez-vous, monsieur, je passerai la nuit à votre chevet.

Avant de s'asseoir, Oscar alla chercher un linge humide, qu'il posa sur le front d'Aristide. Cet homme était son employeur, mais également la seule personne qu'il fréquentait assidûment depuis des années ; des liens s'étaient créés, et le voir dans cet état le chagrinait. *Pourvu que ce soit une simple grippe, et pas cette maladie mortelle dont les gens discutaient à l'épicerie,* s'inquiéta-t-il. Leur voisin, James Brown, était médecin, il décida d'aller frapper à sa porte. Le vieux docteur lui ouvrit, les yeux cernés, visiblement épuisé.

— C'est probablement la grippe espagnole, conclut-il en l'entendant énumérer les symptômes. Ce maudit fléau n'épargne personne.

Malgré sa fatigue, après une journée de dix-huit heures à soigner des malades, Brown accepta de visiter le juge Martel. Lorsqu'il entra dans la chambre en compagnie du domestique, Aristide délirait. Il balbutiait des prénoms sans suite logique et des mots sans signification. Le médecin ouvrit la fenêtre.

— L'air pur peut aider, dit-il.

Puis il ausculta les poumons d'Aristide. Une moue sceptique crispa ses lèvres.

— Je vais lui faire une injection d'huile camphrée. Pour le reste, je suis impuissant, déclara le praticien d'un ton amer.

Désolé, il serra la main moite de son voisin de longue date en lui souhaitant d'être rapidement sur pied, puis il le quitta sans réel espoir de le revoir vivant à une prochaine visite. Oscar le raccompagna à la sortie. Une fois sur le perron, Brown se retourna et, à voix basse, il suggéra :

— Si votre patron a des gens à voir, c'est le moment. Dans l'état où se trouvent ses poumons, je pense que la fin est proche. Selon mon expérience des derniers jours, à ce stade, l'issue est fatale dans la majorité des cas. Je suis navré.

Accablé par ces paroles, le vieux domestique remonta l'escalier. Il ne pouvait pas laisser le juge Martel mourir seul dans son immense demeure, froide et sinistre depuis le départ des autres membres de la famille. Soudain, une idée traversa son esprit : madame Irma. Régulièrement, avant qu'Aristide possède une automobile et qu'il puisse se passer de ses services pour ses déplacements, il l'avait conduit à la maison close de cette dame. À l'odeur que les vêtements de son patron dégageaient encore certains soirs, il savait qu'il la fréquentait toujours.

Oscar fit demi-tour, saisit les clés sur la console et, d'un pas décidé, il se dirigea vers la Locomobile garée dans la cour.

Madame Irma ne se fit pas prier. Sans hésiter, elle mit son chapeau et enfila son manteau ; son cher Aristide était malade et il l'appelait à son chevet. En arrivant devant la superbe demeure, bien qu'elle sût son amant très à l'aise, elle fut impressionnée par l'imposante façade aux blanches colonnes, sur laquelle la lumière des lampadaires dessinait des arabesques dorées. Elle entra, saisie d'un étrange frisson. Elle avait l'impression de pénétrer au cœur d'un sanctuaire dans lequel elle n'avait jamais imaginé mettre un jour les pieds. Dans cette maison, Aristide avait écrit la partie de sa vie qui ne lui appartenait pas à elle, sa maîtresse. Elle tendit son manteau à Oscar avec le sentiment que des ombres ondulantes flottaient dans l'espace, sans doute celles des membres de la famille Martel qui, volontairement ou non, avaient quitté ces lieux. Elle resserra son châle autour de ses épaules.

Sur la pointe des pieds, elle entra dans la chambre. La reconnaissant aussitôt, Aristide fit un effort pour lui tendre les bras.

— Ma belle Irma, murmura-t-il entre deux respirations bruyantes, vient près de moi.

N'écoutant que son cœur, Irma s'élança auprès de son amant ; elle prit tendrement sa main entre les siennes et la baisa.

— Ma douce amie, chuchota Aristide, tu ne devrais pas être là, le mal qui me terrasse est très contagieux.

— Les bibittes ne me font pas peur ! Je les ai toutes attrapées au cours de ma vie, et j'ai survécu. Je serais étonnée que celle-ci soit différente des autres.

Les yeux d'Aristide étaient vitreux. Pourtant, Irma décela au fond de ses prunelles éteintes une faible lueur qui brillait pour elle, comme à leurs rendez-vous des plus beaux jours. Le malade s'exprimait difficilement, d'une voix hachée, cependant, il refusa de se taire pour épargner ses forces. Si son heure était venue de quitter ce monde, il avait encore beaucoup de choses à dire.

— Ma chère Irma, articula-t-il d'une voix vibrante d'affection, tu as été le bonheur de ma vie, tu le savais ?

— Le juge et sa fille de joie ! s'exclama Irma. Ce n'est pas très orthodoxe, vous ne trouvez pas, Votre Honneur ?

— L'amour ne se choisit pas, il s'impose… Dans le ciel, c'est toi, ma belle, que les anges avaient élue pour devenir ma compagne.

En l'entendant invoquer les anges, Irma s'informa :

— Tu veux voir un confesseur ?

Secoué par une énième quinte de toux, Aristide retomba contre ses oreillers, un mince filet de sang au coin des lèvres. Le mal progressait. Debout au fond de la pièce, Oscar indiqua à la visiteuse qu'il partait chercher un prêtre.

À minuit dix, le vieux domestique frappa à la porte du presbytère de la paroisse Saint-Léon-de-Westmount. Le vicaire,

Jean-Paul Boutin, lui ouvrit aussitôt. De toute évidence, il ne s'était pas couché.

— Que puis-je faire pour vous? questionna-t-il d'une voix enrouée.

— Je suis le majordome du juge Martel. Mon patron se meurt et il réclame la visite d'un prêtre.

— Mon pauvre ami, lui répondit Boutin, les gens nous quittent par dizaines, pour ne pas dire par centaines. Pour la durée de la crise, notre évêque a donné une absolution collective, c'est autorisé à l'occasion d'une calamité comme celle qui nous frappe actuellement.

— C'est suffisant pour obtenir le pardon des fautes?

— Le sacrement de la pénitence consiste à rétablir les fidèles dans la grâce de Dieu, il s'agit d'une réconciliation avec Lui. Si monsieur Martel se confesse en son âme et conscience, avec un cœur contrit, l'absolution collective de monseigneur Bruchési le ramènera dans l'amitié de Dieu et lui permettra de partir en toute quiétude, si tel est son destin.

— Vous ne pouvez pas faire une exception et venir l'absoudre…

— Je regrette, mon fils, je rentre à l'instant, et notre curé est malade, je crains de le laisser seul. Votre employeur est chanceux, vous êtes à ses côtés, personne ne devrait mourir dans la solitude. Portez-lui le pardon de Dieu accordé par son éminence, il pourra retrouver la paix et la tranquillité.

Le cœur lourd, Oscar refit à rebours le chemin parcouru quelques minutes plus tôt. Jamais il ne s'était permis de juger son patron. Pourtant, certains jours, il aurait bien aimé s'autoriser un conseil ou, du moins, émettre une opinion sur les événements qui avaient pavé la vie du magistrat: sur son rejet de mademoiselle Ophélie, par exemple. Il était évident que la mort du petit Félix était un accident, sa sœur l'aimait beaucoup trop pour avoir commis un tel geste… Si lui, un domestique, en était convaincu, pourquoi leur père n'avait-il manifesté aucun doute sur la responsabilité de sa fille dans le drame ? Il aurait aimé en discuter avec lui à l'époque, mais ce soir, il était trop tard. *Si monsieur survit,* se promit-il, *je trouverai le courage d'aborder le sujet.*

Après avoir informé madame Irma de la réponse du vicaire, il descendit à la cuisine et s'installa au coin du feu. L'image d'Ophélie ne le quittait pas. Devrait-il lui faire porter un message au couvent des Augustines afin de l'avertir du décès de son père ? Probablement que le bureau de la poste était fermé et celui du télégraphe également… mais il anticipait, Aristide Martel n'était pas mort.

Aux premières lueurs de l'aube, il se leva et se servit un café ; dans son esprit flottait toujours le souvenir de la douce Ophélie qui se morfondait au fond d'un cloître, mais aussi celui de madame Agnès et du petit Félix, parti trop tôt. Soudain, il eut peur de la solitude ; convaincu qu'il mourrait le premier, il ne s'était pas préparé à terminer sa vie par une traversée du désert. Las, il gravit le long escalier si souvent emprunté au service de son maître ; une nouvelle journée commençait.

: :

Bourg à Breton, 12 octobre 1918

Dans le journal que Georges-Onil lui avait donné la veille, Ophélie avait appris qu'à Montréal les lieux publics étaient fermés à cause d'une épidémie de grippe, un fléau mortel qui terrassait les gens par centaines, et l'épidémie était mondiale.

— Nous sommes chanceux que cette maudite maladie ne soit pas arrivée chez nous, s'était réjoui son patron, aussi, j'ai demandé à mes hommes et leurs familles de ne pas quitter le Bourg jusqu'à nouvel ordre. Vous ferez de même !

Ophélie s'était retenue pour ne pas lui répondre. Elle était infirmière et son devoir lui dictait de se rendre là où des personnes avaient besoin de ses soins. En allant s'enquérir de l'état de madame Gourlay, sur le point d'accoucher, elle en avait profité pour faire le tour des familles et leur prodiguer de sages conseils d'hygiène pour prévenir la contagion.

Ce samedi matin, un tapis de neige recouvrait le sol, et les branches des arbres se courbaient sous le givre. En buvant son café devant la fenêtre de son dispensaire, Ophélie admirait le tableau féerique de la nature, et autant de splendeur lui donnait l'envie de revoir Charles. Depuis ce jour où ils avaient échangé un baiser, ils ne s'étaient pas revus. À l'occasion d'une visite à La Sarre, le 22 septembre, elle avait su qu'il était parti à Québec reconduire son frère. Mimi lui avait semblé distante, seule la jolie Florie l'avait accueillie avec ses démonstrations de joie coutumières. Au début du mois, Georges-Onil lui avait dit avoir croisé le docteur sur la route, aussi, elle avait choisi un moment d'accalmie, le dimanche précédent, pour aller saluer la famille Parenteau et son amie Margot; Charles était absent. Comme l'obscurité arrivait tôt en cette saison, elle s'était vue contrainte de repartir avant son retour. Margot avait fait un bout de chemin avec elle, et elle en avait profité pour s'informer.

— Mimi me semble apathique, tu es certaine qu'elle se porte bien? lui avait-elle demandé.

— Ouais. J'imagine que ses rhumatismes la font souffrir.

— Malgré ses douleurs, elle me reçoit habituellement avec plus d'entrain.

Margot avait pris un air mystérieux et, sur un ton plus bas, elle avait déclaré:

— J'pense que les Parenteau nous aiment pas. Quessé qu't'en dirais si on r'prenait l'train pour Winnipeg? Avant Noël…

— Pourquoi est-ce qu'ils nous détesteraient, il n'y a aucune raison ? Jusqu'ici, j'avais l'impression du contraire, même que Charles…

— Charles, quoi ? s'était emportée Margot. J'l'ai entendu discuter avec sa mère, le mois passé. Le faux j'ton y disait que tu t'accrochais à lui et que ça y tapait sur les nerfs…

Interdite, Ophélie s'était arrêtée de marcher.

— Tu es certaine d'avoir bien entendu ? avait-elle interrogé.

Margot avait pincé les lèvres et, avec un air de dégoût, elle avait incliné la tête de façon affirmative. Aussitôt, Ophélie était montée en selle et s'était élancée sur la route, des larmes plein les yeux.

En regardant les flocons tomber, ce samedi matin d'octobre, elle pensait qu'au fond c'était peut-être mieux ainsi ; il y avait tellement d'empêchements à sa relation amoureuse avec Charles. Contrainte de lui avouer les drames de son existence, elle l'aurait perdu de toute façon. Le mariage, les enfants, le bonheur d'une famille, tout ça, ce n'était pas pour elle.

Sa réflexion fut interrompue par des coups à la porte d'en avant. Elle alla ouvrir : c'était Margot. Un ouvrier l'avait emmenée au Bourg à Breton en rentrant chez lui après une virée interdite au village voisin.

— Qu'est-ce qui t'arrive ? s'écria Ophélie en la découvrant décoiffée, l'air aux abois.

— La maudite grippe qui tue tout l'monde est arrivée à La Sarre ! J'veux qu'on monte dans les gros chars c't'après-midi même ! Prépare-toé !

— Calme-toi ! Il suffit de prendre des précautions…

— Tu comprends rien ! Y a plein d'monde malade !

— Les maladies voyagent aussi par train, c'est d'ailleurs comme ça qu'elles se propagent. J'ai lu dans le journal que la grippe espagnole est venue d'Europe par bateau, avec les soldats blessés qui rentrent au pays. Le mieux pour toi, c'est de demeurer bien à l'abri chez le docteur Parenteau. Tout le monde souhaiterait vivre en compagnie d'un médecin en ce moment, tu ne crois pas ?

— *My God !* Quessé qu'on va devenir ?

— Pour l'instant, trancha Ophélie, je vais nous préparer à déjeuner. Ensuite, j'attellerai Tonnerre à la voiture et je te reconduirai à La Sarre. Si monsieur Breton apprend ta présence ici, il exigera que tu repartes sur-le-champ, aussi bien devancer ses ordres. Il veut protéger ses employés et leurs familles de la contagion, et je le comprends.

— Tu penses que chus contaminée ? s'inquiéta Margot en portant une main à son front.

— Non, tu es bien trop pétillante de vie pour qu'une grosse bibitte s'attaque à toi, rétorqua Ophélie pour la taquiner. Arrête de t'en faire et viens manger. Ça prend des forces pour affronter le terrible fléau dont tu parles.

En début d'après-midi, sans prévenir Breton, qui aurait refusé qu'elle quitte le Bourg, Ophélie attela Tonnerre à la voiture et elle partit en direction de La Sarre. Elle raccompagnait Margot, mais, en vérité, elle espérait aussi rencontrer Charles. Si leur idylle était vouée à l'échec, elle souhaitait néanmoins conserver son amitié.

Plus elles approchaient de la maison des Parenteau et plus le cœur d'Ophélie battait fort. Il lui faisait presque mal, à l'étroit dans l'étau de sa poitrine. Elle avait beau vouloir se convaincre du contraire, c'était de l'amour qu'elle espérait de Charles, rien de moins. Son corps tout entier vibrait à cette pensée, elle ne devait pas renoncer, il fallait lui parler, lui raconter sa vie… Si son amour pour elle était aussi fort que le sien, peut-être l'accepterait-il dans son authenticité et ferait-il fi de son passé.

24

La Sarre, 12 octobre 1918

La neige du matin avait cédé la place à la bruine et le temps se réchauffait en laissant planer sur le village un léger brouillard. Ophélie aperçut la monture de Charles attachée devant la maison, il était chez lui. Elle décida d'entrer et, si possible, de lui parler. Mimi parut heureuse de sa visite, surtout de voir revenir Margot.

— Je craignais que la grippe t'ait fait peur et que tu sois partie pour de bon. C'est à peine si je peux marcher aujourd'hui.

— Tu sé ben que jamais j'vous laisserais tu seule avec la p'tite qu'a besoin de moé, mentit la friponne, qui, le matin même, avait choisi de déserter leur maison.

Ophélie aperçut Charles; affalé sur une chaise au fond de la pièce, il avait levé la tête à leur arrivée. D'un revers de manche, il s'essuya les yeux; à l'évidence, il avait pleuré.

— Mon garçon n'a pas dormi depuis plus de vingt-quatre heures, expliqua Mimi, qui avait suivi le regard d'Ophélie. Il y a tellement de gens malades, certains vous touchent plus que les autres.

Sans un mot, Ophélie alla s'asseoir à ses côtés et, affectueusement, elle déposa une main sur son genou. Charles la fixa de ses yeux mouillés.

— Ce matin, je me suis rendu chez Anita Ferland, raconta-t-il d'une voix enrouée, une jeune femme enceinte de six mois, et mère de deux autres petits enfants…

Avant de poursuivre, il hoqueta douloureusement.

— Quand je suis entré… la pauvre était morte. Les bambins, de trois et cinq ans, étaient endormis sur le lit, à côté d'elle. Son mari est absent, il est au chantier.

— Je suis tellement désolée, murmura Ophélie. Qu'est-ce que tu as fait ?

— J'ai emmené les enfants chez Auclair, le voisin. Il va envoyer son plus vieux quérir le père. Au retour, j'ai averti monsieur le curé, il est parti la bénir. Je n'en peux plus de voir mourir les gens, ajouta-t-il en frappant du poing contre le mur.

— Tu es épuisé, tenta de le consoler sa mère, il faudrait que tu te reposes.

Ophélie prit la main de Charles et elle la porta à ses lèvres ; celui-ci leva les yeux et lui adressa un triste sourire.

Quand les horreurs du monde vous submergent, que vous vous écroulez sous l'incompréhension de la vie, songea le médecin, *existe-t-il meilleur remède que la chaleur d'un baiser venant d'une personne aimée ?* À son tour, il embrassa les mains d'Ophélie, devant une Mimi attendrie et une Margot aux lèvres pincées.

La porte de la maison s'ouvrit avec fracas, c'était Achille, le fils de l'hôtelier.

— Mon Yvonne vomit du sang, cria-t-il à Charles, dépêchez-vous ! Ma mère ne va pas bien non plus.

Charles bondit sur ses pieds, Ophélie le rattrapa par le bras.

— Va te reposer, suggéra-t-elle, je me rends chez les Ramsay. J'ai eu une bonne nuit, alors que toi, tu as besoin de sommeil.

— De toute façon, je ne pourrai pas dormir.

Sans attendre, il s'élança vers la sortie. Sur le seuil, il se retourna.

— Si tu veux m'accompagner, tu es la bienvenue. Avec deux personnes malades et un nouveau-né de six semaines, nous ne serons pas trop de deux.

Dehors, la pluie avait cessé.

— Aimeriez-vous que je dételle votre cheval? s'informa Achille. Je peux le conduire avec celui du doc, dans l'écurie.

Ophélie acquiesça et elle emboîta le pas au médecin.

À l'hôtel, ils furent accueillis par les pleurs du bébé que son grand-père tentait de consoler. Winston leur indiqua la chambre du fond.

— Yvonne est là, dit-il, et ma Marie-Jeanne est en haut. Les deux ne vont pas bien du tout.

Ophélie prit le nourrisson. Il avait besoin d'être changé et, à le voir sucer frénétiquement son pouce, il était affamé.

Une heure plus tard, quand elle le remit dans son berceau, langé et repu, il s'endormit paisiblement. Elle rejoignit Winston au salon.

— Phonse Martin est venu chercher le doc, lui annonça-t-il. Son aîné, le grand Jean-Pierre, est malade. Avant de le suivre, Charles a dit que vous pourriez veiller sur ma femme et ma belle-fille, jusqu'à son retour.

— Bien sûr, accepta l'infirmière, je monte voir Marie-Jeanne.

Madame Ramsay était assise sur son lit.

— Charles m'a fait une injection, je file mieux, déclara-t-elle. Vous pouvez descendre vous occuper d'Yvonne, Winston m'a dit qu'elle n'en menait pas large. Pauvre petite, j'espère qu'elle va guérir; elle est mariée avec Achille depuis seulement cinq semaines.

À neuf heures du soir, quand Charles revint, Ophélie était toujours au chevet d'Yvonne. Winston était auprès de sa femme et, dans son berceau à la cuisine, le bébé dormait, inconscient du combat que menait sa maman pour survivre à la grippe espagnole.

— Le grand Jean-Pierre va s'en tirer, dit Charles à Ophélie en examinant Yvonne.

— Marie-Jeanne aussi, la température est tombée. Elle a gardé la nourriture que je lui ai portée, c'est bon signe.

— Pour cette jeune maman, c'est moins certain, chuchota Charles.

Congestionnée, fiévreuse, la malheureuse Yvonne était secouée par de violentes quintes de toux, accompagnées de crachats sanguinolents.

Bouleversé, Achille entra dans la chambre; du regard, il interrogea le médecin.

— Tant qu'il y a de la vie, il y a de l'espoir! l'encouragea Charles. Aie confiance, mon garçon, ta femme a une bonne constitution. Prie! Désormais, sa guérison est entre les mains du Tout-Puissant, j'ai fait tout ce que je pouvais pour elle. Dieu permet des miracles...

Épuisé, il quitta la pièce et invita Ophélie à le suivre.

— Nous pouvons les laisser seuls, argua-t-il. Si l'état d'Yvonne se complique, nous ne serons pas loin.

— Je vais à la cuisine nous préparer quelque chose à grignoter. Ça te va?

Quelques minutes plus tard, attablés à la salle à manger de l'hôtel, vide à cause de l'épidémie, ils se restauraient. La clarté frémissante de la lampe à l'huile faisait valser des ombres sur les murs et le foyer réchauffait la pièce d'une chaleur bienfaisante. Ophélie sentit que le moment se prêtait aux confidences. Elle déposa une main sur l'avant-bras du médecin et osa demander:

— Est-ce que j'ai fait quelque chose qui t'a blessé? J'ai remarqué que ton comportement a changé à mon égard: tu m'évites, tu ne me souris plus... Si j'ai commis un impair, il faut m'en parler.

L'expression de Charles se durcit, il se tut.

— À notre dernière rencontre, nous avons échangé... un baiser, poursuivit-elle, gênée. Je croyais qu'il y avait des sentiments entre nous. Que s'est-il passé depuis ce jour-là pour que tu ne reviennes pas me voir ? Si j'ai eu un mot ou un geste malheureux qui t'a déplu, au point que tu me retires ton affection, sache que c'était involontaire, et je le regrette.

Le médecin baissa les paupières un long moment, puis il les releva et chuchota :

— Pour former un couple, selon mes valeurs, il y a un incontournable, et c'est l'honnêteté…

Puis il monta le ton et, accusateur, il lança :

— Qu'est-ce que vous en pensez, sœur Marie-Hosanna ?

Spontanément, Ophélie retira sa main. Elle fut saisie d'un tremblement irrépressible. Dans le regard accusateur de Charles posé sur elle, elle discerna une lueur de mépris pareille à celle qui brillait dans les yeux d'Aristide lorsqu'il l'accablait de reproches. Ne pouvant le supporter, elle s'enfuit. Margot avait dû le renseigner sur sa vie religieuse, de façon incorrecte probablement. Et en quels termes ? Son erreur était d'avoir trop attendu pour parler aux Parenteau. La vérité éclatait, crue et sans nuances, pour son plus grand désarroi. En sortant de l'hôtel, elle entendit les cris d'Achille : il appelait le médecin au chevet de sa femme.

Dehors, aucune étoile ne scintillait au firmament, elles étaient disparues derrière d'épais nuages noirs. Le cœur lourd, Ophélie traversa la rue. Avait-elle envie d'affronter Margot ce soir ? Pas vraiment. Elle choisit de rentrer au Bourg à Breton. En larmes, elle se rendit à l'écurie pour seller Tonnerre, mais, au moment de le monter, elle se ravisa. Son plus ardent désir était de se défendre auprès de Charles et, pour cela, elle devait savoir ce que Margot avait inventé pour la discréditer ; la vilaine mentait si facilement.

Lorsqu'elle poussa la porte, Margot somnolait dans la berçante. En entendant son pas, elle sursauta.

— Comment ça va chez les Ramsay ? s'informa-t-elle en la reconnaissant.

Ophélie s'approcha et, fâchée, elle lança :

— Qu'est-ce que tu as raconté aux Parenteau ? Tu aurais dû te mêler de tes affaires, ma vie ne regarde que moi !

— Quessé qu'tu veux dire ?

— Charles vient de m'appeler sœur Marie-Hosanna… Qui d'autre que toi peut lui avoir parlé de mon état de religieuse ?

— J'ai faite une bonne action ! Tu sé ben que tu peux pas le marier, té une bonne sœur ! Je souhaitais vous protéger, cé toute.

— Ça suffit avec ta fausse mansuétude ! tonna Ophélie. Ma vie ne regarde que moi. J'exige de savoir tout ce que tu lui as raconté.

C'était sombre dans la pièce, Margot se leva pour aller monter la mèche de la lampe à l'huile. Déterminée, elle revint vers Ophélie et, la fixant droit dans les yeux, elle répondit :

— Jus' ça : que té une nonne ! Ah ! j'oubliais… Aussi que t'aimes pas les hommes.

— Quoi ? Répète-moi ça !

Margot tendit une main amicale vers Ophélie.

— Arrête de t'conter des histoires, susurra-t-elle, tu sé très bien que ce moé qu't'aimes, sinon, pourquoi tu t'serais sauvée du couvent avec moé ?

D'un geste brusque, Ophélie repoussa Margot qui tentait de la prendre dans ses bras.

— Margot, je ne suis pas amoureuse de toi, et jamais je ne le serai ! Contrairement à ce que tu crois, j'aime les hommes, et Charles particulièrement. Demain, je vais lui parler, il comprendra…

Sans prévenir, Margot l'attira contre elle et chercha à l'embrasser. Ophélie l'éloigna d'un geste brusque.

— Dès que l'épidémie de grippe sera terminée, tu prendras le train et tu partiras pour Winnipeg ou ailleurs. Je ne veux plus de toi dans mon existence ! Tu m'as bien comprise ?

— Ophélie, la supplia Margot, tu peux pas me faire ça, je t'aime.

— Un sentiment qui n'est pas partagé. Il est préférable que tu t'en ailles.

Sans un mot de plus, Ophélie lui tourna le dos et sortit de la maison en claquant la porte derrière elle. Demeurée seule, Margot prit son visage à deux mains, retenant un cri de rage qui montait du plus profond de ses entrailles.

Éveillée par le bruit de voix, Florie avait descendu l'escalier, elle surgit derrière Margot.

— Pouquoi Phélie était fâchée ? demanda-t-elle.

Surprise dans sa colère, Margot se tourna brusquement vers l'enfant. Au passage, elle heurta la lampe à l'huile, qui tomba par terre. Aussitôt, les flammes se répandirent dans la cuisine et le bas de sa jupe prit feu. À deux mains, sans se préoccuper de la douleur ressentie, elle tenta de l'éteindre. Quand elle y fut parvenue, elle aperçut Florie assise sur le plancher, au milieu de la fumée ; recroquevillée, la petite se cachait la tête entre les genoux. Margot la saisit par la taille, puis elle poussa un grand cri pour alerter Micheline, que l'altercation avait probablement réveillée, mais, avec ses rhumatismes, elle était lente à réagir. Elle voulait l'inciter à se presser. C'était devenu impossible de voler à son secours, les flammes léchaient la porte de sa chambre et montaient jusqu'au plafond. Florie serrée contre sa poitrine, elle n'eut d'autre choix que de se ruer à l'extérieur.

Assis devant la fenêtre, au chevet d'Yvonne, Charles avait vu passer Ophélie, sa monture lancée au galop. Il se reprocha de ne pas lui avoir permis de s'expliquer et se dit qu'il l'avait jugée trop vite. Il devait reconnaître que depuis son arrivée à La Sarre et au Bourg à Breton, la jeune infirmière faisait l'unanimité autour d'elle : tous l'aimaient et vantaient sa générosité. Même l'orthopédiste à l'Hôtel-Dieu de Québec avait parlé d'elle en termes élogieux. Dès le lendemain, se promit-il, il lui rendrait visite et s'excuserait d'avoir osé la traiter de malhonnête. Le chagrin à l'idée de la perdre l'avait poussé à se faire une opinion hâtive, mais Ophélie avait le droit de se défendre. Peut-être son comportement avait-il de mystérieuses raisons et, en lui prêtant une oreille sympathique, tout s'éclairerait; c'était son souhait le plus cher.

Sa réflexion fut interrompue par une clameur venant de l'extérieur. Il leva la tête: de l'autre côté de la rue, sa résidence était la proie des flammes. Il se précipita dehors et il aperçut Margot, debout au milieu de la rue, qui tenait Florie dans ses bras. Déjà les voisins se précipitaient pour tenter d'éteindre le brasier, mais il était trop tard, la maison de bois flambait comme un fétu de paille.

— Où est maman? questionna-t-il à la ronde d'une voix chargée d'inquiétude.

Les yeux hagards, Margot fixait l'incendie. En prenant Florie, Charles remarqua les brûlures sur les mains de sa gardienne.

— Mimi, balbutia Margot, j'pense qu'a restée coincée. J'l'ai pas vue sortir…

Winston s'approcha d'eux.

— Que s'est-il passé? s'informa-t-il.

Voyant que Margot tremblait des pieds à la tête, l'hôtelier la couvrit de son manteau.

— C'est Ophélie, bredouilla-t-elle, était choquée, a rageait… a frappé la lampe…

— Mon Dieu, non! murmura Charles.

Son enfant serrée contre lui, il ne savait plus que penser. Sa mère était morte brûlée vive et c'était la faute d'Ophélie. Les villageois formèrent un cercle autour d'eux, leurs paroles de sympathies se mêlèrent au crépitement des flammes.

25

Bourg à Breton, 13 octobre 1918

Il neigeait. Revenue chez elle après sa chevauchée dans la nuit froide, Ophélie avait peu dormi. Assise à sa table de cuisine, elle regardait voltiger les flocons en se reprochant son agressivité de la veille envers Margot. La meilleure façon de l'éloigner serait qu'elles aient ensemble une conversation qui leur permettrait de rectifier une situation qui se dégradait. Elle ne pouvait pas lui en vouloir d'éprouver des sentiments à son égard, cependant, elle devait clarifier les faits pour éviter qu'une telle confusion ne se reproduise.

Sur le chemin, une carriole approchait. Pour l'avoir remarquée à maintes reprises devant l'hôtel, elle reconnut celle de Ramsay. Que venait-il faire chez elle de si bonne heure, en compagnie d'un homme en uniforme ? Elle leur ouvrit.

— Mademoiselle, dit Winston encore sur le seuil, je vous présente Germain Dubois, il est agent de police à La Sarre.

— Ophélie Delorme ? demanda Dubois.

— Oui, c'est moi, répondit-elle.

Intriguée, elle chercha le regard de Winston, mais, manifestement, ce dernier l'évitait.

— Madame Ophélie Delorme, annonça le policier, vous êtes en état d'arrestation.

— Moi ? Pourquoi ?

— Pour meurtre !

— Oh ! Mon Dieu ! s'écria la jeune femme en posant une main sur sa bouche.

Assommée, elle se laissa choir sur une chaise près de la porte.

— Je me doutais bien qu'en quittant le cloître on me retrouverait et que je risquais d'être arrêtée, débita-t-elle d'une voix triste. C'était un accident… jamais je n'ai voulu tuer Félix, je l'adorais. C'était mon petit frère, il ne me restait que lui… Comment avez-vous appris ce drame ?

Stupéfiés, Winston et Germain Dubois la fixaient, n'arrivant pas à croire ce qu'elle racontait.

— Madame Delorme, déclara finalement Dubois, monsieur Ramsay et moi prenons bonne note de ce que vous nous dites, mais ce n'est pas la raison de notre venue ce matin.

— Vraiment ? s'étonna Ophélie, s'extirpant douloureusement de ses souvenirs.

— Vous êtes en état d'arrestation pour le meurtre de madame Micheline Parenteau.

— Quoi ? Vous vous fichez de moi ?

— Micheline est morte dans l'incendie de sa maison la nuit dernière, l'informa Winston. Margot vous accuse de l'avoir allumé volontairement, dans un éclat de rage.

Les événements de la veille se bousculèrent dans la tête d'Ophélie. Que s'était-il passé après son départ ?

— La petite Florie ? questionna-t-elle. A-t-elle été sauvée ?

— Oui, Margot s'est brûlée aux mains en lui portant secours, mais elle a réussi à l'extraire du brasier.

— Dieu merci !

Puis, se sachant inculpée à tort, Ophélie réagit.

— Quand j'ai quitté la maison des Parenteau, hier soir, tout allait bien. J'aime ces gens, Florie, Mimi… je n'arrive pas à imaginer qu'elle a péri, c'est affreux ! Je vous jure que je n'ai absolument rien à voir dans cet incendie. Il faut me croire !

— Ce sera au juge de décider, décréta le policier. Maintenant, vous devez nous suivre.

Fébrile et désorientée, Ophélie n'eut d'autre choix que d'obtempérer. Elle enfila son manteau, mit son chapeau et, en compagnie des deux hommes venus l'arrêter, elle sortit dans le froid. En refermant la porte, elle se sentit submergée par une profonde tristesse et elle faillit s'écrouler : son passé la rejoignait. Winston s'empressa de la soutenir, il l'aida à descendre les marches. L'hôtelier espérait que la jeune infirmière ne soit pas coupable ; son dévouement auprès de sa femme et de sa belle-fille, fortement contagieuses, prouvait, à ses yeux, qu'elle n'avait pas pu commettre le crime dont elle était soupçonnée.

Dans la voiture qui roulait vers La Sarre, Ophélie prenait conscience qu'en plus de la mort de Mimi qu'on lui imputait faussement, elle avait confessé la fin tragique de Félix. La pensée de son frère décédé par sa faute hantait son esprit. Uniquement pour survivre, elle avait souvent tenté d'éloigner l'image du petit garçon ensanglanté, les cris de son père et les siens… Au fond, c'était une bonne chose que ce triste événement de sa vie refasse surface, elle pourrait enfin s'expliquer au grand jour et confronter Aristide ; elle n'avait plus quinze ans. Depuis huit longues années, elle portait ce poids sur ses épaules. Même si elle était condamnée à la prison, l'occasion lui serait fournie de dire tout haut que la mort de Félix était un horrible accident dont elle n'était en rien responsable. Il était la monstrueuse conséquence de son désir de mettre fin à ses propres jours. Quant au décès de Micheline, c'était un événement des plus malheureux, mais elle n'avait rien à y voir. Margot se rétracterait certainement ; malgré leur différend, elles avaient tissé des liens d'amitié. C'était impossible qu'elle persiste à l'accuser d'un geste aussi odieux qu'elle n'avait pas commis.

: :

La Sarre, 16 octobre 1918

Les journaux rapportaient qu'à Montréal les morts se comptaient par centaines. Un voile de peur enveloppait le village de La Sarre, les gens s'enfermaient chez eux et ne sortaient que pour le strict nécessaire. Aux funérailles de Mimi et d'Yvonne, ensevelies toutes les deux ce jour-là, seuls les membres des familles étaient présents. Immobile dans la valse des feuilles mortes soulevées par le vent d'automne, Charles Parenteau tenait sa petite fille dans ses bras. Une larme coulait sur sa joue tandis qu'il se remémorait le drame qui avait emporté sa mère. Malgré les apparences et le témoignage de Margot, il ne parvenait pas à croire à la culpabilité d'Ophélie.

— Quand nous l'avons arrêtée, elle a confessé un autre meurtre ! lui avait raconté Winston.

Désireux d'en savoir davantage sur cet événement, Charles avait immédiatement télégraphié à un compagnon de classe, Paul-Émile Letendre, qu'il avait connu au cours de ses études classiques, qui était maintenant notaire à Québec. Il souhaitait obtenir des renseignements sur Ophélie Delorme. La veille, il avait reçu une réponse : une seule personne de ce nom, encore vivante, était répertoriée au registre de l'état civil du Québec et elle avait soixante-deux ans. Quant à sœur Marie-Hosanna, de la communauté des Augustines, Paul-Émile avait appris que son nom de jeune fille était Ophélie Langelier.

Depuis que sa maison avait été détruite par le feu, Charles habitait au Château Winston. C'est là que sa mère avait été exposée, dans un cercueil fermé, en même temps qu'Yvonne. La mort de la nouvelle mariée assombrissait la vie des Ramsay et, réunis dans le drame, ils partageaient leur peine avec celle du docteur.

— Notre commerce est vide, avait fait valoir Marie-Jeanne. Tant que les gens vont se terrer chez eux, il y a de la place en masse pour vous accueillir.

Tous faisaient des efforts pour se montrer de bonne humeur devant Florie, troublée par le départ de sa grand-mère. Heureusement, la fillette adorait bébé Arthur. Elle le veillait comme une petite maman, ce qui l'aidait à surmonter son chagrin.

Le policier Germain Dubois avait interné Ophélie à l'hôtel de ville, dans une pièce qui jouxtait ses appartements privés. Comme il n'y avait ni avocat ni cour de justice à La Sarre, une demande avait été adressée aux forces de l'ordre pour que la prisonnière soit transférée à Montréal. Mais dans le contexte de cette épidémie dévastatrice, Dubois préférait attendre une régression de la grippe espagnole pour l'y conduire ; d'ailleurs, les instructions du procureur de Montréal allaient dans le même sens.

Son emploi de représentant de la loi ne lui permettant pas de subvenir à ses besoins et à ceux de Madeleine, sa femme, il travaillait également à la forge du village. En son absence, la détenue était confiée à la garde de Madeleine. Le midi du 16 octobre, en lui portant son dîner, Madeleine la trouva ruisselante de sueur, les cheveux collés aux tempes et respirant difficilement, comme si l'air lui manquait.

Effrayée, la femme du policier laissa tomber son plateau et courut vers la sortie. Une fois dehors, parvenant à surmonter sa crainte de la contagion, elle décida d'aller chercher le docteur. Charles rentrait de l'enterrement.

— La garde Delorme a attrapé la grippe qui tue ! lança-t-elle. Je ne veux pas retourner chez moi.

Partagé entre l'inquiétude et la rancune pour le monstrueux geste commis, Charles alla chercher sa mallette et, après avoir confié Florie à Margot, il partit vers l'hôtel de ville. Heureusement, Madeleine n'avait pas verrouillé la porte en se sauvant, il put entrer sans difficulté dans la pièce où reposait la prisonnière. Le dîner était éparpillé sur le plancher, il l'enjamba. En voyant la malade brûlante de fièvre, les cheveux collés au front, il en eut pitié.

— Ophélie, chuchota-t-il en se penchant à son chevet, comment te sens-tu ?

La jeune infirmière ouvrit les yeux, puis esquissa un sourire, qui se changea aussitôt en une douloureuse grimace.

— J'ai affreusement mal à la tête, souffla-t-elle entre deux quintes de toux, et j'ai froid. Donne-moi une couverture de laine.

— Tu sais que je ne peux pas, ça risquerait d'empirer ton état. Je te fais une injection de morphine, ça va soulager ta céphalée. Ensuite, j'irai chercher de la glace…

— J'y vais, l'interrompit Germain Dubois, qui venait d'entrer.

Il ressortit aussitôt, alla chercher un seau et un marteau, puis se dirigea vers la rivière. Les bords étaient gelés depuis au moins une semaine, il pourrait en casser quelques morceaux.

L'analgésique produisant l'effet escompté, Ophélie eut une période d'accalmie.

— Je suis désolée pour Mimi, confia-t-elle à Charles. Je voudrais tant que tu me croies, je ne suis pas responsable de son décès. Quand j'ai quitté ta maison, après m'être emportée contre Margot, tout allait bien.

— Tu m'as dissimulé tellement de choses… Je ne sais plus ce que je dois penser, répondit Charles, navré.

Ophélie déposa une main sur celle de son ami.

— Demain, je serai peut-être morte. Jamais je ne mentirais dans un moment aussi important, juste avant de me présenter devant mon Créateur.

— Je n'ai jamais cru que tu mentais sciemment, déclara le médecin d'une voix douce. J'imagine que ta vie cache un drame, un secret que tu préfères taire… En parler allégerait ton fardeau.

Sur la joue de la malade, rougie par la fièvre, une larme glissa lentement.

— Je suis seule depuis si longtemps, murmura-t-elle, j'ai perdu l'habitude de me confier.

Charles se sentit désarmé. La malheureuse, abandonnée, seule au fond de sa détresse, lui brisait le cœur. Il l'aimait, il ne pouvait s'en défendre.

Dubois revint avec des glaçons. Après les avoir remis au médecin, il déclara :

— Je ramasse le dégât, puis je vais chercher ma femme.

Charles disposa les morceaux de glace dans une serviette, qu'il enroula autour de la tête d'Ophélie.

— Ça va faire baisser ta fièvre, dit-il pour l'encourager.

— Merci d'être à mes côtés. Tu pourrais me détester et me fuir...

— Ophélie...

— Oui ?

— La vérité, c'est que je t'aime, chuchota-t-il.

La jeune femme ouvrit les yeux, qu'elle posa sur son compagnon avec une infinie tendresse.

— C'est moi qui suis malade... et c'est toi qui délires. Vous voulez répéter, docteur ? demanda-t-elle avec un faible sourire.

Ophélie avait raison. Dans quelques heures, elle pouvait avoir quitté ce monde, et cette idée déchirait le cœur de Charles.

— Je t'aime, répéta-t-il en embrassant le bout de ses doigts. Si tu souhaites que je t'aide, tu dois tout me raconter ; d'abord, me révéler ton vrai nom.

Surprise par la question, Ophélie eut un spasme respiratoire. Elle chercha son souffle avant de s'affaisser sur sa couche. Charles courut ouvrir la fenêtre, elle avait besoin d'air pur. Il sortit son stéthoscope pour ausculter ses poumons ; ils étaient congestionnés. Son état s'aggravait.

Ne pouvant se résoudre à la laisser seule, Charles la veilla toute la nuit, inquiet et affectueux. Au petit matin, assoupi sur sa chaise, il sursauta en s'entendant appeler. La voix lui parvenait comme dans un rêve, il dut faire un effort pour se souvenir de l'endroit où il se trouvait. Assise sur son lit, Ophélie l'observait.

— C'est à mon tour de vous veiller, docteur, le taquina-t-elle.

Charles se redressa. Il se montra ravi de la découvrir en meilleure forme. Un bruit se fit entendre, c'était la porte d'en bas. Dubois revenait chez lui.

— Je vois que la prisonnière va mieux, dit-il en entrant dans la chambre qui servait de cellule. Vous avez fait du bon travail, docteur.

— Avec cette mystérieuse grippe, commenta le médecin, la science n'a pas grand-chose à y voir. Certains s'en sortent, d'autres pas, nous sommes démunis devant ce fléau. Et c'est encore pire dans les grandes villes, là où la population est plus dense.

— Vous croyez que ma femme peut rentrer à la maison sans crainte ?

— Ici ou à l'hôtel, le danger est le même, lui expliqua Charles. Avant d'aller la chercher, vous devriez servir à déjeuner à mademoiselle… mademoiselle qui, déjà ?

En prononçant ces derniers mots, il guetta la réaction d'Ophélie. Dans son regard redevenu limpide, il lut une promesse, celle de tout lui raconter dès qu'ils seraient seuls.

Florie fut ravie de revoir son père, elle lui sauta dans les bras.

— T'étais où ? s'informa-t-elle.

— Avec Ophélie.

— As-tu encore de la peine, Phélie ?

— Pourquoi demandes-tu cela ? s'étonna Charles.

— La fois du feu, elle pleurait avec Margot.

— Tu les as vues la nuit de l'incendie ?

— Oui, elles avaient l'air fâchées toutes les deux.

Intrigué, Charles voulut en savoir davantage.

— Qu'est-ce que tu as vu ? questionna-t-il.

— Jus' que Phélie pleurait en parlant. Pis est partie…

— Après ? Que s'est-il passé ?

— J'ai demandé à Margot pourquoi Phélie pleurait…

— Et ?

— Margot a fait un gros saut, elle m'avait pas vu arriver. C'est pour ça qu'a renversé la lampe.

— Tu es bien certaine de ce que tu as vu ?

— Oui, sa jupe était en feu. Elle l'a éteint avec ses mains, pis elle m'a pris dans ses bras et elle a couru dehors. Elle criait.

La petite ne pouvait pas inventer un fait tel que celui-là, Charles était abasourdi.

— C'est une belle histoire, dit-il, tu voudrais la raconter à Winston ?

— Bien sûr.

— Elle ment ! cria Margot, qui avait surpris la fin de leur conversation. Cé Ophélie qu'a jeté la lampe à terre.

— Chus pas menteuse ! protesta l'enfant.

— Margot, intervint Charles, vous avez sauvé ma fille. C'est un geste qui vous honore, pourquoi accusez-vous Ophélie ?

— Pa'ce que cé la vérité ! Cé d'sa faute c'qui est arrivé ! s'emporta Margot. À part ça, j'ai entendu Winston dire à sa femme que c'tait pas son premier meurtre.

— Tut ! Tut ! Pas devant la petite, la tança Charles.

— Ça s'ra toujours la parole de Florie cont' la mienne, le prévint Margot, courroucée. J'pense qu'on me croira plus qu'un bébé de trois ans.

Préférant ne pas prolonger leur affrontement, Charles partit à la recherche de Winston. Les événements entourant le décès de Mimi prenaient une nouvelle tournure. Bien sûr, Dubois n'accepterait pas de libérer Ophélie sur les dires d'une enfant de trois ans et neuf mois, surtout que leur prisonnière avait avoué un autre meurtre. De son côté, il était convaincu que Florie n'avait pas pu imaginer un tel scénario. Dans son esprit, la femme qu'il chérissait n'était plus responsable de la mort de sa mère et il en ressentait un réel soulagement.

26

Montréal, 22 octobre 1918

Le voyage avait été long et épuisant, mais, enfin, Rémi Martel rentrait au pays. Arrivé à Halifax par bateau la veille, il avait aussitôt sauté dans le premier train à destination de Montréal, impatient de revoir son frère et les enfants, mais surtout Agnès. Son désir d'elle, de sa présence, de son rire, ne s'était en rien altéré au fil des huit années passées en France. Au cœur des combats, alors qu'il frôlait la mort chaque seconde, son souvenir lui avait tenu compagnie et lui avait permis de s'accrocher à la vie. Dans sa joie de fuir la guerre et de retrouver les siens, il en oubliait sa claudication et son œil perdu, conscient de compter parmi les chanceux, puisqu'il revenait vivant. Tellement de Canadiens avaient fait le sacrifice de leur vie et reposeraient à jamais dans les entrailles d'une terre étrangère. À bord du train qui le ramenait à Montréal, le contrôleur lui avait dit que les autorités de la ville avaient levé l'interdiction de rassemblement dans les endroits publics, signe que la grippe espagnole s'essoufflait. La tueuse laissait cependant derrière elle des milliers de morts dans la métropole. *L'existence est parfois absurde,* songea Rémi. *Comme si ce conflit mondial n'avait pas fait suffisamment de victimes, il fallait y ajouter ces vies fauchées par une épidémie des plus meurtrières.*

Le tramway approchait de Westmount. Rémi chassa ses tristes pensées ; dans quelques minutes, il retrouverait les membres de sa famille. Il exultait !

En gravissant la côte qui menait à la résidence d'Aristide, il remarqua, accrochés aux volets de certaines demeures, des rubans noirs annonçant qu'un décès y avait eu lieu, qu'il fallait éviter d'y entrer. Soudain, il eut peur. La mort avait-elle frappé chez son frère ? Malgré sa jambe blessée, il accéléra le pas.

— Oh ! Mon Dieu, non ! s'écria-t-il en découvrant le bout de chiffon qui se balançait dans le vent, suspendu à la porte de la maison d'Aristide.

Affolé, il grimpa les marches, saisit le heurtoir et le frappa avec force contre le battant. Oscar vint ouvrir ; le vieux domestique resta d'abord pétrifié en l'apercevant, puis, incrédule, il balbutia :

— Monsieur Rémi… est-ce bien vous ?

Longuement, il le considéra : sa béquille, sa protection oculaire, son uniforme de soldat.

— Je ne peux pas y croire ! murmura Oscar, des trémolos dans la voix.

— Si vous me laissiez entrer, suggéra Rémi, j'ai hâte de tous les revoir…

Puis, inquiet, il indiqua le ruban noir.

— Qui est décédé dans cette maison ?

Les lèvres tremblantes, Oscar se recula pour lui livrer passage.

— Entrez, monsieur Rémi, je vais tout vous raconter. Je suis vraiment heureux de votre arrivée, je me sentais perdu depuis la mort de…

— De qui ? insista Rémi, fébrile d'en apprendre davantage.

— Venez !

Oscar précéda Rémi au salon. Ce dernier scrutait les lieux familiers, étrangement silencieux en cette fin de journée.

— Où sont-ils tous ?

Avant de commencer à parler, le vieux domestique sortit son mouchoir. Il avait les yeux pleins d'eau.

— Monsieur Aristide est mort il y a dix jours…

Bouleversé, Rémi sentit le poids du destin alourdir ses épaules. Le dos voûté, il se rendit à la fenêtre. Indifférent à sa peine, le soleil brillait de tous ses feux, ses rayons dansaient au milieu des jolies couleurs d'automne.

— J'ai réussi à trouver quelqu'un pour le faire ensevelir, poursuivit Oscar, ce ne fut pas facile, il y a eu tellement de décès, personne ne veut aller dans les cimetières. Maintenant, je ne sais plus quoi faire… le notaire, le testament, la maison. Heureusement, vous êtes arrivé.

Étonné, Rémi se tourna vers le majordome.

— Ce n'est pas à vous de faire tout ça. Où sont madame Agnès et les enfants ? Je dis les enfants, mais Ophélie est une femme à présent, elle a vingt-trois ans.

Ahuri de ce retour inespéré, le vieil homme se taisait.

— Votre silence m'inquiète, insista Rémi, je veux tout savoir.

— Madame Agnès nous a quittés… Après votre départ, il y a huit ans… nous pensions qu'elle s'était enfuie avec vous.

— Quoi ? Vous délirez ! s'exclama Rémi. Agnès ne m'a jamais suivi en France ! Je vis un cauchemar… Dites-moi que je vais m'éveiller !

Décontenancé, incrédule, il arpenta le salon avec le sentiment que le monde s'écroulait autour de lui. Puis il vint se camper devant Oscar, sentant intuitivement l'approche d'un autre drame.

— Ophélie, et Félix ? s'informa-t-il à mi-voix.

— Monsieur Rémi, bredouilla le vieil homme, vous devriez vous asseoir…

— Parlez !

— Après le départ… la disparition de madame Agnès, les enfants ont eu infiniment de peine.

Oscar s'essuya les yeux.

— Ophélie surtout, elle ne croyait pas que madame Agnès les avait abandonnés, elle a accusé son père de l'avoir fait disparaître. Par chance, monsieur le juge avait en sa possession un mot de sa femme lui annonçant qu'elle s'enfuyait avec vous…

— C'est impossible, gronda Rémi entre ses dents. Qu'est-ce que c'est que cette histoire ridicule ?

— La vérité, monsieur.

Rémi remonta le cours du temps, il se remémora sa dernière soirée chez son frère : Aristide l'avait invité à souper, il avait insisté… De quoi avaient-ils discuté ? De Suzanne, sa mère… Du chalet qu'il voulait vendre… Jamais il ne lui avait fait parvenir son adresse, comme l'avait demandé Aristide ce soir-là. Là-bas, en France, il avait préféré couper les ponts, essayé d'oublier… Puis la guerre avait éclaté… Il revint à Oscar, qui se tenait immobile devant lui.

— Que s'est-il passé ensuite ? Où sont Ophélie et Félix ?

Cette fois, le majordome ne put retenir un hoquet.

— Très tôt, un matin, murmura-t-il, mademoiselle Ophélie a pris un révolver de monsieur Aristide et elle a…

— … a quoi ?

— Tiré sur le petit Félix… C'était sûrement un accident ! ajouta promptement Oscar.

Rémi s'avança vers le foyer. De ses poings fermés, il frappa le mur de pierres, puis il s'effondra sur une causeuse à la recherche de son souffle. Il étouffait.

— C'est impossible ! Je n'y crois pas ! martela-t-il à travers les larmes qui coulaient malgré lui. Félix ! Il est mort ?

— Monsieur est rentré de l'hôpital un matin, le regard éteint, et il nous a annoncé la triste nouvelle. Il faisait pitié à voir…

Le vieil homme se mit à pleurer doucement. Le chagrin accumulé, qu'il avait caché pour ne pas peiner son maître, affluait tout à coup.

— Depuis huit ans, bredouilla-t-il, cette maison est un tombeau. La semaine suivant le drame, Martha a été congédiée, puis, l'année suivante, Octavie est décédée. Je suis demeuré seul avec monsieur Aristide.

Rémi était abasourdi. Jamais il n'aurait pu imaginer les drames qui avaient suivi son départ. Il pensa à sa nièce.

— Qu'est devenue mademoiselle Ophélie ? Il y a eu un procès ? Elle est en prison ?

Avant de répondre, Oscar se moucha bruyamment.

— Non, elle est au monastère des Augustines, à Québec. Monsieur Aristide a usé de son influence… Je crois qu'il a dit aux policiers qu'il s'agissait d'un accident, que les enfants jouaient avec ses armes. C'est probablement ce qui est arrivé, je ne vois pas mademoiselle Ophélie tuer volontairement son frère… Je ne suis qu'un domestique, je n'ai pas osé poser de questions. Monsieur était renfrogné, il ne nous disait rien, il s'absentait de longues périodes.

Au monastère des Augustines, c'est ce que retint Rémi. Ophélie était vivante, pauvre petite fleur au milieu des décombres de sa famille. C'est à ce brin d'espoir que Rémi se cramponna pour ne pas sombrer dans l'absurde. Dès demain, il prendrait le train pour Québec et il irait la voir, la chercher. Tant de mystères pavaient le récit du domestique : d'abord la disparition d'Agnès, puis Félix… jamais Ophélie n'aurait pu le tuer de sang-froid. Le souvenir qu'il conservait était celui d'une douce adolescente, aimante et généreuse… qui ressemblait à Agnès… Qu'était devenue la femme qu'il aimait ?

: :

La Sarre, 22 octobre 1918

Charles, après avoir quitté Ophélie, qui se portait mieux, et entendu le récit de Florie, cherchait Winston pour que la petite lui répète son histoire quand Georges-Onil Breton avait fait irruption dans l'hôtel. Au chantier de Chazel, dans le nord, ses bûcherons s'alitaient les uns après les autres, il redoutait que la grippe espagnole ne les ait rejoints au cœur de la forêt. Sans hésiter, Charles confia Florie à Margot et il le suivit, remettant à plus tard sa conversation avec l'hôtelier.

Par chance, les craintes de Breton se révélèrent fausses. Un rhume tout à fait banal, comme il y en avait chaque automne, affligeait les hommes ; la panique avait empiré leurs symptômes. Après avoir distribué à chacun de l'aspirine et du sirop pour la toux, Charles voulut repartir, mais la nuit tombait et des nuages noirs s'accumulaient, annonciateurs d'une tempête hivernale au milieu de l'automne. Coincé au chantier par le blizzard, il ne put rentrer à La Sarre que trois jours plus tard. À son retour à l'hôtel, il eut la surprise de découvrir que Margot avait laissé Florie aux Ramsay et qu'elle avait pris le train pour Montréal.

— Comme elle est la seule témoin visuelle du début de l'incendie, lui rapporta Marie-Jeanne, Germain Dubois l'a obligée à les suivre à Montréal. Son témoignage sera primordial dans l'enquête sur la mort de votre mère.

— Vous voulez dire que Germain a conduit Ophélie à Montréal, c'est ça ?

— Madeleine Dubois refusait de retourner chez elle tant que la p'tite garde serait là, elle craignait qu'elle soit contagieuse. Son mari n'a pas eu le choix.

— Oh ! Mon Dieu ! Et Florie qui a démenti les accusations de Margot…

Charles se sentit pris au dépourvu. À cause de sa visite au chantier à Breton, il n'avait pas encore pu révéler à quiconque les révélations que lui avait faites Florie. Il en discuta avec Winston. Ce dernier lui conseilla de faire parvenir une lettre au bureau du procureur.

— Delorme n'est pas son véritable nom, déclara Charles à l'hôtelier.

— Quoi ? Elle est pleine de surprises, la demoiselle ! Si j'étais vous, je la laisserais à ses affaires et je m'occuperais des miennes.

Devant l'air penaud du médecin, Winston s'empressa d'ajouter :

— Je ne crois pas me tromper en pensant que vous avez un faible pour elle, pas vrai, docteur ?

Charles n'eut pas le temps de répliquer, Florie entra en courant à la poursuite du chat de la maison.

— Viens, lui dit son père en la prenant sur ses genoux. Est-ce que tu veux raconter à Winston ce qui s'est passé la nuit du feu ?

— J'sais pas.

— Après le départ d'Ophélie, quand tu as surpris Margot…

— J'me souviens plus, répondit la fillette, qui sauta par terre.

Elle s'élança aux trousses du minou, qui s'était faufilé sous une table basse, au milieu du salon. Winston fit la moue.

— Je pense que votre témoin a des trous de mémoire, constata-t-il, l'air dépité.

Le cœur à vau-l'eau, Charles quitta la pièce. La déception, le chagrin, la colère, toutes ses émotions s'entremêlaient dans son esprit. Sans le témoignage de Florie, auquel il croyait fermement, que pouvait-il faire pour venir en aide à Ophélie ? Elle était déjà si loin…

: :

Montréal, 23 octobre 1918

Au cabinet d'avocats Henderson, Savary & Associés, la vie reprenait lentement son cours. L'épidémie régressait, les avocats rentraient au travail après un arrêt de près de deux semaines. Beaucoup de dossiers étaient en retard. Maître Martin Henderson, le président-directeur général, convoqua leur dernière recrue à son bureau.

— Maître Curtis, lui dit-il, j'ai une cause qui devrait vous intéresser pour vos premiers faits d'armes en tant que criminaliste.

L'avocat sourit à son patron ; membre du cabinet depuis deux mois, au cours desquels il avait secondé des confrères pour faire ses preuves, il était impatient de travailler sur son propre dossier.

— La prévenue est une femme de vingt-trois ans, arrivée d'Abitibi cette semaine ; elle est soupçonnée d'avoir causé la mort d'une vieille dame en provoquant l'incendie de sa demeure.

— Il y a eu des témoins ?

— Oui. Le plus intéressant dans ce dossier, c'est qu'il est fort possible que ce ne soit pas le seul crime qu'ait commis l'accusée ; quand l'agent de police est allé l'arrêter, elle a confessé un autre meurtre.

— Oh ! Seulement vingt-trois ans et déjà une tueuse à répétition, s'étonna l'homme de loi. Vous êtes certain que je peux m'attaquer à un tel dossier ? Une personne aussi jeune mérite la meilleure défense qui soit.

— J'en ai discuté avec les autres membres du cabinet et on vous fait confiance ! affirma maître Henderson en lui tendant le dossier.

— Ophélie Delorme, lut Logan Curtis.

— Mademoiselle Delorme est incarcérée à la prison des femmes de Montréal, rue Fullum. Vous y êtes déjà allé ?

— Je l'ai visitée pendant mes études, avec un de nos professeurs de droit. Je me souviens de certaines particularités ; par exemple, les détenues sont classées selon leur religion, et les Canadiennes françaises ne mangent pas avec celles d'autres nationalités, pour éviter les conflits.

— Notre justice a confiance dans la réhabilitation des femmes. Sauf, bien sûr, en ce qui concerne les criminelles récidivistes. Dans ces cas-là, il faut des peines exemplaires.

— Personne n'est coupable jusqu'à preuve du contraire ; si j'accepte cette cause, je dois croire en l'innocence de ma cliente.

— En effet. Ou du moins trouver des circonstances atténuantes pour les actes commis. Vous acceptez d'assurer sa défense ?

— C'est un beau défi, je ne vois aucune raison de refuser. Bien que ma nouvelle cliente semble s'accuser elle-même, le droit nous réserve parfois d'étranges surprises.

— J'aime votre philosophie, jeune homme. Voici les notes que nous possédons au sujet de l'affaire Delorme.

Logan Curtis prit le dossier offert et, avant de sortir, il remercia maître Henderson de sa confiance. À quelques pas de son bureau, il croisa Jeanne Morais, la secrétaire de son patron ; c'est grâce à son intervention qu'il avait été engagé chez Henderson, Savary & Associés.

— Maître Henderson vient de me confier ma première affaire ! lui annonça-t-il. Une criminelle récidiviste : Ophélie Delorme. Je pars la rencontrer.

Avant de sortir, il ajouta :

— Merci, Jeanne ! Je te suis vraiment reconnaissant de m'avoir recommandé à ce cabinet.

La jeune femme se gonfla de fierté.

À son arrivée devant la prison des femmes de Montréal, Logan Curtis admira le bâtiment de pierres de très belle apparence. Le mur d'enceinte cependant, avec ses quinze pieds de haut, donnait le frisson. Une sœur du Bon Pasteur, cette communauté qui dirigeait le pénitencier, vint lui ouvrir. Elle l'introduisit au parloir, où ça sentait le citron et la cire fraîche. Une impression de calme régnait dans ces lieux. Maître Curtis se dirigea vers une fenêtre munie de barreaux et son sentiment de bien-être le quitta aussitôt.

Une autre religieuse amena la détenue. Elle la fit asseoir à une table au milieu de la pièce. Logan observa sa cliente : la silhouette était délicate, les gestes lents, elle paraissait épuisée. Il vint prendre place face à elle et il se présenta :

— Maître Logan Curtis, je suis chargé de vous représenter.

La jeune femme leva les yeux et l'examina : l'homme en costume-cravate avait un air inquisiteur. Un bref instant, il lui rappela son père, le juge, puis elle distingua une étincelle de gentillesse dans le regard qu'il posait sur elle. Son intérêt ne semblait pas méprisant, au contraire, il paraissait empreint de respect. Si, depuis sa fuite du monastère, elle était parvenue à dissimuler son véritable nom de famille, maintenant qu'elle faisait face à la justice, il serait certainement découvert. La seule idée d'affronter son père, qui ne manquerait pas de se manifester en sachant sa fille accusée d'un autre meurtre, provoquait chez elle une terrible angoisse. Incapable de réprimer ses tremblements, elle serra ses bras autour de son corps et baissa la tête.

Le criminaliste eut pitié d'elle.

— Je suis là pour vous défendre, déclara-t-il, vous devez m'accorder votre confiance et me raconter votre version des faits. Il est écrit dans ce dossier que vous avez mis le feu intentionnellement à une demeure dans laquelle a péri une vieille dame et que, au moment de votre arrestation, vous avez avoué un autre meurtre… Expliquez-moi.

Maîtrisant difficilement son agitation, Ophélie observa le jeune homme assis devant elle. Il ne paraissait pas la juger. Aussi, elle murmura d'une voix éteinte :

— Mon nom de famille n'est pas Delorme, je m'appelle Ophélie Martel.

— Quoi ? Une fausse identité ? Décidément, vous m'étonnez !

— Il y a plus : je suis la fille du juge Aristide Martel. Vous le connaissez sûrement, il est quelqu'un d'influent dans votre milieu.

Désarçonné, Logan Curtis bondit de sa chaise. Avant d'aller plus loin, il devait réfléchir. Il arpenta la pièce en jetant de brefs regards en direction de sa cliente.

Il ne semblait pas être au bout de ses surprises avec cette jeune femme. La fille d'Aristide Martel ! Vraiment, elle n'était pas la première venue… L'éminent juge Martel, reconnu pour sa discipline rigoureuse, faisait trembler les recrues du Barreau, toutes sans exception. En apprenant le sort de sa fille, il ne manquerait pas de se manifester, et Logan Curtis n'était pas certain d'être prêt à lui faire face en tant qu'avocat de son enfant. Il décida de rentrer au cabinet consulter son patron et de revenir plus tard, s'il conservait la cause, pour entendre la version de mademoiselle Martel.

— Ce que vous venez de m'apprendre me surprend au plus haut point, avoua-t-il à sa cliente. Effectivement, la réputation de votre père n'est plus à faire au sein de la profession.

— Mes liens avec lui sont inexistants depuis huit ans, en fait…

— Vraiment ? Vous êtes si jeune !

— C'est une longue histoire… Depuis mes quinze ans, ma vie est une tragédie, et ça ne semble pas sur le point de s'arrêter. Mais soyez certain que je ne suis coupable d'aucun des crimes dont on m'accuse, je peux tout vous expliquer.

Logan Curtis promenait un regard indécis sur la jeune femme assise devant lui : doublement accusée de meurtre, fille du rébarbatif juge Martel… et qui avait dissimulé son identité. Cet imbroglio dépassait ses compétences et lui donnait le sentiment de redevenir un étudiant en droit affrontant un professeur sévère.

— Mademoiselle Delorme… pardon… Martel, je pourrais jouer à l'expert chevronné, ce que je ne suis pas, et je risquerais de vous nuire. J'ai besoin d'aide pour assurer votre défense… j'en réfère à mon patron et je reviens vous voir.

Il se leva rapidement pour partir. Toutefois, avant de franchir la porte, hésitant, il se tourna vers sa cliente.

— Je prends bonne note de ce que vous m'avez confié : vous n'êtes pas coupable des crimes dont on vous accuse, et j'ai l'intuition que vous dites la vérité. C'est sur cette affirmation que je fonderai ma défense. Je promets de ne pas vous abandonner.

Ophélie ferma les yeux et apprécia cette confiance. Dans les quelques mots échangés, elle le sentait prêt à se battre à ses côtés pour faire triompher la vérité. Peut-être même la libérer enfin d'une vie trop lourde à porter ? Pourvu que ce jeune avocat ne la laisse pas tomber parce qu'elle était la fille d'Aristide Martel…

Maître Martin Henderson trépignait d'impatience, pressé d'en apprendre davantage.

— Vous dites que cette demoiselle Delorme est en fait la fille du juge Martel, vous en êtes certain ?

— Absolument, répondit maître Curtis, c'est elle-même qui me l'a révélé.

— Vous avez su que Martel est décédé de la grippe espagnole ?

— Non ! s'exclama le jeune avocat.

— Je l'ai appris à mon retour au bureau, il y a quelques jours.

— Je ne crois pas que sa fille soit au courant. D'après ce qu'elle m'a dit, ils ne se sont pas revus au cours des huit dernières années.

Henderson plissa les yeux et parut fouiller dans sa mémoire. Après un court moment, il hocha la tête et déclara :

— L'histoire de cette jeune personne est des plus intrigantes, vous avez eu raison de venir m'en parler avant de faire quoi que ce soit. Si je ne me trompe pas, la tragédie qui s'est produite chez les Martel remonte à peu près à cette époque.

— De quoi parlez-vous ?

— La femme d'Aristide l'avait quitté… pour son frère, je pense. Sa mésaventure a beaucoup fait jaser dans les couloirs du palais de justice à l'époque. Aristide Martel, humilié, se taisait sur le sujet, ce qui alimentait les rumeurs les plus variées.

— J'étais trop jeune pour avoir été au courant, je n'avais pas commencé mes études de droit…

— Quelques semaines plus tard, poursuivit Henderson, le jeune fils de Martel s'est tué en jouant avec une arme à feu. Ce dernier a eu beaucoup de difficulté à s'en remettre et…

Maître Henderson eut une idée soudaine.

— Vous croyez que ce n'aurait pas été un accident ? demanda-t-il. Que le petit aurait été… que c'est sa sœur qui aurait tiré sur lui ? Et le juge aurait camouflé la chose pour sauvegarder l'honneur de sa famille ? Ça ne me surprendrait pas de sa part, il était si fier et orgueilleux. Paix à son âme !

Maître Curtis imaginait mal la jeune femme rencontrée plus tôt tuer avec préméditation. Elle avait pourtant reconnu un autre meurtre au moment de son arrestation, c'était écrit au dossier…

— Mademoiselle Martel m'a souligné que sa vie était une terrible tragédie qui ne semblait pas sur le point de s'arrêter, raconta-t-il à son patron. Elle m'a certifié qu'elle n'était coupable d'aucun des crimes dont on l'accusait. Et j'ai eu l'impression qu'elle disait vrai.

Maître Henderson eut un sourire narquois.

— Elle est jolie ? s'informa-t-il. Avec de grands yeux dans lesquels se reflète toute l'innocence du monde ?

— En effet, avoua Logan avec une moue penaude.

— C'est le métier qui rentre, mon garçon, ironisa son patron. Dans notre profession, l'intuition est une ennemie, il faut apprendre à s'en méfier. Seules comptent les preuves.

— Vous préférez confier ce dossier à quelqu'un qui a plus d'expérience que moi ?

— Pas du tout ! Vous prenez conscience qu'il ne faut pas se fier aux apparences, c'est parfait. Par ailleurs, jeune homme, notre intuition a aussi de l'importance, il faut seulement la valider par des faits précis.

— Merci, maître Henderson, je vais me montrer digne de votre confiance.

— Je serai à vos côtés pour vous aider. Avant de retourner lui rendre visite et d'écouter son histoire, vous devriez rencontrer le témoin qui affirme l'avoir vue allumer l'incendie ayant causé la mort de cette vieille dame et obtenir sa version des faits. Vous devrez évaluer la crédibilité de cette…

Henderson ouvrit le dossier à la recherche du nom.

— … de Marguerite Lachance.

— Vous avez raison, admit Logan. En cour, ce sera sa parole contre celle de ma cliente, c'est une excellente idée de fouiller son passé.

— Pour l'instant, ne révélez à personne la véritable identité de mademoiselle Martel. Il est préférable de garder cette carte dans notre manche, nous la sortirons le moment venu et en ferons part au procureur. Maître Curtis, je pense que vous voilà chargé d'une cause beaucoup plus compliquée que ce que nous anticipions au début.

Dans sa cellule, Ophélie repensait à la visite du jeune avocat reçue au cours de l'après-midi. La révélation de son véritable nom avait semblé le troubler au plus haut point, il était parti sans écouter ce qu'elle avait à lui expliquer. Si sa réaction était représentative de l'effet que son identité produirait sur les membres d'un éventuel jury, elle pouvait s'attendre au pire. Pour le moment, ce qu'elle redoutait le plus, c'était d'affronter le regard de son père quand il se présenterait devant elle… elle craignait d'y lire encore l'horreur de son geste. L'image de Félix se profila derrière ses paupières closes, il lui souriait, ce qui ne l'empêcha pas d'éclater en sanglots. Recroquevillée sur son grabat, elle se sentit accablée d'une profonde solitude.

27

Westmount, 23 octobre 1918

Le notaire Siméon Héroux regardait les dossiers que sa secrétaire venait de déposer devant lui. Il y en avait sept, tous pour des clients emportés prématurément par la grippe espagnole. Bien que le fléau fût en régression, des décès étaient rapportés régulièrement. Lui-même y avait échappé par miracle. Il fit un signe de croix pour remercier le ciel de l'avoir épargné.

À l'aide de son mouchoir, il épongea la sueur qui coulait sur son front. Sa femme lui avait pourtant dit qu'il était trop tôt pour reprendre le travail, mais il n'avait pas le choix, il devait convoquer au plus tôt les héritiers des victimes de la grande tueuse.

Il consulta la liste : le juge Aristide Martel, mort le 12 octobre, déjà onze jours. Qui devait-il recevoir pour la lecture de ses dernières volontés ? Il saisit le dossier et il vérifia les noms des personnes à convoquer pour la lecture. Il s'agissait de messieurs Rémi Martel et Oscar Beaudry, ainsi que de madame Irma Lachance.

Souhaitant que leurs adresses soient toujours exactes, maître Siméon Héroux appela sa secrétaire.

— Faites parvenir à ces trois personnes une convocation pour lundi prochain, le 28 octobre, à onze heures. N'oubliez pas de mentionner au coursier que ces documents doivent être remis en mains propres aux personnes ci-dessus indiquées, sinon il nous les rapporte.

La vieille employée leva les yeux au ciel. Depuis trente ans qu'elle travaillait pour lui, elle se demandait pourquoi son patron lui spécifiait encore d'être vigilante.

: :

Montréal, 24 octobre 1918

En prenant ses notes, maître Curtis regardait du coin de l'œil la jeune femme assise devant lui, la seule témoin visuelle du procureur de la Couronne, qui disait avoir été la meilleure amie d'Ophélie Delorme, avant, bien sûr, qu'elle sache que cette demoiselle était une voleuse. Maintenant qu'Ophélie était devenue une meurtrière, avait ajouté Margot, elle préférait couper les ponts définitivement avec cette criminelle. L'avocat avait peine à croire qu'Ophélie avait choisi cette mâcheuse de gomme au langage vulgaire pour en faire sa compagne de route.

— Sava-tu, mon grand, qu'avant d'atterrir en Abitibi ta cliente c'tait une nonne ? lança Margot, qui se sentait observée.

— Qu'est-ce que vous voulez dire ? demanda Logan, étonné de la question.

— J'imagine que t'en pinces pour elle, toé 'si, comme toutes les hommes qu'a rencontre, la belle Ophélie ?

L'avocat ne releva pas la supposition, il se contenta de la fixer, attendant la suite.

— Ben oui ! C'tait une vra sœur, avec la robe de nonne, la cornette, pis tout l'bataclan…

— Expliquez-moi, s'il vous plaît. Je ne vous suis pas…

— À c'que j'voé, tu sé pas grand-chose de ta cliente ! Tu devras t'informer plusse que ça, mon bon ami.

— C'est justement mon intention, mademoiselle, en vous invitant à venir à mon bureau. Racontez-moi tout ce que vous savez au sujet d'Ophélie et de l'incendie qui a coûté la vie à madame Micheline Parenteau.

Margot s'avança sur sa chaise.

— On sé enfuies ensemble de Québec, Ophélie pis moé. J'étais à l'hôpital et elle, c'tait la religieuse qui m'soignait. Cé comme ça qu'on sé rencontrées, on sé plu tout de suite.

Margot interrompit son récit pour observer la réaction de l'avocat ; il demeurait simplement attentif.

— Dès qu'on a mis l'pied en Abitibi, continua-t-elle, y a un beau docteur qui est tombé raide dingue d'la mademoiselle Delorme… Une 'tite infirmière qui s'pointe dans un bled perdu, ç'attire les gars qui ont d'l'instruction, tu penses pas ?

Maître Curtis nota que Marguerite ne connaissait pas le véritable nom de famille d'Ophélie, sinon elle l'aurait mentionné.

— Une jeune femme bien éduquée comme ma cliente est une personne remarquable, en effet. L'homme que vous croyez amoureux d'elle, est-ce qu'il a un rapport avec notre affaire ?

— Ben sûr, c'tait l'gars de Mimi…

— Soyez plus claire… Qui est Mimi ?

— La morte ! Ç'a choqué Ophélie que j'aie dit au doc Parenteau qu'était une bonne sœur. Comme toé, y s'en doutait pas pantoute, lança Margot pour narguer l'avocat et tenter de le faire réagir.

Ce dernier resta de marbre. N'ayant de nouveau obtenu aucune réaction, Margot poursuivit :

— La nuite du feu, Ophélie est entrée dans maison, pis a sé mise à crier après moé pa'ce que j'avais toute dit à son *chum*. Quessé tu veux, j'aime pas les cachotteries, moé. J'pense qu'a voyait rouge, pa'ce que, dans sa colère, a frappé la lampe, qui est tombée à terre. Pis est sortie sans s'occuper de Mimi ni d'la p'tite Florie, la fillette du doc. J'ai eu jus' le temps d'courir chercher Florie. J'me sus brûlé les mains, r'garde, ça paraît toujours.

Margot présenta ses paumes à Logan. Effectivement, il y avait encore des traces de brûlures.

— Après ça, j'ai crié à Mimi, continua la menteuse, mé, avec ses rhumatimes, a pas pu s'sauver. Voilà ! J't'ai toute raconté.

Le regard provocateur, Margot ajouta :

— Pis y paraît même que c'tait pas son premier meurtre, à *miss* Delorme. Ça, j'l'ai appris jus' après l'incendie, sinon j's'rais jamais partie avec elle de Québec.

Dans les souvenirs de maître Curtis, la personne décrite par le témoin ne ressemblait pas à l'Ophélie rencontrée la veille à la prison des femmes. Voulant en savoir davantage, il interrogea Margot sur leur voyage vers l'Abitibi, sur les raisons qui les avaient fait s'arrêter à La Sarre et, surtout, s'installer là-bas. Margot se fit un plaisir de relater leur odyssée, à sa manière, et elle en profita pour accabler Ophélie du vol de la petite caisse des Augustines. Finalement, elle ajouta, sur un ton de confidence :

— Cé ben plate pour les hommes, mé, la belle Ophélie, cé les femmes qui font son bonheur !

À cette dernière déclaration, maître Curtis montra de l'étonnement.

— Qu'est-ce qui vous pousse à dire une telle chose ?

Cette fois, ayant obtenu que l'avocat réagisse, elle gloussa :

— Pa'ce qu'a m'a faite des avances, c't'affaire ! Ça t'en bouche un coin, pas vrai ?

Logan se leva. Cette Margot lui déplaisait et il en savait assez pour se faire une opinion. Il la raccompagna jusqu'à la sortie.

Marguerite à peine partie, maître Henderson frappa à la porte de son bureau. Il venait aux nouvelles : la cause de la fille d'Aristide Martel l'intéressait beaucoup. Après avoir résumé sa rencontre, Logan conclut :

— Au moins, cette demoiselle ne connaît pas la véritable identité de ma cliente. Si elle apprenait qu'elle est la fille du juge Martel, elle se ferait certainement un grand plaisir d'avertir les journalistes avant que le moment soit opportun de le faire nous-mêmes. Je sens que son but est de nuire à Ophélie…

— Pourquoi ferait-elle ça ?

— Ça va vous paraître étrange, mais, en l'écoutant, j'ai eu l'impression d'entendre un amoureux éconduit.

— Elle l'accuserait par jalousie ? Ça vaut la peine de creuser cette piste.

Derrière la porte demeurée entrouverte, Jeanne Morais, la secrétaire de maître Henderson, avait entendu la conversation des avocats. Ainsi, la meurtrière venue d'Abitibi était Ophélie Martel ! Elle n'arrivait pas à y croire. Huit ans auparavant, à cause de cette chipie, madame Renée avait refusé de la reprendre dans son cours de théâtre, sous prétexte qu'elle avait délibérément tiré les rideaux sur le baiser qu'Ophélie échangeait avec le bel Hector, le héros de la pièce. Cet incident avait mis fin à la carrière d'actrice dont elle rêvait depuis sa tendre enfance. Aujourd'hui, après s'être imaginée célèbre, elle n'était qu'une simple secrétaire que personne ne remarquait.

Elle comprenait maintenant pourquoi les avocats du cabinet préféraient taire la véritable identité de leur cliente. C'était pour ne pas lui nuire, comme venait de le souligner Logan. De son côté, elle rêvait de vengeance depuis si longtemps. L'occasion lui était enfin offerte d'avoir sa revanche, elle n'allait pas la laisser passer. Elle décida de prendre les devants et d'alerter la presse.

Un appel anonyme à Noël Lemaire, ce journaliste qui avait encensé Ophélie lors de sa performance théâtrale en titrant son article « Une étoile est née », ce sera parfait, songea-t-elle. *Cette fois, il pourra écrire « La chute d'une star » !*

En soulevant le combiné du téléphone, elle ricanait, satisfaite de sa décision.

: :

La Sarre, 24 octobre 1918

Debout devant l'amas de terre récemment remuée, Charles Parenteau tenait sa fillette par la main. Les feuilles étaient tombées et, déjà, la neige recouvrait le sol.

— Tu crois que grand-maman va avoir froid ? interrogea Florie en grignotant un biscuit.

— Non, mon poussin. Mimi est montée au ciel et là-haut, il fait toujours chaud.

— Regarde papa, un écureuil ! s'écria l'enfant, qui se lança à sa poursuite.

Demeuré seul au pied de la tombe, le médecin laissa couler une larme ; le décès de sa mère dans des circonstances atroces l'affligeait profondément. Il n'arrivait cependant pas à croire la version de Margot. Il accordait davantage de crédit aux mots de Florie, même si jamais elle ne les avait répétés.

— Est-ce que c'est toi, Mimi, qui a mis ces paroles dans la bouche de ta petite-fille ? murmura Charles. Peut-être voulais-tu me faire comprendre qu'Ophélie n'a rien à voir dans le drame qui a fauché ta vie ?

D'un revers de manche, il s'essuya les yeux.

— Je me rappelle, poursuivit-il, la peine immense que tu as eue au décès d'Élise. Je te revois refoulant ton chagrin pour essayer de me consoler. Tu te taisais, mais tu étais là… la douceur de ta présence, ta tendresse pour mon bébé orphelin. Tellement de petits gestes qui ont mis un baume sur ma douleur. Aujourd'hui, tu me manques terriblement ; je ne sais plus à qui demander conseil. Ces paroles gentilles que tu m'avais dites en parlant d'Ophélie, les penses-tu toujours ? Du haut de ton ciel, toi qui connais la vérité, crois-tu que cette charmante jeune femme, simple et généreuse, comme tu la qualifiais, mérite encore mon amour ? C'est plus fort que moi, maman, je l'aime.

Une mésange se posa délicatement sur l'épaule de Charles et, sa petite tête noire tournée vers sa joue, elle émit son chant familier *Tchic-a-di di-di.* Charles éclata de rire, à la surprise de Florie, qui accourut vers lui.

— Écoute ce que dit l'oiseau, proposa-t-il à la fillette.

Après s'être envolée, la mésange s'était arrêtée sur une branche tout près et elle sifflait toujours joyeusement. Florie tendit l'oreille un long moment.

— Elle chante: *Tchic-a-mi mi mi...* Tu crois qu'elle parle de grand-maman?

— Oui, j'en suis certain. Chaque fois que Mimi entendait une mésange, elle racontait que c'était une mélodie composée pour elle. Peut-être qu'aujourd'hui elle est revenue nous voir sous l'apparence de cette petite boule de plumes pour nous dire qu'elle est heureuse là où elle se trouve et qu'elle souhaite que nous le soyons aussi.

Ravie de l'explication de son père, Florie tendit vers l'oiseau sa paume droite, couverte de miettes de biscuit.

— Viens, grand-maman, implora-t-elle.

La mésange hésita, puis elle vint se poser sur le bout de ses doigts, et elle se mit à picorer les miettes. Charles esquissa un sourire. À travers l'oiseau qui s'envolait, il devina que Mimi lui avait répondu. Il se pencha vers Florie et il la serra dans ses bras. Pour la première fois depuis trois ans et demi, il ne s'ennuyait pas d'Élise, mais d'Ophélie. Le temps était arrivé pour lui de se rendre à Montréal pour donner sa version des faits qui accablaient la femme auprès de laquelle il espérait finir ses jours.

: :

Québec, 25 octobre 1918

Des flocons de neige tombaient sur la ville. Rémi descendait la rue des Remparts en se remémorant son entretien avec sœur

Sainte-Marie-des-Anges. Ce qu'il avait entendu était à peine croyable : huit ans auparavant, Aristide avait abandonné Ophélie chez les Augustines sous prétexte que l'unique avenue possible pour elle était le cloître ou la prison. Aujourd'hui, Ophélie s'appelait sœur Marie-Hosanna ; la pauvre enfant avait perdu sa mère, son frère, et elle s'était retrouvée cloîtrée à quinze ans. Et lui, son parrain, il n'en avait rien su. Si seulement il avait été là...

— Jusqu'à cette année, nous doutions de la responsabilité de sœur Marie-Hosanna dans les événements dont son père l'avait accusée en la laissant chez nous, avait raconté la supérieure du monastère. Ophélie était réservée, obéissante et très généreuse ; elle a suivi avec brio sa formation d'infirmière et nous l'avons accueillie dans notre communauté avec affection.

Sœur Sainte-Marie-des-Anges avait eu une légère hésitation avant d'ajouter :

— Toutefois, après les fêtes de Pâques, notre opinion s'est modifiée. Elle a quitté le cloître en douce, après avoir dérobé une importante somme d'argent à l'Hôtel-Dieu. Ce fut pour nous une profonde déception. Depuis sa fuite, il y a près de sept mois, nous sommes sans nouvelles, nous n'avons aucune idée d'où elle a pu se réfugier, je suis désolée. Si vous la retrouvez, ce serait grandement apprécié que vous nous en fassiez part ; après tout, elle est membre de notre communauté.

Rémi releva le col de son manteau. Finalement, tous les drames qui avaient frappé la famille Martel découlaient de son départ. Agnès avait-elle réellement tenté de le rejoindre la nuit où il était parti pour la France ? Si oui, l'hypothèse la plus plausible pour lui était qu'Aristide l'avait appris et l'avait suivie. Que s'était-il passé entre eux ? Il n'arrivait pas à imaginer que son frère fût un assassin... Pourtant, c'était la seule explication qui lui venait à l'esprit... Et s'il y en avait une autre ? Mais laquelle ? Une femme ne disparaît pas sans laisser de trace.

Face au fleuve qui coulait vers la France, il se fit mille scénarios. Tour à tour, ils furent emportés au loin, dans le vol des canards qui planaient au-dessus de sa tête. La première démarche sur laquelle se concentrer était de retrouver Ophélie. Il décida de rentrer à Montréal et de discuter à nouveau avec Oscar pour remonter le fil du temps et tenter d'éclaircir la situation.

— Vous savez, avait précisé le vieux domestique, je connais très peu des événements qui se sont passés. Monsieur Aristide ne me racontait rien, je me contentais d'être là et d'obéir à ses ordres.

Quoi qu'il en dise, il était présent, alors que lui, Rémi, habitait sur un autre continent. Il lui demanderait de fouiller sa mémoire et de se souvenir de tous les détails possibles, si petits soient-ils, le moindre indice pourrait lui être utile. Aristide avait certainement fait un testament, il suffisait de retrouver le nom de son notaire. À son cabinet, une secrétaire ou un assistant devait savoir de qui il s'agissait. Peut-être trouverait-il dans les dernières volontés d'Aristide des réponses à ses questions sur la disparition d'Agnès ; le mystère de son absence le taraudait sans cesse. Au cours de son voyage de retour d'Europe, il avait rêvé avec tendresse au moment où il la reverrait, où il se sentirait de nouveau envoûté par son parfum et son rire. Debout sur le pont du paquebot, le visage offert au vent du nord qui soufflait du Canada, il s'était promis, si elle l'aimait toujours autant que lui, de trouver une façon de vivre leur amour à la face du monde.

28

Montréal, lundi 28 octobre 1918

Maître Curtis accéléra le pas. Les lourds rubans noirs qu'on voyait encore suspendus aux façades de nombreuses résidences l'angoissaient ; il avait hâte de rentrer à son bureau, où une femme de ménage se rendait tous les jours pour nettoyer les salles avec des produits qui sentaient l'eau de Javel.

Son patron lui avait suggéré de faire une visite au poste de police de Westmount. Un rapport avait sûrement été rédigé à la suite de l'accident qui avait coûté la vie au jeune fils du juge Martel et dont sa cliente se sentait responsable. Son rendez-vous avec le lieutenant Raines avait été fructueux ; ce dernier se souvenait très bien de l'intervention faite huit ans auparavant.

— Il y a des histoires qu'on se rappelle plus que d'autres, avait-il mentionné. La jeune personne dont vous parlez, Ophélie Martel, est venue nous voir un après-midi. Elle soupçonnait son père d'avoir fait disparaître sa femme. Les enfants acceptent difficilement la séparation de leurs parents. Mais à notre visite à la résidence des Martel, le juge nous a montré une note de la main de son épouse lui annonçant qu'elle le quittait. La demoiselle a aussitôt reconnu l'écriture de sa mère, y compris un signe qu'elle mettait à la fin de sa signature ; aussi, elle n'a pas eu d'autre choix que de se résigner, la malheureuse petite.

Ensuite, Curtis l'avait interrogé sur l'accident ayant impliqué le jeune Félix.

— Une bien triste histoire, avait déploré Raines, comme si maître Martel ne souffrait pas assez de l'abandon de sa femme. Le p'tit bonhomme jouait avec un des révolvers de son papa. À ce qu'il paraît, il l'accompagnait souvent à ses compétitions de tir. Maître Martel était effondré, il faisait peine à voir.

— Ophélie, la sœur du jeune Félix, vous l'avez questionnée à l'occasion de ce dernier drame ? avait-il demandé au lieutenant Raines.

— Son père nous a dit qu'elle était dans la pièce au moment de la tragédie, et qu'elle avait assisté, impuissante, à ce terrible malheur. Quand je me suis présenté chez eux, avec mon collègue, pour obtenir les renseignements nécessaires à mon rapport d'accident, elle était dans sa chambre, incapable de nous rencontrer, selon la gouvernante. Je crois qu'elle a été hospitalisée par la suite, ou envoyée en pension… ou chez des parents, je ne sais pas trop. Je ne l'ai jamais revue à Westmount. Mais il est vrai que notre profession nous amène rarement à croiser les enfants.

En arrivant au cabinet, maître Curtis se rendit directement au bureau de son patron.

— J'ai une bonne nouvelle, lui apprit-il. Notre cliente n'est en rien responsable de la mort de son jeune frère. Il existe un rapport de police à cet effet, dans lequel le juge Martel est formel, ce fut un monstrueux accident. Ce doit être terrible d'assister à un tel événement sans pouvoir intervenir pour l'empêcher, c'est probablement ce qui explique qu'elle se sente coupable.

— Excellent ! Nous devons prévenir immédiatement le procureur de la Couronne.

— En effet, se réjouit Logan. Demain, j'ai rendez-vous avec mademoiselle Martel à la prison des femmes, elle sera soulagée.

Maître Curtis salua son patron. Dès qu'il sortit dans le couloir, Jeanne l'intercepta. En minaudant, elle l'informa qu'un homme l'attendait dans la salle de conférence : un certain Charles Parenteau.

— On se voit ce soir ? l'interrogea-t-elle en s'accrochant à son bras.

— Non, je suis désolé, j'ai du travail.

La jeune femme était la secrétaire de son patron et, bien qu'il ait été introduit au cabinet grâce à elle et qu'il l'ait invitée à souper récemment pour la remercier, ça ne faisait pas d'eux des partenaires de vie. Il se promit de mettre les choses au clair avec elle dès que possible.

Maître Curtis se rendit à la salle de conférence. Celui qui l'attendait était le fils de la victime, amoureux d'Ophélie, selon les dires de l'intrigante Margot. Aussi était-il impatient d'entendre sa version des faits. Parenteau se leva à son arrivée ; grand, athlétique, le médecin était plutôt sympathique, ce n'était pas étonnant qu'il ait plu à Ophélie.

La poignée de main était ferme, l'avocat l'apprécia.

— Je soupçonne que si vous êtes venu de l'Abitibi sans pour l'instant être convoqué, c'est que vous avez de nouveaux éléments à me communiquer, déclara-t-il.

— Comme vous le savez, c'est ma mère qui est décédée dans l'incendie.

Logan opina.

— Si je croyais mademoiselle Delorme coupable de sa mort, je ne serais pas ici, et, comme vous l'imaginez, j'éprouverais du ressentiment envers elle. Ce qui n'est pas le cas, parce que…

— … que vous en êtes amoureux, intervint l'avocat.

Charles esquissa un triste sourire.

— Je le suis en effet ! Mais j'ai suffisamment de jugement pour que ce ne soit pas la raison qui me pousse à croire en son innocence. Je me fonde sur les dires de ma fille, présente au moment des faits.

— Je n'ai pas vu cette information au dossier, s'étonna maître Curtis. Pourtant, j'ai lu tous les témoignages recueillis par l'officier de police de La Sarre, après l'arrestation de mademoiselle Martel…

— Vous avez dit Martel ? le coupa Charles. Nous parlons bien de la même personne ?

Le criminaliste se mordit la lèvre, s'en voulant d'avoir manqué d'attention.

— Vous désirez autant que moi que l'innocence de mademoiselle Ophélie soit reconnue, n'est-ce pas ?

— Oui.

— Alors je vous raconte les faits, qu'il faudra taire pour un certain temps, car ma cliente est la fille d'un magistrat fort réputé, ici, à Montréal. Pour l'instant, le méfait d'une inconnue venue d'Abitibi ne suscite l'intérêt de personne, surtout que les chroniqueurs font la une de leurs journaux avec la grippe espagnole, toujours meurtrière, et avec la fin de la guerre, qui semble imminente, Dieu merci ! Donc, s'ils apprenaient de qui il s'agit, ce serait une autre paire de manches : ils nous suivraient à la trace pour obtenir des détails croustillants, et ça risquerait de nuire à sa mise en liberté en attendant son procès.

— Vous croyez qu'elle sera libérée ? lança Charles d'un ton réjoui.

— Une chose à la fois, le tempéra l'avocat. Pour le moment, parlez-moi du témoignage de votre enfant.

— Tout d'abord, permettez que je vous dise que la nuit de l'incendie, quand Ophélie m'a quitté à l'hôtel où je soignais une femme malade, elle était chagrinée, pas en colère. C'était ma faute, je venais de la mettre au pied du mur en l'appelant sœur Marie-Hosanna…

— Alors, c'est exact, Ophélie est religieuse ?

— Oui, je suis allé me renseigner à l'Hôtel-Dieu de Québec, là où elle a reçu sa formation d'infirmière. Elle était cloîtrée chez les Augustines depuis ses quinze ans, si je me fie aux dires de Margot. Les gens qui m'ont renseigné ont été avares de détails… je ne crois pas qu'elle ait quitté sa communauté en bons termes avec ses consœurs.

— Je vais rendre visite aux Augustines et découvrir comment Ophélie s'est retrouvée chez eux, déclara Logan.

— Étant son avocat, c'est certain que vous en apprendrez plus que moi.

— Au fait, quelles sont vos intentions au sujet d'Ophélie ? Les religieuses n'ont pas le droit de prendre un époux autre que Dieu, à ce que je sache.

— Je n'ai pas vraiment approfondi la question, je venais de l'apprendre quand ma mère est morte. Si Ophélie ne peut pas rompre ses vœux… je ne sais pas trop. Si elle est d'accord, et que ça ne lui pose pas un cas de conscience, nous pourrions aller nous installer dans l'Ouest canadien, là où personne ne nous connaît. Avec le décès de maman, je n'ai aucune attache qui me retient en Abitibi.

— Vivre dans le péché ne vous inquiéterait pas ? Vous savez que l'Église catholique excommunie les gens qui vivent ensemble hors des liens sacrés du mariage, d'autant plus que, dans votre cas, il s'agirait d'une sœur défroquée.

— Je ne pense pas qu'une bénédiction nuptiale soit indispensable à l'amour entre deux personnes. J'ai toujours eu des réticences face aux obligations imposées par l'Église. Durant mon cours classique, comme vous certainement, j'ai appris à évaluer les dogmes de diverses religions, et je crois que certains d'entre eux ont été inventés pour mieux nous contrôler.

Logan sourit, il adhérait aux paroles du médecin.

— Si nous en revenions à la raison de votre présence ici, dit-il. Racontez-moi le témoignage de votre fille.

Le plus sincèrement possible, Charles relata en détail tout ce qu'il savait d'Ophélie, depuis leur rencontre dans le train, jusqu'au moment où il l'avait soignée après qu'elle eut contracté la grippe espagnole, sans oublier, bien sûr, les mots de Florie, que la petite n'avait pas voulu répéter par la suite, mais auxquels il croyait fermement.

L'avocat l'écouta avec attention. Il imaginait facilement l'étonnement et les difficultés rencontrées par Ophélie, qui s'était retrouvée en société après huit années dans un cloître. Le récit de Charles cadrait davantage avec sa perception de la jeune femme qu'avec l'image qu'avait voulu lui en donner Margot.

— Ce que vous venez de me raconter est fort intéressant, et ça conforte mon opinion que ma cliente dit la vérité. Cependant, je dois vous avertir qu'au tribunal les propos d'une bambine, rapportés par vous qui êtes amoureux de l'accusée, ça ne pèsera pas lourd à côté des déclarations d'un témoin visuel. Si Florie ne peut pas répéter ce qu'elle vous a dit, je suis certain que le procureur de la Couronne refusera de verser cette preuve au dossier.

— Pourtant, je rapporte exactement ce que m'a dit la petite.

— Je peux vous citer comme témoin de la moralité, mais il est certain que Margot parlera de votre relation avec l'accusée… Le procureur de la Couronne, maître Harry Marsh, mettra en doute vos propos, il peut même les retourner contre vous. De plus, je connais Marsh, il n'a jamais porté le juge Aristide Martel dans son cœur. Ce dernier l'a souvent rabroué en cour, je pense qu'ils éprouvaient de l'aversion l'un pour l'autre. Croyez-moi, il ne se montrera pas clément envers sa fille, il va s'acharner.

Dépité, Charles laissa tomber :

— Si je me fie à ce que vous dites, je suis venu pour rien.

— Excusez-moi si je vous semble de mauvaise foi, mais, en cour, ce sont les faits qui comptent, les preuves directes.

— Quoi qu'il en soit, sachez que je ferai tout en mon pouvoir pour aider Ophélie, promit Charles en se levant pour partir.

— J'en prends bonne note.

— Avant de m'en aller, j'ai une dernière question. Au moment de son arrestation à La Sarre, Ophélie s'est accusée d'un autre meurtre, de quoi s'agit-il ?

— Là, je vais vous faire plaisir, exulta Logan. De ce côté, tout est réglé.

— Vraiment ?

— Oui. Ophélie avait assisté, impuissante, au décès accidentel de son jeune frère, elle a dû se sentir responsable, c'est la raison qui la pousse à s'attribuer tout le blâme.

Maître Curtis raconta en détail sa rencontre avec Raines. Soulagé, Charles tendit la main à l'avocat.

— Je suis à Montréal pour quelque temps, précisa-t-il. Je loge à l'hôtel Windsor. Si vous pouviez me tenir au courant des progrès de cette affaire, je vous en saurais gré.

— C'est promis.

— Également, je souhaite rendre visite à Ophélie… vous croyez que c'est possible ?

En prononçant le prénom, Charles avait rougi.

— Je verrai ce que je peux faire, lui répondit l'avocat, mais je ne veux pas vous créer de faux espoirs. Vous n'êtes pas de sa famille, et ma cliente est accusée du meurtre de votre mère.

— Je comprends, affirma Charles en se dirigeant vers la sortie, mais faites votre possible.

Avant de sortir, il remercia l'avocat de sa compréhension, espérant qu'il parviendrait à faire acquitter la femme qu'il aimait.

: :

Bureau du notaire Héroux, 28 octobre 1918

Oscar avait été grandement étonné de recevoir la visite d'un homme qui lui avait remis une convocation au bureau du notaire

Simon Héroux pour la lecture du testament de monsieur Aristide Martel, le lundi 28 octobre. Lorsque le messager lui avait demandé s'il connaissait l'adresse de Rémi Martel, il s'était fait un plaisir d'appeler ce dernier, qui se trouvait dans le salon.

— Que vous soyez convoqué, c'est normal, avait-il dit à Rémi après le départ de l'huissier, mais moi…

— Vous avez été au service de notre père avant de continuer auprès d'Aristide, il serait normal que mon frère vous ait légué quelque chose, l'avait rassuré Rémi, debout devant la cheminée à large manteau.

Autrefois, des photos des membres de la famille Martel y reposaient ; elles avaient été retirées.

— Je me demande si Ophélie fait partie des héritiers de mon frère, s'était interrogé Rémi à haute voix.

— C'est cruel à dire, mais, pour monsieur Aristide, sa fille n'existait plus. Je serais surpris qu'elle figure sur son testament, avait tristement répondu Oscar.

À onze heures pile, ce 28 octobre, les deux hommes se présentèrent chez le notaire. Une secrétaire les introduisit dans le bureau de son patron. Maître Héroux les accueillit poliment et les fit asseoir, puis il ouvrit le dossier devant lui.

— Madame Irma Lachance, une héritière de votre frère, ne peut être présente aujourd'hui, pour cause de maladie, précisa-t-il. Je vais donc vous faire part des dernières volontés de feu monsieur le juge Aristide Martel. Ensuite, je me rendrai chez cette dame, pour l'informer à son tour.

Rémi leva un sourcil interrogateur et regarda en direction d'Oscar ; il ne savait rien de cette femme.

— Je la connais, le renseigna le majordome à voix basse, je vous en parlerai plus tard.

Le notaire commença sa lecture par les formules d'usage, puis il en vint à la répartition des biens d'Aristide.

— … à mon fidèle Oscar Beaudry, je lègue mon automobile, ma résidence, ainsi qu'une somme de mille dollars pour lui permettre de rencontrer ses obligations jusqu'à ce que la maison soit vendue.

— J'ai soixante-neuf ans, intervint le serviteur, pour le temps qu'il me reste à vivre, je n'ai pas besoin de ça !

— Ce sont les volontés de mon client, rétorqua le notaire, c'est sacré. Ce sera à vous de déterminer l'usage que vous ferez de ces biens. Je poursuis.

Siméon Héroux tourna une page.

— À mon frère Rémi, je lègue ma part du chalet de notre défunt père, sis à l'adresse ci-dessous mentionnée.

Tandis que maître Héroux poursuivait sa lecture, Rémi s'étonna qu'Aristide n'ait pas vendu ce chalet ; la veille de son départ pour la France, il en avait pourtant manifesté le désir. Il revint aux paroles du notaire.

— … le reste de la totalité de mes biens, actions, argent et toutes autres propriétés qui étaient miennes, iront à madame Irma Lachance, demeurant au…

— Qui est cette femme ? l'interrompit Rémi, qui, cette fois, exigeait de savoir.

— Une dame que fréquentait votre frère, lui répondit Oscar, et ce, avant même la naissance de mademoiselle Ophélie.

— Comment êtes-vous au courant ?

— J'ai conduit monsieur chez elle à de multiples reprises. C'est une tenancière de bordel…

— Vous n'avez pas à discuter de ces détails, le coupa Siméon Héroux, choqué. Il s'agit des dernières volontés de monsieur Aristide Martel, et son testament a été rédigé en toute connaissance de cause il y a sept ans.

Fâché que la fortune d'Aristide aille à une maquerelle et que son frère n'ait rien laissé à Ophélie, Rémi se leva et, sans saluer maître Héroux, il quitta son bureau. Le notaire tendit deux exemplaires du testament à Oscar.

— Je suis à votre disposition, lui dit-il, pour ce que vous déciderez de faire de votre héritage. Je présume que vous voudrez vendre la maison…

— Merci ! l'interrompit Oscar, qui, pour une rare fois de sa vie, imposait sa volonté. Monsieur Rémi sera là pour me conseiller.

Sur ce, il sortit pour le rejoindre. Rémi l'attendait dans le hall de l'immeuble en faisant les cent pas, toujours sous le coup de l'émotion.

De retour à la résidence de Westmount, dorénavant celle d'Oscar, les deux hommes étaient profondément perplexes.

— Si seulement nous pouvions retrouver Ophélie, déclara Rémi en se servant une rasade de cognac, qu'il but d'un trait.

En pensant à la jeune femme, une bouffée d'amour lui monta à la gorge ; il aurait tellement voulu la serrer sur son cœur. Ce qui lui faisait le plus mal, c'était l'incertitude, ne pas savoir où elle se trouvait. L'idée d'une visite à cette madame Irma, l'héritière incontestée, germa dans son esprit. Les amants se faisant habituellement beaucoup de confidences sur l'oreiller, Rémi espérait que son frère s'était ainsi épanché et qu'elle pourrait l'aider à retrouver Ophélie…

: :

Résidence du juge Adrien Blondeau, 28 octobre 1918

Graziella avait été étonnée de voir son mari revenir à la maison au milieu de l'après-midi, ça n'était pas dans ses habitudes de rentrer si tôt. Depuis son retour, il arpentait les différentes pièces comme un ours en cage. Comme l'heure de l'apéro était venue, elle décida de lui préparer son cocktail préféré : un grog au rhum et aux épices. Elle fit d'abord frissonner de l'eau et du rhum avec un bâton de cannelle et deux clous de girofle, et une odeur apaisante se propagea dans la maison. Il y avait trente-deux ans qu'ils vivaient ensemble, sans enfants, Graziella avait l'impression de connaître son époux depuis toujours et, quand il agissait de la sorte, elle savait qu'il éprouvait le besoin de se confier. Une fois l'infusion retirée du feu et légèrement refroidie, elle la filtra et y ajouta du jus de citron et du miel. Puis elle versa sa concoction dans deux tasses, qu'elle déposa sur un plateau.

Adrien avait reconnu l'arôme du rhum agrémenté d'épices. Il attendait Graziella au salon, conscient du rituel mis en place. Ils sirotèrent leur breuvage un long moment, puis Adrien rompit le silence.

— Est-ce que je t'ai dit qu'un confrère d'Aristide m'avait demandé de vider son bureau, celui du Palais de justice, de ses choses personnelles ?

— Oui. Et tu y es allé ?

— Aujourd'hui…

Graziella savait à quel point les deux hommes avaient été proches, en raison de leur profession, mais aussi de liens d'amitié, tissés depuis le collège classique.

— Tu as trouvé pénible d'entrer dans son intimité ? Vous étiez si liés et cette sale grippe l'a emporté si soudainement…

— Il y a un peu de ça, admit Adrien. Il y a aussi autre chose… une chose terrible que je n'arrive pas à admettre.

— Parle, tu me fais peur !

Adrien tira une enveloppe de la poche de son veston.

— J'ai trouvé ceci, dit-il, dans un tiroir verrouillé. Elle était cachetée, mais dessus c'était écrit : à ouvrir après mon…

Un hoquet interrompit sa phrase.

— Je peux la lire ? s'informa Graziella.

Sans un mot, la main tremblante, Adrien tendit l'enveloppe à sa femme. Elle l'ouvrit, déplia la feuille et commença à lire :

Je reconnais que c'est moi qui… Incapable de poursuivre, elle leva les yeux vers son mari.

— Continue, exigea ce dernier, je veux entendre cette phrase dite à haute voix.

Je reconnais que c'est moi qui ai tué mon frère Félix, avec le révolver de notre père, lut-elle d'une voix défaillante.

— Je n'arrive pas à y croire, avoua Graziella en laissant tomber la feuille sur ses genoux.

— De si beaux enfants ! articula péniblement son mari.

— C'est signé Ophélie Martel. Tu as vu ? L'encre à la fin de sa signature, elle s'est étalée comme si une goutte d'eau… ou une larme y était tombée.

— Et c'est contresigné par Aristide. Ça explique tellement de choses, murmura Adrien. Par exemple, pourquoi Martel a agi aussi discrètement lors de ce drame. Tu te souviens, nous avons été longtemps sans le voir, et ce n'est pas faute d'avoir tenté de lui venir en aide.

— Cela explique aussi pourquoi nous n'avons jamais revu Ophélie, renchérit Graziella.

Adrien se leva, puis il se dirigea à pas lents vers le buffet au fond de la pièce et en sortit une carafe de brandy.

— Tu en veux ?

— Un xérès, s'il te plaît.

Les deux verres à la main, le juge revint vers sa femme.

— Je suis troublé par cette note, dit-il en lui tendant le sien.

— Quel affreux drame ! Je comprends les raisons d'Aristide de s'être tu sur le sujet. Sa propre fille qui tire sur son petit frère !

— Au moment où sa femme venait de le quitter pour s'enfuir avec un autre homme… Je me sens coupable, je n'ai vraiment pas été un très bon ami. C'est incroyable à quel point nous ne connaissons pas les gens qui nous entourent.

— Nous sommes coincés dans nos vies personnelles, déplora Graziella, c'est à croire que nous avons de la difficulté à prendre conscience du malheur chez les autres.

— C'est comme si nous vivions côte à côte en portant des œillères, jusqu'au moment où la réalité nous rattrape.

— Dimanche dernier, se rappela Graziella, songeuse, sur le parvis après la grand-messe…

— … avec la grippe espagnole, il ne devait pas y avoir beaucoup de monde.

— Seulement quelques dames. Je n'y ai pas prêté trop attention sur le coup, car je ne savais rien de ce que tu viens de m'apprendre… J'ai entendu Édith Russell dire que Rémi Martel était revenu au pays, avec des blessures de guerre.

— Et Agnès ?

— Margareth O'Neill lui a posé cette question.

— Qu'est-ce qu'Édith a répondu ?

— Elle n'en était pas certaine. Maintenant que j'y pense, elle a pris un air mystérieux, comme si elle voulait laisser entendre qu'elle n'était pas partie avec lui.

— C'est impossible. Aristide ne s'est jamais montré très bavard sur le sujet, mais je me souviens très bien qu'il m'a dit qu'elle lui avait laissé une note d'adieu. Par respect envers sa peine, je n'ai jamais poussé plus loin avec lui sur ce sujet.

— Et comme Agnès était partie, nous avons cessé nos fréquentations de couple.

— Lui et moi, on ne se voyait plus qu'au travail, dans les corridors du palais de justice. Je m'en veux tellement…

— Ne te fais pas de reproches. Je l'ai invité à quelques reprises et il a toujours trouvé un prétexte pour refuser. Aristide était quelqu'un de secret sur ses sentiments personnels. Il préférait se cacher plutôt que de se confier, tu me l'as souvent répété, il était ainsi depuis votre jeunesse.

Adrien demeura silencieux. Graziella but une gorgée avant de demander :

— Que comptes-tu faire de cette note que tu as trouvée dans ses affaires ?

— Je ne sais pas trop… Nous ne savons pas où se trouve Ophélie. Je me demande d'ailleurs si elle a appris le décès de son père…

— Tu pourrais rendre visite à Oscar et t'informer.

— Il y a eu un décès de la grippe espagnole dans cette maison, je n'ose pas m'y présenter, avoua Adrien. On n'a même pas pu assister aux funérailles d'Aristide ; comme des centaines d'autres personnes, il n'en a pas eu. Tu sais qu'il ne reste que des jeunes hommes, prêts à prendre des risques pour des sommes phénoménales, pour enterrer les morts ? Beaucoup sont mis à la hâte dans des fosses communes. Les gens fuient les cimetières comme la peste. C'est terrible, ce fléau !

— Comme si nous avions besoin de ça, après une guerre meurtrière qui dure depuis quatre ans, soupira Graziella.

— Le gouvernement a levé les interdictions, mais il y a encore beaucoup de décès, et les médecins craignent une recrudescence.

— Tu as raison, il vaut mieux que tu n'ailles pas chez les Martel pour le moment. Crois-tu qu'Ophélie pourrait être en prison depuis tout ce temps et que nous ne l'ayons pas su ?

— Ce serait étonnant… la fille du juge Martel ! Une condamnation comme celle-là ne serait pas passée inaperçue parmi nous, les membres du Barreau. Mon éthique professionnelle me dicte de remettre ce papier à un procureur, je n'ai pas d'autre choix.

— Je suis d'accord avec toi, la justice doit suivre son cours.

Adrien retourna l'enveloppe entre ses mains, affligé de n'avoir pas deviné les drames qui s'étaient joués dans la vie de son ami huit ans auparavant.

29

Montréal, 29 octobre 1918

Installé à la cuisine, Rémi terminait son petit-déjeuner quand Oscar entra en courant aussi vite que le lui permettaient ses vieilles jambes de soixante-neuf ans. Il agitait le journal du matin.

— Monsieur Rémi ! cria-t-il. Vous n'allez pas le croire ! Dans le journal, on dit que mademoiselle Ophélie est à Montréal.

Rémi bondit de sa chaise, qui tomba à la renverse. Il s'empara du quotidien *La Presse*. L'article mentionné figurait à la une avec pour titre : « La fille du juge Aristide Martel accusée de meurtre ». Rapidement, Rémi parcourut le texte… On y relatait qu'une vieille dame avait péri dans l'incendie de sa demeure, allumé, selon un témoin, par Ophélie Martel, qui se faisait appeler Delorme. Et le drame avait eu lieu en Abitibi. Il y avait peu de détails. Le nom du cabinet d'avocats qui représentait Ophélie était cependant mentionné, ainsi que celui de son avocat.

— Je connais quelqu'un chez Henderson, Savary & Associés, dit Rémi. Je pars immédiatement rencontrer ce Curtis ! Oscar, vous vous rendez compte ? Nous avons retrouvé Ophélie ! Enfin, la chance est de notre côté !

— Vous oubliez que mademoiselle est soupçonnée de meurtre.

— Je ne peux pas croire à sa culpabilité ! Il y a certainement une explication.

— Si vous avez besoin de quoi que ce soit, monsieur Rémi, je suis là. La vente de la maison servira à payer les avocats s'il le faut.

— Cher Oscar, merci !

— Vous êtes ma famille, ajouta le vieil homme. La seule chose qui peut me procurer un peu de bonheur, c'est de vous aider.

Impatient de revoir sa nièce, Rémi se prépara en vitesse pour se rendre au cabinet Henderson, Savary & Associés, espérant que maître Curtis pourrait lui obtenir une visite à la prison.

: :

Résidence du juge Blondeau, 29 octobre 1918

— Graziella, viens vite ! lança Adrien. Tu ne vas pas le croire !

Sa femme entra dans la salle à manger, déposa la cafetière sur un réchaud et prit place à la table à côté de lui.

— Raconte ! dit-elle.

Rendu muet par la surprise, son mari lui tendit le quotidien en pointant du doigt un titre en première page.

— C'est impossible qu'un journaliste soit déjà au courant ! s'étonna-t-elle en levant les yeux vers Adrien. Tu n'as pas encore remis la note que tu as trouvée à un procureur…

— Lis jusqu'au bout !

Après avoir lu les quelques lignes, interdite, elle déposa le journal.

— Je n'arrive pas à y croire ! Ophélie serait coupable d'un autre meurtre !

— Je connais Martin Henderson, du cabinet qui la défend. Je finis de manger et je passe le voir : nous avons des choses à nous raconter.

— La note que tu vas lui remettre n'aidera pas la défense de sa cliente…

En étalant du beurre sur sa rôtie, le juge Adrien Blondeau s'interrogeait. Beaucoup de mystères planaient au-dessus de l'affaire Martel. Agnès disparue, Félix décédé, Ophélie qui s'accusait de sa mort, et voilà qu'on la soupçonnait d'un autre meurtre en Abitibi. *Décidément, Aristide, en nous quittant, tu as semé la pagaille derrière toi,* reprocha-t-il mentalement à son ancien ami.

: :

Cabinet Henderson, Savary & Associés, 29 octobre 1918

Rémi, avec son bandeau sur l'œil et vêtu de son uniforme militaire, fut accueilli en héros de guerre dans l'élégant bureau du centre-ville.

— Pourvu que ce maudit conflit soit réellement sur le point de prendre fin, souhaita maître Curtis en le recevant dans son bureau.

L'avocat offrit une chaise à son visiteur.

— Ma secrétaire m'a dit que vous étiez le frère du défunt juge Martel…

Rémi acquiesça d'un signe de tête.

— Permettez-moi de vous offrir mes condoléances.

— Merci !

— Excusez-moi d'être aussi direct… êtes-vous celui avec qui sa femme s'est enfuie en Europe ?

Chaque fois qu'il était question d'Agnès, Rémi ressentait un pincement au cœur ; il fit un effort pour se ressaisir.

— Aristide avait un seul frère, moi, et sa femme ne s'est pas enfuie en ma compagnie.

— Mon patron m'a pourtant affirmé le contraire…

— Il se trompe.

— Où est madame Martel, alors ? Depuis huit ans, tout le monde la croit avec vous… Elle avait même laissé une note d'adieu, selon les dires d'un officier de police que j'ai interrogé.

— Je n'en sais rien ! Ce qui s'est passé après mon départ est un véritable imbroglio.

— Si elle ne vous a pas suivi… veuillez m'excuser de présumer cela… croyez-vous que son mari, votre frère, pourrait avoir joué un rôle dans sa… disparition ?

— Je souhaite que non. Tant que nous n'aurons pas démêlé tous les événements, comment accuser qui que ce soit ? L'essentiel, pour le moment, est que vous parveniez à sauver Ophélie. Jamais elle n'a pu commettre le crime dont on l'accuse. Sur les huit années écoulées depuis mon départ, elle en a passé plus de sept dans un cloître. Croyez-vous que, dans un endroit comme celui-là, on enseigne à une jeune fille la façon de devenir un assassin ? Je la connais depuis toujours, c'était une enfant douce et généreuse… elle ne peut pas avoir changé à ce point.

— Vous n'avez pas à me convaincre. Je l'ai rencontrée à la prison des femmes et elle m'a fait bonne impression. J'ai la ferme conviction d'assurer la défense d'une innocente.

— C'est triste, la mort de cette vieille femme, mais ce n'est certainement pas la faute d'Ophélie.

— Savez-vous que, au moment de son arrestation, mademoiselle Ophélie s'est accusée de la mort de son jeune frère ?

— Quoi ? Non ! Je ne savais pas ! Oscar, le majordome, m'a dit qu'il s'agissait d'un accident. Vous pensez que ce n'est pas le cas ?

— Étant donné qu'elle s'accusait, maître Henderson et moi avions des doutes. Hier, j'ai donc rendu visite au lieutenant Raines. Cet officier est allé sur les lieux du drame pour constater les faits après le décès du petit garçon, ce qui est normal lors d'un terrible événement comme celui-là. Il est formel, la mort de Félix a été accidentelle.

— Pauvre enfant, il avait seulement cinq ans.

Leur conversation fut interrompue par des coups frappés à la porte du bureau. C'était maître Henderson.

— Excusez-moi de vous déranger, maître Curtis. Je sais que vous êtes avec l'oncle de notre cliente, dit-il en saluant Rémi d'un signe de tête. Il y a ici quelqu'un qui peut apporter un éclairage nouveau sur l'affaire Martel. Il serait important que vous le receviez.

Sans attendre de réponse, maître Henderson se recula pour livrer passage au juge Blondeau. Rémi le reconnut aussitôt et se leva pour lui tendre la main.

— Quelle horreur que la guerre ! s'exclama tristement Adrien en apercevant le bandeau sur son œil. Au moins, vous êtes revenu vivant, ce qui n'est pas le cas pour beaucoup de nos jeunes Canadiens. Et c'est sans compter la vague de grippe espagnole, encore plus meurtrière à ce qu'il paraît. Vous avez toute ma sympathie pour le décès de votre frère.

Logan Curtis offrit un siège à son visiteur.

— Maître Henderson me dit que vous possédez des éléments nouveaux dans l'affaire Martel, ne serait-il pas préférable que je vous voie d'abord en particulier ?

— Ce ne sera pas nécessaire, l'interrompit Adrien, ce que j'ai à vous confier est aussi du domaine familial.

Le juge fouilla dans la mallette qu'il venait de déposer par terre, il en sortit une enveloppe.

— J'ai trouvé ceci dans le bureau d'Aristide, hier, en allant le vider à la demande d'un confrère. Je ne sais pas trop quoi en penser.

Maître Blondeau regarda les deux hommes, hésita, puis il tendit l'enveloppe à Rémi qui, étonné, en extirpa une feuille de papier. Rapidement, il parcourut les quelques mots qui y étaient écrits ; visiblement secoué, il ne put contenir le tremblement de ses mains.

— C'est impossible, balbutia-t-il.

Curtis s'approcha et il saisit la missive, qu'il lut à son tour. Éberlué, il retourna s'asseoir dans son fauteuil en se grattant la tête.

— Il existe un rapport de police qui conclut le contraire, souligna-t-il à l'adresse du juge Blondeau. Maître Aristide Martel lui-même, lors de la visite des agents à son domicile, a confirmé la thèse de l'accident. Comment expliquez-vous cette note ?

— Tout cela me bouleverse, répondit Adrien. Quand ce drame s'est produit, nous nous sommes éloignés l'un de l'autre, Aristide et moi. Ce malheur aurait pourtant dû nous rapprocher… Vous vous souvenez, Rémi, à quel point votre frère était renfermé sur ses affaires personnelles ?

Rémi opina, puis il se leva de sa chaise.

— Il n'y a qu'une chose à faire : allons montrer cette note à Ophélie. Elle est la seule qui puisse nous l'expliquer.

— Je ne serais pas étonné, reprit le juge Blondeau, qu'Aristide ait camouflé la chose pour ne pas nuire à sa carrière. Aristide avait de nombreuses qualités, il était l'un de nos meilleurs juristes, il va nous manquer. Je suis cependant assez clairvoyant pour reconnaître qu'il avait aussi des défauts : c'était quelqu'un de renfermé, d'extrêmement secret, même avec ses rares amis. Et j'ajouterais qu'il avait de lui-même, de sa situation dans la société, une opinion parfois exagérée.

— Pour être franc, il était imbu de sa personne, déclara Rémi. Il manquait totalement de compassion envers les autres… Je regrette de dire ça maintenant qu'il est mort, mais c'était un être narcissique, lui seul comptait. La preuve, c'est que pour ne pas nuire à sa réputation, il a enfermé sa fille dans un cloître à Québec plutôt que de la protéger.

— Ophélie était cloîtrée ? À Québec ? Je n'en savais rien ! s'étonna Adrien. Je viens de lire dans *La Presse* qu'elle a été retrouvée en Abitibi. Expliquez-moi !

— Tout comme vous, Adrien, j'ai beaucoup d'interrogations, avoua Rémi. Serait-ce trop vous demander, maître Curtis, que je puisse lui rendre visite à la prison des femmes ? Je suis impatient de la revoir.

— Juste un instant, répondit Logan Curtis, j'en discute avec mon patron et je reviens. Vous êtes le seul parent connu d'Ophélie, il serait normal que vous puissiez la voir.

Dix minutes plus tard, l'avocat était de retour. Maître Henderson avait appelé à la prison pour s'assurer que la visite serait autorisée, et il avait aussi mentionné la présence du juge Blondeau, juriste et ami de la famille.

L'automobile d'Adrien était garée devant la porte de l'édifice, les trois hommes prirent place à bord.

— Pendant le trajet, maître Curtis, j'aimerais que vous nous racontiez tout ce que vous avez appris concernant ma nièce, demanda Rémi. Bien sûr, en évitant les points de droit, si vous le jugez nécessaire.

Logan commença son récit en énonçant l'accusation, qui n'avait rien de secret. Puis il relata ce qu'il avait appris au cours de ses rencontres avec Margot et avec Charles, des éléments qu'il devait faire connaître à Rémi s'il voulait obtenir son aide auprès de sa nièce. Puis il ajouta :

— Il y a une autre chose qui nous intrigue, mon patron et moi. Nous voulions tenir secrète l'identité d'Ophélie, au moins pendant quelque temps, et, ce matin, son nom était mentionné dans le journal. À croire qu'il y a eu des indiscrétions…

— Pour ma part, déclara Rémi, je bénis la providence que son nom ait été cité, sinon je n'aurais pas su qu'elle se trouvait à Montréal.

Adrien écoutait, plongé dans sa propre analyse des faits.

Lorsque maître Curtis eut terminé son récit, Rémi s'informa :

— Ophélie est-elle au courant du décès de son père ?

— Oui. Je le lui ai appris lors de ma dernière visite, répondit l'avocat.

— Comment a-t-elle réagi ?

— Elle n'a absolument rien dit. Ce fut comme si je lui annonçais qu'il allait pleuvoir.

Un malaise s'installa dans la voiture. Si Aristide Martel avait pu se glorifier de sa carrière, il n'en allait pas de même de sa vie familiale, qui se révélait un échec.

C'est le cœur battant que Rémi entra à la prison des femmes ; huit ans qu'il n'avait pas revu sa nièce. L'adolescente était devenue une femme… et il la retrouvait derrière les barreaux. À l'entrée du parloir, Curtis et Blondeau lui cédèrent le pas. Ophélie était assise sur une chaise de bois devant une fenêtre, son profil toujours familier se dessinait finement dans la lumière du soleil : à vingt-trois ans, le visage encadré de mèches ondulées, elle ressemblait à Agnès. Rémi eut un frisson qui le secoua tout entier, il sortit un mouchoir et il s'essuya les yeux. Puis, lentement, il avança vers elle. D'abord incertaine en l'apercevant, Ophélie redressa la tête, puis bondit de sa chaise et s'élança vers lui. Rémi ouvrit les bras. Telle une naufragée qui s'accroche à une bouée, elle s'agrippa à ses épaules. En une fraction de seconde, le flot de ses émotions, depuis si longtemps retenu, s'écoula comme si la digue de ses sentiments venait de se rompre.

— Je pensais ne jamais vous revoir… j'étais si seule face à l'autorité de mon père… Il m'a fait enfermer, huit années que j'ai passées dans un cloître. J'avais peur… j'avais froid… Félix me manquait… maman… vous…

Sa douleur se déversait en sanglots impossibles à réprimer. Compatissant, Rémi la serra contre lui. Doucement, il caressa ses cheveux à l'odeur familière.

Devant ces retrouvailles émouvantes, maître Curtis et le juge Blondeau se taisaient.

Soudainement, elle se détacha de son parrain. D'un revers de main, elle s'essuya la figure.

— Maman ? questionna-t-elle. Est-ce qu'elle est rentrée avec vous ?

Bouleversé, Rémi hésitait à la renseigner, ne voulant pas ajouter à sa peine. Pourtant, il fallait lui dire la vérité. Adrien s'avança et il répondit à sa place :

— Votre mère n'est jamais partie avec votre oncle.

— Quoi ?

— Elle ne vous a pas abandonnés, Félix et toi, pour partir avec moi il y a huit ans, confirma Rémi.

Les yeux hagards, Ophélie fixa tour à tour les deux hommes, les interrogeant du regard ; ils se taisaient.

— Alors j'avais raison, c'est mon… c'est le juge qui l'a fait disparaître ?

— Ne conjecturons pas, nous n'en savons rien, intervint maître Curtis. À ce stade, il y a beaucoup de choses qui nous échappent toujours.

Tremblante, les bras serrés autour de son corps, Ophélie s'avança vers un crucifix accroché au mur du fond. Un long moment, elle demeura devant, sans un mot, puis elle revint vers son oncle et reprit place sur la chaise. La devinant plus calme, Rémi jugea le moment venu de lui parler de la note manuscrite par laquelle elle confessait être responsable de la mort de Félix.

Ophélie l'écouta sans broncher. À ses traits décomposés, cependant, il était évident qu'elle revivait les instants cruels de ce drame affreux.

— C'était un accident, bredouilla-t-elle. Après le départ de maman, mon père me détestait, il le démontrait chaque jour davantage, comme s'il me tenait pour responsable de ce qui lui arrivait, qu'il m'assimilait à elle. Souvent, il sortait avec Félix en me laissant seule avec ma peine et quand il s'adressait à moi, c'était pour me couvrir de reproches et même d'injures. Pour calmer son chagrin, Félix se réfugiait dans mon lit, la nuit… Papa ne voulait pas, il venait le chercher, mais Félix revenait.

— Ma pauvre chérie, chuchota Rémi, si j'avais su.

— Ce matin-là, j'étais épuisée, à bout, ma vie était lourde, pesante… je n'entrevoyais pas de fin aux tortures que je subissais. J'ai pris une décision. Martha m'avait dit où le juge cachait ses clés. J'ai pris celle de l'armoire des armes à feu, je suis allée dans la bibliothèque et j'ai sorti un révolver. J'avais souvent observé mon père durant ses compétitions, j'ai mis une balle, j'ai enlevé le cran de sûreté et j'ai appuyé l'arme contre ma tempe…

— Oh ! mon Dieu ! s'exclama Rémi, comme s'il vivait le drame.

— Félix avait dû entrer dans la bibliothèque sans que je m'en rende compte, poursuivit Ophélie, le regard vitreux. En m'apercevant, il a hurlé, ma main est retombée, le pistolet a frappé le bureau, le coup est parti…

Les yeux fermés, Ophélie hoqueta :

— La suite est floue… les cris… le sang…

Assis à ses côtés, Rémi l'attira dans ses bras. La jeune femme se cramponna à lui et ses sanglots redoublèrent.

Adrien se pencha vers elle.

— Vous souvenez-vous avoir écrit cette confession ? s'informa-t-il en lui tendant la feuille.

— Si c'est trop douloureux, tu peux continuer une autre fois, suggéra Rémi à sa filleule.

Ophélie s'essuya le visage, puis, déterminée à se libérer enfin de son cauchemar, elle accepta le papier offert :

— C'est vague… Papa est revenu un soir, il criait à tue-tête en m'accablant du pire. J'ai le souvenir flou qu'il m'a traînée par le bras dans son bureau, et là, il m'a ordonné d'écrire, j'ai oublié les mots exacts… je tremblais… je pleurais… Pour finir, quand je me suis levée, il m'a poussée vers la porte, et je suis tombée par terre, la tête contre le cadre. Oscar est venu m'aider… J'avais encore une bosse sur le front lorsqu'il m'a conduite au cloître… c'était le lendemain, je pense.

Maintenant, c'était Rémi qui pleurait, la jeune femme serrée contre son cœur. Il la berça tendrement.

Secoué par le récit qu'il venait d'entendre, Adrien se demandait quelle serait la défense employée par maître Curtis. Ophélie démentait aujourd'hui ce qu'elle avait écrit à l'époque… Son père, un juge que tous considéraient comme intègre, était mort et sa version à lui consistait en une signature en bas des aveux de sa fille. Les jurés, des hommes, ne pencheraient certainement pas en faveur de la parole d'une femme qui démentait sa confession faite huit ans plus tôt dans le but de se sauver de l'échafaud ou de la prison à vie. Lucide, il constatait que ça n'augurait rien de bon.

: :

Dans sa chambre minable louée à la journée, Margot parcourait le journal dérobé au kiosque du coin. Elle y avait aperçu le prénom Ophélie dans un article qui parlait d'un crime en Abitibi. Sans hésiter, elle s'en était emparée. Ainsi, cette connasse qui refusait ses avances était la fille d'un juge ? Ce n'est pas pour rien qu'elle faisait la snob et se tirait du grand. *Si je ne peux pas obtenir ses faveurs,* pensa la jalouse, *personne d'autre n'en profitera.*

— Grâce à mon témoignage, tu vas finir ta vie en prison ! lança-t-elle à haute voix en prenant son manteau sur la patère.

Déterminée à se rendre au bureau du quotidien qui avait publié la nouvelle, elle sortit dans le froid. Elle voulait parler à Noël Lemaire, l'auteur de l'article qu'elle venait de lire.

Quand elle annonça détenir des informations importantes, le journaliste la reçut immédiatement. Il parut surpris en apprenant qu'elle avait été la meilleure amie d'Ophélie Martel. Leur différence de personnalité était pour le moins évidente, s'il en jugeait par le souvenir qu'il gardait de la jeune comédienne de quinze ans, qui n'avait rien de commun avec celle qui se tenait devant lui.

Margot lui raconta leur rencontre à l'Hôtel-Dieu, puis leur fuite en Abitibi.

— Tu peux écrire qu'était une bonne sœur ! A défroqué pour se sauver avec moé, et ça, après avoir volé la p'tite caisse d'la communauté.

— Vous savez comment mademoiselle Martel s'est retrouvée au cloître des Augustines ?

— Probablement qu'a s'cachait là pa'ce qu'avait commis un meurtre…

— Vous voulez parler d'un autre que celui dont on l'accuse, en Abitibi ?

— Oui ! Mais j'sé pas lequel exactement. Ça s'parlait à La Sarre, y paraît qu'a l'aurait confessé quand a sé faite arrêter pour le meurtre de Mimi. Si tu charches un peu, mon beau, tu vas trouver, ça, cé sûr !

Intrigué par cette Margot qui prétendait être le témoin à charge dans l'incendie qui avait causé la mort de la dame âgée, le journaliste suggéra qu'un collègue la prenne en photo.

— Je pourrai l'insérer dans mon article, lui promit-il.

— Une photo d'moé ? Ben sûr ! Vous m'en donnerez une ? Ça mé jamais arrivé d'être su' un portra.

Tandis que le photographe faisait son travail, Noël eut le temps de s'interroger sur le parcours d'Ophélie. Comment cette charmante adolescente qu'il avait interviewée l'été de ses quinze ans pouvait-elle se retrouver dans une telle situation ? En rédigeant ses notes, il décida de rendre visite à maître Logan Curtis. L'avocat était certainement au courant de la situation de sa cliente, qui était religieuse et avait résidé au cloître des Augustines. Il lui fallait valider les dires de Margot pour s'assurer de la crédibilité du texte à paraître.

: :

En fin de journée, en compagnie d'Oscar, Rémi frappa à la porte de madame Irma.

— Je n'en reviens toujours pas que mon frère, fier et orgueilleux, qui se croyait au-dessus de la masse, se soit entiché d'une belle-de-nuit.

— C'est mystérieux, l'amour, philosopha le vieux majordome. Cette personne est gentille, vous verrez. Elle n'a pas hésité un instant à venir s'occuper de monsieur Aristide atteint de la grippe espagnole, au risque de sa propre vie. Je pense que ses sentiments pour lui étaient sincères.

Une jeune servante leur ouvrit.

— Je regrette, madame ne reçoit pas, les prévint-elle.

Installée au salon, Irma avait entendu Rémi se présenter.

— Josette, laisse-les entrer, cria-t-elle d'une voix enrouée.

En la voyant malade, sans artifice, Oscar lui trouva l'air plus vieux que deux semaines auparavant, lorsqu'elle avait pris soin de son patron. Irma les fit asseoir et elle leur offrit à boire.

— Un petit brandy, ça tue les microbes.

Les deux hommes refusèrent.

— Nous ne resterons pas longtemps, l'avertit Rémi. Mais je voulais connaître celle que mon frère aimait au point de lui léguer sa fortune.

Irma toussota, de toute évidence mal à l'aise.

— Peut-être qu'il vous a parlé de sa femme, Agnès, mystérieusement disparue il y a huit ans ?

— Monsieur Martel, les personnes dans mon genre reçoivent de nombreuses confidences, qu'elles oublient aussitôt. Ça fait partie de l'éthique de notre métier.

— Je vous en prie, ne jouons pas au plus fin. Aristide a fait de vous son héritière, il devait certainement s'épancher dans vos bras. Si vous ne voulez pas parler d'Agnès, que savez-vous de Félix ? Que s'est-il passé la nuit de son décès ?

Irma fut prise d'une violente quinte de toux. Rémi se leva pour aller lui chercher de l'eau à la carafe qu'il avait remarquée en entrant, posée sur un meuble en chêne, au fond de la pièce. En remplissant le verre, il vit l'exemplaire du testament d'Aristide.

La péripatéticienne avait suivi son regard.

— J'ai été aussi surprise que vous d'être parmi ses héritiers. Mais, pour répondre à votre question, lorsqu'il a perdu son garçon, Aristide a été longtemps sans venir me voir. Par la suite, quand il est revenu, il n'a jamais abordé ce sujet avec moi.

— Parlons de sa fille, qu'il avait cloîtrée chez les Augustines. Il en discutait avec vous ?

— Sincèrement, je croyais Ophélie en pension…

Soudain, Irma changea de ton :

— Ça peut vous paraître inconcevable, mais j'ai un cœur comme les autres femmes, et Aristide me manque. J'ai reçu son dernier souffle, ensuite j'ai dû me retirer, comme une pestiférée, afin qu'il puisse être enseveli dans la dignité.

Son emportement la fit tousser de nouveau, elle s'étouffa. Rémi lui tendit le verre d'eau.

— Nous allons vous laisser, lui annonça-t-il. Avant de partir, toutefois, j'aimerais que vous sachiez que je ne vous juge pas. Je ne connais rien de votre parcours dans l'existence, je serais donc malvenu de vous affliger de quelque blâme que ce soit. La vie m'a appris à la dure qu'elle nous porte souvent à l'improviste des coups difficiles à encaisser, et nous avons chacun notre façon d'y réagir.

— Merci, chuchota Irma, la voix éraillée.

Avant de sortir, Rémi hésita, puis laissa tomber :

— Vous avez su que ma nièce, Ophélie, est en prison, soupçonnée de meurtre ?

La dame parut stupéfiée.

— Non ! Du meurtre de qui ?

— Une vieille femme, en Abitibi. Sous peu, elle sera également accusée de la mort de Félix. Le juge Adrien Blondeau, un collègue d'Aristide, a trouvé une note manuscrite de la malheureuse enfant. Elle y reconnaît être responsable du décès de son frère.

Irma porta son mouchoir à ses lèvres, elle se retenait pour ne pas tousser, ses yeux se remplirent d'eau.

— Quel drame affreux !…, chuchota-t-elle.

— Si un souvenir vous revenait, n'hésitez pas à nous en faire part, lui recommanda Rémi. Le moindre détail nous sera utile pour sa défense, qui s'annonce difficile.

Irma promit. Ahurie de ce qu'elle venait d'apprendre, dès que ses visiteurs furent partis, elle se leva et se rendit au bahut. Elle retourna le testament d'Aristide entre ses mains moites. *Les tiens ont le droit de savoir,* pensa-t-elle, s'adressant mentalement à celui qui avait été le grand amour de sa vie.

30

Montréal, Faubourg à m'lasse, 30 octobre 1918

Eh ben, la Margot refait surface! ricana Ti-Nest Dutil, le journal du matin ouvert devant lui. Depuis qu'il avait rendu visite à Adrienne à Québec, le proxénète n'avait eu aucune nouvelle de Margot, sa «protégée», qu'il croyait toujours amputée d'une jambe. Cependant, l'article de Noël Lemaire venait d'ébranler cette conviction; en effet, pour s'enfuir en Abitibi en compagnie d'une nonne – une lesbienne comme elle probablement –, elle devait certainement avoir ses deux pattes.

Quand a mis le feu à maison et qu'a m'a abandonné dedans, la maudite pensait ben se débarrasser de moé pour toujours, songea-t-il tout en lisant péniblement, un mot à la fois, le texte qui accompagnait la photo. *Eille, c't'à peine si je l'avais touchée. Les femmes! Ça se fâche à moindre taloche. A va avoir toute une surprise en me voyant réapparaître.* L'article ne mentionnait évidemment pas l'adresse de Margot, mais Ti-Nest se dit que, pour la retrouver, il lui suffirait d'effectuer une surveillance aux alentours du bureau de l'avocat ou de la prison des femmes, où était détenue la copine meurtrière.

— Qui se r'ssemble s'assemble, marmonnait-il comme un mantra, en mâchouillant son cure-dent, tandis qu'il remontait la rue Sainte-Catherine.

Il repéra l'édifice qui logeait le cabinet Henderson, Savary & Associés. Un casse-croûte occupait le rez-de-chaussée ; il y prit place, se commanda un café et attendit. Il ne lui restait qu'à identifier maître Logan Curtis, qui, Ti-Nest en était convaincu, le mènerait à Margot. Il avait tout son temps. Dès son installation à Montréal, il avait recruté des filles qui, maintenant, travaillaient pour lui ; elles lui rapportaient suffisamment pour qu'il se la coule douce.

: :

Accompagné de maître Curtis, Rémi Martel sortit de la salle du tribunal profondément déçu. Étant donné la gravité de l'accusation, un meurtre, le juge Andrew Morrison avait, à l'issue de l'audience, refusé la mise en liberté d'Ophélie Martel pendant l'attente de son procès. Ils retrouvèrent Charles, qui, impatient, se morfondait dans le corridor du palais de justice, car, étant donné qu'il serait appelé à témoigner au procès, il avait dû demeurer hors de la salle. À son tour, il ne cacha pas sa déception. La permission de rendre visite à Ophélie en prison lui ayant été refusée, il espérait sa libération pour la revoir avant de rentrer en Abitibi.

Maître Curtis conduisit les deux hommes dans une salle réservée aux avocats et à leurs clients. Il souhaitait discuter avec eux d'une possible stratégie. Charles prit le premier la parole :

— En votre absence, j'ai réfléchi à la situation ; à Margot particulièrement. Pendant six mois, elle a travaillé chez nous, elle s'occupait de ma mère et de ma fillette, j'ai eu amplement le temps de l'observer. Je ne crois pas qu'elle soit foncièrement mauvaise, je me dis plutôt que la vie ne lui a pas fait de cadeaux. Lorsqu'elle a croisé Ophélie à l'Hôtel-Dieu de Québec et que cette dernière lui a manifesté de la sympathie, on peut penser que, pour une des rares fois de sa vie, elle a senti de l'affection de la part de quelqu'un. Et aussi, sans pouvoir l'affirmer hors de tout doute, je crois que

Margot est attirée par les femmes. Sa proximité avec Ophélie et la gentillesse de cette dernière à son égard ont fait qu'elle en est tombée amoureuse.

— Qu'est-ce qui vous fait penser cela ? s'informa l'avocat.

— Sa façon d'agir : elle m'a d'abord prévenu qu'Ophélie n'éprouvait aucun attrait pour les hommes, ensuite, comme je paraissais m'en ficher, elle m'a révélé qu'elle était religieuse et que, par le fait même, une relation entre nous devenait impossible.

— Vous dites que votre enfant a donné une version différente de la sienne à propos de la cause de l'incendie, intervint Rémi, donc Margot mentirait. Si elle aime Ophélie, comme vous le prétendez, pourquoi l'accuse-t-elle de meurtre ?

— Si je me fie à ses propos pendant son séjour à la maison, et aux commentaires d'Ophélie à son sujet, Margot n'a pas connu le plus beau côté de notre société. Un jour que nous visitions des malades ensemble et que je m'interrogeais sur la personnalité de son étrange amie, Ophélie m'a raconté que Margot s'était retrouvée seule, à treize ans, dans un milieu sordide. Pour survivre, la jeune délaissée avait appris que, dans la vie, c'était chacun pour soi. Elle la plaignait pour ça, c'est ce qui la portait à lui pardonner certains manques d'éducation.

— Si tous les humains naissent égaux, pour certains d'entre eux, ça se gâche rapidement après leur arrivée sur notre bonne vieille terre, énonça Logan, philosophe. C'est vraiment triste pour cette pauvre fille, mais dites-moi où vous voulez en venir avec le récit de ses malheurs.

— J'ai remarqué à plusieurs reprises que Margot s'adoucit lorsqu'on la complimente ou qu'on lui manifeste de l'intérêt, qu'elle est constamment à la recherche de reconnaissance et, bien sûr, d'affection. Je pensais que si vous pouviez la convoquer à votre bureau, maître Curtis, je pourrais m'entretenir avec elle et tenter de découvrir ce qui la pousse à faire un faux témoignage.

— Selon ce que vous dites, j'ai tendance à croire qu'il s'agit tout bonnement d'un désir de vengeance, déclara Rémi. Margot aime Ophélie et, de son côté, ma nièce vous aime.

— C'est également ce que je pense. Je souhaiterais essayer de l'apprivoiser pour la ramener à de meilleures intentions.

— Je dois vous dire qu'hier après-midi j'ai reçu la visite du journaliste Noël Lemaire, annonça Curtis. C'est à lui que Margot a raconté ses mésaventures avec Ophélie. Il désirait valider auprès de nous ses allégations au sujet de cet autre meurtre qu'Ophélie aurait commis et dont elle ne lui avait rapporté que quelques éléments. J'en ai discuté avec mon patron et, d'un commun accord, nous avons décidé d'ouvrir notre jeu et de lui parler de cette autre accusation qui pèse sur notre cliente.

— Vous pensez que ça peut aider votre cause ? demanda le juge Blondeau.

— Quelqu'un quelque part sait peut-être quelque chose qui pourrait nous être utile. Ce serait étonnant, mais sait-on jamais ? Le procureur de la Couronne possède cette information, il n'y a plus de raison de la dissimuler.

— Je crois que ce serait bien que je parle à Margot, insista Charles. J'ai la certitude qu'elle tente de nuire à Ophélie, j'aimerais explorer pourquoi.

— Nous n'avons rien à perdre avec le scénario que vous proposez, au contraire, lui répondit l'avocat. Je la convoquerai dès cet après-midi et je vous tiendrai au courant.

La mine basse, Rémi et Charles quittèrent le palais de justice ; ils n'étaient pas très rassurés sur le sort d'Ophélie. Surtout, ils étaient malheureux qu'elle n'ait pas obtenu sa liberté, au moins pour quelque temps.

— Ce n'est qu'une enfant, commenta Rémi. Elle n'a connu de la vie que la soumission, à son père d'abord, puis aux règles de sa communauté.

— Je comprends mieux aujourd'hui ce bonheur qu'elle ressentait en Abitibi à diriger sa clinique au Bourg à Breton. Si vous l'aviez vue, elle était rayonnante !

— Je pense qu'il serait important que vous évitiez de parler de vos sentiments envers elle, suggéra Rémi au médecin. Au procès, si vous êtes présenté comme son amoureux, les jurés risquent d'avoir plus de difficulté à vous croire. Ce serait préférable qu'ils vous perçoivent uniquement comme étant le fils de la victime, et qu'ils croient que vous éprouvez pour elle une grande estime, ce qui vous porte à rejeter la possibilité qu'elle a sciemment commis un meurtre.

Les paroles de Rémi étaient remplies de bon sens, Charles reconnut qu'il avait raison.

— Je parlerai d'elle comme d'une collègue très appréciée que j'ai invitée à venir aider les gens d'Abitibi. J'aborderai aussi le sujet avec Margot sous cet angle, peut-être qu'elle se montrera plus conciliante.

Les deux hommes se promirent mutuellement de tout faire pour venir en aide à Ophélie et ils se séparèrent sur une poignée de main. Rémi trouvait sympathique ce jeune médecin, dont l'affection pour sa nièce paraissait sincère. Quel dommage que leur amour rencontre tant d'obstacles, une situation qui lui était trop familière. Mentalement, il adressa une prière à l'intention d'Agnès, lui demandant de veiller sur sa fille.

: :

Bureau de maître Curtis, 31 octobre 1918

Margot fut étonnée de découvrir le docteur Parenteau dans le bureau de maître Curtis. Aussitôt, elle voulut tourner les talons, mais Charles la retint.

— J'aimerais que nous parlions, lui dit-il.

Logan s'éclipsa. Pendant de longues minutes, Charles s'employa, sans la brusquer, à lui rappeler les bons moments vécus ensemble, dans le train, à La Sarre, jusqu'à la fin tragique de Micheline, sa mère. Il insista sur le courage qu'elle avait démontré en sauvant Florie des flammes, au risque de sa propre vie.

— Tu dis toute ça pa'ce que tu crois que j'mens ? s'insurgea Margot.

— Je pense seulement que vous avez mal et que vous cherchez à vous protéger. Comme moi, vous aimez Ophélie, et vos sentiments sont aussi honorables que les miens. Je vous en prie, Margot, si vous pouvez faire quelque chose pour alléger la détresse de notre amie, n'hésitez pas à lui venir en aide, l'amour est fait de générosité.

Charles marqua une pause, Margot se taisait.

— Quand elle sera libre, Ophélie pourra choisir lequel de nous deux elle préfère. Si c'est vous, je m'éclipserai, je vous le promets, conclut Charles.

Margot baissa la tête. Elle triturait la manche de sa blouse, paraissant hésitante. Puis elle se leva brusquement et se dirigea vers la porte. Avant de sortir, elle jeta à Charles un regard indéfinissable : il eut le sentiment qu'elle allait dire quelque chose, mais elle ne prononça pas un mot. Le seul espoir qui lui restait était d'avoir touché une corde sensible en parlant de leur intérêt commun pour Ophélie et de la liberté de choix de cette dernière. Désormais, le destin d'Ophélie dépendait de la réflexion que ses paroles susciteraient dans l'esprit de Margot, l'unique témoin visuel de ce qui avait causé l'incendie meurtrier.

Curtis raccompagna Margot jusqu'au rez-de-chaussée. Assis au casse-croûte, Ti-Nest l'avait repérée quand elle était entrée dans l'édifice et il s'était félicité de ne pas s'être trompé de poste d'observation. Une heure plus tard, lorsqu'elle revint en compagnie d'un homme de la haute, élégamment vêtu, qui la tenait par le bras, il vit rouge. Ils avaient l'air de deux tourtereaux. La connasse se farcissait le riche avocat et elle empochait tout le blé ?

— Si tu penses t'en tirer comme ça, tu ne connais pas Ti-Nest Dutil ! proféra-t-il entre ses dents. Tu m'appartiens, ma jolie, il est temps que je te le rappelle.

Après avoir salué Logan, Margot sortit de l'édifice et elle prit la direction de l'est. *Tant mieux*, se dit Ti-Nest, *c'est aussi mon chemin.* Sournoisement, il lui emboîta le pas.

: :

Westmount, 31 octobre 1918

Satisfait de lui, Adrien Blondeau rentra chez lui.

— Qu'est-ce qui te met d'aussi bonne humeur ? lui demanda sa femme. Depuis que tu as trouvé la note d'Ophélie, tu broyais plutôt du noir.

— Je suis allé rencontrer Andrew Morrison cet après-midi.

— Si j'en juge à ton air ravi, votre conversation a été des plus positives.

— Hier, Morrison a refusé la mise en liberté de la petite Martel, arguant qu'elle était accusée de meurtre. Aussi, bien sûr, il avait été mis au courant de la note que j'ai trouvée et remise au procureur. Je lui ai proposé de me porter garant pour elle, s'il acceptait de la mettre en liberté.

— Tu crois à ce point à son innocence ?

— N'oublie pas que j'accompagnais Rémi à la prison des femmes quand il lui a rendu visite… Je me trompe peut-être, mais, plutôt qu'une meurtrière, j'ai vu un petit oiseau blessé ; sa mère a disparu, son jeune frère est mort, et les circonstances de la vie font d'elle la responsable de tous ces événements. La nuit dernière, j'ai repensé au moment où son père l'a surprise à embrasser son partenaire de scène. Tu te rappelles à quel point Aristide était en colère ?

— Bien sûr !

— Pourtant, ce n'était que simple curiosité de la part d'une adolescente.

— Tu es compréhensif, mon chéri, peu d'hommes penseraient comme toi.

— Tant pis si je suis hors norme… J'aurais tellement aimé avoir une petite fille que j'aurais protégée et gâtée.

— Habituellement, les hommes préfèrent les garçons.

— Comme Aristide, pour avoir un héritier à qui passer le flambeau. Ce n'est pas mon cas. Si j'avais eu un enfant, je l'aurais aimé pour lui-même et non pour satisfaire mes ambitions.

Graziella déposa affectueusement une main sur celle de son mari.

— Tu as toujours été un tendre, j'aurais aimé te donner un enfant.

— L'occasion nous est offerte d'en prendre une sous notre aile. J'ai décidé de tout faire pour aider Ophélie Martel, cette orpheline a besoin du soutien de quelqu'un.

— Où est-elle, ta protégée, en ce moment ?

— Son avocat et son oncle doivent être sur le point d'arriver à la prison des femmes, ils ont en main une autorisation signée par Andrew Morrison. Ce soir, la petite rentrera chez elle… enfin, chez Oscar, puisqu'il a hérité de la maison d'Aristide.

Graziella se pressa contre l'épaule de son mari.

— Je t'aime, chuchota-t-elle à son oreille, j'ai toujours su que tu ferais un papa merveilleux.

: :

Prison des femmes, 31 octobre 1918

Debout devant la fenêtre de sa cellule, Ophélie observait la neige qui tombait à gros flocons lorsqu'une religieuse vint la prévenir qu'elle était attendue au parloir. Elle prit son chandail sur le dossier de sa chaise, car il faisait froid dans les corridors, et elle suivit sœur Sainte-Cécile, qui lui manifestait toujours beaucoup d'empathie.

Rémi et Logan se tenaient debout au centre de la pièce, ils souriaient. Ophélie les interrogea du regard.

— Ma chérie, tu es libre de sortir d'ici ! lui annonça Rémi, les bras tendus.

Ophélie s'avança vers lui lentement, incertaine de la raison de ce changement.

— Le juge Adrien Blondeau s'est porté garant pour vous, expliqua son avocat. Vous pouvez rentrer avec Rémi en attendant le jour du procès.

— Va chercher tes choses, nous partons ! lança Rémi en l'embrassant sur le front.

Quelques minutes plus tard, à bord de la calèche qui la conduisait vers une liberté provisoire, Ophélie s'informa de leur destination.

— Je ne me sens pas à l'aise de retourner dans la maison du juge…, dit-elle.

— Je vais t'étonner, rétorqua son oncle d'un ton léger, mais dorénavant, votre résidence de Westmount appartient à Oscar.

— Quoi ? C'est vrai, Aristide a dû laisser un testament… il l'a léguée à son majordome ?

— Oui !

— J'approuve ! Oscar la mérite, il l'a entretenue si longtemps.

— J'imagine que tu veux aussi savoir à qui est allé le reste de ses biens ?

Ophélie ne répondit pas. Le regard tourné vers l'horizon, elle laissa couler une larme.

— Sa part du chalet est à moi, la renseigna Rémi. Quant à son argent, une dame en a hérité.

— Je la connais ?

— Je ne crois pas.

— Ça m'est égal, déclara-t-elle simplement. Il m'a fait tellement de mal, je préfère ne rien lui devoir.

La neige avait cessé. Les derniers rayons du soleil couchant faisaient briller le tapis blanc d'une jolie couleur ambrée. Ophélie se nicha contre son parrain.

— Je suis d'accord pour habiter chez Oscar, à condition que la porte de la bibliothèque demeure fermée.

Rémi acquiesça et, blottis l'un contre l'autre, ils savourèrent l'instant présent, fait d'amour et d'une illusion de liberté.

31

Montréal, 1er novembre 1918

Ce samedi matin, madame Irma se sentait mieux. Elle pourrait enfin vaquer à ses affaires, et il y en avait beaucoup en souffrance. Le testament d'Aristide l'avait prise au dépourvu, jamais elle n'aurait pensé qu'il ferait d'elle son héritière. Grâce à lui, à sa protection, son commerce avait été florissant. Sans être aussi riche que son amant, elle se targuait d'avoir amassé une petite fortune, de quoi vieillir en toute quiétude dans une maison de campagne ensoleillée, qu'elle souhaitait s'acheter après avoir vendu sa résidence aux volets clos. Justement, avant qu'Oscar vienne la chercher et que son Aristide la quitte pour un monde meilleur, elle avait rêvé de lui parler de ses projets, avec le fol espoir qu'il l'accompagnerait dans la nature pour profiter des fleurs et du chant des oiseaux. Bien sûr, ce n'était que chimère, jamais l'éminent juge Martel ne se serait abaissé à partager la vie d'une belle-de-nuit. Elle était sa maîtresse bien-aimée, mais de là à la présenter à ses amis de la haute société montréalaise il y avait une limite à ne pas dépasser. D'ailleurs, elle l'avait chéri sans espérer quoi que ce soit de sa part.

Josette avait déposé le journal sur la table du déjeuner, elle le feuilleta distraitement. Soudain, son attention fut attirée par une photo. Elle lut l'article qui l'accompagnait: *La femme, principal témoin dans «L'affaire Martel», a été sauvagement tabassée la nuit dernière. La malheureuse repose à l'hôpital Notre-Dame, dans un état sérieux, selon les dires de son médecin traitant. L'agression aurait-elle un lien avec la fille du défunt juge Aristide Martel, l'accusée?* suggérait le journaliste, Noël Lemaire. Et il ajoutait: *Depuis que nous avons appris que mademoiselle Ophélie Martel s'est reconnue coupable, dans une note manuscrite, d'avoir tué son frère Félix, âgé de cinq ans, plus rien ne nous étonne dans les rebondissements inattendus de cette affaire.*

Irma observa longuement la photo. Depuis treize ans, elle n'avait pas vu sa fille, mise en nourrice et qui s'était enfuie quand elle avait voulu l'envoyer au pensionnat, mais ce visage ressemblait trop au sien pour que ce ne soit pas elle. *Ainsi, Marguerite a croisé la route d'Ophélie, et c'est elle qui l'accuse de meurtre,* songea-t-elle. *La vie nous joue parfois de bien drôles de tours.*

Aujourd'hui, elle avait projeté de rendre visite à Rémi et, si possible, à Ophélie à la prison des femmes. Ils devraient attendre, Marguerite avait besoin d'elle. Elle demanda à Josette de lui appeler une voiture.

En sortant sur le perron, elle jeta un œil à l'immense demeure qui était la sienne. Madame Félicité, la petite amie du chef de police de son quartier, lui avait fait une offre d'achat alléchante; elle se promit d'y réfléchir. À cinquante-cinq ans, le temps était venu pour elle de transmettre le flambeau; son commerce était florissant, elle en tirerait un bon prix.

Si, dans ses déplacements, madame Irma souhaitait se confondre dans la masse, elle était loin d'y parvenir. Son maquillage outrancier, ses vêtements flamboyants et les plumes à son chapeau, qui, pour elle, était de mise, invitaient les gens à se retourner sur son passage, même dans les corridors de l'hôpital Notre-Dame, où elle avançait à pas pressés.

Assis près du lit, un jeune homme veillait sur Marguerite. Elle s'approcha et se présenta:

— Je suis Irma Lachance, sa mère.

L'inconnu se leva et lui tendit la main.

— Docteur Charles Parenteau. Votre fille a travaillé pour moi, en Abitibi. Ce matin, lorsque j'ai lu dans le journal l'agression dont elle avait été victime, je suis venu aussitôt. Je ne savais pas qu'elle avait de la famille à Montréal.

— Comment va-t-elle ? s'informa Irma, évitant de donner suite à sa remarque.

— Pour le moment, les médecins n'osent pas émettre de pronostic. Son état à venir dépend du temps qu'elle passera dans le coma. Je suis désolé de ne pas vous donner de meilleures nouvelles.

Irma contemplait avec horreur le visage tuméfié de son enfant, les bandages autour de sa tête et son bras droit, immobilisé dans un plâtre. Si elle était fière de sa réussite professionnelle, elle constatait son échec auprès de Marguerite : elle avait été une mère déplorable. Elle s'avança et prit sa main entre ses paumes. Elle avait pourtant souhaité lui offrir autre chose que la rue, ce qu'elle-même avait connu dès son plus jeune âge… surtout qu'elle était peut-être la fille d'un juge.

Sans en avoir la totale certitude, car elle avait de nombreux amants à l'époque, Irma croyait que Marguerite était la fille d'Aristide. En fait, il avait été le seul avec lequel elle avait parfois négligé, emportée par leurs élans de passion, de prendre ses précautions. Si elle avait mis au monde un garçon, peut-être lui aurait-elle fait part de sa paternité, mais, connaissant bien son Aristide, elle savait qu'il ne portait aucun intérêt aux *enfants du sexe faible,* comme il se plaisait à appeler les filles. Aussi, elle s'était tue et avait placé le bébé en nourrice. Les hommes aimaient les femmes de son genre justement parce qu'elles se prélassaient avec eux sans leur imposer les contraintes du quotidien. *Au fond, ce qui a rapproché Ophélie et Margot, c'est peut-être l'appel du sang,* songea-t-elle, *car elles se ressemblent trop peu pour s'acoquiner.*

— Je ne veux pas vous embêter avec ça, reprit Charles. Mais si vous êtes ici, vous avez certainement appris que mademoiselle Margot est le témoin à charge dans une affaire de meurtre…

— Oui, le coupa Irma, et je connais la demoiselle qu'elle accuse.

— Vraiment ? s'étonna Charles.

— Le monde est petit !

Le médecin ne chercha pas à en savoir davantage, il sentait la dame fermée à ses questions. Il se contenta d'ajouter :

— Je souhaite sincèrement que l'état de votre fille s'améliore, car la liberté de mademoiselle Ophélie Martel dépend de ce qu'elle dira au procès. Je suis désolé si je vous parais insensible… La personne dont je vous parle a tellement souffert, il me semble impensable qu'elle sorte d'un cloître, où elle était enfermée depuis l'âge de quinze ans, pour se retrouver à vie derrière les barreaux d'une prison.

Irma connaissait beaucoup de choses sur Aristide, et plus encore depuis qu'elle l'avait assisté à son lit de mort. Cependant, jusqu'à la visite de Rémi, qui lui avait fait des révélations, elle avait toujours pensé qu'Ophélie avait été envoyée dans un pensionnat à Québec. Volubile sur certains sujets, son amant se taisait sur d'autres, conscient que sa maîtresse se contentait de ce qu'il voulait bien lui dire.

Charles quitta l'hôpital en songeant à Ophélie qui se languissait en prison et qu'il n'était pas autorisé à visiter. Malheureusement, il devait repartir pour La Sarre en après-midi, il serait longtemps sans pouvoir la rencontrer et la rassurer quant à ses sentiments. Maître Curtis avait promis de le faire, mais c'était loin d'être la même chose. En Abitibi, le médecin manquait à sa communauté, surtout avec la grippe espagnole qui sévissait toujours.

Aussi, il s'ennuyait de Florie, en caressant le fol espoir que la petite répéterait à quelqu'un d'autre ce qu'elle lui avait raconté. Le témoignage spontané de Florie serait des plus crédibles devant un tribunal, puisqu'il était inconcevable qu'une bambine de trois ans invente un tel scénario pour venir en aide à une personne qu'elle affectionnait. Hélas, ce souvenir semblait s'être effacé de sa mémoire enfantine.

Il rentra à l'hôtel Windsor pour préparer ses bagages.

: :

Westmount, 1er novembre 1918

Étendue sur son lit, Ophélie regardait les objets qui l'entouraient. Rien n'avait bougé depuis son départ huit ans plus tôt, le temps semblait s'être arrêté pendant son absence. Par contre, la maison lui avait semblé plus sombre, froide, et les odeurs n'étaient plus les mêmes. Si celle du tabac d'Aristide imprégnait les pièces, aucun parfum de femme ne flottait dans l'air comme à l'époque où sa mère habitait cette résidence. Heureusement que son parrain était à ses côtés, sinon elle aurait fui ces lieux chargés de souvenirs, joyeux ou tristes, mais tous empreints de tellement d'émotions.

Après son arrivée, Oscar s'était précipité à l'étage pour faire du ménage dans sa chambre et changer les draps ; mais avant de s'éclipser, il n'avait pas caché son bonheur de la revoir.

— Petite mademoiselle, vous êtes ici chez vous, s'était-il exclamé dès son entrée en compagnie de Rémi.

Pour la première fois de sa vie, le vieux majordome avait osé l'attirer dans ses bras, et il l'avait embrassée. Tandis que des larmes dessinaient deux sillons humides sur ses joues ridées, elle avait pris conscience de son vieillissement, signe que bien des années s'étaient écoulées depuis son départ.

En ce moment, dans le silence de sa chambre, elle revivait les événements des derniers jours. Rémi était de retour au pays, et elle avait appris que sa mère n'était pas partie avec lui. De nombreuses scènes de son enfance et de son adolescence lui revenaient en mémoire, des flashs, des mots échangés… Agnès était amoureuse de Rémi, aujourd'hui, ça lui paraissait très clair. Aristide avait dû découvrir leur liaison secrète. Se pouvait-il qu'il se soit emporté au point de la… non ! Elle préférait ne pas y songer !

Charles… Elle croyait avoir enfin trouvé sa part de bonheur dans cette famille chaleureuse, et voilà qu'elle était accusée de la mort de Micheline, la mère de celui qu'elle chérissait. Pourquoi tout ce qu'elle frôlait se terminait-il en véritable apocalypse ?

Puis elle pensa à l'été de ses quinze ans, la dernière saison où le bonheur semblait pour elle une chose acquise, faite pour durer toujours. Elle se rappela la pièce de théâtre dans laquelle elle avait joué… Si seulement le rideau pouvait tomber sur la tragédie qu'était devenue sa vie. Mais quelle fin l'auteur de sa destinée, celui qui, de là-haut, écrivait les textes, lui réservait-il ?

: :

Charles avait fini de préparer ses bagages quand quelqu'un frappa à sa porte. C'était Rémi.

— Je suis porteur d'une bonne nouvelle, lui annonça-t-il d'emblée.

— Elle sera la bienvenue ! Depuis la mort de maman et l'arrestation d'Ophélie, on dirait que la vie s'acharne à déjouer tous mes plans de bonheur.

— Déposez votre valise, vous ne partez plus aujourd'hui.

— On m'attend en Abitibi…

— On vous attend aussi chez nous, le coupa Rémi. Ophélie a été libérée hier, jusqu'à son procès.

— Quoi ? C'est merveilleux ! Est-ce qu'elle a demandé à me voir ? s'enquit-il, soudain inquiet.

— Je souhaiterais être le seul que ma nièce réclame, le taquina Rémi, elle m'a tellement manqué. Mais elle est amoureuse de vous ! Pour son plus grand bonheur, je dois vous céder la place. Venez.

En apercevant la Locomobile garée devant l'hôtel, Charles fut étonné.

— Cette voiture est à vous ? s'étonna-t-il. J'ai déjà vu ce modèle dans des revues… ça vaut une fortune !

— Elle appartient à notre majordome.

— Vous me menez en bateau ?

Rémi éclata de rire. Depuis la libération d'Ophélie, même si ce n'était que temporaire, il se sentait plus léger.

— Montez, dit-il. Je vous raconterai la bonne fortune d'Oscar chemin faisant.

— Votre handicap visuel ne vous nuit pas pour la conduite automobile ? questionna Charles.

— Je suis plus attentif. Mais il faut bien que je m'adapte, c'est pour la vie que je n'ai qu'un œil.

Charles acquiesça. Il admirait le courage de cet homme.

Tandis que Rémi garait la voiture devant l'impressionnante demeure blanche, avec sa galerie à colonnettes, Charles ne put s'empêcher de s'esclaffer en apprenant qu'elle était également la propriété d'Oscar.

— C'est le monde à l'envers ! s'exclama-t-il. J'avoue cependant que c'est réjouissant. J'ai toujours pensé que, sur cette terre, les richesses étaient mal partagées ; je vais réviser mon jugement !

Il s'interrompit à l'arrivée d'Ophélie : debout au milieu du portique, elle ressemblait à une apparition, inondée de soleil. Gracieusement, ses cheveux tressautant sur ses épaules, elle descendit les marches pour venir à sa rencontre. La chaleur de son corps n'avait rien d'irréel, Charles l'enveloppa de ses bras et l'étreignit tendrement, les yeux fermés pour mieux apprécier cet instant de bonheur.

Ce soir-là, après qu'ils eurent soupé tous ensemble, Rémi et Oscar décidèrent de s'éclipser et de gagner leurs chambres afin de laisser un moment d'intimité aux deux amoureux. Avant de sortir du salon, le majordome ajouta quelques bûches dans l'âtre. Une chaleur bienfaisante se répandit aussitôt dans la pièce. Assise sur le canapé en compagnie de Charles, Ophélie retira ses chaussures et elle se nicha contre sa poitrine. Ils éprouvaient tous les deux un sentiment de gêne, jamais auparavant ils n'avaient connu une telle proximité. Leur seul baiser remontait à septembre, au Bourg à Breton, par une froide nuit de fin d'été. Puis les événements s'étaient précipités, Charles avait appris de sa mère qu'Ophélie était religieuse cloîtrée… En ce moment, il hésitait entre se taire ou éclaircir leur situation. Ses sentiments pour Ophélie étaient purs, il la désirait de tout son cœur et de tous ses sens, mais il ne voulait pas profiter de sa vulnérabilité. De sa poche, il tira la croix que lui avait remise Micheline et que, depuis, il portait sur lui comme un talisman. Il la déposa dans les mains d'Ophélie.

— Voudrais-tu que nous parlions de ça ? suggéra-t-il avec douceur.

La jeune femme prit la croix, la retourna pour y voir son nom. Puis, lentement, du bout de son index, elle traça chaque lettre.

— Marie-Hosanna, lut-elle. Au cloître, j'avais beaucoup de temps. J'ai parcouru l'Ancien Testament et ce mot « Hosanna » m'a interpellée. J'ai demandé à un prêtre ce qu'il signifiait. Il m'a répondu qu'il s'agissait d'un mot qui avait changé de sens au cours des siècles. D'un cri de détresse, « Sauve-nous, s'il te plaît ! », il s'était transformé en un cri d'espoir et d'allégresse qui annonçait : « Le salut est arrivé ! » C'est maintenant le débordement d'un cœur heureux d'être sauvé et qui ne peut contenir sa joie…

Ophélie se tourna vers Charles, qui l'écoutait attentivement. Dans un geste délicat, elle posa une main sur son visage et murmura :

— Le nom que j'ai choisi en prenant le voile était un cri d'espérance lancé à l'univers. Cette nuit, le ciel, les étoiles et toutes les galaxies répondent à mes attentes, car tu es là, venu me sauver de mon naufrage.

— Tu es religieuse…, se désola Charles.

— Embrasse-moi, l'implora Ophélie, j'en rêve depuis si longtemps.

Charles approcha ses lèvres de celles qui se tendaient vers lui et il y déposa un doux baiser. Il sentit le corps d'Ophélie parcouru d'un frisson. Osant plus d'audace, il fit descendre sa bouche le long du cou de son aimée. Il l'entendit pousser un soupir, elle s'abandonnait à ses caresses.

— Ophélie, chuchota-t-il à son oreille, je ne veux pas abuser de la situation.

— Parce que je suis religieuse ?

— Tu pourrais me le reprocher plus tard, si tu es contrainte de retourner au monastère.

Le visage d'Ophélie s'éclaira d'un lumineux sourire.

— Oui, dès que possible, j'irai au cloître des Augustines, mais ce sera pour les remercier. Et je leur rendrai l'argent que Margot a dérobé quand nous nous sommes enfuies ensemble.

— Mais tes vœux ?

Ophélie fixa la croix, tombée sur un coussin, puis elle leva les yeux vers son amoureux.

— Je n'ai pas encore prononcé les vœux perpétuels, le rassura-t-elle. Il faut quatre années de vœux temporaires, pour s'assurer que la religion est bien notre vocation, avant de s'engager pour la vie entière. J'étais donc libre de partir, avec la permission de ma…

Sans attendre la fin de sa phrase, Charles s'empara de sa bouche et il l'embrassa fougueusement. Puis, relâchant son étreinte, il clama :

— Désormais plus rien ne peut nous séparer !

— Si je suis condamnée à la prison ?

— Je resterai à tes côtés ! Mais tu ne le seras pas, je crois à ton innocence.

— Puissent les jurés penser comme toi.

Ophélie eut un moment d'hésitation, la suite de son destin était si incertaine en ce moment.

— Pour cette nuit, oublions les entraves à notre bonheur ! lança-t-elle en se levant. Viens, montons à ma chambre.

— Ton invitation n'est pas digne d'une bonne sœur, la taquina Charles en l'enveloppant de ses bras, pourtant je l'accepte. J'ai tellement envie de te tenir serrée contre mon cœur !

Sur la pointe des pieds pour ne pas alerter Rémi et le vieux majordome, ils grimpèrent l'escalier en se tenant la main. Dès que la porte fut refermée, Charles devint sérieux. Debout devant elle, il chuchota :

— Il y a moins d'un an, je ne croyais plus être un jour aussi amoureux. Tu es la femme avec qui je désire terminer ma vie et avoir des enfants. Je ne veux pas être uniquement un amant de passage…

— Tes souhaits sont aussi les miens, le rassura Ophélie. Mais je ne peux rien te promettre, car le couperet de la justice est suspendu au-dessus de ma tête. Si je devais finir mes jours en prison, je veux pouvoir me souvenir de cette nuit, notre première dans les bras l'un de l'autre, comme du moment le plus merveilleux de mon existence.

Respectueux, profondément amoureux, Charles avait pensé se faire violence et, après quelques baisers, se retirer dans la chambre qu'Oscar lui avait préparée, mais Ophélie n'avait pas tort, leur avenir ensemble était incertain. Faisant fi de ses principes, il la souleva de terre et la déposa sur le lit. Avant d'enlever son veston, il alluma la veilleuse, puis, en bras de chemise, il vint s'étendre auprès de la jeune femme. Appuyé sur un coude, il l'observa longuement, détaillant chaque courbure de son visage.

— Tu es merveilleusement belle, chuchota-t-il. Dès la première seconde où je t'ai aperçue, dans le train, j'ai su que je souhaitais ne jamais te quitter. Quand tu as accepté de descendre à La Sarre, sans que je le sache, mon cœur t'appartenait déjà. T'en es-tu rendu compte ?

Ophélie regardait avec tendresse l'homme penché vers elle.

— Je venais de m'enfuir du cloître, d'enlever mon voile et ma robe de religieuse. J'apprivoisais le monde autour de moi. La première chose que j'ai remarquée, c'est cette fossette qui se forme sur ta joue quand tu souris, dit-elle en posant un doigt sur le petit creux, et je te trouvais séduisant. J'ai cependant déchanté lorsque tu nous as dit que tu étais marié…

— … sans préciser que j'étais veuf, je me souviens. J'étais trop occupé à t'observer déguster ton dessert, des profiteroles, pour penser à autre chose. Ton enchantement faisait tellement plaisir à voir ! Tu ressemblais à Florie, les jours de Noël. Tes yeux étaient remplis de mille étincelles, comme en ce moment.

— Ils brillent pour toi, souffla-t-elle à son oreille.

Ophélie s'assit sur le lit. Un à un, elle défit les boutons de son chemisier de soie, avant de le laisser glisser de ses épaules. Le regard accroché à celui de son amant, elle s'étendit de nouveau. Dans la lumière tamisée de la veilleuse, Charles découvrit, sous la camisole, la pointe dressée de ses seins. Ému, il se pencha vers elle et il l'embrassa tendrement. Un long moment, il demeura blotti contre son corps, cherchant à en apprivoiser la fraîcheur et les courbes. Cet instant de tendresse était d'une incroyable douceur. Les deux amants le savourèrent en silence, intimidés par cette intimité désirée, mais si soudaine qu'elle leur semblait un cadeau inattendu.

Brûlant de désir, Charles osa un geste plus audacieux et glissa une main sous la jupe de sa compagne. Il remonta le long de ses cuisses jusqu'à la culotte de soie, qu'il écarta doucement pour atteindre son triangle duveteux, humide à souhait. Ophélie poussa un gémissement ; la sensation qui l'avait choquée lorsque Margot l'avait touchée lui plaisait infiniment cette nuit. Spontanément, elle entrouvrit les jambes et le doigt de Charles se frotta habilement contre son clitoris. En même temps, il lui murmurait des mots remplis de tendresse. Les yeux fermés, Ophélie laissa monter le plaisir issu des profondeurs de son ventre ; son sexe pétillait comme s'il avait été rempli de bulles de champagne qui cherchaient à faire surface. Son corps jeune, depuis si longtemps en attente, était tendu à l'extrême, et l'homme dans son lit semblait en connaître les secrets les plus intimes. Soudain, un délice inimaginable éclata en elle et son corps fut agité de vibrations puissantes ; son dos se cambra sous l'intensité de la jouissance, et elle exhala une longue plainte.

Une sensation de bien-être l'enveloppait tout entière. Alors qu'elle ouvrait les yeux, il lui sembla flotter aux rythmes des contractions délicieuses de son périnée. Charles, penché au-dessus d'elle, souriait. Intimidée, elle se colla contre le corps de son amant, toujours vêtu de sa chemise et de son pantalon.

— Je suis égoïste…, balbutia-t-elle.

— Chut… Ta réaction à mes caresses est un honneur que tu me fais. J'ai partagé ton plaisir comme s'il avait été le mien. Ce moment d'extase a été merveilleux ! J'en rêvais depuis si longtemps en pensant que, peut-être, il ne viendrait jamais.

À l'abri dans les bras de son amant, Ophélie ressentait une impression de liberté comme jamais auparavant. Puis elle frissonna, se rappelant que cet état de grâce lui échapperait de nouveau à l'aurore. Une larme roula sur sa joue. De son index, Charles en suivit le cours jusqu'à son menton, puis il porta le doigt à sa bouche et, du bout de sa langue, il cueillit la perle d'eau, avant d'embrasser tendrement les lèvres frémissantes de son aimée.

— Tant que nous serons ensemble, murmura-t-il, et ce sera jusqu'à la fin de nos jours, je ne veux plus essuyer tes larmes. Tu dois faire confiance à la vie, la nôtre. Tu ne seras plus jamais seule pour affronter l'adversité, je serai à tes côtés, c'est promis.

Ophélie avait peur, mais son cœur était plein d'espoir. Elle esquissa un sourire... que Charles s'empressa d'embrasser longuement.

Quand les amants en vinrent à constater qu'il faisait plutôt froid dans la chambre, Charles suggéra qu'ils se glissent tous les deux sous les draps. Il se leva pour retirer ses vêtements, tandis qu'Ophélie enlevait sa jupe. Puis, pelotonnés dans la chaleur de leur étreinte, ils se laissèrent dériver paisiblement dans les bras de Morphée. Demain serait un autre jour.

32

Gare Windsor, 2 novembre 1918

À la gare Windsor, la majorité des gens portaient des masques de gaze et ils se tenaient éloignés les uns des autres. Debout sur le quai, Ophélie se retira à regret des bras de Charles ; son amant devait rentrer chez lui, une population entière comptait sur ses soins et l'attendait. Dès qu'il fut monté à bord, Charles se précipita à une fenêtre pour apercevoir Ophélie une dernière fois. Dans leurs regards attendris se lisait le souvenir de leurs échanges de la nuit précédente ; dans la chaleur des draps froissés, au petit matin, Ophélie avait découvert les subtilités du corps d'un homme et, à son tour, Charles avait été emporté sur une vague de volupté. Rassasié, dans l'étreinte de son aimée, il avait murmuré :

— C'est important pour moi, pour nous, de préserver ta virginité pour la nuit de nos noces, et aussi, il faut nous montrer prudents, ce serait malvenu que tu deviennes enceinte maintenant.

— Tu as raison, mais j'espère que nous n'attendrons pas trop longtemps, lui avait-elle répondu. Je me sens si bien dans tes bras.

Rassurée sur les sentiments de son amoureux, elle avait serré son corps nu contre le sien, convaincue de compter pour lui. Déjà, il la protégeait.

Tel un père aimant, Rémi s'approcha d'elle pour la rassurer. Sous un long panache de fumée, dans un fracas d'acier, le lourd convoi s'ébranla.

En ce 2 novembre, jour des Morts, il était de mise, pour les catholiques, de se rendre au cimetière prier sur la tombe de leurs défunts. Toutefois, avec la grippe espagnole qui sévissait toujours, peu de gens suivaient la tradition. Oscar, qui les avait accompagnés à la gare, offrit tout de même à Rémi et Ophélie d'aller rendre visite à Félix.

— Mon petit frère est avec maman et pas avec not… pas avec Aristide. C'est dans ses bras à elle que je veux l'imaginer, pas ailleurs.

Pas mécontent de ce refus, Rémi, qui redoutait la contagion, avait suggéré :

— Qu'en dites-vous si nous allions au chalet du bout de l'île, voir dans quel état il se trouve ? J'aimerais m'y installer.

Oscar proposa aussitôt :

— Si vous êtes d'accord, monsieur Rémi, je souhaiterais demeurer à votre service. Dès que j'aurai obtenu les titres, je vendrai la maison de Westmount et je vous donnerai l'argent pour remettre votre propriété en état. Vous pourriez y aménager une petite chambre pour moi, et…

— Tut ! Tut ! l'avait interrompu Rémi. Oscar, vous êtes devenu un membre de notre famille. Bien sûr, si vous voulez partager avec moi les frais de rénovation, j'accepte. À condition, cependant, que vous soyez mon invité à vie, sans avoir à débourser un sou.

Ému, le vieux majordome n'avait pas hésité une seconde, il avait donné son aval à la proposition.

En ce milieu d'après-midi, bien emmitouflés et sous un soleil éclatant, ils roulèrent tous les trois en direction de Pointe-aux-Trembles. Ophélie fut étonnée du peu de temps que prit la randonnée.

— Dans mes souvenirs, c'était beaucoup plus loin, constata-t-elle en mettant pied à terre devant la maison de campagne, plus délabrée que dans ses souvenirs.

— Cette voiture à essence est plus rapide que ma petite Charlotte, la jument que je possédais à l'époque.

Se retrouver à l'endroit où, huit ans plus tôt, il avait informé Agnès qu'il allait rejoindre Solange en France troublait Rémi. Que s'était-il passé la nuit de son départ ? À pas lents, il s'avança vers la grève. S'il n'avait pas pris cette décision, aucun des drames qui les accablaient ne se serait produit. Ophélie, qui s'était approchée, s'accrocha à son bras.

— Vous pensez à maman, n'est-ce pas ?

Rémi déposa une main sur celles de sa nièce.

— Ma chérie, aujourd'hui, tu es éprise d'un homme, mais privée de sa présence par les circonstances de la vie. Nul n'est mieux placé que toi pour comprendre ce que ta mère et moi avons vécu, déchirés tous deux par un amour impossible.

— Je vous revois sur cette berge, maman penchée sur votre épaule. Je me suis demandé de quoi vous pouviez bien la consoler. Vous avez répondu qu'elle avait eu peur d'un raton laveur…

— … et Félix s'est lancé à sa poursuite ! J'ai dû le suivre sous le couvert des arbres, en m'égratignant au passage, plaisanta Rémi.

Mais le cœur n'y était pas. Il attira Ophélie contre lui.

— Je souhaite tellement que tu sois heureuse, que tu puisses vivre ton amour dans la sérénité et la paix, chuchota-t-il. Au moins, pour toi, tous les espoirs sont permis.

Oscar les rejoignit.

— Monsieur Rémi, dit-il, j'ai réussi à entrer. Je ne m'y connais pas beaucoup en construction, mais je pense que ce chalet nécessite de gros travaux. Nous devrions attendre au printemps pour les entreprendre.

— D'abord, répondit Rémi, ne m'appelez plus monsieur !

— Ce sera difficile, monsieur…

Ophélie éclata de rire. Décidément, certaines habitudes n'étaient pas faciles à déloger. Pour sa part, c'était sans difficulté qu'elle avait troqué sa robe de sœur cloîtrée pour une chemise de nuit en dentelle. Elle se sentit rougir. Son oncle l'observait du coin de l'œil, il avait certainement deviné ses ébats de la nuit dernière, même si Charles avait pris soin de défaire le lit de la chambre d'amis, dans lequel il n'avait pas dormi.

: :

Hôpital Notre-Dame, Montréal, 3 novembre

Madame Irma essuyait le front de sa fille quand cette dernière ouvrit les yeux. Le regard de Marguerite s'accrocha au sien, il était évident qu'elle ne la reconnaissait pas. Elles s'étaient peu vues au cours des treize années que l'enfant avait passées dans un foyer nourricier, et par la suite, la rebelle avait disparu dans la nature. Irma avait fait des tentatives pour la retrouver, mais elles avaient été vaines. Aujourd'hui, juste au moment de sa retraite, Marguerite réapparaissait.

— Je suis ta mère, dit-elle en se penchant au-dessus du lit.

— Ma mére ? J'en ai jamais eu, balbutia Margot.

— Tu as raison, j'ai été absente de ta vie, mais, désormais, je suis là. Et c'est pour rester, que tu le veuilles ou non, ajouta Irma le plus tendrement qu'elle put de sa voix éraillée par l'alcool et la fumée de cigarette.

Dans le flou de son esprit, Margot perçut cette femme au chapeau à plumes comme une aide inattendue venue à sa rescousse. Des souvenirs de la veille remontèrent à sa mémoire : Ti-Nest la guettait au coin d'une rue, sa rage, ses invectives… et les coups qu'il lui avait assénés lorsqu'elle avait refusé de le suivre. Heureusement qu'un bon samaritain était passé par là, sinon il l'aurait tuée. Désespérée, Margot s'accrocha à la main de cette visiteuse ;

peu lui importait qu'elle fût sa mère ou non, elle avait besoin de sa protection. Dans la jungle du Montréal interlope, le seul milieu qu'elle connaissait et fréquentait, elle se sentait orpheline. En se sauvant avec Ophélie, elle avait souhaité découvrir un monde différent, mais elle était devenue amoureuse, ce qui avait tout gâché.

— Je vais t'emmener chez moi, disait la femme penchée vers elle, et nous déménagerons à la campagne. Ça te plairait?

Les fleurs, le chant des oiseaux, oui, la perspective était agréable… Cependant, en arrière-plan de ce tableau enchanteur, il y avait Ti-Nest. La sachant toujours vivante, où qu'elle aille, il la retrouverait. Des larmes coulèrent sur ses joues.

— Il ne faut pas pleurer, la supplia Irma. Tu verras, nous commencerons une nouvelle existence…

— Pour moé, ce s'ra pas possible, l'arrêta Margot. Y a un gars qui m'laissera jamais tranquille.

Madame Irma connaissait bien la vie nocturne du Montréal illicite: pour survivre dans ce milieu et conserver la place enviable qu'elle s'était taillée, elle avait dû se bagarrer. Aristide lui avait amené de riches clients discrets, qui, elle le savait, les préservaient, elle et ses filles, d'une arrestation. De son côté, elle s'était assuré de la protection de gorilles armés, qui imposaient leur loi et réglaient les comptes de ceux qui requéraient leurs services.

— Comment s'appelle ce triste sire qui t'a battue à ce point? s'enquit-elle.

— Son nom vous dira rien.

— Essaie tout de même.

Étonnée, Margot observa cette femme à ses côtés; son allure ramenait à sa mémoire celle des dames des bordels huppés, qu'il lui était arrivé de croiser alors qu'elle travaillait dans la rue. Peut-être, après tout, pouvait-elle convaincre Ti-Nest de la laisser tranquille, ou racheter son entente avec lui?

— Ti-Nest… Ti-Nest Dutil, cracha-t-elle avec dédain.

Le nom n'était pas inconnu à Irma.

— Tu peux te reposer en toute confiance, dit-elle à sa fille. Dutil ne s'approchera plus jamais de toi, il a fini de te faire du mal.

Quand le médecin entra dans la chambre, il fut heureux de trouver sa patiente éveillée. Après un bref examen, il put lui annoncer :

— D'ici quelques jours, vous pourrez rentrer chez vous.

— C'est une excellente nouvelle, déclara Irma.

Tandis que le praticien faisait ses recommandations à Margot, sa mère élaborait des projets d'avenir. D'abord, elle accepterait l'offre de madame Félicité, et ensuite, toutes les deux, ainsi que Josette, qu'elle avait promis de garder à son service, elles partiraient à la recherche d'un coin tranquille, au nord de Montréal, et elles s'installeraient au cœur de la nature. Mais auparavant, elle devait rendre visite à Rémi et Ophélie.

33

Westmount, 4 novembre 1918

À cause de la pandémie, les services publics de la ville de Montréal, à l'instar de beaucoup de villes partout dans le monde, étaient dans un état léthargique. Les banques n'ouvraient que quelques heures par jour, les églises étaient vides et les restaurants demeuraient fermés. Le système de justice subissait le même sort ; depuis que, dans la région de Québec, une partie d'un jury avait été fauchée, la plupart des procès étaient retardés, en attendant que l'épidémie se résorbe.

En compagnie de son patron, Logan Curtis rendit visite à Ophélie à Westmount. Il voulait lui annoncer en personne que maître Henderson avait choisi d'assurer sa défense.

— Depuis que j'ai appris que vous êtes la fille du juge Martel, je préfère que nous soyons le plus prudents possible, déclara ce dernier. Le juge Blondeau, votre garant, abonde en ce sens, nous devons mettre toutes les chances de notre côté.

Ophélie jeta un regard implorant vers maître Curtis.

— J'assisterai mon patron, s'empressa de préciser Logan, conscient de la confiance qu'elle avait en lui. Nous aurons affaire à forte partie, nous ne serons pas trop de deux.

— Vous avez raison! approuva Rémi. En ce qui concerne la lettre de confession pour la mort du petit Félix, vous savez où le processus en est rendu ?

— Le juge Morrison étudie l'affaire, nous devrions recevoir une réponse sous peu, les informa maître Curtis. Je vous préviens toutefois, nous devons nous attendre au pire ; ce serait étonnant qu'avec une confession écrite il ne porte pas d'accusations.

Contrairement au décès de Micheline Parenteau, dont elle se savait innocente, chaque fois qu'il était question de cet autre drame, Ophélie ressentait de la culpabilité. Le souvenir de Félix, son petit frère de cinq ans mort par sa faute, la hantait.

Les avocats se préparaient à partir quand Oscar entra dans la pièce.

— Mademoiselle Ophélie, monsieur Rémi, je m'excuse de vous déranger, une dame insiste pour vous voir, annonça-t-il.

— Nous la connaissons ? s'informa Rémi.

— Madame Irma Lachance.

Étonnée de cette visite, Ophélie jeta un œil vers son parrain, un regard qui n'échappa pas à maître Henderson.

— Cette personne a-t-elle un rapport quelconque avec l'affaire qui nous occupe ?

— Jusqu'à il y a deux jours, lui répondit Rémi, je pensais qu'elle avait seulement été la maîtresse de mon demi-frère, Aristide.

— Ce n'est plus le cas ? fit Curtis.

— Elle est aussi la mère de Margot. Charles l'a appris en rendant visite à cette dernière à l'hôpital, le renseigna Ophélie.

— Si Margot ne sort pas du coma, qu'arrivera-t-il ? s'enquit Rémi.

— Le problème ne se posera pas, elle s'est réveillée, leur apprit Henderson. Nous avons reçu un rapport de son médecin : elle va mieux, et sa mémoire n'a aucunement souffert des coups reçus. Si cette dame Irma vous fait part d'éléments nouveaux, ce serait bien de nous en avertir le plus rapidement possible.

Rémi promit et les avocats prirent congé. Oscar les raccompagna à la porte. Puis il revint en compagnie de madame Irma, qu'il percevait différemment depuis la mort de son patron.

Ophélie et son oncle, debout au milieu du salon, l'accueillirent poliment. Rémi lui offrit un siège, avant de reprendre place sur le canapé en compagnie de sa nièce.

— Que nous vaut l'honneur de votre visite ? demanda-t-il.

L'atmosphère était tendue, chacun semblant se tenir sur le qui-vive. Irma s'adressa d'abord à Ophélie :

— Je tiens à ce que vous sachiez que ce n'est que dernièrement que j'ai appris que vous étiez au cloître des Augustines, je vous croyais en pension…

— Venez-en au but de votre visite, laissa tomber la jeune femme, mal à l'aise en présence de la maîtresse de son père, qui, de surcroît, était la bénéficiaire de sa fortune.

Comprenant qu'elle n'était pas la bienvenue en ces lieux, Irma obtempéra avec empressement.

— Hier, dit-elle, je me suis rendue à l'étude de maître Siméon Héroux. Je désirais savoir ce qu'il adviendrait de l'héritage d'Aristide si j'y renonçais.

— Quoi ? Vous n'en voulez pas ? s'étonna Rémi.

Irma lui jeta un regard de biais avant de poursuivre :

— Maître Héroux m'a dit que, dans les testaments, il y a une clause à cet effet, à moins que le testateur n'exige qu'elle soit supprimée, ce qu'Aristide n'a pas cru bon de faire. J'ai appris qu'en cas de renoncement de ma part c'est vous, Ophélie, sa fille, qui devenez la légataire universelle. J'ai donc signé le document.

— Pourquoi autant de générosité ? questionna Rémi, méfiant. Vous savez que vous vous privez d'une fortune…

— … qui ne me revient pas ! trancha Irma. J'ai accumulé suffisamment d'argent pour terminer mes jours en paix, et en laisser beaucoup à ma fille, que les circonstances de la vie m'ont permis de retrouver.

— Comment va Margot ? s'informa Ophélie.

— Elle est toujours à l'hôpital, mais elle doit sortir sous peu. J'avoue que nos rapports ne sont pas des plus cordiaux pour le moment, j'ai cependant bon espoir de l'amadouer.

— Si seulement elle pouvait dire la vérité, soupira Ophélie. Je n'ai pas mis le feu à la résidence des Parenteau, soyez-en certaine.

Irma ne releva pas les paroles de la jeune femme, qui sous-entendaient que sa fille mentait. Elle était néanmoins consciente que Margot n'avait rien d'une sainte et qu'il était possible qu'elle ait escamoté la vérité.

— Si elle change sa version, je vous préviendrai, promit-elle.

Décontenancée par le geste magnanime d'Irma, Ophélie découvrait cette femme sous un jour qu'elle n'avait pas imaginé. Bien qu'usée par un métier avilissant et outrageusement maquillée, pour en venir à ce renoncement, elle dissimulait certainement sous ses vêtements criards un cœur bienveillant.

— Je vous remercie, dit simplement Ophélie, ne sachant trop comment réagir à la situation.

Puis elle se leva pour la reconduire.

— Attendez, j'ai autre chose à vous raconter, annonça Irma d'un ton insistant.

Ophélie reprit sa place auprès de Rémi.

— Je crois qu'Oscar vous a dit que j'ai assisté à l'agonie d'Aristide.

L'oncle et la nièce firent signe que oui.

— Avec cette folie de grippe espagnole, les prêtres ne peuvent pas se déplacer pour tout le monde. À Montréal, dans le plus fort de l'épidémie, une personne mourait toutes les cinq minutes, d'après ce que j'ai su. Aristide délirait. À certains moments, cependant, il retrouvait sa lucidité, il semblait se rendre compte que la fin approchait. Alors, par bribes décousues, c'est à moi qu'il s'est confié, une manière de confession, avant de paraître devant l'Éternel.

Devinant que les paroles d'Irma seraient porteuses de révélations difficiles à entendre, Rémi prit entre les siennes la main d'Ophélie, elle était glacée.

— La nuit de votre départ, poursuivit la courtisane en s'adressant à Rémi, Agnès est sortie pour vous rejoindre... Ce n'était pas pour s'enfuir avec vous, elle voulait tenter une dernière fois de vous retenir.

— Donc, elle ne nous a pas abandonnés, murmura Ophélie.

— Soyez rassurée, mon enfant ! Jamais votre maman ne vous aurait quittés, votre petit frère et vous, elle vous aimait trop pour ça.

— Entre nous, tout avait pourtant été dit, s'étonna Rémi. Comment pensait-elle me convaincre de rester ?

Irma observa son interlocuteur vêtu de son uniforme militaire; elle tenta d'imaginer les sentiments qu'Agnès avait pour lui. Malgré son bandeau sur l'œil, il avait fière allure, et elle s'y connaissait en hommes. Celui-là était quelqu'un d'authentique.

— D'après ce que j'ai compris des propos d'Aristide, poursuivit-elle, Agnès est sortie de la maison vers quatre heures du matin. C'est peu de temps après son départ qu'il s'est rendu compte de son absence. Soupçonnant qu'elle s'enfuyait avec vous, il a décidé de se rendre à votre appartement. Elle était presque arrivée quand il l'a aperçue, en haut d'un escalier de ciment...

Rémi revit l'endroit.

— Je me souviens de cet escalier, c'était un raccourci entre deux rues.

— Aristide était furieux. Il est sorti de sa voiture et il l'a empoignée, désireux de la ramener à la maison. C'est alors qu'elle lui a crié son secret en plein visage, celui qu'elle venait vous révéler pour tenter de vous retenir.

Les yeux hagards, Rémi et Ophélie se taisaient, perdus dans les dédales d'un drame qu'ils croyaient ne jamais connaître.

— Devant cet aveu, la colère d'Aristide s'est transformée en une réaction violente et incontrôlable, il l'a frappée au visage avec force. Agnès a basculé dans l'escalier abrupt... jusqu'au bas des marches.

— Oh ! mon Dieu ! cria Ophélie en portant une main devant sa bouche.

Irma sortit un mouchoir de sa poche. Elle s'essuya le cou, visiblement épuisée par les révélations auxquelles elle se contraignait.

— C'était un accident ! Aristide l'a répété à maintes reprises..., souffla-t-elle.

— Ce secret qu'Agnès s'apprêtait à me divulguer, de quoi s'agit-il ? demanda Rémi d'une voix forte. Est-ce qu'Aristide vous l'a dit ?

Irma se moucha et, tour à tour, elle regarda Ophélie et Rémi, suspendus à ses lèvres.

— Rémi, vous êtes le père d'Ophélie, balbutia-t-elle. Agnès n'avait aucun doute à ce sujet.

Les paroles d'Irma, pourtant prononcées à voix basse, se répercutèrent contre les murs, comme des cris lancés dans un canyon. Elles résonnèrent en écho dans la tête d'Ophélie et de Rémi. Des milliers d'images se bousculèrent, pêle-mêle, dans leur esprit à la recherche de souvenirs enfouis. Le temps parut s'arrêter. Abasourdis, le père et la fille se regardaient, émus, sceptiques, incapables du moindre geste. Des larmes jaillirent des yeux d'Ophélie et roulèrent sur ses joues. Sans tenter de les essuyer, elle leva une main vers le visage de Rémi, mais elle hésita à le toucher, craignant que sa paternité ne soit qu'illusion. Puis, bondissant sur ses pieds, elle alla se planter devant la fenêtre ; sa frêle silhouette vêtue de blanc se découpa dans la lumière du soleil. Immobile, elle fixa Rémi, puis madame Irma.

— Si vous n'êtes pas certaine de ce que vous avancez, vous n'avez pas le droit d'affirmer une chose pareille, lança-t-elle.

Hésitant, lui aussi, à se réjouir de cette paternité inattendue, Rémi déclara :

— J'ai eu des soupçons, à l'époque... mais Agnès m'a assuré qu'Aristide était le père de son enfant. Ophélie est née à sept mois et demi, elle était minuscule, le docteur Brown craignait de la perdre... Comment Agnès pouvait-elle être sûre de ma paternité sans l'ombre d'un doute ?

— Voilà un des rares privilèges des femmes, professa Irma, et qui toujours échappera au contrôle des hommes. Chassez vos doutes, Rémi ! Si Agnès l'a affirmé avec autant de certitude, c'est qu'elle possédait la preuve de ce qu'elle avançait. À l'époque, elle aura préféré taire votre paternité pour sauvegarder la paix de son ménage, mais, à cause de ce pieux mensonge, vous vous êtes éloigné et elle vous a perdu. C'est ce qu'elle cherchait à réparer la nuit où le drame s'est produit.

Rémi se souvenait du comportement d'Agnès vingt-trois ans auparavant, et les dires de madame Irma étaient plausibles. Avec une attention nouvelle, il observa Ophélie et il la perçut différemment : sa bouche, c'était la sienne, celle de Suzanne, sa grand-mère, et son goût du théâtre... Bouleversé, il se leva et s'avança vers la jeune femme, les bras ouverts pour l'accueillir ; elle était une partie d'Agnès, un ultime cadeau que son amante lui offrait par-delà la tombe.

Blottie contre l'épaule paternelle, Ophélie s'abandonna à la joie de cette étonnante révélation. Madame Irma se préparait à partir, mais Rémi la retint.

— Si le décès d'Agnès était un accident, pourquoi Aristide ne l'a-t-il pas simplement déclaré aux autorités ?

— Pour lui, ç'aurait été la fin de sa carrière, la déchéance, et vous savez à quel point son prestige lui était précieux. Dans son cas, c'était même vital.

— Selon ce que vous racontez, ce n'était pas sa faute, intervint Ophélie.

— Même si l'accident avait été reconnu, jamais Aristide n'aurait survécu à la honte des soupçons qui n'auraient pas manqué de flotter au-dessus de sa tête. Vous êtes bien placée pour savoir que, lorsqu'il y a accusations, l'innocence est difficile à prouver. Un homme trahi qui rejoint sa femme à quelques pas de la porte de son amant, son demi-frère de surcroît, et qui cause sa mort… Même s'il avait été disculpé, des doutes auraient subsisté. C'en aurait été fini de l'éminent juge Aristide Martel. Sous le coup de la peur et du désespoir, il a choisi d'effacer les traces de ce qui venait de se passer ; dans une telle situation, on réfléchit vite. Il n'avait pas le temps de mettre au point une défense efficace…

— Vous êtes certaine qu'elle est morte ? demanda Ophélie.

— Absolument, Aristide l'a répété dans son délire… Il disait même qu'elle venait le hanter, la nuit.

— Je n'arrive pas à y croire… Il nous avait montré une lettre d'elle, j'ai bien reconnu son écriture !

— J'ai peut-être une réponse à votre questionnement, répondit Irma. Il y a longtemps, Aristide avait jugé un faussaire. Il m'avait raconté que ce dernier imitait tellement bien sa signature qu'il craignait que ce falsificateur paraphe lui-même sa remise en liberté.

— Vous savez où il a dissimulé le… le corps d'Agnès ? s'informa Rémi, la voix éteinte.

— Non. Je lui ai posé la question… il ne m'a pas répondu. Vers la fin, ses facultés faiblissaient, ses propos devenaient incohérents.

Rémi était abasourdi par ces révélations, et ses sentiments oscillaient entre le bonheur d'être père et la peine profonde d'apprendre avec certitude la mort de la femme qu'il aimait. Conscient qu'Ophélie partageait des sentiments identiques aux siens, il la serra contre lui pour la rassurer. Puis il remercia madame Irma :

— Rien ne vous obligeait à venir nous raconter ce que vous aviez appris, mais votre récit nous permet de connaître enfin la vérité. En nous révélant ma paternité, vous nous offrez un cadeau inestimable, qui nous aidera à surmonter les moments difficiles qui nous attendent.

— Si je ne suis pas la fille d'Aristide, fit remarquer Ophélie, je ne peux donc pas être son héritière…

— Dans le cas où le défunt n'a pas d'enfants, son héritage va à son plus proche parent. Si Ophélie refuse, ça vous reviendra, Rémi. À vous deux de décider ce que vous souhaitez révéler au notaire, mais, pour lui, Ophélie est toujours la fille d'Aristide.

Sur ces mots, madame Irma se leva, satisfaite d'avoir apporté un certain soulagement à ces êtres tourmentés par les incertitudes. C'est le cœur plus léger qu'elle rentra chez elle préparer l'arrivée de sa fille, qui sortirait bientôt de l'hôpital.

: :

Montréal, 9 novembre 1918

Margot se sentait en sécurité dans la maison de sa mère. Jamais Ti-Nest ne se douterait qu'elle logeait dans un des bordels les plus prisés de la métropole. Irma lui avait cédé la plus belle chambre de son appartement, celle où elle recevait Aristide. Depuis le décès de son amant, elle préférait garder fermé le livre de leurs amours où le dernier chapitre avait été écrit.

Josette se pressait autour de leur nouvelle pensionnaire, prête à satisfaire tous ses caprices. Quasi du même âge, elles passaient de longues heures ensemble. La seule chose que refusait Margot, c'était de sortir à l'extérieur.

— Pa'ce que j'ai peur de Ti-Nest, avait-elle confié à Josette. Ma mère me fait des belles promesses, mais a connaît pas l'bonhomme, yé capable de me r'trouver n'importe où.

Cet après-midi du 9 novembre, tandis qu'elles jouaient au Parcheesi, Josette lui fit remarquer :

— Tu pourras pas toujours te cacher, t'sé. Tu vas devoir te rendre au palais de justice pour aller témoigner au procès de ton ancienne copine. S'il y a une place où que Ti-Nest pourra te coincer, c'est ben là ! Tu m'as pas dit que c'est au bureau de son avocat qu'il t'a repérée, la dernière fois ?

— Ma mère a dit qu'on partirait à campagne, tusuite après les fêtes.

— Notre déménagement t'enlèvera pas l'obligation de te présenter en cour.

Margot devint songeuse. Elle abandonna le jeu, se leva et alla se servir une rasade de brandy. Prendre un p'tit coup l'avait toujours aidé à réfléchir. Josette n'avait pas tort, c'est certain que, tapi dans l'ombre, Ti-Nest attendait le moment propice pour la récupérer.

34

Montréal, 12 novembre 1918

La guerre était finie ! En quelques heures, les télégraphes relayèrent les dépêches de ville en ville à travers l'Europe, et jusque par-delà l'Atlantique. À Montréal, comme ailleurs dans le monde, la population était en liesse. Faisant fi des reliquats de la grippe espagnole, on s'embrassait dans les rues sans même se connaître.

La Presse du matin rapportait que, dans la forêt de Compiègne, dans l'Oise, l'arrêt des combats avait été signé, le 11 novembre à 11 heures. *Les canons se sont tus sur un conflit qui a duré plus de quatre ans*, lut Rémi.

— Ce que vous avez subi sur les champs de bataille devait être terrible, souligna Oscar en déposant une assiette devant lui.

— Vous avez dû tellement souffrir, renchérit Ophélie.

— Tu sais, ma chérie, je fais partie des chanceux : je suis revenu vivant. Il y a eu des millions de morts, des jeunes hommes qui ne reverront jamais leur fiancée, leur femme, leur mère… ou leur charmante fille, ajouta Rémi avec tendresse. Moi, je suis là, avec vous, un œil en moins, boiteux, mais je m'y ferai. L'important, c'est la vie. T'avoir retrouvée, mon Ophélie, et pouvoir me battre à tes côtés, voilà ce qui aujourd'hui comble mon existence.

— Je suis heureuse que vous soyez revenu, ça m'aide à accepter la perte de maman. Je comprends mieux aujourd'hui pourquoi Aristide était devenu tellement violent avec moi ; il venait d'apprendre que sa femme l'avait trompé et, de surcroît, que je n'étais pas sa fille. Pauvre petit Félix ! il a été la malheureuse victime de ma détresse.

— Surtout, ne te fais pas de reproches, il s'agit d'un accident. Dans ton esprit tourmenté, tu ne trouvais rien pour te cramponner à la vie, ta seule idée était d'arrêter d'avoir mal.

— Il y avait Félix, j'aurais pu me raccrocher à lui…

— Une enfant de quinze ans, dominée par la souffrance, n'est consciente que du gouffre dans lequel elle s'enlise. Le monde autour d'elle n'existe plus et jamais, lui semble-t-il, elle n'aura la force de s'extirper de la profondeur de son désarroi. Ta seule pensée, à ce moment-là, c'était qu'il te fallait trouver une façon pour que ça cesse.

— Je ne veux jamais revivre une douleur aussi vive !

— Quoi qu'il arrive désormais, je serai à tes côtés.

Debout près de la cuisinière, Oscar observait ces deux êtres qu'il aimait. Domestique dans cette famille, il était passé presque inaperçu, pourtant, à la naissance de Rémi, il était déjà là, il avait vingt-trois ans et il s'occupait des écuries. Dix-huit ans plus tard, devenu majordome, il avait organisé les festivités pour le mariage de monsieur Aristide avec madame Agnès ; tout le monde semblait heureux ce jour-là. Dans sa mémoire, il cherchait le moment où cette relation avait commencé à battre de l'aile. Son souvenir le plus clair était le rire joyeux et communicatif de Rémi et d'Agnès, à chaque occasion où ils se trouvaient réunis. En y repensant aujourd'hui, il se rappelle qu'il y avait aussi des étincelles dans les regards qu'ils échangeaient… des parcelles d'amour qui avaient porté leurs fruits, puisque Rémi était le père d'Ophélie. *Une fleur d'espoir au milieu d'un champ de malheur*, songea Oscar.

Puisse-t-elle porter la vie à son tour et ramener le bonheur au sein de cette famille.

Ce même matin, chez madame Irma, Margot avait décidé de parler à sa mère. Elle attendit la fin du déjeuner et, pendant que Josette desservait, elle lança :

— J'ai quèque chose à confesser, mais j'veux pas qu'tu me traites de menteuse.

— Jamais je ne ferais ça, répondit calmement Irma.

— J'ai pas dit la vérité au sujet d'Ophélie… A pas mis l'feu, était déjà partie quand j'ai fait tomber la lampe par accident. La p'tite Florie a dit la vérité à son père.

Irma plia lentement sa serviette de table. La confession de sa fille ne l'étonnait pas. Josette lui avait rapporté sa conversation avec elle, quelques jours plus tôt.

— Es-tu certaine que ce n'est pas la crainte de croiser Ti-Nest lors du procès qui te pousse à changer ta version ?

— Ben non, c't'affaire ! J'ai jus' menti pis ça fait que j'me sens pas ben.

— Es-tu prête à répéter ça devant l'avocat d'Ophélie, le procureur et le juge ?

— Oui. À condition que j'puisse les rencontrer sans risquer de me faire voir.

— Si tu es bien certaine de ta décision, je peux organiser une rencontre très discrète.

Margot accepta et, soulagée, elle quitta la table pour rejoindre Josette près de l'évier. Tranquillement, madame Irma tira vers elle le quotidien qui se trouvait près de son assiette. Dans un entrefilet en bas de page, elle relut : *Le proxénète Ernest Dutil a été retrouvé mort la nuit dernière, son corps criblé de balles gisait au fond d'une ruelle. Probablement un règlement de comptes,* écrivait le journaliste. *Je t'avais promis que ce type ne t'embêterait plus,* se réjouit silencieusement Irma, *alors voilà, ma fille : mission accomplie !* L'ancienne maquerelle prit sa serviette de table et s'essuya la bouche, puis elle se leva pour aller terminer son café au salon. Madame Félicité, la petite amie du chef de police, devait passer la voir aujourd'hui ; elle achetait son commerce.

: :

La Sarre, 13 novembre 1918

Pour la troisième fois, Charles relisait la lettre reçue d'Ophélie. C'est à peine s'il parvenait à y croire : Rémi était son père.

— Vous aimez beaucoup la p'tite garde, n'est-ce pas ? s'informa Marie-Jeanne, qui berçait bébé Arthur, assise près du poêle à bois, dans la cuisine de l'hôtel.

— Oui, avoua le médecin. Si les problèmes qui l'accablent peuvent se régler, nous allons nous marier.

— J'espère que vous ne quitterez pas l'Abitibi, vous êtes un si bon docteur !

Winston vint interrompre leur conversation, il agitait un télégramme.

— C'est pour vous, doc !

Charles s'empressa de l'ouvrir, sous les regards curieux des Ramsay.

Il lut à haute voix :

Margot a avoué, stop, avoir causé l'accident, stop, procédure annulée, stop.

— Excellent ! s'exclama Winston. Votre mère pourra enfin reposer en paix !

— Continuez, insista Marie-Jeanne.

Charles poursuivit :

Date second procès, stop, fixée mercredi 15 janvier 1919, stop. Hâte que ça se termine, stop, t'écris sous peu. Stop. Tendresse, stop.

— J'aurais bien aimé que ce soit fini pour Noël, murmura Charles.

— C'est une lettre du Père Noël ? s'informa Florie, qui avait entendu les paroles de son père.

Elle grimpa sur ses genoux et prit le télégramme.

— J'espère que oui, lui répondit Charles, et surtout que ce charmant vieux bonhomme nous apportera de bonnes nouvelles.

Les pleurs de bébé Arthur ramenèrent chacun au moment présent. Marie-Jeanne se leva pour aller le langer, suivie de Florie. Charles retourna à son bureau. Winston lui avait aménagé une pièce dans la partie avant de l'hôtel. La reconstruction de sa demeure avançait rapidement, tous les hommes du village profitaient de leurs temps libres pour vaquer à cette tâche ; la présence d'un médecin était indispensable dans leur milieu, et tous appréciaient la générosité du doc Parenteau. Ils ne voulaient surtout pas le perdre.

: :

Monastère des Augustines, Québec, 20 novembre 1918

Avec sa toiture recouverte de neige, le monastère des Augustines brillait de mille feux sous le soleil de midi. En frappant à la porte en compagnie de Rémi, Ophélie sentit son cœur se serrer : le souvenir des autres fois, en compagnie d'Aristide, puis d'Oscar, s'accrochait à sa mémoire. La sœur portière vint leur ouvrir. Prévenue la veille par télégramme, la supérieure, sœur Sainte-Marie-des-Anges, les attendait dans son bureau. Après les salutations d'usage, Ophélie parla la première :

— Je veux que vous sachiez qu'en fuyant le cloître je n'ai pas pris l'argent de la caisse ; mais je tiens tout de même à vous rembourser. Dans cette enveloppe, il y a plus que le montant dérobé et, à compter de maintenant, je contribuerai financièrement à soutenir votre œuvre.

— Merci, lui répondit la supérieure. Dans l'évangile de Matthieu, il est écrit: *Ce que vous faites au plus petit d'entre vous, c'est à Moi que vous le faites.* Vous serez récompensée pour votre geste magnanime.

— Si je suis venue en personne, poursuivit Ophélie, c'est pour vous remercier. Je me suis sauvée, c'est vrai, mais je n'étais pas chez vous de mon plein gré et j'aspirais à connaître autre chose dans la vie. Cependant, je n'ai pas oublié qu'à mon arrivée ici j'étais en lambeaux, seule, tourmentée. Je me sentais perdue, je ne voyais aucune bouée à laquelle me raccrocher… et vous m'avez tendu la main, affectueusement. À l'époque, je me percevais comme une meurtrière, exclue de la société, rejetée par son propre père. Je n'avais plus aucune valeur à mes yeux. Et vous avez été là, à mes côtés, douce, sereine. Dans la paix de votre cloître, dans la prière et la confession, j'ai compris que la faute que j'avais commise était un accident. Ma souffrance venait de la perte d'êtres chers, qui me manquaient douloureusement.

La supérieure observait la jeune femme devant elle, et ses paroles faisaient affluer ses souvenirs. Elle revoyait Ophélie tellement démunie, alors qu'aujourd'hui, malgré un avenir incertain, elle paraissait sûre d'elle-même.

— En m'autorisant à suivre la formation d'infirmière, continua Ophélie, vous m'avez permis de me reconstruire, une étape à la fois. En m'occupant de gens plus amochés que moi, j'ai pris conscience que je ne portais pas seule la souffrance du monde, je la partageais avec ces malheureux.

— Dès les premiers jours que vous avez passés au sein de notre communauté, j'ai compris que vous étiez une personne bonne et aimante. Malgré ce que m'avait raconté votre père, j'ai toujours douté que vous ayez sciemment commis le geste dont il vous accablait.

— C'était un accident... Malheureusement, sous peu, je devrai répondre de cet acte, et j'ai peur.

— Nous savons, pour votre procès, déclara la religieuse. Un procureur est venu il y a deux jours, en compagnie d'un clerc. Étant donné qu'une sœur cloîtrée ne peut se rendre en cour, il voulait obtenir notre témoignage.

— Que lui avez-vous dit ? interrogea Rémi.

— Que le père de mademoiselle, le juge Aristide Martel, l'avait laissée chez nous il y a huit ans, sans préciser les détails de la faute commise. Il nous avait simplement avertis que la gravité de son geste lui mériterait la prison à perpétuité s'il venait à être connu. Pour lui offrir une chance de... de rédemption comme il avait dit, il préférait lui imposer une vie de cloîtrée.

Ophélie était bouleversée par les souvenirs évoqués.

— Avez-vous mentionné l'argent dérobé ? s'informa Rémi.

— Non ! Nous n'avions aucune preuve que c'était vous, dit-elle, en s'adressant à Ophélie. Nous ne pouvions pas porter une telle accusation. J'ajouterais, sœur Marie... pardon, mademoiselle Ophélie, que, malgré les apparences, j'avais la certitude que la voleuse, ce n'était pas vous.

— Merci, balbutia cette dernière.

— J'ai d'ailleurs fait valoir au procureur que, si vous aviez eu des problèmes à l'adolescence, les années que vous avez passées parmi nous y avaient remédié et qu'au fil du temps vous étiez devenue une jeune femme généreuse, authentique, incapable de faire le moindre mal à son prochain.

— Votre témoignage de bonne conduite est apprécié, la remercia Rémi. Il sera utile pour la défense d'Ophélie quand viendra le moment de juger du caractère moral de sa personnalité.

— Nous n'avons jamais compris pourquoi votre père vous avait laissée chez nous plutôt que de vous garder auprès de lui et, quel que soit le geste commis, tenter de vous réconforter, en faisant front avec vous, commenta sœur Sainte-Marie-des-Anges.

Il est vrai que les hommes ont tous les droits sur les femmes, ils peuvent s'en débarrasser dès qu'elles deviennent encombrantes. Au département de psychiatrie, nous sommes trop souvent témoins de ce genre de comportement. Heureusement, tous ne sont pas ainsi !

— Je vais vous faire une confidence, dit Ophélie. J'ai su dernièrement que si Aristide ne décolérait pas, c'est qu'au cours des jours précédents il avait appris que je n'étais pas sa fille.

— Vraiment ? s'étonna la religieuse.

— À la lumière de cette révélation, j'ai compris que se débarrasser de moi allait au-delà de la perte de Félix. C'était pour lui l'exutoire d'une frustration extrême : quelqu'un devait payer pour la trahison dont il avait été victime.

— Quoi de mieux que de faire disparaître l'objet de sa honte…, ajouta Rémi. Ne plus voir celle qui, chaque jour, lui rappelait qu'il était un homme trompé, lui, l'éminent juge de Westmount. C'était sans égard pour la souffrance de cette pauvre enfant qu'il a traînée de force dans votre monastère. Dans la cruauté de son geste, il a cependant fait un excellent choix, celui de vous la confier. Il ne pouvait pas la laisser à de meilleurs soins que les vôtres.

La supérieure baissa humblement la tête.

— Je vous serai éternellement reconnaissante de vos bontés, déclara Ophélie. Je risque la prison, mais, grâce à vous qui m'avez réconfortée et fait prendre conscience de ma qualité d'être humain, je suis libre dans mon cœur.

— Je suis son père, avoua Rémi, désormais, je veillerai sur elle à votre place.

Sœur Sainte-Marie-des-Anges ne parut pas surprise de cet aveu.

— Dieu, dans son immense magnanimité, sait récompenser les cœurs purs, pontifia-t-elle. Vous me voyez heureuse de votre filiation. Profitez des instants de bonheur que la vie vous offre, vous les avez mérités.

En escortant ses visiteurs dans le long corridor qui menait à la sortie, la supérieure du monastère des Augustines se sentait plus légère que huit années auparavant, quand elle avait raccompagné un père qui abandonnait sa fille sans un regard en arrière. Elle avait si souvent prié pour Ophélie ; aujourd'hui, elle avait la certitude que ses prières n'avaient pas été vaines.

35

Montréal, 25 novembre 1918

Selon ce que rapportaient les journaux, le fléau meurtrier de la grippe espagnole frappait davantage les jeunes gens. Aussi, Rémi recommandait à Ophélie de sortir le moins possible de la maison, déjà qu'il aurait préféré retarder le voyage à Québec, mais Ophélie avait insisté. Pour la distraire, il avait décidé d'entreprendre les rénovations du chalet de Pointe-aux-Trembles, là où l'air était moins chargé d'agents pathogènes. La campagne serait bénéfique pour sa fille, elle pourrait se balader dans la nature en toute sécurité, et celle-ci avait besoin de se changer les idées en attendant son procès.

Après ses révélations bouleversantes, madame Irma les avait prévenus :

— Pour votre filiation et le décès accidentel d'Agnès, vous aviez le droit de savoir, c'est pourquoi je suis venue vous en faire part. Mais ne comptez pas sur moi pour répéter devant un magistrat ce que je viens de vous dire ; les aveux d'Aristide étaient une confession, je ne veux pas ternir sa mémoire.

Rémi aurait pourtant aimé démontrer en cour que la signature d'Aristide sur la confession d'Ophélie n'avait pas la valeur importante qu'on lui attribuait, soit celle d'un éminent juriste à la réputation irréprochable. Après les aveux d'Irma, elle devenait celle d'un meurtrier qui avait camouflé son crime. Les relations de Rémi avec son demi-frère avaient toujours été tendues, mais convenables. Depuis qu'il savait Aristide responsable de la mort d'Agnès, il ne lui pardonnait pas d'avoir enfermé Ophélie dans un cloître pour un geste tout aussi accidentel que celui qu'il avait lui-même commis en tuant sa femme. Tandis que lui, l'éminent juge Martel, avait continué de se pavaner dans les prétoires, la tête haute, la malheureuse enfant avait vécu la fin de son adolescence enfermée dans le silence. Rémi souhaitait au responsable de brûler en enfer.

: :

Montréal, Faubourg à m'lasse, 25 novembre 1918

Martha allaitait son enfant quand son mari rentra de l'usine, en début de matinée. Il tenait un journal à la main.

— À la cantine, cette nuit, je suis tombé sur cet article, lui dit-il. J'ai pensé qu'il pourrait t'intéresser.

— Je n'ai pas beaucoup de goût pour les nouvelles, répondit-elle en refermant sa blouse. Il n'est question que de guerre, de grippe espagnole et de morts.

— Tu as raison! Mais ce que je veux te montrer concerne la fille de cette famille où tu travaillais avant de me rencontrer. Je suis certain que tu aimeras lire de tes propres yeux ce qui est écrit là-dedans.

Intriguée, Martha se leva pour déposer le bébé dans son berceau et prit la publication que lui tendait Philémon. Au fur et à mesure de sa lecture, sa physionomie changeait: mademoiselle Ophélie était accusée du meurtre de son petit frère…

— Si tu allais raconter ton histoire à l'avocat? proposa l'homme. Tu fais encore des cauchemars, la nuit, avec ce maudit souvenir qui revient te hanter.

— Tout ce qui est écrit n'est pas exact.

— Raison de plus pour leur donner ta version, insista Philémon.

— Je ne sais pas trop… ça fait si longtemps. Si on m'accusait de mentir pour sauver mademoiselle ?

— À toi de voir ! Maintenant, je vais me coucher. Si tu veux y aller cet après-midi, réveille-moi plus tôt, je surveillerai les petits en ton absence.

: :

Résidence du juge Blondeau, 25 novembre 1918

Chaque fois qu'elle entrait dans le bureau de son mari, Graziella se heurtait à la boîte d'objets qu'il avait ramenée du cabinet d'Aristide.

— Tu devrais donner tout ça à Rémi, suggéra-t-elle, ce serait à lui de faire le ménage dans ce tas de papiers, ou de les jeter tout simplement.

— Est-ce que je t'ai dit que Morrison a finalement arrêté une date pour le procès d'Ophélie, celui pour la mort du petit Félix ?

— Oui ! Je pense que tu commences à radoter ! Tu m'as aussi informée que Margot avait changé sa version et que le procès concernant l'incendie n'aurait pas lieu.

Sans relever l'insinuation de sa femme, Adrien poursuivit :

— Andrew l'a fixée en janvier. J'aurais aimé que ce soit avant, comme ça, la chère enfant aurait pu célébrer le temps des fêtes en toute quiétude.

— Tu es à ce point convaincu de son innocence ?

— Elle n'avait que quinze ans quand le drame s'est produit, et tu te rappelles certainement à quel point elle aimait son petit frère… Je crois en sa version.

— Il y a une confession signée de sa main, et contresignée par le juge Martel, ça pèsera dans la balance. D'après moi, le mieux qui puisse arriver, ce serait que le jury en vienne à la conclusion qu'il s'agit d'un homicide involontaire, et elle ira en prison.

— Oui, fut forcé d'admettre Adrien. Je pense toujours à un acquittement, mais tu as raison, les jurés pourraient trancher en ce sens. Ça ne m'empêche pas de souhaiter que Martin Henderson puisse les convaincre qu'il s'agissait d'un simple accident… Au fait, je t'ai dit que c'est lui qui assurait la défense d'Ophélie et pas le jeune Curtis ?

— Au moins dix fois, répondit Graziella, amusée. Plutôt que de répéter n'importe quoi, si tu t'occupais de ces papiers, c'est ce qui presse le plus en ce moment.

Adrien s'avança vers la boîte. Il trouvait difficile de fouiller le passé de quelqu'un qui était décédé, surtout un ami de longue date, et un homme tellement réservé sur ses affaires personnelles.

: :

Résidence d'Oscar, 25 novembre 1918

Oscar, Ophélie et Rémi étaient rentrés de Pointe-aux-Trembles depuis quelques minutes quand ils entendirent résonner le heurtoir de la porte d'entrée. Oscar se leva péniblement pour aller répondre ; en fin de journée, ses vieilles jambes le faisaient souffrir. Rémi lui ordonna gentiment de se rasseoir et il se dirigea vers le hall. Il ouvrit.

Une jeune femme se tenait sur le seuil.

— Vous êtes monsieur Rémi, n'est-ce pas ? s'informa l'inconnue.

— Oui. Excusez-moi, je ne me souviens pas de vous…

— Je travaillais pour monsieur le juge, quand vous êtes parti pour la France… je suis Martha.

— Bien sûr ! Martha ! Désolé de ne pas t'avoir reconnue.

— Madame Agnès est-elle revenue avec vous ? questionna-t-elle.

— Elle n'est jamais partie avec moi. C'est une longue histoire, je te raconterai. Tu es là pour Ophélie, j'imagine ?

Visiblement gênée, Martha resserra les pans de son manteau.

— Désolé, je manque de savoir-vivre, s'excusa Rémi, tu es gelée. Entre !

Ophélie avait entendu une voix qui ne lui semblait pas inconnue, elle rejoignit son père.

— Martha ! s'exclama-t-elle en la reconnaissant. Comme c'est gentil de nous rendre visite !

Elle s'avança vers elle pour l'embrasser. Étonnée de ce geste familier, l'ancienne domestique se prêta à l'accolade avec plaisir.

— Viens, l'invita Ophélie, Oscar sera ravi de te revoir.

— Et Octavie ?

— Elle est décédée.

— Monsieur Aristide ?

— Emporté par la grippe espagnole.

— Vous avez toute ma sympathie…

Ophélie accepta sans émotion le témoignage de compassion. Elle précéda leur visiteuse au salon, où Oscar se leva pour l'accueillir. Après lui avoir serré la main, il offrit un siège à Martha.

— Merci de me recevoir aussi gentiment, dit cette dernière en prenant place dans le fauteuil. Avec vous tous autour de moi, j'ai l'impression de me retrouver en famille.

— Les temps changent, énonça Rémi en souriant. Dorénavant, vous êtes ici dans la résidence d'Oscar.

— Vraiment ? s'étonna la jeune femme.

— Monsieur me l'a laissée en héritage, précisa humblement le vieux majordome.

— Vous l'avez si bien entretenue, vous l'avez méritée !

— C'est ce que je lui ai dit, intervint Ophélie. Mais que nous vaut l'honneur de ta visite ?

Un pli se dessina sur le front de Martha, elle se triturait les mains. Il y avait une carafe d'eau sur la table basse, Rémi lui en offrit un verre. La gorge nouée, elle l'accepta. Après avoir bu, elle observa tour à tour les gens dans la pièce.

— Ce que j'ai à raconter est pénible, balbutia-t-elle.

— Prends ton temps, l'encouragea Ophélie.

— Il y a huit ans, la nuit du drame, j'étais présente dans la bibliothèque…

— Oh ! ne put retenir Ophélie, raconte !

— Chaque détail est demeuré très clair dans ma mémoire, comme si l'accident s'était produit hier, débita-t-elle d'un trait. J'en fais encore des cauchemars.

Une violente vague de souvenirs submergea Ophélie. Elle se revit la nuit de ce drame qui allait changer pour toujours le cours de sa vie.

Après être descendue pieds nus dans le grand escalier, elle était entrée dans la bibliothèque, où elle avait trouvé facilement les clés d'Aristide. Elle grelottait en ouvrant la porte de l'armoire qui contenait les armes à feu de son père. Le révolver qu'elle avait choisi était froid. Elle y avait glissé une balle avant d'enlever le cran de sûreté, comme elle avait souvent vu Aristide en faire la démonstration à Félix lors de ses compétitions.

Elle s'était installée dans le grand fauteuil rembourré, devant le bureau où sa mère prenait place pour lire ou écrire. Son parfum y flottait encore, mais Agnès était partie, elle l'avait laissée en plan dans son sillage, aux mains d'un homme, son père, qui la haïssait. Sa souffrance était devenue insupportable. Tous l'avaient abandonnée : Agnès, Rémi. Elle n'avait personne à qui confier sa détresse. Trop jeune pour l'amour d'Hector, son avenir s'annonçait sombre, uniquement tissé d'affliction et de solitude. Un mur noir et infranchissable se dressait devant elle.

Une fraction de seconde et tout serait fini, se souvenait-elle avoir pensé. Il lui suffisait de lever l'arme jusqu'à son front et d'appuyer sur la détente : un peu de courage et le mal insupportable qui lui vrillait le cœur et les entrailles disparaîtrait.

S'extirpant du passé, elle leva la tête vers Matha et l'interrogea du regard.

— Monsieur le juge nous interdisait d'utiliser les pièces réservées à la famille, commença l'ancienne servante, mais j'aimais tellement la lecture que, de temps en temps, je désobéissais. Jamais je n'aurais osé prendre un livre pour l'emporter dans ma chambre, de crainte que monsieur s'en rende compte et me traite de voleuse. Mais souvent, en catimini, très tôt le matin, je m'offrais une heure de plaisir à feuilleter ces bouquins qui me faisaient rêver.

— Vous auriez dû me le dire à l'époque, je vous aurais prêté ceux que vous vouliez lire, glissa Ophélie.

— Sûrement, mais j'étais trop gênée.

— Poursuivez votre récit, insista Rémi, impatient d'en apprendre davantage.

— J'étais assise par terre, dans un coin, quand j'ai entendu Ophélie entrer dans la bibliothèque. Je me suis recroquevillée du mieux que je pouvais pour ne pas être vue. D'où je me trouvais, je ne pouvais pas vous apercevoir, mademoiselle, je me retenais pour ne pas bouger. Puis il y a eu un long silence qui a fini par m'intriguer. Je me suis soulevée un brin…

Martha eut un hoquet. Elle sortit son mouchoir pour s'essuyer les yeux, elle tremblait. Dans la pièce, tous étaient suspendus à ses lèvres.

— Mademoiselle Ophélie tenait un révolver contre sa tempe ! sanglota-t-elle. J'ai voulu voler à son secours, mais la porte s'est ouverte avec fracas. C'était Félix.

— Oh ! mon Dieu ! fit Rémi.

— À son tour, horrifié, il a aperçu votre geste, Ophélie… il a hurlé en s'élançant vers vous. J'entends encore sa voix : « Non ! Phélie fais pas ça ! »

Ophélie ferma les yeux, elle revivait son cauchemar. Surprise dans sa bulle de détresse, elle avait sursauté et sa main était retombée sur le bureau. Le coup était parti, Félix s'était écroulé par terre, un flot de sang dégoulinant sur son visage enfantin. Comme égarée au milieu d'un banc de brouillard, Ophélie se rappelait avoir poussé un long cri, figée dans son fauteuil, incapable du moindre mouvement.

Presque instantanément, Aristide avait fait irruption dans la bibliothèque, aussitôt suivi d'Oscar. Il s'était précipité auprès de son fils et l'avait découvert inanimé. Levant la tête, il avait aperçu Ophélie, en larmes, secouée de violents tremblements, l'arme toujours à la main.

— Qu'est-ce que tu as fait ? s'était-il écrié avec la voix d'un animal blessé. Tu es un monstre ! Je te hais !

Puis il s'était tourné vers son majordome et lui avait ordonné :

— Allez chercher le docteur Brown, dites-lui de faire vite !

La scène devenait plus claire pour Ophélie. Elle revoyait Aristide soulever délicatement son enfant pour le transporter au salon.

— Je suis demeurée tapie dans mon coin, écrasée de stupeur, ajouta Martha. Je n'osais pas bouger. Puis, me rendant compte que vous sembliez paralysée, je me suis levée pour vous porter assistance. « Ce n'est pas votre faute... », c'est ce que je me rappelle avoir murmuré en retirant l'arme de votre main. Vous m'avez laissé faire. Il était évident que vous étiez foudroyée par le drame qui venait de se produire.

— Vous avez raison, j'ai oublié ces détails...

— Puis Octavie est entrée à son tour dans la bibliothèque. Elle a poussé un cri d'effroi à la vue du révolver sur le bureau et elle s'est précipitée vers vous, sans prêter attention à ma présence. Le coup de feu et les cris avaient attiré toute la maisonnée, j'en ai profité pour m'éclipser.

Martha s'interrompit, des gouttes de sueur perlaient sur son front. Elle fit un effort pour continuer :

— Dans le grand hall, j'ai croisé le docteur Brown, qui arrivait au pas de course, en pyjama. À l'appel de votre père, il s'est élancé vers le salon. J'ai entendu le juge lui dire que le petit avait joué avec une arme…

— Ensuite? interrogea Rémi.

— C'était l'heure de préparer le déjeuner, même si je savais que personne ne mangerait ce matin-là… Ça peut sembler bizarre, mais je me rappelle la pluie d'automne qui martelait les carreaux quand je me suis assise près de la fenêtre.

Ophélie avait écouté le récit de Martha avec l'impression de voir défiler le film de sa vie, huit ans plus tôt. Ce triste jour était plus clair dans les souvenirs de la domestique que dans les siens. Pour elle, il restait des odeurs, des cris, un remue-ménage inquiétant, et le pénible sentiment d'être une criminelle. Un sentiment qui l'accablait depuis huit ans, et voilà que Martha venait la libérer: elle avait été témoin de son geste désespéré. Elle pourrait certifier devant le juge que ce n'était pas sur le petit Félix qu'elle voulait tirer, mais sur elle-même.

— Si je comprends bien ce que vous venez de dire, avança Rémi, devant le docteur Brown, mon frère a parlé d'un accident.

— En effet!

— Alors pourquoi, selon vous, a-t-il par la suite fait écrire une note à sa fi… à Ophélie, dans laquelle elle s'accuse d'être responsable du drame?

— Après l'examen du docteur Brown, le petit Félix a été conduit à l'hôpital par son père. Pendant deux jours, nous avons été sans nouvelles d'eux. Vous avez peut-être oublié, mademoiselle, mais, pendant ce temps, vous n'avez pas quitté votre chambre, vous étiez brûlante de fièvre et vous déliriez. Vous marmonniez des paroles sans suite, vous pleuriez et quand, d'épuisement, vous parveniez à vous endormir, vous vous réveilliez en hurlant.

— J'ai craint pour votre vie, se souvint Oscar. Je suis retourné chercher le docteur Brown, qui n'a pas pu faire grand-chose. Vous étiez en état de choc, a-t-il diagnostiqué, il fallait attendre le passage du temps, c'était, selon lui, l'unique thérapie possible.

— C'est affreux, se désola Rémi.

— Le troisième jour, poursuivit Martha, monsieur Aristide est rentré à la maison, tôt le matin. Il est monté à votre chambre en criant à tue-tête que vous aviez détruit ses rêves en le privant de son héritier.

— C'est vague… Je me rappelle qu'il m'a traînée de force dans son bureau; c'est à ce moment-là qu'il m'a obligée à rédiger la note que le juge Blondeau a retrouvée dans ses affaires. J'entends encore ses cris, ses paroles incriminantes, je désirais seulement que ça cesse.

Martha étouffa un sanglot, avant de murmurer:

— Je vous revois, en sueur, éberluée. Je pense que vous n'étiez pas totalement consciente de ce qui vous arrivait.

— Ensuite, Martha, que s'est-il passé? s'informa Rémi.

— Le lendemain, très tôt, monsieur est parti avec mademoiselle.

— Il m'a dit qu'il vous conduisait dans un pensionnat, enchaîna Oscar, ce n'est que plus tard, après votre fugue du cloître, que j'ai su où il vous avait réellement emmenée. Je n'étais pas d'accord, bien sûr, j'ai voulu en discuter avec lui; il m'a rapidement remis à ma place. Je priais chaque jour pour que madame Agnès revienne…

— De mon côté, monsieur m'a signifié mon congé une semaine après votre départ. Depuis, je me suis mariée, j'ai deux enfants, mais jamais je n'ai oublié la moindre parcelle de cet événement. Je suis contente de pouvoir m'en libérer.

— Tu n'es pas la seule que ton récit libère, dit Ophélie. Je te suis infiniment reconnaissante de ce que tu viens de nous raconter. Accepteras-tu de venir témoigner en cour, à mon procès, en janvier? Et, avant cela, de raconter de nouveau ton histoire à mes avocats?

— Ce sera avec plaisir, mademoiselle.

— Martha, tu es un ange descendu du Ciel, ne put s'empêcher d'ajouter Ophélie. C'est certainement maman qui, de là-haut, est intervenue auprès de toi…

— Madame Agnès est morte ? s'étonna Martha.

— Si tu veux rester à souper avec nous, proposa Rémi, on va te raconter. Ce sera un repas à la bonne franquette, il n'y a plus d'étiquette dans cette maison. Ensuite, si tu es d'accord, j'appellerai l'avocat d'Ophélie et, s'il peut nous recevoir dès ce soir, nous passerons le voir afin que tu puisses lui faire ta déclaration en bonne et due forme.

Martha ayant prévenu Philémon que sa visite aux Martel serait longue, elle put se permettre d'accepter, heureuse de se retrouver en compagnie d'Ophélie et d'Oscar.

Avant de se rendre à la cuisine, Rémi leur offrit à tous un apéritif. Tandis qu'il les servait en plaisantant, détendu à la suite de ce qu'il venait d'apprendre, Martha se disait que l'atmosphère guindée de cette grande maison avait bien changé maintenant qu'elle appartenait à Oscar.

: :

Pointe-aux-Trembles, 5 décembre 1918

L'optimisme grandissant des derniers jours avait malencontreusement cédé la place à l'horreur. La douce température du début de décembre le permettant, Rémi avait fait creuser les fondations pour l'agrandissement du chalet, et les ouvriers avaient découvert des ossements humains. Il s'agissait de ceux d'une femme. À l'annuaire de sa main gauche, il y avait une alliance, et Ophélie avait reconnu celle de sa mère.

Ce matin, dans la neige et le froid, elle assistait, aux côtés de son père, aux fouilles des enquêteurs. Abasourdi par cette nouvelle, Adrien Blondeau, qui ne savait rien des révélations de madame Irma, les avait accompagnés.

— Je n'arrive pas à y croire, dit-il, vous croyez que ce pourrait être Aristide qui…

— Oui, c'est lui, affirma Rémi d'un ton sec. Sa maîtresse, une tenancière de bordel qui l'a assisté à ses derniers moments, a reçu ses confidences, et elle est venue nous en faire part.

— Vous savez depuis longtemps ?

— Un mois.

— Et vous n'avez rien dit ?

— Cela aurait servi à quoi puisqu'il est décédé ? demanda Ophélie. J'avoue que, jusqu'à hier, j'espérais encore que maman ne soit pas morte. Je me disais que, peut-être, elle avait été seulement blessée dans sa chute et qu'il l'avait enfermée quelque part, comme ce monstre l'avait fait avec moi.

Les enquêteurs venaient de trouver un sac à main. Ophélie reconnut celui d'Agnès. Elle s'agrippa à l'épaule de Rémi.

— Je ne veux pas que maman soit ensevelie à côté de son assassin ! décréta-t-elle à travers ses larmes. Nous la ferons inhumer à Sainte-Rose, avec ses parents et sa sœur Laure.

— Bien sûr, approuva Rémi pour la réconforter, nous en reparlerons plus tard.

— Au printemps prochain, quand la peur des cimetières aura disparu, je ferai exhumer Félix et il rejoindra maman… Quand je pense que, pendant toutes ces années, ils étaient ensemble, dans le ciel… C'est sûrement lui, mon cher petit frère, qui nous a conduits ici pour la retrouver.

Incapable de retenir ses sanglots, elle quitta le groupe de voisins curieux que l'événement avait attirés et se dirigea vers le fleuve. Rémi voulut la suivre.

— Laissez-la seule un moment, lui conseilla Adrien. Je crois que la pauvre petite a besoin de se rappeler ses proches, de leur parler.

Sur la rive, une fine couche de glace s'était formée. Ophélie en brisa un coin du bout de sa botte et le glaçon partit lentement à la dérive, entraînant ses derniers espoirs. Huit ans plus tôt, sur cette plage, par une journée ensoleillée du mois d'août, elle avait été heureuse en compagnie de tous ceux qu'elle aimait: sa mère, Rémi et le petit Félix. Un bonheur qu'elle croyait fait pour durer…

La voix de sa mère avait toujours été présente à son esprit. Elle l'avait bercée dans ses moments d'abattement, et jamais Ophélie n'avait oublié ni la tendresse ni l'amour d'Agnès, même si elle croyait avoir été abandonnée. Et la naissance de Félix, le cadeau de ses dix ans! Il avait été le plus merveilleux présent qu'elle ait jamais reçu. Ce bébé, elle l'avait langé, chéri et, sous le regard attendri de leur mère, elle lui avait appris ses premiers mots et avait surveillé ses premiers pas. Félix était un enfant énergique, elle se rappelait à quel point elle avait couru derrière lui dans les escaliers, les corridors, aussi dans leur grand jardin. Ce matin, à travers le bruit des vagues, elle entendait son rire, joyeux et cristallin… celui que le petit garçon avait avant le départ d'Agnès. Après, Félix s'était tu. Elle revoyait ses yeux tristes levés vers elle, espérant qu'elle lui ramènerait sa maman. Il avait tellement confiance en elle, sa grande sœur, qui retrouvait toujours ses jouets perdus. Cette fois, elle était demeurée impuissante à le satisfaire. La nuit, en cachette, il se glissait dans son lit et, de sa petite main chaude, il touchait sa joue pour essuyer ses larmes. En cet instant précis, elle le sentait auprès d'elle, dans la brise fraîche qui soufflait du fleuve. Il caressait son visage avec la tendresse d'autrefois.

Rémi se glissa derrière elle et l'enserra de ses bras protecteurs. Ophélie avait un père aimant à ses côtés, l'avenir s'annonçait meilleur. Dans la chaleur de son étreinte, elle s'accorda la permission de rêver. Grâce au témoignage de Martha, la personnalité fourbe d'Aristide serait mise au jour et sa peine de prison, s'il y en avait une, ne serait certainement pas longue. À travers les nuages qui glissaient sur un fond de ciel bleu, elle imagina le visage de Charles, celui de Florie… ceux de leurs enfants à naître. Et quand Rémi l'embrassa sur le front, la sensation de ses lèvres sur sa peau scella pour elle une promesse de bonheur.

36

Montréal, 23 décembre 1918

Charles et sa fillette étaient arrivés la veille. Ophélie était allée les accueillir à la gare Windsor en compagnie de Rémi. Florie l'avait aussitôt reconnue et, depuis, cramponnée à son cou, elle ne voulait plus la laisser, sauf pour contempler et soupeser les paquets enrubannés déposés sous le sapin.

La présence de la petite et de son père venait égayer les jours sombres que traversaient encore Ophélie et Rémi. La semaine précédente, avec les Blondeau, ils avaient conduit Agnès à sa dernière demeure, à Sainte-Rose, dans l'île Jésus, après que les policiers, leur enquête terminée, leur eurent remis sa dépouille. Rémi faisait des efforts surhumains pour taire sa peine, souhaitant ne pas aggraver celle de sa fille. Mais l'absence d'Agnès et sa fin tragique lui brisaient le cœur. Il avait traversé quatre ans de guerre en pensant à elle et il était revenu au Canada avec l'intention de la convaincre de quitter Aristide. Les enfants étaient devenus grands, son demi-frère ne pourrait plus la priver de leur présence. Sur le bateau qui le ramenait au pays, tous les soirs, debout sur le pont, il avait embrassé la minuscule photo qui n'avait jamais quitté son portefeuille, même pendant les années où il avait vécu avec Solange. Combien de promesses il avait faites à cette image en attendant de les renouveler en personne à la femme qui habitait toujours ses pensées! Le cœur gonflé d'amour, pas une fois il n'avait imaginé les drames découverts à son retour.

Dévoilée à la face du monde, la culpabilité d'Aristide dans cette tragédie avait eu l'effet d'une bombe au palais de justice où il siégeait encore deux mois plus tôt. Invitée à témoigner, maintenant que le corps d'Agnès avait été découvert, madame Irma avait accepté de bonne grâce.

La présence d'une tenancière de bordel dans la vie intime de l'éminent juge Martel, responsable de la mort de son épouse, a déboulonné le puissant magistrat de son socle, et le juriste véreux s'est écroulé en bas de son piédestal, écrivait un journaliste de *La Presse.* La sympathie des chroniqueurs allait dorénavant à sa fille, bien qu'elle fût accusée de meurtre.

Reconnaissante envers Irma, qui leur avait permis de découvrir une grande part de vérité et qui, de surcroît, leur avait rendu la fortune d'Aristide, à la mi-décembre, Ophélie avait insisté auprès de Rémi pour lui rendre visite. À cette occasion, elle avait revu Margot.

— C'est grâce à toi, lui avait-elle dit, si j'ai eu le courage de m'enfuir du cloître, et si j'ai pu, du même coup, retrouver ma liberté. Je t'en serai toujours redevable.

— On devait être faites pour s'rencontrer, avait rétorqué Margot. Cé aussi grâce à toé si j'ai r'trouvé ma mère. Cé ben étrange, not' histoire.

Ophélie avait approuvé, puis elle s'était informée de ses projets d'avenir.

— Chus ben heureuse avec Irma! A dit qu'on déménagerait à la campagne au printemps, avec Josette… Est pas icitte aujourd'hui, la Josette, cé ben d'valeur, j'aurais voulu qu't'a connaisse. Pis j'pense qu'a m'aime… en tout cas, est ben fine avec moé.

— Je vous souhaite beaucoup de bonheur, à toi, ta mère et aussi à Josette !

— Pis moé 'si, j'espère que tu seras heureuse avec ton docteur Charles, et surtout que t'iras pas en prison. J'ai été une vraie chipie avec vous deux… Quesse tu veux, j'tais jalouse ! Mais cé passé. Si tu penses que cé possible, on peut rester des amies et se r'voir de temps en temps.

Ophélie avait accepté. Au-delà de ses manières grossières, elle trouvait Margot sympathique et elle avait de l'affection pour elle. De surcroît, c'était elle qui lui avait donné l'élan nécessaire pour s'envoler vers la liberté, sa devise étant : *On agit, on ajustera ensuite*. Alors que, de son côté, elle était plus rationnelle et soupesait les conséquences de ses gestes, retardant sans cesse le moment d'agir… Combien de temps lui aurait-il fallu encore pour trouver ce courage, n'eût été l'aide inespérée de l'étrange Margot ?

Madame Irma, qui avait assisté à leur entretien, se plaisait à imaginer une autre raison à leur étonnante amitié. Après tout, elles étaient peut-être cousines… une partie du sang qui coulait dans les veines de chacune provenait probablement d'un même ancêtre : le juge Adolphe Martel, père d'Aristide et de Rémi.

Ophélie jouait au piano des airs de Noël quand le juge Blondeau fit irruption chez les Martel. Rémi alla l'accueillir.

— Comment se porte votre fille ? lui demanda Adrien. La pauvre petite vit des moments bien éprouvants avec la découverte du corps de sa mère et le procès en vue. Pour l'aider à surmonter son épreuve, Graziella et moi avons pensé lui offrir un intermède de bonheur.

— C'est gentil à vous ! Le docteur Parenteau est arrivé hier, sa présence lui fait du bien. Entrez ! Venez nous parler de votre projet, dit Rémi, qui l'invita à le suivre au salon.

Heureuse de le revoir, Ophélie lui présenta Charles.

— Mon garçon, le prévint Adrien en lui serrant la main, soyez gentil avec cette belle enfant, sinon je serai là pour vous rappeler à l'ordre.

— J'y veille déjà ! lança Rémi en décochant un clin d'œil à Charles, qu'il aimait bien.

— Moi, c'est Florie, dit la petite, en tirant sur la jambe de pantalon du nouveau venu.

Adrien se pencha, il prit la bambine et la fit voler dans les airs.

— Enchanté, mademoiselle Florie. J'imagine que tu es venue à Montréal pour rencontrer le Père Noël ?

— Pas pantoute ! répondit sérieusement la mignonnette. C'est papa qui voulait voir Phélie, il va lui demander d'être ma maman.

— Tiens donc ! Est-ce qu'elle a accepté ?

Florie tourna vers Ophélie un regard pétillant.

— J'pense que oui. En tout cas, ils s'embrassent tout le temps.

Sa répartie amusa la maisonnée.

— Tut ! Tut ! lui reprocha gentiment son père, il ne faut pas révéler tous nos secrets.

Adrien embrassa Florie avant de la déposer par terre. La fillette rejoignit aussitôt Ophélie sur le banc du piano et, affectueusement, elle s'accrocha à son bras.

À travers la spontanéité et les mots d'enfant de cette bambine de quatre ans, Ophélie retrouvait Félix. Son petit frère était disparu aux environs du même âge, et comme ceux qui meurent ne vieillissent plus, c'est toujours à cinq ans qu'elle l'imaginait. L'espace d'une seconde, elle eut l'illusion de le voir, assis à cette même place, quand elle faisait des gammes et qu'il s'amusait à piocher sur le clavier. Ce qui la fâchait, et elle criait à sa mère de venir le chercher. En cet instant, elle l'aurait laissé faire sans dire un mot ; plus encore, elle se serait plu à taper avec lui sur les touches.

Il était l'heure de souper, Rémi invita Adrien à partager leur repas.

— C'est moi, le chef. Si vous ne redoutez pas ma cuisine, vous êtes le bienvenu.

— Je vous remercie de l'invitation, mais je dois refuser, s'excusa Adrien, Graziella m'attend. Si je suis venu, c'est pour vous inviter à un spectacle, au théâtre National, demain en matinée. Ma femme et moi avons pensé que de revoir cet endroit où vous avez vécu de si beaux moments serait pour vous un agréable divertissement.

— Je croyais que les lieux publics étaient fermés à cause de l'épidémie de grippe, dit Rémi.

— Ça a été le cas en octobre et en novembre, effectivement. Mais, depuis le début de décembre, avec l'instauration de mesures d'hygiène importantes, certains commerces comme les grands magasins, Dupuis Frères entre autres, ont de nouveau ouvert leurs portes. Le temps des fêtes approche à grands pas, il faut s'y préparer si on veut que la vie reprenne ses droits sur la mort. Il en va de même du théâtre National, qui a rouvert pour la période de Noël et du Nouvel An.

— C'est une offre impossible à refuser, statua Ophélie. Vous êtes formidable d'avoir pensé nous proposer une sortie si bien choisie. Je me demande si Hector fait toujours du théâtre…

— De qui parles-tu ? demanda Charles.

— Un ami… qui m'a été très précieux à l'époque, évoqua la jeune femme, une étincelle dans les yeux.

Rémi voulut savoir ce qu'il y avait à l'affiche.

— À quelques jours de Noël, les jeunes sont à l'honneur, bien sûr. C'est un orchestre de l'école de musique Nazareth…

— J'ai entendu parler de ces jeunes musiciens, indiqua Ophélie, ils sont aveugles, je crois.

— En effet. Au programme, il y aura du classique et des airs liturgiques. Ils sont dirigés par le professeur Cyrus Pothier, que j'ai connu il y a quelques années. D'après les critiques, ils sont excellents.

Il regarda Charles.

— J'achèterai aussi des billets pour vous et la petite.

— Je vous remercie, mais, pour Florie, je ne sais pas trop, elle n'est jamais allée au théâtre...

— Il y aura plein d'enfants, le rassura Adrien. La veille de Noël, c'est en leur compagnie qu'on souhaite célébrer, pas vrai ?

— J'veux aller avec Phélie ! implora Florie.

Charles n'eut d'autre choix que d'accepter. Adrien promit de venir les retrouver avec Graziella en début d'après-midi, le lendemain.

Adrien et sa femme avaient frappé juste : retourner au théâtre National ramenait Ophélie à une agréable période de sa vie, celle des spectacles estivaux auxquels elle prenait part, celle de son premier émoi amoureux. Le souvenir d'Hector refaisait surface, leur dernière rencontre devant chez elle, la veille du drame... Elle se demanda ce qu'il était devenu. Charles l'observait : elle lui avait raconté son dernier été sur les planches et la façon dont sa saison s'était terminée. Devinait-il que ses pensées s'étaient envolées vers un autre que lui ? Ses réminiscences du passé étaient sans danger, Charles était l'homme avec lequel elle désirait cheminer lorsqu'elle aurait payé sa dette à la société. Et il avait promis de l'attendre.

Le 24 décembre au matin, Oscar se leva péniblement. Il voulait dissimuler ses douleurs, mais il s'écroula à la table du déjeuner, qu'il prenait en compagnie de Rémi. Ce dernier le reconduisit aussitôt à son lit et il alla réveiller Charles, qui dormait près de Florie.

Le médecin endossa sa robe de chambre, saisit sa trousse et suivit Rémi. *Pourvu que ce ne soit pas cette maudite grippe !* pensait-il en dévalant l'escalier. Il craignait pour Oscar, à la santé fragile, mais il redoutait aussi que d'autres membres de la famille ne soient touchés.

Étendu sur son lit, le majordome était en sueur et son teint grisâtre n'augurait rien de bon.

— Je vous en prie, aidez-moi, souffla-t-il à l'arrivée de Charles, j'étouffe…

Le praticien prit place sur une chaise et il sortit son stéthoscope.

— Dites-moi ce que vous ressentez.

— J'ai un poids, là, expliqua Oscar en posant l'index sur son sternum, ça serre et ça fait affreusement mal.

Éveillée par le bruit, Ophélie arriva à son tour. Voyant Oscar étendu, se moquant des risques de contagion, elle se précipita à ses côtés. Elle prit sa main dans les siennes et, le regard levé vers Charles, elle attendit qu'il se prononce.

— Avez-vous ressenti ces symptômes auparavant ? questionna le médecin.

— Oui, mais c'est la première fois que c'est aussi douloureux.

Après un bref examen, Charles posa son diagnostic :

— Votre cœur est fatigué, ses battements sont lents et irréguliers, il n'arrive plus à pomper l'oxygène dont il a besoin pour fonctionner. Selon moi, vous faites une crise d'angine. Je vais vous donner de la trinitrine à mettre sous votre langue, ça devrait vous soulager en quelques minutes.

Il fouilla dans sa mallette et en sortit un petit flacon.

— Voilà, dit-il en lui présentant un comprimé minuscule. Désormais, vous devrez faire attention : finies les tâches ménagères ou toute autre tâche qui nécessitent un effort soutenu.

— C'est impossible, souffla le majordome, il n'y a personne pour faire mon travail, je ne peux pas arrêter.

— Alors, vous êtes congédié, décréta affectueusement Ophélie en serrant sa main.

— Maintenant que vous voilà à la retraite, je vous invite à devenir le grand-père qui nous manque à tous, ajouta Rémi, avec l'unique obligation de vous reposer.

Le malade le remercia d'un sourire. Il y avait des mois que son cœur lui jouait de mauvais tours, il se savait au bout de la route. Le médicament faisait déjà son effet, la douleur se calmait.

— Votre pilule agit aussi vite que de la dynamite, dit-il au médecin. Boum, et le mal s'en va !

— Vous ne pouvez pas mieux dire, fit observer Charles, c'est de la nitroglycérine. Les soldats s'en sont servis pendant la guerre pour faire sauter des ponts.

— Ne lui fais pas peur, le gronda Ophélie, il va craindre d'exploser.

— C'est qui qui va exploser ? s'informa Florie en entrant dans la chambre.

— Personne, lui répondit son père, Ophélie plaisantait.

— D'accord ! fit la fillette. D'abord, j'ai faim !

Charles la prit dans ses bras et ils quittèrent la pièce. Rémi se leva et il s'apprêtait à partir à son tour quand Oscar le rappela :

— J'aimerais vous parler à tous les deux. Si je deviens votre grand-père, ce serait bien que vous me connaissiez davantage.

— Bien sûr, acquiescèrent d'une même voix Ophélie et Rémi.

Le vieil homme sentait venir sa fin, il éprouvait le besoin de se confier.

— À quinze ans, commença-t-il, j'ai fui un père alcoolique et violent. Nous vivions à Rimouski, dans le Bas-du-Fleuve. Trois ans plus tard, à Kamouraska, j'ai rencontré une jeune fille et nous nous sommes mariés…

— Vous avez une femme ? s'étonna Ophélie.

— Un court moment, oui, j'en ai eu une. Nous étions extrêmement pauvres, elle est décédée de la tuberculose à vingt et un ans. Découragé, je suis venu à Montréal avec l'idée de partir pour l'Ouest canadien. C'est alors que j'ai croisé monsieur Adolphe, chez un maréchal-ferrant ; il a apprécié mon travail avec les chevaux et il m'a engagé. C'est de cette façon que je suis entré au service de votre famille, l'année avant votre naissance, monsieur Rémi.

— Vous avez raison, d'aussi loin que je me souvienne, vous avez fait partie de mon existence… grand-papa.

Oscar lui sourit et il poursuivit :

— Dans ce temps-là, la maison résonnait de musique et de rires. Madame Suzanne donnait de grandes fêtes qui se terminaient tard dans la nuit. Elle était si belle et si gentille, votre maman.

Rémi était ému d'entendre parler de sa mère en des termes aussi élogieux. Aristide l'avait constamment traitée de profiteuse et quand il prononçait son nom, c'était pour la dénigrer.

— Adolphe et sa femme étaient très épris l'un de l'autre. Madame Suzanne était attachante et, comme vous, Rémi, elle était toujours de bonne humeur. Tous les domestiques l'aimaient. Quand votre père est décédé, elle a eu énormément de peine, et lorsque son beau-fils est venu vivre ici, avec vous deux, l'atmosphère a changé. Sous la tutelle d'Aristide, elle s'étiolait… alors elle a commencé à sortir. Elle rentrait souvent tard. Puis un jour, cinq ans après avoir perdu son époux, elle nous a annoncé qu'elle se remariait avec un diplomate français en poste au Canada et qu'elle le suivait en Indochine.

— En m'abandonnant dans son sillage…, s'attrista Rémi.

— Vous qui avez connu un amour impossible… je pense qu'aujourd'hui vous pouvez mieux la comprendre. Elle ne vous quittait pas de gaieté de cœur, soyez-en certain, je l'ai entendue pleurer dans sa chambre, plusieurs nuits. Elle a hésité jusqu'à la dernière minute… elle s'en allait si loin de vous.

— Quand elle m'en a parlé, se souvint Rémi, je lui ai dit que si elle partait, je ne voudrais plus jamais la revoir. J'ai même ajouté que je la détesterais jusqu'à la fin de mes jours…

Les yeux d'Oscar se mouillèrent, il regrettait de n'avoir rien dit plus tôt, mais ce n'était pas le rôle d'un majordome ; son rôle était de vivre en arrière-plan, silencieux, éthéré comme une ombre flottant derrière ceux qu'il servait.

— Sans avoir toutes ses cartes en main, il est difficile de comprendre les décisions d'une personne, philosopha le vieil homme.

— Vous avez raison, chaque destin a ses secrets, murmura Ophélie.

— Vous aviez quinze ans, votre maman a dû se dire qu'elle vous avait mené au seuil de la vie adulte et qu'elle pouvait s'offrir un dernier amour…, supposa Oscar.

Plus conciliant à quarante-six ans, Rémi se sentit ému.

— C'est gentil de me parler d'elle en ces termes. Je la croyais une écervelée. Selon les dires d'Aristide, elle était partie avec un moins que rien, aussi, quand je pensais à elle, je l'imaginais avec un malotru de passage qui l'avait séduite.

— Ce n'était pas le cas, au contraire, j'ai rencontré cet homme une fois, en la conduisant à une soirée, il avait fière allure.

— Aristide était un fieffé menteur, nous le savons aujourd'hui, constata Ophélie.

— Votre famille, c'était la mienne, murmura Oscar, la voix vacillante. Pendant toutes ces années, j'ai observé votre vie des coulisses. J'ai cependant éprouvé chacune de vos émotions. Tour à tour, elles m'ont fait passer de la joie à la tristesse.

Ophélie embrassa la main ravagée d'Oscar. La présence de cet être humain au sein de leur famille était passée quasi inaperçue, et pourtant, en y regardant bien, elle transparaissait en filigrane à chaque scène de leur histoire ; et comme une doublure attentive, il connaissait tous les textes par cœur.

— J'ai infiniment d'affection pour vous, Oscar, chuchota-t-elle à son oreille, j'aurais dû vous le dire bien avant.

Le vieil homme posa son regard dans le sien.

— Ce qui me chagrine, émit-il tristement, c'est d'avoir été impuissant à vous aider lorsque les drames se sont accumulés sur vos jeunes épaules. Malgré tout mon attachement, je n'étais qu'un domestique, et votre père… pardon, monsieur Aristide avait le don de me remettre à ma place si j'osais la moindre intervention en votre faveur.

— Ce n'était pas votre faute, je le sais très bien.

— Je me sens ingrat, se désola Rémi, vous avez tant fait pour nous, et nous vous l'avons si peu rendu.

— Ne dites pas ça ! Avant de faire le grand saut, je voulais vous raconter quelques bribes de ma vie, avec l'espoir que je ne serai pas passé en vain sur cette terre et, surtout, que vous me conserverez dans vos mémoires… et que vous parlerez de moi à l'occasion.

— Primo, objecta Ophélie, le moment pour vous de sauter dans l'au-delà n'est pas encore arrivé ! Et secundo, c'est promis, je ne vous oublierai jamais. Maintenant, reposez-vous, sinon le docteur Parenteau va m'en tenir rigueur, et je ne souhaite pas de conflit avec lui.

— Une dernière chose, reprit Oscar. L'héritage de monsieur Aristide, pour moi, c'est une fortune.

— Méritée ! fit Ophélie.

— Mais dont je n'ai pas besoin. Il me reste si peu de temps, je n'en dépenserai qu'une infime partie. Alors, après mon décès, j'aimerais que cet argent aille à quelqu'un qui s'en est montré digne.

— Bien sûr, acquiesça Rémi. Vous désirez faire un testament ?

— Un simple papier, que vous contresignerez, devrait suffire, qu'en dites-vous ?

— Sûrement. À qui voulez-vous faire ce legs ?

— À mademoiselle Martha ! J'y pense depuis qu'elle nous a raconté son histoire… son témoignage vous sera d'une grande utilité, Ophélie, j'en suis convaincu. Cette démarche a dû exiger d'elle un effort énorme, s'obliger à revivre toutes ces émotions, et se présenter ici. Elle aurait pu ne pas venir.

— Voilà une excellente idée, clama Rémi, j'approuve !

— Toutefois, elle devra patienter, car vous allez recouvrer la santé et partager notre vie encore très longtemps, prédit Ophélie.

Avant de se retirer, elle embrassa tendrement le vieil homme sur le front. Rémi avait raison, il leur ferait un superbe grand-père.

Installés dans la salle de spectacle, les Blondeau et leurs invités attendaient le début du concert. Sagement assise entre Graziella et son père, Florie examinait les lieux et s'émerveillait de chaque détail, des décorations de Noël surtout. Une main abandonnée dans celle de Charles, Ophélie fixait le rideau de velours qui s'était ouvert inopinément sur ses amours d'adolescente, comme si elle allait voir ressurgir le passé. Elle eut la sensation du corps d'Hector effleurant le sien. Puis le stress ressenti à l'époque la fit de nouveau frémir : la colère d'Aristide, les injures qu'il lui crachait, tant de choses qui l'avaient fait se sentir sale, dévergondée, une fille perdue... Ces mots horribles avaient résonné dans ses cauchemars durant de longues années. Ce n'est qu'au contact des lèvres de Charles, quatre mois plus tôt, qu'elle avait eu le sentiment de retrouver la pureté de l'amour. La devinant fébrile, Charles passa un bras autour de ses épaules, il l'attira contre lui et l'embrassa sur la joue. Trois coups retentirent, et les rideaux glissèrent lentement sur leur tringle respective.

Face au maestro, les musiciens attentifs attendaient le petit coup de baguette, ce geste d'envoi pour entamer les premières notes ; les cordes, les vents et les percussions, les trois familles d'instruments étaient bien représentées. Seul le piano solitaire attendait la venue de son artiste. Un jeune aveugle entra et il se dirigea, à l'aide de sa canne blanche, vers le banc installé devant l'instrument à cordes. Pour être aussi habile à trouver sa place, il avait dû répéter le geste et compter les pas à plusieurs reprises.

Dès les premières notes, envoûtée, Ophélie ferma les yeux et se laissa emporter dans les méandres symphoniques des différentes pièces jouées : du *Messie* de Haendel à *La valse des fleurs* de

Tchaïkovski, en passant par *L'arbre de Noël* de Franz Liszt, autant de mélodies qui la transportaient sur leurs ailes et lui faisaient savourer la douceur du moment présent. *La musique,* songea-t-elle, *est une façon pour l'humain de s'élever au-dessus de sa nature et de toucher l'infini.* L'idée d'Adrien était excellente : portée par la musique, elle en oubliait ses peines.

Après qu'eut résonné la dernière note, les membres de l'orchestre se levèrent et la salle croula sous les applaudissements. Cyrus Pothier prit la main de son pianiste et il le conduisit sur le devant de la scène. Ensemble, ils s'inclinèrent face aux spectateurs enchantés de leur prestation. L'adolescent affichait un air timide, mais son sourire épanoui révélait sa joie d'avoir conquis les cœurs.

— Bravo ! Bravo ! cria Ophélie, joignant sa voix aux autres.

— Cyrus est un ami, lui rappela Adrien en se penchant vers elle, tu aimerais rencontrer les musiciens ?

Ophélie accepta, ravie. Pour elle, revoir l'arrière-scène était un véritable plaisir, une façon aussi d'exorciser ses vieux démons.

Tandis que la salle se vidait, le juge Blondeau entraîna les Martel et leurs invités en direction des loges. Ophélie et Rémi reconnaissaient les lieux, les odeurs, l'escalier dérobé qui menait sur le toit… En arrivant devant le petit salon où se tenaient habituellement les conférences de presse, Graziella devança son mari et, avant qu'il pousse la porte, elle s'adressa à Ophélie :

— Ma chérie, te sens-tu prête à une immense surprise ? C'est notre cadeau de Noël.

Étonnée de l'étrange question, la jeune femme plissa le front. Puis elle inclina la tête en signe d'assentiment.

— Derrière cette porte, poursuivit Graziella, tu vas revoir quelqu'un que tu connais… qui, lui, conserve peu de souvenirs de son passé.

— Le pianiste ? interrogea Ophélie.

— Oui, il s'agit de lui.

— J'ai trouvé qu'il ressemblait à Félix s'il avait vécu, murmura Ophélie. Son sourire surtout, qui creuse des fossettes sur chacune de ses joues. À la fin du spectacle, quand il a salué…

Envahie par un fol espoir, elle se sentit prise de vertige et s'accrocha au bras de son père.

— Vous n'allez pas me dire que… que…

— Que c'est lui ? compléta Adrien. Oui, il s'agit bien de Félix !

— C'est impossible ! s'écria Rémi, le petit est décédé. Un coup de feu, ça ne pardonne pas.

— Une autre machination d'Aristide, accusa Adrien. Je vous raconterai.

Ophélie vacilla, ses oreilles bourdonnaient. Rémi entoura sa taille pour lui éviter de s'écrouler. Percevant l'intensité de l'atmosphère ambiante, Florie éclata en sanglots. Charles, qui la tenait dans ses bras, s'éloigna du groupe pour la réconforter.

— Je t'avais dit que nous aurions dû la prévenir, gronda Graziella à l'adresse de son mari, au lieu de vouloir lui faire la surprise.

— Ça va mieux, les rassura Ophélie, qui reprenait son aplomb. J'ai l'impression de me retrouver dans une autre dimension, un monde imaginaire… Félix est derrière cette porte… Vous êtes certains que c'est lui, que je ne rêve pas ? Sinon…

— Absolument ! clama Adrien. Il est possible que lui ne te reconnaisse pas, mais il s'agit bien de ton petit frère de cinq ans, qui en a treize aujourd'hui. Comme tu as pu le constater ce soir, il est devenu un excellent pianiste.

— Et un très beau garçon, malgré sa cécité et la cicatrice qui lui creuse le front, ajouta Graziella.

Ophélie prit une longue inspiration et elle annonça à Adrien qu'elle était prête.

Cyrus avait prévenu son élève qu'il recevrait une visite inattendue, venue de son passé, sans lui dire toutefois de qui il s'agissait.

Il espérait que la surprise ferait surgir chez lui l'étincelle d'un souvenir.

Dès qu'il entendit la porte s'ouvrir, l'adolescent se leva et il fixa sans les voir les gens debout devant lui. La lumière ambrée du soleil couchant inondait la pièce. Dans le regard éteint au reflet d'azur, Ophélie reconnut Félix. Elle s'avança lentement et accepta la main tendue dans le vide. Elle était chaude.

— Bonjour Félix ! Te souviens-tu de moi ? interrogea-t-elle.

Au son de cette voix, le jeune garçon eut un léger recul, sa fine oreille de musicien reconnaissait un timbre déjà perçu. La voix qu'il venait d'entendre était dans sa tête depuis toujours ; elle avait bercé sa solitude, séché ses pleurs... Il la croyait illusoire et voilà qu'il l'entendait réellement. Sa mémoire voyagea à la vitesse de l'éclair, d'imperceptibles souvenirs se greffèrent au son discerné, un prénom monta à ses lèvres :

— Phélie, chuchota-t-il.

Ophélie tressaillit, il se souvenait d'elle.

— Félix ! Mon Félix ! Oui, c'est bien moi, ta grande sœur... Pardonne-moi, sanglota-t-elle. Je peux t'embrasser ?

L'adolescent esquissa un sourire, qui creusa sur ses joues les fossettes familières.

— Oui, accepta-t-il timidement. J'ai peu de souvenirs, mais ta voix, je la reconnais.

Ophélie l'attira contre elle et Félix s'abandonna à son étreinte qui fleurait les réminiscences d'une petite enfance écourtée. Les yeux fermés pour mieux l'apprécier, Ophélie pressa contre son cœur ce miraculeux trésor que la vie lui offrait et que jamais, même dans ses rêves les plus fous, elle n'aurait imaginé recevoir un jour. Rémi les enveloppa de ses bras et il savoura ces retrouvailles inespérées, repoussant les questionnements à plus tard.

37

Westmount, soirée du 24 décembre

En cette veille de Noël bien particulière, dans l'automobile qui les ramenait à la maison de leur enfance, Ophélie serrait la main de Félix dans la sienne. Par bribes décousues, elle tentait de renouer le fil de leurs souvenirs qui faisaient grandement défaut chez l'adolescent.

À Westmount, Félix fut accueilli par un majordome qui resta ébahi en apprenant qui il était. La main sur la poitrine, le souffle coupé, de bonheur cette fois, Oscar n'arrivait pas à croire ce qu'il voyait.

Dès qu'ils eurent retiré leurs manteaux, Ophélie entraîna son frère à l'étage, espérant que l'atmosphère de sa chambre ranimerait sa mémoire. Ce fut dans celle de leur mère, dont la porte était demeurée close pendant huit ans et dans laquelle flottaient encore de légers effluves de son parfum, grâce, sans doute, à des sachets abandonnés dans les tiroirs, qu'il eut une réaction.

— Cette odeur m'est familière, dit-il. Chaque fois que je la sens, j'ai l'impression qu'un malheur approche et je ne m'explique pas pourquoi.

— Quand tu as été blessé, on pleurait le départ de maman, on pensait qu'elle nous avait abandonnés…

— … ce n'était pas le cas ? questionna Félix.

— Non ! Je vais te raconter.

Ophélie l'invita à prendre place à ses côtés sur le lit de leur mère et, dans la pièce familière, où vagabondait certainement l'âme d'Agnès, elle commença à lui raconter leur vie, celle d'avant le drame.

Rémi comprenait que le frère et la sœur avaient besoin de se retrouver. Il les avait laissés seuls pour rejoindre les Blondeau qui l'attendaient au salon.

— Charles est à la cuisine avec Florie, l'informa Graziella, la petite avait faim. Il a dit vouloir la coucher avant le réveillon.

— Excellent, se réjouit Rémi, nous allons profiter de l'absence de Florie pour que vous me racontiez tous les détails de ce miracle qui vient de se produire. Dans la chambre d'Agnès, Ophélie est cramponnée à Félix comme si elle craignait qu'il ne soit qu'une illusion et qu'il s'évapore.

— C'est un miracle, en effet, affirma Adrien, mais dont la cause est très rationnelle.

— Je veux tout savoir de ce qui s'est passé il y a huit ans, dans les jours qui ont suivi mon départ, prononça Rémi. Il y avait eu un rapport de police, il me semble.

— C'est exact, des agents ont fait une visite au domicile d'Aristide, après le drame. Maître Curtis s'est renseigné à ce sujet. Il s'agissait, selon leur rapport, d'un malheureux accident, qui avait été confirmé par le père de la victime, un éminent juge dont ils ne pouvaient mettre la parole en doute. Après avoir interrogé Aristide, ils n'avaient pas cru bon de pousser plus loin leurs investigations, peut-on supposer. S'il s'était agi d'un adulte, ils auraient pu douter de la thèse de l'accident, penser à un suicide ou à un meurtre, mais avec un enfant de cinq ans… Sur la parole de son père, ils ont clos le dossier.

— Avec ce qu'on sait aujourd'hui, avança Rémi, vous ne croyez pas qu'ils auraient dû s'informer davantage ? Qu'il y a eu du laxisme dans cette affaire ?

— Avec les éléments qu'ils possédaient, ils ont cru faire pour le mieux.

— On ne refait pas le passé, ajouta Graziella.

— Vous avez raison, admit Rémi, revenons au présent. Comment avez-vous découvert ce… cette… je ne sais trop comment qualifier les événements : miracle, supercherie ou phénomène énigmatique ?

— Tout est concret, le rassura Adrien. Dans cette histoire, des gestes monstrueux ont été commis, inexplicables au commun des mortels, mais pas pour Aristide Martel, dont nous découvrons chaque jour davantage les abominations.

— On sait si peu de choses sur les gens qu'on croit connaître, raisonna Graziella. Aristide n'avait pas beaucoup d'amis proches, en fait, nous étions les seuls qu'il fréquentait en dehors de son bureau, et nous n'avons rien vu.

— Après le départ de sa femme, et le drame qui avait emporté son fils, il a été un mois sans travailler, ajouta Adrien, ce n'est qu'après les fêtes qu'il est revenu au palais de justice. J'ai tenté de m'informer… il m'a évincé, prétextant que c'était encore trop douloureux.

Graziella essuya une larme.

— Le petit n'avait que cinq ans. À l'époque, nous en avons déduit, Adrien et moi, qu'Aristide avait fait chanter une messe des anges à son intention, à la chapelle de l'hôpital probablement. Par respect pour sa peine, nous n'avons plus posé de questions, en espérant qu'un jour il se confierait, ce qui ne s'est jamais produit.

Oscar entra avec un plateau.

— Je vous ai préparé un punch de Noël, dit-il, il y a bien longtemps que je n'en avais pas fait.

Graziella se leva pour aller à sa rencontre.

— Asseyez-vous, lui ordonna-t-elle gentiment. Ophélie m'a parlé de ce qui est arrivé ce matin, vous devez faire attention. Je vais servir.

Après avoir distribué les tasses, elle reprit place auprès de son mari.

— J'ai entendu la fin de votre conversation, nota Oscar. Ce fut pareil ici. Monsieur Aristide évitait le sujet, et nous, embarrassés par les événements, on ne le questionnait pas. Le printemps suivant, Octavie est allée au cimetière. À son retour, elle m'a dit que le nom du petit n'était pas inscrit sur la pierre tombale des Martel ; nous en avons déduit que c'était trop tôt, que monsieur le ferait graver le moment venu. Comme ça ne nous regardait pas, on a évité de poser des questions.

— Revenons à aujourd'hui, proposa Rémi. Comment avez-vous retrouvé Félix, après huit longues années, alors que tous, nous le croyions mort ?

Adrien fixa l'arbre de Noël, où les flammes des bougies dansaient joyeusement à travers les branches. Ce qu'il avait à raconter étant beaucoup plus sombre, il but d'abord une gorgée.

— Après la mort inattendue d'Aristide, en octobre, un de ses confrères m'a invité au Palais de justice, pour vider son bureau de ses affaires personnelles. Je vous en avais parlé ; c'est en m'acquittant de cette tâche que, dans un tiroir fermé à clé, j'ai trouvé la note manuscrite dans laquelle Ophélie s'accusait de la mort de Félix.

— Je me souviens, reconnut Rémi.

— J'ai déposé le contenu de son coffre-fort dans une boîte, et aussi les objets qui lui appartenaient dans la pièce, avec l'intention de vous les remettre. À cause des événements tragiques dans lesquels vous étiez plongés, j'ai tardé à le faire. Puis, il y a un mois, après la visite de Martha, j'ai eu l'idée de jeter à nouveau un œil dans les papiers d'Aristide. À ma grande stupéfaction, j'ai découvert des comptes rendus médicaux, émis dans les jours qui avaient suivi le décès… pardon, l'accident qui a affecté Félix.

— Et ? demanda Rémi, impatient d'en savoir davantage.

— Il est possible que je n'emploie pas les termes exacts, je vais tenter de vous résumer dans mes mots ce que les divers médecins avaient écrit dans leurs rapports. La balle a été reçue sur la tempe droite et elle a traversé de part en part la boîte crânienne à la hauteur du front, effleurant le cerveau au passage. Ici, un neurologiste détaillait les dommages.

— Félix a dû tourner la tête avant l'impact, présuma Rémi, ce qui lui a évité d'être frappé en plein milieu du front.

— Probablement, c'est aussi ce que j'ai pensé, reconnut Adrien. Un docteur notait que le petit faisait des crises d'épilepsie à répétition, plusieurs par jour, et qu'il ne pouvait certifier si elles seraient permanentes ou passagères. Pour ce qui était de la cécité, un ophtalmologiste avait confirmé qu'elle était irréversible, les nerfs optiques avaient été sectionnés. Quant à prévoir jusqu'à quel point le blessé conserverait l'intégrité de ses facultés intellectuelles, c'était impossible de le faire. Les crises d'épilepsie ne jouaient pas en leur faveur, aussi, le pronostic médical était pour le moins décourageant.

— Aristide a vu son rêve s'écrouler comme un château de cartes, fit observer Graziella. Fini l'héritier qui lui succéderait et deviendrait à son tour un magistrat dont il pourrait se montrer fier…

— Il ne pouvait pas s'imaginer, lui, l'éminent juge, contraint d'élever un handicapé, de le présenter à ses amis et de lire la pitié dans leurs regards. Quel égoïste ! s'indigna Rémi.

— Pourtant, il aurait reçu notre sympathie et notre aide, précisa Adrien.

Rémi peinait à retenir sa rage.

— Pour épargner son ego, il a fait croire à Ophélie qu'elle était responsable de la mort de son petit frère, c'est abominable ! cracha-t-il avec dédain.

— N'oubliez pas, Rémi, ajouta Graziella, qu'il venait également d'apprendre qu'Ophélie n'était pas sa fille. Je ne veux en rien le défendre, ce qu'il a fait est en tout point condamnable, mais son amour-propre, son orgueil démesuré a dû en prendre un sacré coup. Quand le drame touchant Félix s'est produit, sa colère a débordé. Il a rejeté tout le blâme sur la pauvre enfant. C'est sans remords qu'il a cloîtré à vie celle qui lui rappelait à chaque instant ses disgrâces. Il lui a fait payer la perte de son héritier, mais aussi l'adultère de sa femme, dont elle était le fruit.

Incapable de demeurer assis, Rémi se leva et il arpenta le salon. Puis il s'immobilisa devant le foyer et demanda :

— Racontez-nous la suite. Comment avez-vous su que Félix étudiait à l'école de musique Nazareth ?

— Ça ne s'est pas fait simplement. Parmi les papiers médicaux en ma possession, il y avait un ordre de transfert dans une clinique privée de Montréal, émis une semaine après l'accident. Alors, je m'y suis présenté. Le directeur s'est souvenu de ce garçon de cinq ans qu'il avait accueilli dans un état lamentable. Il a fait quérir le dossier aux archives et c'est là que j'ai appris que, considérant les séquelles jugées irréversibles par plusieurs spécialistes, Aristide avait demandé qu'il soit envoyé à l'hospice Sainte-Anne de la Baie-Saint-Paul…

— Quoi ? Mais c'est un asile pour aliénés ! s'emporta Rémi.

— En effet, reconnut Adrien. Le médecin-chef se rappelait très bien qu'Aristide était venu chercher son fils avant Noël pour le conduire là-bas. Ses souvenirs étaient clairs, car, selon lui, il est rare qu'un père ne lutte pas contre l'adversité pour tenter de sauver son enfant et lui redonner une possibilité de vie normale.

— On se croirait dans un scénario absurde, laissa tomber Rémi.

Déconcerté, il alla se verser une autre tasse de punch, il en offrit à la ronde. Après avoir servi tout le monde, il remit des bûches dans l'âtre et, un peu calmé, il prit place sur un canapé.

— Continuez, je vous en prie, Adrien. Comment Félix est-il devenu le protégé de Cyrus Pothier ?

— Comme j'avais découvert qu'Aristide l'avait conduit à l'hospice Sainte-Anne, Graziella et moi avons pris le train pour Charlevoix. J'estimais qu'entreprendre une correspondance avec eux aurait été trop long. Maintenant que je savais que Félix n'avait pas été tué, je souhaitais qu'il soit toujours en vie et, si c'était le cas, je ne voulais pas retarder le moment de vous en faire part.

— Nous désirions nous rendre compte de son état avant de vous donner trop d'espoir, ajouta Graziella. De toute façon, on vous en aurait parlé, c'est certain. Mais comme l'a dit Adrien, il pouvait être décédé, ou avoir conservé de lourdes séquelles, qui auraient fait de lui un être végétatif. Vos retrouvailles n'auraient pas été les mêmes.

— À notre arrivée, continua Adrien, nous avons vraiment pensé que le petit était mort. Une adjointe à l'administration, sœur Marie-Béatrice, nous a dit qu'il n'y avait personne de ce nom dans leur établissement, ni présentement ni dans les archives, qu'elle a consultées. C'est alors que je me suis souvenu qu'au cloître des Augustines Aristide avait fait inscrire Ophélie sous le nom de Langelier…

— Le monstre ! éclata de nouveau Rémi. Ne me dites pas qu'en plus de l'envoyer chez les idiots, il l'a aussi dépossédé de son nom ! Peut-on imaginer père plus dénaturé ?

— J'ai pensé comme vous, opina Adrien. Sous le patronyme de Langelier, l'adjointe a retrouvé sa trace ; nous avons été heureux d'apprendre qu'un certain Cyrus Pothier, professeur de musique, l'avait découvert et pris sous son aile. Le petit était maintenant à l'Institut Nazareth, ici, à Montréal.

— Aristide était-il au courant de ce transfert ?

— Non, sœur Marie-Béatrice était convaincue qu'il n'avait pas été consulté, car il n'y avait aucune note à cet effet au dossier.

L'hospice Sainte-Anne est un centre en partie subventionné par le gouvernement, ses pensionnaires deviennent pupilles de l'État…

— … même le fils d'une famille riche, comme celle de Félix ? demanda Rémi.

— À ce que j'ai compris, devant la maladie mentale, nous sommes tous égaux. La religieuse nous a dit que, pour hâter son admission, le père de l'enfant avait versé une somme rondelette à l'hospice et qu'il était reparti en le laissant à leurs bons soins, sans manifester la moindre émotion.

— Ça ne les a pas étonnées ? questionna Rémi.

— Selon l'expérience de cette adjointe, la maladie mentale est honteuse, les familles préfèrent cacher leurs proches qui en sont atteints. Souvent, elles les abandonnent sur des parvis d'église ou ailleurs, pour que le gouvernement les prenne en charge, de là l'importance de leur hospice.

Un profond silence envahit la pièce. Chacun songeait au triste sort de ces malheureux.

— Quand je pense, dit finalement Graziella, que, pendant trois longues années, le petit Félix, qui n'avait rien perdu de ses facultés intellectuelles, a grandi parmi eux, probablement rendu abruti par les tranquillisants administrés afin de réprimer les ardeurs de son enfance. Dieu merci, Cyrus est passé par là, sinon il serait devenu semblable aux autres pensionnaires de l'hospice.

— Comment ce monsieur Pothier est-il devenu le tuteur de Félix ? demanda Oscar.

— Par un heureux hasard. Cyrus, que je connais, comme je vous l'ai mentionné, s'était rendu à l'hospice Sainte-Anne avec quelques amis musiciens pour y offrir un spectacle. Les aliénés mentaux aiment la musique. Après le concert, tandis que, dans les coulisses, chacun replaçait son instrument dans sa caisse, un petit garçon d'à peine huit ans s'est assis au piano. Puis il a commencé à jouer la mélodie du *Messie* de Haendel, que nous avons entendu ce soir. D'abord, m'a raconté Cyrus, il a pianoté quelques notes, puis il a pris de l'assurance...

— Comment est-ce possible ? s'étonna Oscar.

— La musique était dans ma tête, lui répondit Félix qui revenait en compagnie de sa sœur. J'avais souvent entendu maman et Ophélie jouer une réduction pour piano de cet oratorio. Il fallait juste que je me familiarise avec les touches.

— C'est grâce à ce talent extraordinaire que monsieur Pothier l'a découvert et que mon petit frère a pu sortir de sa prison, se réjouit Ophélie. Graziella, Adrien, mille mercis de ce merveilleux cadeau de Noël que vous nous offrez ce soir, à Félix et moi.

— Merci également pour l'inestimable présent que vous me faites ! lança Charles, de retour après avoir mis Florie au lit.

— Et quel est le vôtre ? s'informa Adrien. Si on me remercie, je dois en connaître la raison.

— Vous avez mis fin aux procédures judiciaires contre la femme que j'aime. J'imagine que, en l'absence d'une victime décédée, les accusations contre elle vont tomber ?

— En effet ! reconnut le juge.

Charles prit Ophélie par la taille et la conduisit devant l'âtre. De sa poche, il sortit un écrin de velours et l'ouvrit ; un diamant scintilla à la lueur des flammes. Des reflets dansants apparurent également dans les yeux mouillés d'Ophélie.

— Mademoiselle Martel, prononça-t-il solennellement, je sollicite votre main auprès de votre père.

— Si ma fille veut bien de vous comme époux, c'est accordé, répondit Rémi sans hésiter.

Ophélie jeta un regard vers son père, il lui souriait.

— J'accepte avec joie, murmura-t-elle en tendant son annulaire gauche.

Charles y glissa le jonc, puis il embrassa la paume de celle qui venait de choisir de lier son destin au sien.

— Un baiser ! Un baiser ! scanda Graziella en applaudissant.

Son regard plongé dans celui d'Ophélie, Charles attira la jeune femme vers lui. Avec une infinie tendresse, il effleura la bouche offerte de ses lèvres chaudes. Puis, ému et gêné tout à la fois, il se recula.

— Oscar, c'est le temps de sortir le champagne ! lança Rémi. Il doit bien vous en rester quelques bouteilles au frais ?

S'il avait hérité de la maison, ça devait inclure ce qui s'y trouvait, se dit le majordome, qui se leva et se dirigea vers la cave à vin de monsieur… pardon, la sienne.

— Donnez-moi la clé, s'empressa d'ajouter Rémi. Après ce qui vous est arrivé ce matin, descendre au sous-sol, c'est trop, dans votre état.

— Je vous accompagne, proposa joyeusement Adrien. Il nous en faudra sûrement plus d'une bouteille, et avec votre canne, vous ne disposez que d'une seule main.

Les deux hommes partirent bras dessus bras dessous, le cœur à la fête.

Après avoir porté un toast aux fiancés, les invités prirent place à la table du réveillon, que Graziella venait de dresser. Elle avait apporté des tourtières, de la dinde, ainsi que du gâteau au chocolat, s'étant rappelé qu'à l'époque c'était le dessert préféré de Félix. Durant le repas, pour mettre l'adolescent à l'aise, ils lui parlèrent des beaux moments d'autrefois, évitant ceux qui étaient empreints de tristesse. Au fil des conversations, Félix tentait de se remémorer des instants précis de son enfance.

— Je me souviens d'une automobile, dit-il soudain, une jolie dame la conduisait en riant aux éclats.

— C'était notre maman, lui précisa Ophélie.

— Une femme merveilleuse, ajouta Rémi, traversé d'un sentiment de nostalgie. Je te dirai sur elle tout ce que tu voudras savoir ; je l'ai beaucoup aimée.

— Et si tu nous parlais, Félix, de ta vie actuelle, proposa Graziella, de ta musique, de tes études… Tu utilises une machine à écrire pour les aveugles, selon ce que nous a rapporté Cyrus.

— Ma femme a raison, approuva Adrien, nous aimerions découvrir qui tu es aujourd'hui, et si possible reconnaître en toi le petit bonhomme d'avant, qui nous égayait de ses mots d'enfant. Le jour de ta fête de cinq ans, tu nous avais avoué que tu enterrais le chat dans le sable…

Félix éclata de rire, de ce beau rire cristallin qu'Ophélie croyait ne plus jamais entendre. Elle s'approcha pour l'embrasser sur la joue. L'adolescent chercha sa main et il la serra fort dans la sienne ; pour lui aussi, un miracle venait de se produire.

Charles se réjouissait de leur bonheur. Jamais il n'aurait pensé, en arrivant trois jours plus tôt, qu'il assisterait à des retrouvailles aussi émouvantes. Une félicité qu'il partageait avec eux, puisqu'il n'y avait plus d'obstacles à leur mariage. Il se pencha et, affectueusement, il déposa à son tour une main par-dessus celles du frère et de la sœur. Dans le regard qu'Ophélie lui adressa, il lut la promesse d'une vie merveilleuse, remplie d'amour et de complicité.

ÉPILOGUE

Sainte-Rose, île Jésus, 16 mai 1920

Les premiers rayons du soleil perçaient la brume éthérée et jetaient des poignées de diamants sur les flots mouvants de la rivière des Mille Îles qui serpentaient entre les deux rives. La journée s'annonçait belle et chaude.

Assise sur la véranda devant ce spectacle grandiose, Ophélie allaitait son fils, né une semaine plus tôt, en se remémorant le chemin parcouru au cours des derniers mois. D'abord, son mariage avec Charles, en juillet de l'année précédente. Si la tradition voulait que les femmes suivent leur époux, Charles, lui, avait eu la délicatesse de venir s'installer à Sainte-Rose, afin de lui permettre de profiter de la présence de son père et de Félix, miraculeusement retrouvé.

Lorsque Cyrus Pothier l'avait découvert à l'hospice Sainte-Anne de la Baie-Saint-Paul, le petit garçon avait presque neuf ans et il ne savait ni lire ni écrire. À l'Institut Nazareth, en peu de temps, il avait rattrapé son retard et il était devenu le meilleur élève de sa classe. Aujourd'hui, son souhait était de devenir professeur de musique et d'ouvrir sa propre école ; il disposait de l'argent nécessaire, ayant hérité de la moitié de la fortune familiale, qu'Irma leur avait remise. Ophélie avait pensé refuser sa part puisqu'elle n'était pas la fille d'Aristide, mais Félix, mis au courant de la situation, avait insisté pour qu'elle l'accepte. Elle était sa sœur, qu'elle soit la fille d'Aristide ou pas.

Désireux d'habiter une maison sans tristes souvenirs, Rémi avait vendu le chalet de Pointe-aux-Trembles, où la dépouille d'Agnès avait été découverte. Suivant l'exemple de Charles et d'Ophélie, il s'était trouvé une résidence en bordure de la rivière des Mille Îles, à Sainte-Rose, dans la paroisse où la femme qu'il aimait reposait pour l'éternité. Après avoir trouvé un acheteur pour la demeure de Westmount, Oscar était venu le retrouver. Victime d'une crise cardiaque deux mois après son arrivée, le vieux majordome avait rendu son dernier soupir alors qu'il était assis dans la cour arrière, le visage offert aux rayons du soleil couchant. Depuis, il avait rejoint Agnès à l'ombre des grands chênes.

Charles sortit de la maison, il apportait un châle pour sa femme.

— Tu devrais faire attention, dit-il en l'embrassant sur le front. En mai, le fond de l'air est frais. Tu ne veux certainement pas attraper un rhume le matin du baptême de notre fils.

Ophélie s'avança sur la berçante et Charles glissa le lainage sur ses épaules.

— J'aimerais appeler notre garçon Joseph, Félix, comme son parrain, et Alban, comme ton père. Qu'est-ce que tu en dis ?

— Tu as toujours de délicates pensées, la remercia son mari. Alban est un très joli prénom, notre fils le portera aussi fièrement que son grand-père l'a fait, j'en suis convaincu. Maintenant, tu devrais rentrer. Graziella m'a prévenu qu'elle serait ici à dix heures pour nous aider à préparer le buffet. Nous attendons tellement d'invités !

— J'ai peut-être exagéré sur le nombre, mais j'avais très envie de revoir Margot, qui viendra avec Josette. Aujourd'hui, en menant une vie aisée et combien plus confortable, son caractère s'améliore… Enfin, un brin ! plaisanta la nouvelle maman.

— Tu as bien fait de l'inviter : c'est somme toute grâce à elle si nous nous sommes rencontrés.

— Martha sera là, avec son mari et ses trois enfants.

— Aussi Rémi, qui doit aller chercher Félix à…

— Papa nous a promis une surprise, le coupa Ophélie, tu sais de quoi il s'agit ?

Charles prit un air mystérieux.

— Peut-être qu'il a rencontré une perle rare… Ton père n'a que quarante-sept ans, il est possible qu'il croise sur sa route une nouvelle partenaire de vie.

— Je crois qu'il est l'homme d'une seule femme, je serais bien étonnée que ce soit la surprise qu'il nous réserve.

Ophélie pensa à Agnès, aux sentiments qu'elle avait éprouvés pour Rémi et qui s'étaient matérialisés dans son sein, puisqu'elle était le fruit de leur grand amour. Au fond de son cœur, elle sentait brûler la flamme de leur idylle, et aujourd'hui, elle se promettait de la transmettre à leur descendance.

— Il y a deux jours, raconta Charles, en rendant visite à une patiente, j'ai aperçu Rémi de loin, il arrivait chez lui en compagnie d'une femme très élégante. Tu te trompes peut-être. Sans être follement amoureux, il peut éprouver un besoin de partage et de tendresse. N'est-ce pas ce qu'il avait fait avec Solange quand il l'a suivie en France ?

— À l'époque, il fuyait un amour impossible… Mais si c'est le cas, et qu'il désire partager sa vie avec une nouvelle flamme, je serai heureuse pour lui.

— C'est une très bonne attitude !

— Fais attention de ne pas gâcher sa surprise ! blagua Ophélie en lui tendant le bébé. Je monte me préparer.

Dans sa chambre, le soleil entrait à profusion, illuminant à contre-jour le berceau de tulle blanc. Ophélie s'assit sur son lit. Elle exhala un soupir de satisfaction en songeant à ce bonheur qui était le sien. Longtemps privée de sa liberté, elle savait profiter du moment présent. Sur sa table de chevet, il y avait la croix sur laquelle était gravé *Marie-Hosanna*. Elle la prit entre ses mains, puis elle embrassa l'inscription.

— Le salut est arrivé, murmura-t-elle, et mon cœur déborde de joie. Hosanna ! Merci la vie !

— Tu dis quoi ? interrogea Florie en entrant dans la chambre.

— Je remercie le petit Jésus, qui m'a conduite vers vous, ton papa et toi, et qui a voulu que tu aies un frère.

— Il est vraiment gentil, ce Jésus. Je peux lui faire un bisou aussi ?

— Bien sûr !

Ophélie prit l'enfant sur ses genoux et, après lui avoir permis d'embrasser la croix, elle la serra contre elle. La voix de Graziella lui parvenait du rez-de-chaussée, il était temps de se préparer pour le baptême, qui aurait lieu à onze heures. On recommandait à la majorité des femmes de garder le lit pendant au moins dix jours après un accouchement, une prescription à laquelle n'adhérait pas le docteur Parenteau. Ophélie se sentait bien, alors il l'avait autorisée à se lever. Cependant, il refusait qu'elle se rende à l'église, un effort qu'il jugeait trop grand.

Avant de partir pour la cérémonie, les invités s'étaient réunis sur la terrasse, quand Rémi arriva au bras d'une charmante dame, visiblement plus âgée que lui. Les deux affichaient le même sourire espiègle. Ils s'avancèrent vers Ophélie, assise, son fils dans les bras.

— Ma chérie, lui dit Rémi, je te présente Suzanne, ta grand-mère.

Touchés, tous firent cercle autour d'eux. Charles tira une chaise pour la nouvelle venue, qu'il plaça auprès de celle de sa femme.

— Je suis heureuse de vous connaître, dit Suzanne, la voix vibrante d'émotion. Avant que mon fils me retrouve, j'étais convaincue de ne jamais le revoir. Il n'avait jamais répondu à mes lettres, et son demi-frère m'avait fait savoir qu'il était parti vivre à l'étranger. Que je n'étais plus la bienvenue dans sa vie.

Ophélie leva un regard interrogateur vers son père.

— J'ai découvert les lettres de maman, non décachetées, dans le bureau d'Aristide. Pour la retrouver, j'ai dû faire de nombreuses recherches, Adrien m'a aidé. Après le jour de l'An, cette année, j'ai finalement eu la surprise de recevoir une réponse… et vous connaissez la suite.

— Papa vous ressemble, constata Ophélie, il n'y a pas de doute, vous êtes sa mère.

La jeune femme démaillota son fils et elle l'offrit à Suzanne. L'arrière-grand-mère de soixante-huit ans tendit les bras et accepta l'enfant, vêtu de blanc pour son baptême. Le minuscule bébé s'étira longuement, puis il se recroquevilla et il se rendormit, à l'aise sur les genoux de son aïeule.

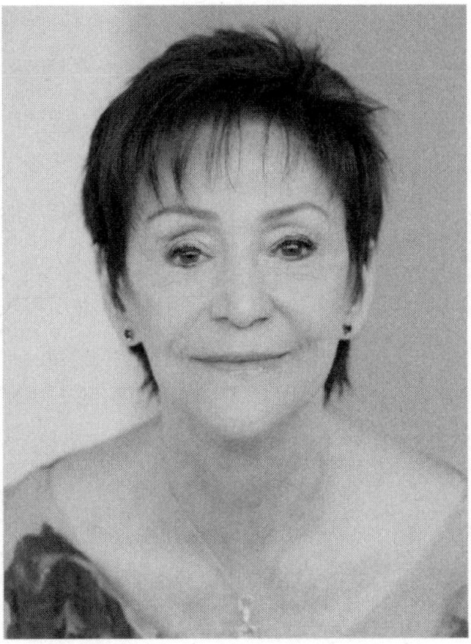

CLAIRE BERGERON

Le mouvement du début des années 1970, qui avait pris naissance dans la décennie précédente, ce tourbillon qui a changé la face du monde, est devenu pour les jeunes d'aujourd'hui une page d'anthropologie. Pour moi, c'était mon présent. À cette époque, je commençais à travailler comme infirmière, je venais de me marier, je vivais mes tendres années, celles de la vingtaine qui ne reviennent pas selon le chant des poètes. J'ai assisté à toutes ces transformations, parfois enthousiaste, parfois incrédule tellement il était inconcevable de voir basculer si rapidement des convictions implantées depuis l'enfance. Par exemple, l'enfer fut fermé d'un claquement de doigts ; éteintes ces flammes alimentées par l'Église, qui avait terrorisé mes jeunes années : l'horloge de la géhenne, celle du grand catéchisme en images qui affichait « toujours jamais : toujours rester, jamais sortir », s'était arrêtée sur le chemin de l'éternité, pour notre bonheur à tous.

Je me rappelle la voisine de ma grand-mère qui avait mérité *une belle place au ciel* parce qu'elle avait donné deux de ses fils à la prêtrise... Je me suis souvent demandé depuis si elle était tombée assise par terre quand ils ont défroqué tous les deux la même année. Puis, le mariage indissoluble, pour le meilleur et pour le pire – ce que Dieu a uni, que l'homme ne le sépare point –, a connu ses premiers rebelles ; je les ai vus partir le sourire aux lèvres vers une nouvelle destinée. Nos frères et nos sœurs ne se mariaient plus, ils *s'accotaient* ; fini de demander la main, on prenait l'épaule en toute liberté. Ces bouleversements eurent lieu en l'espace de quelques années à peine ; le monde de la grande noirceur s'éteignait et un autre naissait.

À l'hôpital où je pratiquais, presque tous les départements étaient dirigés par des religieuses, qui, elles aussi, ont dû s'adapter au vent de folie qui renversait tout sur son passage. Elles ont troqué leurs cornettes pour de petits voiles, raccourci leurs jupes, certaines avec gêne, d'autres, plus hardies, avec un plaisir évident. Je me souviens de sœur Joanne en particulier, une jolie nonne, jeune et énergique infirmière, qui nous a dynamisés en 1972, au cours de la grève qui a touché notre milieu de travail. Les employés syndiqués avaient érigé un barrage qui empêchait le personnel-cadre, dont je faisais partie, d'entrer dans l'établissement ou d'en sortir ; je fus donc contrainte d'y résider, onze longs jours, avec une bambine de deux ans à la maison. Heureusement que sœur Joanne était là, avec ses chansons entraînantes.

L'idée d'écrire ce roman, *Le crime de sœur Marie-Hosanna,* m'est venue en me rappelant cette étape de ma vie, faite de bouleversements et d'adaptations au renouveau. J'avais constaté le soulagement de prêtres, de religieux et de religieuses, qui avaient pu, enfin, s'affranchir de leurs vœux, et je me suis dit que vivre en communauté avait dû être pour eux un véritable martyre, et d'autant plus pour ceux et celles qui y étaient entrés contre leur gré. Le sujet de mon intrigue avait vu le jour. Il me restait à définir les personnages et les émotions au cœur d'une telle situation.

Pour la petite histoire, sœur Joanne a quitté sa communauté. Je l'ai retrouvée par hasard sur Facebook, quarante ans plus tard ; elle est toujours jolie et amoureuse de la vie.

www.clairebergeron.com
info@clairebergeron.com
Claire Bergeron Auteure

ACHEVÉ D'IMPRIMER EN FÉVRIER 2019
SUR DU PAPIER 100 % RECYCLÉ
SUR LES PRESSES DE MARQUIS IMPRIMEUR,
QUÉBEC (CANADA).